文艺理论与美学新境界

庆祝钱中文先生九十诞辰文集

金元浦　张来民　曹卫东　主编
刘方喜　执行主编

中国社会科学出版社

图书在版编目（CIP）数据

文艺理论与美学新境界：庆祝钱中文先生九十诞辰文集／金元浦等主编 .—北京：中国社会科学出版社，2022.11
ISBN 978 - 7 - 5227 - 1078 - 5

Ⅰ.①文… Ⅱ.①金… Ⅲ.①文艺美学—文集
Ⅳ.①I01 - 53

中国版本图书馆 CIP 数据核字（2022）第 224622 号

出 版 人	赵剑英
责任编辑	张　潜
责任校对	王丽媛
责任印制	王　超

出　　版	中国社会科学出版社
社　　址	北京鼓楼西大街甲 158 号
邮　　编	100720
网　　址	http://www.csspw.cn
发 行 部	010 - 84083685
门 市 部	010 - 84029450
经　　销	新华书店及其他书店
印　　刷	北京君升印刷有限公司
装　　订	廊坊市广阳区广增装订厂
版　　次	2022 年 11 月第 1 版
印　　次	2022 年 11 月第 1 次印刷
开　　本	710×1000　1/16
印　　张	25
字　　数	373 千字
定　　价	139.00 元

凡购买中国社会科学出版社图书，如有质量问题请与本社营销中心联系调换
电话：010 - 84083683
版权所有　侵权必究

1949年8月钱中文(右一)参加苏南水灾募捐寒衣宣传

钱中文（无锡市第一中学门口）

钱中文（1988年春 莫斯科大学）

钱中文(2006 年)

国务院学位委员会中国语言文学学科评议组成员

方汉奇、李荣、张永言、陆梅林、戴庆厦、钱中文、裘锡圭、张培恒、叶子铭、郭志刚、李准等(1993 年)

第五届全国文艺学及相关学科博士点建设研讨会
前排左起二为黄曼君、蒋述卓、饶芃子、钱中文、胡经之、朱立元、王元骧等（2006年暨南大学）

中美第一届比较文学研讨会（1983年 北京）

中国中外文艺理论学会成立大会

左起二为刘烜、吴元迈、钱中文、许明、童庆炳、陆贵山等（1995 年 济南）

国际比较文学研讨会

左起四为钱中文（2001 年 北京）

巴赫金国际学术研讨会
前排左起六为钱中文(2007 年 北京)

钱中文与夫人顾亚铃

钱中文、童庆炳主编《新时期文艺学建设丛书》首发式(2000年)

钱中文、顾亚铃、钱扬、张涛、张牧天一家

钱中文(2010 年)

钱中文(2021 年 中国社会科学院大学图书馆)

钱中文先生，您是最具体最生动也是最丰富的
（代序）

中国人民大学　金元浦

2022年正值钱中文先生首倡创办的中国中外文艺理论学会协商动议30周年，又是钱中文先生90寿辰及《钱中文文集》五卷本出版、《巴赫金全集》七卷本第三版修订再版之际，在此多喜交叠的年份，钱中文先生的诸多同仁、好友、学生谨向先生致以崇高的敬意、亲切的慰问和衷心的祝愿，祝先生身体康健、文心畅达、生活适意、和美永年。

钱中文先生是我国老一代文艺家的杰出代表，是著名的文艺理论家，国际知名的批评家和文艺美学专家，也是我国当代文艺学的开拓者、引领者。钱先生文集和《巴赫金全集》第三版修订出版发行，是我国文艺理论界的一件大事，是改革开放40多年以来文艺学研究的重要成果，具有十分重要的理论价值和现实意义。

钱中文先生于1951年进入中国人民大学，在70余年的学术生涯中，先生一直怀着对文学的赤诚的热爱，如先生所说，文学是永远的"乡愁"。无论是在莫斯科大学四年留学期间，还是在中国社会科学院文学所的60余年里，抑或是被打成"五一六"分子的十年中，先生都没有中断对中外文艺理论和美学的探索。先生在改革开放以来的中国中外文艺理论的思想与学术探索中，做出了杰出的贡献。

1984年，钱中文先生率先提出审美反映论，在《最具体和最主观的是最丰富的》这一长文中，阐述了文学审美反映的心理结构、审美反映中的主体创造力、现实的三种形态、审美心理定式、动力源、

 钱中文先生，您是最具体最生动也是最丰富的（代序）

审美反映中的再现与表现以及审美反映的多样性及其无限可能性等。此后，在深入探讨了文学的历史发生以及文学观念的形成和演进的基础上，先生又提出了"文学审美意识形态"说，力图在不同的生产关系的发展中，历史地追溯它的产生过程。把审美意识作为文学审美意识形态的逻辑起点，是历史的自然生成，是在历史的回溯中看到其生成的过程。审美意识在长期发展中积淀了人的生存感受与感悟，先在口头形式中获得表现，成为一种审美意识形式；而后融入了具有符号象征意义的文字，融入了具有独特的节奏、韵律的诗性语言的文字结构，使得审美意识获得了书写、物化的形式，也即成为被文字最早记录下来的文学。随着劳动分工的日益复杂化，社会向阶级社会的进一步过渡，社会集团的倾向、价值、功利的不断渗入，作为原初阶段的文学——审美意识形式逐渐历史地生成为审美意识形态。特别是在话语、文字等多种结构的样式中，审美意识形态展示了与生俱来的诗意审美与社会价值、意义功能两大基本特征的融合，自律和他律的高度张力之间的平衡，历史地生成为现代意义上的审美意识形态，成为整个社会结构的组成部分。

"新理性精神"是钱中文先生在当今人们的生存状态、文化、艺术的变化转型的基础上提出的一种新的马克思主义的实践理性论，针对一百多年来的理性的衰落，反理性主义消极面的张扬。新理性精神是一种文化价值观，它主张用大视野的历史唯物主义、哲学人类学来审视人的生存意义，重新阐述与理解人的生存、文化、文学艺术的价值。新理性精神把现代性看作促进社会进入现代发展阶段，使社会不断走向科学、进步的一种理性精神、启蒙精神，是一种现代意识精神，一种时代的文化精神。新理性精神把新的人文精神视为自身的内涵与血肉，弘扬人文精神是对民族、对人的生存意义和价值的追求与确认，最终实现人的全面自由发展与人的解放。

如今，年届90的钱中文先生依然笔耕不辍，坚持再次修订数百万字的《巴赫金全集》译稿。在几乎所有的高龄老人颐养天年的时候，先生还在工作。

工作着是美丽的。

钱中文先生，您是最具体最生动也是最丰富的（代序）

作为俄罗斯、苏联文学与文艺理论，美学理论研究的著名专家，新版《巴赫金全集》是钱中文先生对中国文艺理论的又一重大贡献，将世界巴赫金研究推向了一个新的阶段，拓展了中国学者研究巴赫金思想的思路，对当代中国文论的发展产生了重大的影响。先生在翻译的基础上，提出了文学理论的交往对话主义。这一重要的理论思考，开拓了文学理论的新生面，影响到文化、政治乃至经济的各个层面。思想的力量是如此强大，它不仅跨越了学术的边界，也跨越了高山大海，到达其他的国度。

30年前（1992年），由钱中文先生策划、设计、提议，并由中国社会科学院文学所、中国社会科学院外国文学所、北京大学、北京师范大学、中国人民大学、辽宁大学、南京大学、南京师范大学、复旦大学、山东师范大学、扬州师范学院、苏州师范学院、暨南大学、河南大学、吉林社会科学院、湖北社会科学院、四川社会科学院等大学和研究机构动议共同发起的中国中外文艺理论学会预备大会，在河南大学召开。这是中国中外文艺理论界在新形势下的一项开拓性盛举，开创了此后30年我国文艺理论、外国文艺理论、文艺美学、文学批评蓬勃发展的新局面。先生在大会上提出了"主导、多样、鉴别、创新"的方法论思想，明确了既要坚持与发展、团结与对话，又要开拓与创新的总的发展目标。

30年来，在学会组织的每一届年会、专题论坛或研讨会上，钱中文先生都会亲自撰写开幕词，亲临大会讲演，引导学会同仁——特别是青年学者——创新发展，建设具有中国特色的文学理论新形态。在先生的组织和带动下，学会一直沿着在中外文论对话互鉴中建设具有中国特色的文艺理论的正确方向，团结了全国中外文艺理论的研究者、教师和学生，培养了一代又一代我国相关专业研究的青年才俊。先生引领学会与各国学者交流、交往，参与组建"国际文学理论学会"，带领中国学者站在全球文艺理论研究的前沿。30年风雨兼程，学会取得了很大的成功。这里有着先生崇高的信念、卓越的胆识、宏阔的视野和艰辛的努力。

钱中文先生在《巴赫金全集》的译序中这样说：

 钱中文先生，您是最具体最生动也是最丰富的（代序）

阅读巴赫金，你会深深感到，知识真是一种力量，一种伟力。可是，这一切又都是巴赫金在流放中，在生存的流离中，在恐怖的不断袭击中，在默默无声的病痛缠身中做出来的。这真是令人不可思议，令人深长思之。俄罗斯的另一位与巴赫金同时代的著名哲学家弗罗林斯基说过一句话，大意是说，一个有独立人格的思想家，他会忍受时代给予的一切苦难与折磨，超越它们，坚持把自己认为有价值的思想说出来。我想，巴赫金就是这样的思想家了。他的种种独创的思想，都是和着生存的痛苦与屈辱一起呈现在我们面前的。真的，只要世界上还有健全的理性存在，那么有什么东西能够阻挡智慧和思想的力量呢？那些被人哄抬起来的标榜绝对正确、伟大、万世永存的各种理性，如今不是黯然失色而悄然隐退了吗？

这是一个有着坚持不懈的奋斗精神、面向未知的探索精神、开创新局面的扛鼎精神、生而为学术的风骨与才华的大写的"人"。

（2022 年 7 月 8 日）

目　录

第一编　总论与祝贺

精神·胸襟·素养 …………………………………… 童庆炳（3）
衷心的感谢与美好的祝愿
　　——祝贺钱中文先生九十华诞 ………………… 曾繁仁（6）
正直仁厚　思维超前　视学术为生命
　　——敬祝钱中文先生九十华诞 ………………… 朱立元（8）
记钱中文 …………………………………………… 杜书瀛（13）
钱中文与中国文学界的"时代三问" ……………… 许　明（24）
扛鼎精神 …………………………………………… 张首映（31）
大中至正　温文质方
　　——我心目中的钱中文老师 …………………… 鲁枢元（41）
钱中文：学术研究要坚持"三性" ………………… 张来民（48）
守正开新擎大纛　风范传承励后昆
　　——写在钱中文先生九十华诞来临之际 ……… 徐放鸣（54）

第二编　钱中文学术思想与贡献概述

钱中文文学理论的创新性 ………………… 李文斌、邱紫华（65）

中国当代文学理论的代际革新
　　——钱中文学术贡献刍议 ·················· 汪正龙（84）
钱中文先生20世纪八九十年代的理论贡献和21世纪的
理论深化 ································ 祁志祥（95）
在开放对话中实现综合创新和超越
　　——钱中文先生学术思想特征浅谈 ············ 张开焱（104）
文学理论家钱中文对改革开放40年学科史的多重贡献
　　——从序跋、致辞等看 ·················· 刘方喜（119）
"中国审美学派"论纲
　　——以钱中文、童庆炳、王元骧为研究中心 ········ 吴子林（129）
文艺理论要为文学创造思想
　　——文艺理论家钱中文先生访谈 ············· 丁国旗（154）

第三编　钱中文新理性精神与巴赫金文论研究

钱中文"新理性精神"文论的内在结构 ············ 朱立元（169）
新理性：回应时代的挑战 ···················· 汤学智（184）
论"新理性精神"的审美意涵
　　——钱中文的文艺理论思想再探讨 ············ 陈晓明（198）
理性危机中的重建
　　——钱中文的"新理性精神文论" ············· 李世涛（217）
钱中文的俄苏文学和文论批评 ·················· 王　宁（237）
钱中文对巴赫金的接受 ················· 姜鹰、凌建侯（251）
巴赫金接受与中国当代文论话语转型：
以钱中文为个案 ·························· 曾　军（266）

第四编　书评与回忆

评《文学原理——发展论》 ·············· 朱立元、叶易（305）

目 录

必要的张力

　　——读《文学理论：走向交往对话的时代》 ……… 周　宪（314）

高山仰止　景行行止

　　——《文学的乡愁：钱中文自述》读后 ………… 金元浦（320）

钱中文先生与我 25 年文学所经历的点滴回忆 ………… 高建平（326）

钱中文先生的为人、为师、为学风范 ……………………… 祁志祥（331）

钱中文老师的风骨与品格 …………………………………… 杨子彦（348）

钱中文先生的学术风范和人格魅力 ………………………… 金　雅（351）

先生之风，山高水长 ………………………………………… 寇鹏程（363）

与钱师二三事 ………………………………………………… 任美衡（366）

人生得一知己足矣

　　——记钱中文先生与童庆炳先生的友情 …………… 赵　勇（372）

附　录 ………………………………………………………………（380）

后　记 ………………………………………………………………（387）

第一编
总论与祝贺

精神·胸襟·素养

北京师范大学 童庆炳

　　钱中文先生新近出版了《文学理论：走向交往对话的时代》，我读着它，想着新时期20年来中国文学理论所走过的路，心里涌起一种无比欣慰的感情。中国新时期20年来的文学理论取得了很大的进展，一批同行在文学理论这块园地里辛勤耕耘，获得了令人瞩目的成就。钱中文这本书以他不懈追求的精神、宽阔的胸襟和深厚的学养，清晰地、深入地描述了新时期文学理论跋涉的过程，这是一个实事求是的总结，一个前沿性的总结，一个深刻的总结。不仅如此，更重要的是在这本著作中，钱中文先生经过深思熟虑，以高度的社会责任感，鲜明地提出了"新理性精神"和文艺学的"现代性"理论。同许多只是一味介绍西方或古典文论的书籍不同，同西方旧的理性主义和非理性主义不同，同西方的"新感性"不同，钱中文提出了属于中国的、属于我们这个时代的观点和理论，这是我们自己的声音。我们国家是一个具有悠久历史并正在神速前进着的国家，我们要有自己的理论建树和自己的文学精神。我认为钱中文的"新理性精神"和文学"现代性"理论，是可以视为一种当代中国的重要的理论建树和文学精神的。

　　拿钱中文的"新理性精神"来说，我认为是一种植根于我们国家的、植根于我们时代而提出的文学精神。在社会转型时期的中国，商业大潮滚滚，成就与问题并存，理想丧失了它应有的光辉，人的精神变得越来越平庸和俗气，文学的优秀成果的芳香与文学垃圾的恶臭同在，钱中文提出以"新的人文精神"为核心的"新理性主义"是适

 第一编 总论与祝贺

合时宜的、有的放矢的、深刻有力的。文学的确不可能拯救社会，但文学可以用"新理性精神"来对抗人的精神的平庸和堕落，文学可以用积极的向上的精神来解释人生。我特别欣赏钱中文先生如下一段话："当今的文学艺术，要高扬人文精神。要有使人所以为人的羞耻感，同情与怜悯，血性与良知，诚实与公正，不仅成为伦理学讨论的课题，同时也应成为文学艺术严重关注的方面。以审美的方式关心人的生存状态、人的发展，拯救人的灵魂，这也许是那些有着宽阔胸怀的作家艺术家忧虑的焦点和立足点。"这是现今真正的文学精神的点睛之笔。这也是我们的文学的价值取向所在。

我这里还想说的一点是，新时期以来，在一些人的眼中，在一些场合，在一些刊物上，认为创作是产生意义和价值的，是了不起的，而批评和理论就似乎不算什么，似乎就不产生意义和价值，似乎赞扬作家的创作怎样都不为过，年轻人一旦挂上作家的头衔，一片赞美之声，就很快出文集。文学理论似乎完全是寄生性的。再好的著作也引不起别人的注意或只能引起很少人的注意。我觉得这是不公平的。实际上，文学理论和批评著作，只要是好的，本身也是文本，经过阅读也同样产生意义和价值。像钱先生这个文本，它的思想蕴含是很丰富和深刻的，为什么不可以宣扬一番呢？文学理论文本是独立的，它的意义与价值并不比创作差。还有，对于西方的当代文论著作的翻译和介绍，被一些人认为是很有意义很有价值的，似乎一切都好。而我们自己的文论著作似乎就没有意义，似乎一无是处。钱中文先生这本著作也评述了不少外国文论著作，但他能以锐利的眼光，实事求是的精神，分析、评论和批判，好处说好，不足处说不足。不排斥，也不盲从。这种态度我认为是值得肯定的。这本身就是意义和价值所在。我们切不可自己看不起自己。我们搞理论和批评的同行在面对创作界和外国的文论家时，要有一种意识，我们自己不寄生于任何人，我们的文本也是产生意义和价值的。在这一点上，钱中文先生为我们做出了榜样。他在本书的"跋"中说："思维不是重复他人思想的工具，而是自有生命，是生成思想的手段。"我们的确要加强这种意识。当然，我并不是说任何什么文论著作都能生产意义和价值，这起码还需要两

· 4 ·

精神·胸襟·素养

个条件，一个是学术的视野和胸襟，一个是学术的素养和功力。恰恰在这两点上，钱中文先生显示了他的学术实力。

钱中文先生的学术视野和胸襟是宽阔的，在中外众多文论流派和方法面前，他始终强调交往与对话，主张一种亦此亦彼的精神，同时又不丧失自己的原则。他的"新理性精神"和文论的"现代性"都具有很大的包容性和开放性。他在文论的原野上能放眼世界，不保守，一切有益的成分，他都欣然肯定，没有狭隘的民族主义。他不是专门研究中国古代文论的，但正是他率先提出了"古代文论的现代转换"命题。他没有那种"全盘西化"的思想。他的视野和胸襟的开阔是他成功的一个重要条件。

钱中文先生的学术素养是深厚的。这是他成功的又一个重要条件。最重要的是他的论文理论脉络十分清晰，说理透彻，有根有据，一气灌注，与那种东拼西凑的东西、食洋不化的东西绝不相同。如果没有深厚的学术素养绝不能达到此种境界。

(原载《光明日报》1999年11月11日)

衷心的感谢与美好的祝愿

——祝贺钱中文先生九十华诞

山东大学　曾繁仁

继《钱中文文集》五卷本于 2021 年年底由中国社会科学出版社出版之后，2022 年 11 月将迎来钱中文先生九十华诞，这真可以说是喜上加喜，作为老朋友我由衷地感到高兴，愿借此机会向他表示衷心的感谢与美好的祝福。

钱先生比我长 9 岁，应该属于老师一辈，但我们又长期共事交往，由此也是朋友，平日对我关爱、帮助甚多。他长期在中国社会科学院工作，是著名的文艺理论家，又是我们学会的会长，因此，我早就对他心生仰慕。但真正得以与钱先生交往，是从他对于我们山东大学文艺美学研究中心和文艺学学科的帮助开始的。1999 年教育部决定在全国高校设立人文社会科学重点研究基地，山东大学文艺学学科准备根据自己的特点成立文艺美学研究中心，得到包括钱先生在内的学术界同仁的大力支持。钱先生更是欣然应允担任我们中心的学术顾问，经常参加我们的学术活动并给予我们诸多具体的指导和帮助。在 2001 年 5 月我们中心举办的"文艺美学学科建设与发展"学术研讨会中，钱先生针对当时学界有所争论的文艺美学学科定位以及文艺美学作为学科是否成立的问题，专门写了《文艺美学：文艺科学新的生长点》一文并作大会发言。该文此后发表于山东大学的《文史哲》杂志，并被收入中心编辑的《文艺美学研究》第一辑。该文对中国文艺美学作为独立学科存在的合法性作了充分的理论论证。2000 年冬，教育部评选国家级重点学科，我们文艺学也参加了评选竞争。钱先生是评审组召集人，我清楚地记得我

衷心的感谢与美好的祝愿

汇报情况后钱先生勉励与信任我们的一番发言。在钱先生与各位评委的支持下我们得以进入全国重点学科行列，这由此成为我们学科继续发展的强大推动力量。所以，我经常与我们学科的同事谈到，没有钱先生与各位同行的鼎力支持，就没有我们学科今天的发展。

我与钱先生在教育部中文学科评议组也合作了近10年。我们分管文艺学与比较文学学科点。钱先生与我商定的工作方针是对于各申报院校持全力支持的态度并尽量补缺。当时正是人文学科发展的机遇期，抓住这个机遇就能使很多学校的人文学科上一个台阶。这样一个方针支持了很多学者与学科，得到大家的一致好评。这凸显了钱先生对中国人文学术事业和学科发展高度负责的态度与他的高瞻远瞩，也体现了他宽阔的胸襟与厚道的人品。

钱先生从1992年开始酝酿并发起成立中国中外文艺理论学会，学会成立后长期担任会长和顾问，力图将这个学会办成广大学者学术交流的园地。在学会召开的会议上，他总是鼓励大家畅所欲言，他自己则带头发言，请大家批评指正。每次参加会议，我都看到钱先生认真记录每个学者的发言，然后给予诚恳的回应。他对于每一位学者都熟悉与尊重，耐心倾听每位学者的学术发言和对学会工作的意见。他是学会领导者的模范。

钱先生对于同行学者，特别是年轻学者从来都是大力支持，对于新兴学科也是在其萌芽状态即给予支持。我们中心与我本人21世纪以来从事的文艺美学、生态美学与艺术教育研究，几乎都得到钱先生的大力支持，许多重要文章都是在钱先生的支持下得以发表。对于钱先生给予的帮助、支持和关怀，我和中心的诸位同事每每回想起来，总是心存暖意和感激。

孔子说："智者乐，仁者寿。"钱中文先生是学术上的智者，他的学术思想已经浓墨重彩地写进共和国人文学术的历史长卷中；他也是真正的仁者，故而健康长寿。我保留着一帧2018年在北京开会时与钱先生的合影，照片中的钱先生文雅平实，风度翩翩。衷心祝愿钱先生永远健康幸福！

（2022年7月17日）

正直仁厚　思维超前　视学术为生命
——敬祝钱中文先生九十华诞

复旦大学　朱立元

钱中文先生是我十分敬重的学术前辈。我认识他三十多年，学术上一直得到他的热情关心、指导和帮助，使我既感动又感激。我虽然不是他直接指导的学生，但在学业上我从钱先生那里受教良多，在我的心目中，他始终是良师益友。在庆祝钱先生九十大寿之际，我想说说我们俩亦师亦友的亲密关系。

我认识钱先生大约是在1990年秋冬之际，那一回是钱先生与杜书瀛老师一起带着他们新出版的一套《文学原理》著作到上海、杭州访问文艺理论界的同仁、朋友，征求他们的意见。在上海期间，有一次专门到复旦大学与我们中文系文艺理论教研室的有关老师进行学术交流。我记得主要是由我的导师蒋孔阳先生和我们当时的教研室主任叶易老师负责接待，我也参加了接待，大家的交流谈话十分亲切、热烈，具体内容记不清了。这是我第一次见到钱先生，发现他面容清瘦，身体有点虚弱，一问才知道他不久前才做了癌症切除手术，还在调养恢复中。在这种情况下，他还长途跋涉到上海来，为其新著诚恳虚心地征求意见，进行学术交流，顿时使我肃然起敬，钱先生真是视学术为生命啊！他这次来，是带了他的新著《文学原理——发展论》，同我们讨论，征求我们的意见。这本书是他和王春元先生联合主编的一套《文学理论》书系中的一本。这一套书刚出版不久，我就听闻在文学原理方面多有创新和突破。拿到钱先生这部新著，我喜出望外，满足了我一睹为快的愿望。认真拜读后，确实使我兴奋喜悦，收获极

正直仁厚　思维超前　视学术为生命

大，而且超出了我的预期，它在一系列文学理论基本问题上都有重要的突破和创新，而且论证得严密周详，处处体现出辩证综合的思维方式，令人心悦诚服。此后，我与叶易老师一起，由我执笔写了一篇读《文学原理——发展论》的书评①，其实也是我学习该书的心得体会。

我写道："此著体系严谨，资料扎实，论述精辟，是作者对'文革'前十七年，特别是对新时期文学理论研究成果的科学总结与提高，也是对各种不同乃至有争论的观点、方法的理性观照与辩证综合，因而在一系列理论问题上有所突破与创新。"我以构成《发展论》全书的灵魂并驾驭整个理论阐述的中心观念的"文学是审美意识形态"为突破的范例，认为钱先生作为国内最早提出这个观点的学者之一，他的这个中心观念"就是对国内外二十年有关文学本质问题长期论争的一个辩证综合"。我特别赞赏并认为值得学习的，不仅是他提出了这个对文艺理论界影响深远的观念，更是他自觉应用辩证综合的思维方式。我认为，"理论上的辩证总结与综合，不是机械地相加与拼凑，而是对事物的一种高层次的理性思维的把握。就其实质而言，辩证综合是思维行程中从抽象上升到具体的最高阶段，也是科学地叙述研究成果、构成理论体系的根本原则"。我从中得到了极大的启发，对我以后的学术研究大有裨益。而且，我发现，在钱先生此后的学术生涯中，始终自觉地坚持和应用这种辩证综合的思维方法，他的一系列学术创新都与此密切相关。

就在那个时期，我作为国内接受美学较早的提倡、研究者之一，翻译了尧斯的《审美经验与文学阐释学》（1977）中的"审美经验论"部分，由于某种特殊原因，一时找不到出版单位。钱先生闻讯，马上帮我联系，此书很快由作家出版社于 1992 年 2 月出版了。这是他提携、帮助我的一个例子，虽然这件事情已经过去 30 年了，但我还是难以忘怀。

大约 1996 年年初，钱先生来信向我索稿，在这之前我已经给《文学评论》寄去一篇我经过长期思考、研究本体论问题所写的一篇

---

① 发表在《文学评论》1991 年第 5 期。

文章《当代文学、美学研究中对"本体论"的误释》,正好有一段时间了,尚未接到回音。钱先生知道后,马上到编辑部查,看到拙稿后,立即回复我,那么重要的问题,他们没有及时处理,耽误了。然后,在1996年第6期《文学评论》的重要位置发表了此文。回想起来,这是我实践存在论观点的最初孕育。但是,文中有一些观点不够成熟,甚至偏激。过了一两年,钱先生告诉我,有一篇对拙文批评、商榷的文章写得也有道理,征求我的意见,我告诉他,欢迎批评、讨论、争鸣。该文发表后,我虽然在基本观点上并不赞同,但是它对我某些偏激观点的批评还是切中要害的,对我今后改善自己的观点很有帮助。所以,我并没有撰文予以反批评。我明白,这是钱先生在学术上对我的爱护。

差不多同一个时期,学术界展开了声势颇大的人文精神大讨论。在这场大讨论中,钱先生提出了"新理性精神文论"这一富有独创性的新思想。这是钱先生在《文学艺术价值、精神的重建:新理性精神》① 一文中首次提出的。该文对"新理性精神文论"作了全面系统的论述,可以说是钱先生成熟的文艺理论观念的集中展示。此后,钱先生还在其他文章中作了进一步的阐述。在人文精神大讨论的热潮中,它的影响还没有凸显,而是在之后逐渐得到广泛的认同,产生越来越大的影响。我在2003年,发表了《试析"新理性精神"文论的内在结构》② 的文章,认为,"经过八年的建设,中文先生所倡导的'新理性精神'文论焕发出了强大的生命力,获得了理论、学术界的越来越广泛的赞同,它本身也获得了长足的发展,日益走向系统与完善,其内在思路与逻辑结构也更趋严密",文章重点对钱先生的"新理性精神"文论的内在结构进行分析,概括地指出,"新理性精神"文论"以'新人文精神'为精神内涵和价值核心,以'现代性'阐述为理论基点和中心话题,以'交往对话'的综合思维方式为思考理路和逻辑方法。这三个方面相辅相成,相互渗透,构成一个开放性的

---

① 《文学评论》1995年第4期。
② 《学术月刊》2003年第4期。

正直仁厚 思维超前 视学术为生命

理论结构"。拙文认为"新理性精神"文论之"新"体现在多方面,其中之一是钱先生强调了人们过去相对忽视的中国传统人文精神的思想资源,而且主张它在继承传统基础上的综合创新,一方面发扬我国原有的人文精神的优秀传统,另一方面,在此基础上,适度地汲取西方人文精神中的合理因素,融合成既有利于个人自由进取,又使人际关系获得融洽发展的、二者相辅相成互为依存的新的精神。拙文专门强调了钱先生在理论研究中一以贯之的辩证综合思维以及在方法论上的重要创新,指出,"作为一种创新的文艺理论,中文先生的'新理性精神'文论在研究方法与思维方式上也有重大突破,这集中体现在以交往、对话精神为内核的综合研究方法超越二元对立的思维方式上",并做了详细的论述,这也是笔者学习"新理性精神"文论的最重要的收获。笔者认为,钱先生这方面的论述有着强烈的历史和现实针对性。新时期以来,文艺理论界虽然取得了很大成就,但始终未能完全摆脱二元对立论的阴影,远未真正达到马克思主义辩证思维的高度,这可能是阻碍我国当代文论健康发展并取得根本性突破的主要症结之一。中文先生清楚地看到这一点,他在回顾中国百年文论时,对二元对立的思维方式做了深刻的剖析,指出"'在近百年里,我们大部分时间处在斗争和一味斗争中间,我们的思维养成了非此即彼的定型的方式,哲学上只分唯心唯物,抑此扬彼,绝对的二元对立,政治上是分等划类,你死我活,好就是绝对的好,坏就是绝对的坏。批判不是为了吸收与扬弃,而是为了否定与打倒。这种方法不仅渗入人们的思想,而且也深入各种理论思维。'他大声疾呼'应该是建立健康思维方式的时候了'"。钱先生认为,"健康的思维方式""应是一种排斥绝对对立、否定绝对斗争的非此即彼的思维,更应是一种走向宽容、对话、综合、创造,同时又包含了必要的非此即彼、具有价值判断的亦此亦彼的思维,这是一种交往、对话的思维方式"。我觉得中文先生的"新理性精神"文论"其实使用的就是这种交往对话的思维方式,它在超越二元对立思维方式上取得了全方位的突破,为中国文论界做出了榜样"。我当时是这么看的,现在仍然这么看。我认为,钱先生倡导的这种交往、对话的思维方式,不仅是现在,而且是未

· 11 ·

 第一编　总论与祝贺

来，不仅对文艺理论研究，而且对一切人文学科的学术研究，都是普适有效的。这是钱先生最重要的学术贡献之一，值得大书特书！

还有一件令我终身难忘的事，即钱先生对后学的关怀和提携。记得在1999年，钱先生与童庆炳先生两位文艺理论界德高望重的学者筹备联合主编一套"新时期文艺学建设丛书"，第一辑拟先出五本。当时，钱先生联系我，要我尽快编一本自选论文集，纳入第一辑出版。我当时觉得，不少有成就的前辈应该先出论文集，我作为后学还不够格，应该放在后面，所以一再推却。但是钱先生坚持一定要我及时交稿，说其他先生以后会安排陆续出版的。于是，我只能照办。这就是我个人第一本论文集《理解与对话》作为"新时期文艺学建设丛书"第一辑中的一种，由华中师范大学出版社2000年6月出版的由来。此事对我来说是学术生涯中的一件大事。我对钱先生对我的关照、提携十分感恩，始终铭记在心！

钱先生的学术成就和贡献是巨大的、多方面的，这篇小文无法展开，在这里只是表达我对钱先生的敬仰感恩和对他九十大寿的衷心祝贺！敬祝钱先生健康长寿，永葆学术青春！

（2022年6月）

记钱中文

中国社会科学院　杜书瀛

说起来，我与钱中文是在文艺理论室呆在一块时间最长的人，比我的老师蔡仪先生，比王淑明、王燎荧等其他前辈，比王春元、杨汉池、张炯、何西来……都长，至今已经五十七年了，是我相处时间最长的同事和老朋友。

老钱是留苏研究生，本是研究俄罗斯文学的。1988年我随老钱到苏联进行学术访问，闲暇时，他曾告诉我，1951年他从家乡无锡高中毕业考进中国人民大学俄语系，1955年学校推荐他去苏联学习俄罗斯文学，于是这年10月进了莫斯科大学研究生院的俄罗斯语言文学系，主攻19世纪俄罗斯文学，专题研究果戈理，后来我才注意到，他还出版过《果戈理及其讽刺艺术》[①]，还为人民文学出版社1983年版果戈理《死魂灵》写过很富学术性的《译本序》，十多年后又为人民文学出版社1995年版果戈理《死魂灵》写过同样学术性很强的《译本前言》——这是后话。1959年9月，老钱从苏联回国，先是分配在文学研究所苏联东欧文学组，但是他对文学理论更感兴趣，于是1961年转入蔡仪老师领导的文艺理论组。

我刚进文艺理论组的时候，好像老钱就是党支部书记，他年龄又长我好几岁，是名副其实的老大哥。他为人正直，处事严谨，不苟言笑；他从不大声说话，有时组（室）里开会，他发言时声音小，大家听不清，叫他大声点儿，或者"再说一遍"，他笑笑，一个字一个字

[①] 上海文艺出版社1980年版。

 第一编　总论与祝贺

再重说一遍。他待人谦和温良，又很文静，是个谦谦君子。只有一次，老钱为室内抽烟问题激动了一下。那次他主持会议，房间里因吸烟而乌烟瘴气，他提议不要在室内吸烟，与人小有冲突；不过很快就风平浪静。

老钱做事很细致，有时到了谨小慎微的程度，绝对不允许出一点点纰漏。20世纪70年代在河南五七干校，有一次我受人之托拿一把斧头跑着送去菜园，路遇老钱，他很紧张："你拿这东西乱跑什么？！"我马上意识到，我们都是被打成"反革命"而受审查的人，他怕审查我们的同志发生误会……他处事不像我粗粗拉拉、大大咧咧，而是小心谨慎、细致入微。

老钱20世纪60年代初开始就写了一些有质量的学术论文。1983年写了一篇有关苏联文学理论家巴赫金的文章，这可以说是中国学者研究巴赫金的最早的一篇学术论文（如果加上1982年夏仲翼偏重介绍性的《陀思妥耶夫斯基的〈地下室手记〉和小说复调结构问题》，也可以说是最早的两篇论文之一）。说起写作此文的初衷，他一再感谢引路的钱锺书先生。在2004年7月4日的《中华读书报》上，他发表过一篇文章《"我们这些人实际上生活在两种现实里面"——忆锺书先生》，回忆当时此文始末："1983年年初，中国社会科学院准备在8月底、9月初，由锺书先生主持召开第一届中美双边比较文学研讨会，双方各出10人。是年年初，锺书先生通知我撰写前苏联文学理论家巴赫金的理论问题，参加这次国际学术会议……20世纪80—90年代，我国兴起的巴赫金的研究，实际上是和锺书先生的推动分不开的。自60年代我国开始所谓'反修'以来，外国文艺思想被极'左'思想搞到极度混乱的境地；同时几十年不订外国杂志，也使我们到了双目失明的地步。外文方面的文学理论书籍已中断了几十年，图书馆里虽有巴赫金的零星著作，但我并未看过。及至这次锺书先生要我就巴赫金写成文章，并要在两个月内写出，这给了我很大压力，于是我立即进入了状态。我知道我国《世界文学》曾于1982年刊出过巴赫金的《陀思妥耶夫斯基诗学问题》第一章的译文（夏仲翼先生译），同时还刊有夏仲翼先生写的《陀思妥耶夫斯基的〈地下

室手记〉和小说复调结构问题》一文。这是当时介绍巴赫金的全部中文资料。至于巴赫金的原文著作，80年代初，我国图书馆里仅有两种，一为《陀思妥耶夫斯基诗学问题》，一为《文学美学问题》（论文集），英文材料当时不易找到。我阅读了一个多月的原著，觉得巴赫金的文艺思想十分独特，这是我过去从未接触过的，和其他苏联文学理论是大相径庭的，有关评论巴赫金的俄文资料当时也相当难找。于是围绕复调小说写了一篇文章《复调小说及其理论问题》，指出这一理论的独创性及其对后世文学创作的影响，同时也提出了一些不同的看法。此文交给锺书先生后，不久就接到先生一字条，说文章写得有自己见解，很用功夫；缺点是未将此一理论与同类文学现象进行比较研究，考虑到要译成英文，为外国与会者提供讨论的文本，这次只好这样了。锺书先生说得对，我的文章未做比较，这实际上是个难题，因为我刚刚接触巴赫金，理解他的理论，厘清它的线索就很不易，加上80年代初的知识有限，所以要做'比较'，暂时无从做起。"

1988年我同老钱应邀到苏联进行学术访问，去那里的一个主要目的是为我们当时承担的国家项目《文学原理》写作，需要了解苏联的文艺理论现状。我们在苏联科学院世界文学研究所会见了文学研究所文学理论部主任乌尔诺夫，在他办公室里讲述了我们的来意，随后他约请了研究所的许多苏联文艺研究界的头面人物，和我们谈了当时苏联理论界不少新现象、新问题（包括巴赫金在内），并且纷纷把自己的著作相赠。会后，乌尔诺夫告诉我们，如果我们对巴赫金感兴趣的话，他可以给我们联系柯日诺夫与鲍恰罗夫两人，他们是巴赫金文化遗产的合法继承人，我们当然十分高兴。联系的结果是柯日诺夫出差去了，不在莫斯科，未能见到。鲍恰罗夫则邀请我们到他家里面谈。他好像住在离市中心较远处。当随他辗转乘地铁赶往他住的地方，出地面时，他大步流星走在前面，我们有点儿跟不上，紧跟慢跟、气喘吁吁来到他家，谈了一些理论问题，自然也谈到了巴赫金，与他的交谈还是很愉快的，钱中文赠予他两册自己的著作，他则赠予钱中文两册巴赫金的论文集。1996年，钱中文与鲍恰罗夫取得联系，经协商，无条件地获得巴赫金著作译成中文的版权，然后组织有关学者进行翻

 第一编 总论与祝贺

译,由钱中文主编并由河北教育出版社出版了中译本《巴赫金全集》——先是在 1998 年出版了 6 卷,那应该是当时世界上最全的巴赫金全集;过了 11 年,于 2009 年又出版了第 7 卷。我曾出席过该书六卷本的发行仪式,皇皇巨著摆在那里,令人敬慕。

1988 年我俩在苏联访问期间,老钱特意领我造访他学习了四年的莫斯科大学。不知读者诸君是否去过这所世界著名的大学?我当时的感觉是,你没进校门,远观校舍建筑,就会被它的宏伟气派所震撼——后来我同钱竟到英国进行学术访问,去过牛津大学、剑桥大学、伦敦大学、爱丁堡大学、杜伦大学,都没有这种感觉。莫斯科大学,1755 年由俄罗斯百科全书式的科学家、语言学家、哲学家和诗人罗蒙诺索夫倡议创办;它现在的校舍建筑,好像离中国驻苏联大使馆不远,是第二次世界大战后斯大林下令建造的,位于莫斯科西南部的列宁山(又名麻雀山)上,美丽的莫斯科河从它脚下流过。当时莫斯科大学的主楼是欧洲最高的建筑,它的中心塔高 240 米,共 36 层,周围有四个翼。其顶部的红星包含一间小屋和一个展望台。学校里有著名俄罗斯学者的塑像,罗蒙诺索夫的塑像伫立于主楼正前方。

老钱领我到他上学时的系里,那时已近中午。他向系办公室的一位女士做了自我介绍。这位女士好像就是当年在系里工作的系秘书,她稍一端详,居然认出了这位当年的留学生。于是,她招呼一些旧相识聚拢来。老朋友一见面,喜出望外,亲热交谈。老钱的一位老同学,姓札伊采夫,搂着老钱的肩膀叙旧,双方还把自己的著作签名相赠。

老钱还领我到他当年住过的宿舍。此时那里住的是两位越南女留学生,我们不好意思进屋。

我们还拜访了这所大学的著名教授格纳其·尼古拉耶维奇·波斯彼洛夫。他生于 1899 年,毕业于莫斯科大学又长期任教于莫斯科大学,教授文学理论,在苏联文艺学和美学学科中,形成独特的"波斯彼洛夫学派",在美学上或称"自然派"。他的一部书《审美和艺术》,由刘宾雁译为中文,1981 年上海译文出版社出版,为中国文艺界的人们所熟悉,其观点与我的老师蔡仪相近,都认为美是客观的、

· 16 ·

自然的，同苏联另外的美学家斯托洛维奇、鲍列夫等人的"审美派"相左。当时波斯彼洛夫教授已经88岁高龄，住在莫斯科大学的教授宿舍（好像就在这座大学主楼的一个角上）。苏联世界文学研究所的朋友曾告诉我们，波斯彼洛夫教授近年有些"寂寞"，他的观点在现时的苏联学界已经不那么"行时"，特别是有些年轻学者不再那么喜欢他，你们去看看他吧。老钱往波斯彼洛夫教授家里打电话联系，教授的孙子接的电话，说老人正在睡觉。直到第三次电话，我们才得以去拜访。波斯彼洛夫老先生颤颤巍巍出来迎接我们。交谈之后，得知钱中文曾是莫斯科大学的研究生，他很高兴，满是皱纹的脸上露出笑容，站起来领我们到他的书房，要从高高的书架上层拿下他的一本书。他虽然个子较高，跷脚拿了两次，仍然够不着，最后竟搬了个凳子踩着上去拿下来，我们在旁边很着急，担心出意外。老人翻开书皮，一看扉页有字，索性把扉页撕掉，然后签名赠给钱中文。

我们这次苏联之行，本来雄心勃勃制订了一个"庞大"的计划，除了访问苏联世界文学研究所、同那里的学者座谈，访问莫斯科大学、采访波斯彼洛夫教授之外，还要采访文艺学家尼古拉耶夫通讯院士和汉学家李福清（不久之后他也成为通讯院士），采访"审美派"的代表人物斯托洛维奇和鲍列夫，采访著名符号学家洛特曼，访问乌克兰科学院，访问列宁格勒并采访在列宁格勒的俄罗斯文学研究所（普希金之家）任研究员的苏联文艺学界元老级人物弗里德连杰尔，了解以往曾经有争议或受"委屈"的作家如左琴科和《日瓦戈医生》的作者帕斯捷尔纳克等人的情况……但是，有许多计划并没有实现。譬如斯托洛维奇和洛特曼在爱沙尼亚塔尔图大学，当时苏联内部解体的"地火"在运行，爱沙尼亚也在动荡，接待我们的朋友说出各种理由不让我们前往塔尔图。左琴科家（据说他妻子还在）的地址，文学研究所的朋友倒是告诉我们了，去的目的是老钱受夫人委托，将她与同事合译的《左琴科幽默讽刺作品选》送给左琴科后人。但是，我们在他们指示的那座楼里上下几层找遍了，也没有找到；后来那里类似中国"居委会"（我姑妄称之）的一位带红袖章的老太太，带着我们在那个小区几栋楼找寻，也不见姓左琴科的后人，只好作罢。去帕斯捷尔纳克家也是老钱受夫人之托,将其与同事合译的《日瓦戈医生》送与作家的后人。我们很顺利找到了帕斯捷尔纳克的故居,一座破旧的楼,一个陈旧的房间,木地板已经磨掉了漆……他的儿子接待我们,拿到赠书后很激动,一再表示感谢,之后我们一起回忆了帕斯捷尔纳克在20世纪50年代末的令人唏嘘的遭遇,但是没有说多少话。

其他采访活动比较顺利。这些苏联学界的著名人物,对我们非常友好,热情邀请我们到他们家里做客。

尼古拉耶夫通讯院士的名字,对我们来说并不陌生,他的一些论著已经译成中文介绍给中国读者,我家里就有一本《俄国文艺学史》,是尼古拉耶夫领头编写的一部重要著作,由我们的同事刘保端大姐翻译成中文,收入老钱和王春元主编的"现代外国文艺理论译丛"之中,1987年由生活·读书·新知三联书店出版。那天黄昏时我们到尼古拉耶夫家,受到主人热情接待。当时已经64岁的尼古拉耶夫教授,身体健朗,精神矍铄,与我们侃侃而谈;他的夫人在厨房为我们准备晚餐。除了文艺学理论这个主要话题之外,还涉猎其他各种问题,像老朋友那样无话不谈。他似乎毫无保留。谈起苏联卫国战争,他指着旁边的夫人说,列宁格勒被德军围困时,她是一名护士,列宁格勒人坚韧顽强地渡过难关,直到胜利,他们是英雄。我们把尊敬的目光投向这位头发已经花白的女士。谈到对斯大林的评价,他说:"我很矛盾。一方面他做了许多好事,譬如领导卫国战争取得胜利;但是另一方面,他又是杀人魔王,杀了那么多好人……"

鲍列夫也是中国读者,特别是研究美学的人非常熟悉的一位学者,他的《美学》和斯托洛维奇的《审美价值的本质》中文版,都早已在中国问世并被中国的同道所熟读,经常在文章中引述。虽然我们没有得见斯托洛维奇,但是与"审美派"的这位主将鲍列夫相见也可以弥补些遗憾。一天晚上我们应邀到鲍列夫家。他和他年轻的妻子(看样子不过二十几岁)住得并不宽敞,藏书也不多,他说,他的许多书在他儿子(与前妻所生)住的地方。我们在他的书房攀谈。那里有一张只有桌面而没有抽屉的书桌,非常宽大,一盏可移动的日光灯,十分明亮,照得满屋如同白昼。我们问他,对目前中国很时兴的

"文艺美学"这个提法怎么看？他表示异议。他说，不能什么都"挂上美学"，他指着头上的电灯："什么'电灯的美学'、什么'桌子的美学'……这样就有好多好多美学，好像什么都可以挂上'美学'的头衔。这是美学的泛化和庸俗化。"鲍列夫是革命后代，他父亲是老革命，参加过卫国战争。他自己不仅研究美学，还进行文艺创作。他把自己不久前发表在一本杂志上的作品签名赠给我们，好像是一部小说。他的妻子烤制了一些甜饼招待我们。告别时，我们把名片留给他。他说他没有印制名片，于是他的妻子临时在一个长方形的小纸片上制作了一张鲍列夫"名片"，书写得秀气而工整，送给我们。

李福清是经常来中国访问的老朋友，是一位造诣颇深的汉学家、中国通。我们这次苏联之行，他成为我们的顾问。到高尔基世界文学研究所访问，是他带我们去的。中午在科学院招待所用餐，三个卢布，汤、菜、面包，吃得很便宜很舒服。那天傍晚，他又亲自领我们去他家。下地铁后，路经面包店，他买了一根长面包，夹在腋下。他妻子亲手做了几道中国菜招待我们，我记得有一道菜是焖扁豆，味道很不错。饭后，李福清特意把他珍藏的许多中国年画展示给我们看，他不无自豪地说："有几幅是清代的，在中国也不多见。"老钱和我都啧啧称赞。李福清赠予老钱一本新出版的、很难得到的雅柯布森的俄文版《诗学文集》，后来老钱说起我们要访问列宁格勒大学，他说："到时候请我在列宁格勒的朋友去接你们。"

那个时节莫斯科仍然冰天雪地，但列宁格勒这座海滨城市却并不冷，甚至令人有初春的感觉，相当舒适。优雅的涅瓦河在市里穿过，又给这座城市增添了许多温情。沙皇的冬宫（艾尔米塔什）面向涅瓦河，到这座皇宫里面一看，豪华、辉煌，气势宏大，才知道外国的"洋"皇帝比中国的"土"皇帝更能摆谱，更会享受。列宁格勒南郊的叶卡捷琳娜宫（皇村，又名普希金城），也会让你体验皇帝和贵族的享乐生活情景。身处叶卡捷琳娜宫，也让我想起中国皇帝的夏宫避暑山庄；不过，在避暑山庄，皇帝除了玩儿，更重要的是还要处理国务———一年之中有三四个月在那里"公干"。

在列宁格勒，我们采访了俄罗斯文学研究所（普希金之家）研究员格奥尔基·米哈伊洛维奇·弗里德连杰尔,他的经历颇为坎坷。1915年2月9日出生于基辅,1995年12月22日逝世于圣彼得堡。他是俄罗斯文学评论家,苏联科学院文学和语言系成员,19世纪俄罗斯文学研究者。20世纪20年代初他和家人移居到列宁格勒(今圣彼得堡),1937年毕业于列宁格勒大学语文系,1937—1942年在列宁格勒大学任教。1946年,他被放逐到阿尔汉格尔斯克地区,曾在阿尔汉格尔斯克和雅罗斯拉夫尔教育学院任教。被放逐的原因,是他祖父的德国血统——护照上注明了"埃德加·加斯顿·乔治"的名字和"德国人"国籍。他的母亲安吉拉·莫里索夫娜为了拯救儿子,找到弗里德连杰尔信仰犹太教的证据,在著名学者的帮助下释放了弗里德连杰尔。1946年,他回到列宁格勒,进入列宁格勒外语学院担任教师。自1955年以来,他在位于列宁格勒的俄罗斯文学研究所(普希金之家)担任研究员。1983年,其著作《陀思妥耶夫斯基与世界文学》[1]获得国家奖。那天我们是在列宁格勒大学的一个大礼堂的舞台上交谈,三个人,三把椅子。当弗里德连杰尔走来的时候,猛一看,他好像不过五十岁多一点;走近一些,看上去六十来岁了;坐下面对面谈话,有时看到他有口水流出,才觉察出他至少七十岁以上。后来老钱告诉我,弗里德连杰尔三四十年代已经与弗里契等马克思主义文艺理论家一起发表文章了。

20世纪80年代王春元当文艺理论室主任的时候,申请到一个国家重点项目《文学原理》,开始是"六五"重点项目,后来滚动到"七五"。本计划写五卷,即《文学原理——作品论》《文学原理——创作论》《文学原理——发展论》《文学原理——批评论》《文学原理——欣赏论》。后来由于种种原因,最后两卷没有完成。到80年代末,《发展论》(钱中文)《创作论》(杜书瀛)和《作品论》(王春元)定稿,1989年由社会科学文献出版社同时推出。

老钱的《发展论》的确写得富有革新性和创造性。老钱曾经回顾说:"文学发展论过去只讲社会政治对文学的影响,而文学自身发展

---

[1] 苏联科学院出版社1979年版。

的原始因素、语境都被忽略了。有五六年的时间，我陷入了紧张的探索中。比如，旧的文学观念实际上已经显示了它的不科学性，并已成了文学理论中出现简单化与庸俗化现象的理论根据，从而显示了旧的理性精神的滞后。宣布旧的文学观念已经过时，与它决裂，那是十分容易的事，但是用什么来替代呢？需认真探索和研究。"关于文学的发展规律，老钱提出：

> 我把文学发展看作文学本体的发展，是在历史、现实的过程中，不断通过文学话语结构的审美创造。与这一层次相应，表现为文学话语的不断变革，文学体裁也即真正的文学这种形式的不断生成、更新与多样化。其次，是创作主体的审美价值的创造的发展，与这一层次相应，就是创造主体的个性、风格、文学流派、文学思潮的生成，就是各种创作原则的形成与演变。再次，是文学接受中审美价值的再创造，与这一层次相应，表现为历史过程中文学价值不断被再创造，形成文学的接受史。在文学的不断更新过程中，我提出了文学发展中的更迭与非更迭现象。人们常说文学的发展是后一种文学更迭前一种文学，如现代主义文学替代现实主义文学，后现代主义文学替代现代主义文学。这种说法我以为并不符合文学发展的事实，所以并不科学。其实，表面上看来，好像存在一种文学替代另一种文学的现象，但实际上，只是一种文学思潮替代另一种文学思潮，而作为创作原则的文学现象，一旦形成，是会长久地存在下去的。因此，这就是为什么在同一时期里，常常会出现多种文学创作现象并存的局面，一些看来似乎过时的文学现象，如创作原则，它会及时吸收后来的创作原则的一些新的特征，用以丰富自己，而获得新的生命，并且发展下去，继续在其指导下，创造出新的文学作品来。文学发展采用的是积累的形式，新的文学的出现，不会排除、消灭旧的文学，而只会丰富与充实整个文学过程。第四层次，我将文学看作一种文化现象，它的发展自然应置于文化系统之中进行考察，提出了文学的民族文化精神，文学必然要受到一个民族的文化精神

的制约。这种"民族文化精神",是一个民族的审美文化和非审美文化在互为交织、长期的历史发展中形成的价值、精神的指向,是一个民族的深层心理结构,它影响着创作者的思维特征与文学观念的形成。在文学与审美文化和非审美文化的相互作用中,形成着各种文化批评与文化诗学。最后,我从文学史的角度讨论了多种文学史的观念的不同特征。①

这确是高见,是他对中国文学理论建设的一项重要贡献。

1990年秋,老钱和我携带着新出版的《文学原理——发展论》《文学原理——创作论》《文学原理——作品论》,到上海、杭州征求同行专家的意见。在上海,在杭州,徐中玉、蒋孔阳、张德林、王元骧等一批老中青学者开了几次座谈会,贡献了他们的宝贵意见,特别是徐中玉、蒋孔阳等老一辈学者给予我们积极评价和诸多鼓励,增加了我们的治学信心。到杭州的时候,正是晚上七点多,宾馆饭时已过,王元骧老师听说老钱刚做了个大手术痊愈不久,特地让他老妈妈做了两碗面条送来,至今想来仍感到热乎乎的。

钱中文是当代中国一位"标准"(我的意思是说在文艺理论界可以作为"标杆儿")的文艺理论家,一位勤奋而本分的学者。他一辈子老老实实、认认真真、孜孜不倦地做学问。可以说他一生只做了一件事,即研究文艺理论与哲学、美学。他心无旁骛,从不哗众取宠,也从不好高骛远,而是脚踏实地、实实在在。他的所有工作、所有职务,包括当"主任",当"主编",当"会长",当大大小小的"委员",当各种"召集人",当许多学校的"兼职教授"……都是围绕着文艺理论研究这个学术目的行事。他不想当官,也不追求名利地位。领导多次找他谈话,要他出任文学研究所的所长,他考虑到自己身体的健康状况,谢绝了——还是按照自己的实际情况本本分分做学问好。

也许有人觉得他做学问不够"大胆",不够"激进",不像某些

---

① 见钱中文《学术自传》。

学者那样提出一些新异而惊人的理论主张和口号。做学问是一件非常严肃的事情，来不得半点马虎。老钱从不随便提出自己的理论观点，但他每提出一项理论主张，都是经过细致周密的理论思考和多方论证，有根有据。譬如，他提出"文艺是审美意识形态"，提出"新理性精神"，等等，都是几经考虑，缜密周到，经得起推敲和验证。你可以不同意他的理论思想和学术观点，可以与他辩论、与他商榷，但是，你不能轻易把他的思想观点否定，也轻易否定不了。而且，我认为学术本身就是多元的、多样的。你可以从不同途径，用不同方法，去探索学术真理。

世上没有绝对的、唯一的、一成不变的绝对真理。谁也不敢说他已经穷尽了真理，已经站在真理的顶峰。真理是历史的、发展的。做学问也是一项永不停歇、永不止息地探索真理的事业。我认为应该像钱中文那样做一个谦虚严谨、脚踏实地、不断探索、不断追求的学者。

老钱曾经写过一篇学术自传，全面总结了自己的学术经验和学术成绩，而且总结得很好。关于他的学术成绩和理论思想，我不用多说了——说得再多，也不如老钱自己总结得好。我建议学界同行读一读这篇自传。

（2021年9月27日，牛年中秋后6日）
（原载《文艺争鸣》2021年第12期，收入本书作者略有修订）

钱中文与中国文学界的"时代三问"

上海社会科学院　许明

我于1978年考入中国社会科学院文学所,当蔡仪先生的硕士研究生。从那时起,就与文学所结下不解之缘。后来再读博士、留所工作,一共经历了22年的人生中最为重要的时光,直至21世纪初离开京城回上海工作。

我与钱中文先生在1978年入学考试时就相识了,当时他四十几岁,清秀而又儒雅,看上去比实际年龄要年轻得多。入学考试先进行笔试,共有五百多人考文学所,其中一百多人考文艺理论专业。笔试以后是面试,我是"文革"前老高一的学生,虽然上过大学,也刻苦自学,但面对百里挑一的众多学长,内心的惴惴不安可想而知。当时,中文先生作为理论室主任蔡仪先生的助手,是面试官之一。几十年过去了,我仍然清晰地记得当时的情景。中文先生问了我一个艺术史上的问题,慌乱中我将"蒙娜丽莎"说成"蒙娜莎丽",他微笑着纠正了我。他还意味深长地说了一段话。他说:"搞科研是很艰难的事,哪怕推进一小步也是不容易的。"这"一小步"的告诫深深地刻在我的脑海里,我高度认同这个理念,并努力在科研实践中实现它。

文学所理论室在20世纪八九十年代聚集了文艺理论界的一代名师蔡仪、钱中文、王春元、张国民、何西来、王善忠、涂武生、杨汉池、杜书瀛、栾勋等,中文先生是我私下接触最多的导师之一,还有两位是思想非常犀利的栾勋先生和汤学智先生。我总是能从他们的言谈交流中感受到有深厚学术传统的国家科学院的良好氛围,至今念念不忘。我的人生与思想发展,也就此无法摆脱这种长期熏陶后形成的轨迹。

在我的印象中，中文先生除了学术以外，几乎没有别的嗜好。现在才知道，他有时会在家里吟诗，唱一些俄罗斯歌曲。他为了推进"一小步"甚至到了废寝忘食的地步，有三个节点应该大书特书。

一是创建中国中外文艺理论学会，担任首届会长十多年，并隆重推出"中国古代文论的现代转换"这一文学界的"哥德巴赫猜想"。作为这个议题的首创者和出色的组织者，他将学会每届年会的主话题引向文学理论研究的最前沿。而20世纪90年代中期由中国中外文艺理论学会引发的这个大话题，引起学界高度重视。中国古代文论与中国的历代文学实践相辅相成行进了漫长的历史时段，但建立在工业革命基础上的西方现代性文论和哲学思想，并未与中国传统文论发生过真正的碰撞。它们在西学东渐的全球化浪潮中碰撞以后会发生怎样的裂变？中国传统文论在现代性的冲击下还能生存下去吗？传统文论和西方文论的融合与对中国社会产生深刻影响的马克思主义相连接引发的思考，等等，诸如此类的问题，向中国人文学界扑面而来。中文先生很快在《文学评论》上组织了系列文章。我作为学会的秘书长和《文学评论》的副主编，对所组织的有关理论文章，一一送给中文先生审阅，他不时地亲笔修改定稿而连续刊发，一时形成一个思想性的高潮。这个真实的可以推进"一小步"的问题，富有深刻的内涵，可惜，当代学人似乎动力不足，没有进一步推进。

在科学发展史上，提出并明确真问题，钱先生等人可以说居功至伟。哥德巴赫猜想至今仍然是猜想，但哥德巴赫却永载史册。在中国文艺理论界，以钱中文先生为代表的"推进"力量，在20世纪90年代的国家平台上提出并连续发文阐释"中国古代文论的现代转换"，这是典型的中国问题，今天看来是具有何等的远见卓识。

二是关于"审美意识形态"。中文先生的文艺理论思想，在方法论上是博采众长的。他从问题出发，力求用各种办法解决问题，所以，他明显地与一些从某个既有理论出发去解释现象的学者不同。文艺的意识形态属性，在中国文论界有着无可回避的命运。20世纪80年代有过全盘否定意识形态属性的思潮，90年代又回到起点，即文艺就是意识形态的另一端。面对这个真实的文艺与意识形态的关系问题，中文先生连续著文，强调文艺的"审美意识形态"属性，即文艺是离不开意识形态的，但文艺也是审美的，它有自己的语言、意象、情感、叙事方式等非意识形态的功能。"审美意识形态"的提出，体现了方法上的"中道理性"。在90年代初期和中期的中国文论界，中文先生高举"审美意识形态"的旗帜，为中国文论的健康发展和建立中国话语做出了贡献。

三是关于"新理性"。我理解中文先生的研究思路。关于传统文论的现代性问题，关于文艺与意识形态的关系问题，都是当代中国文论发展中必须解决的"中国问题"。就事论事地针对具体问题进行回答，已经不能真正触及思想发展的本质。20世纪90年代中期，中文先生适时而又犀利地提出建立"新理性精神文学论"的观点，将当代中国文论又推进了"一小步"，充分体现了中文先生的创新勇气。将传统文论遇到的转型问题、当代文艺思想的审美属性与意识形态的关系问题等向更深的层次追问，其实质不正是在呼唤一种新的文化立场与文化精神，甚至是呼唤一种新的方法论吗？

汤学智先生写道："钱中文先生倡导新理性精神，是今日'重建文学艺术的价值与精神，守护民族文化精神家园'的需要，因而也是时代的需要。这种新理性精神有三项基本内涵：理性、人文精神、对话精神。我以为，这三项不仅抓住了问题的本质，而且本身构成了一个富有内在生机的完整系统：现代性体现着人类与时俱进的精神指向，人文精神凝聚了现实需求的思想精神，对话精神则显示出先进的思维特征。"[1] 毫无疑问，这是指向"全人类共同价值"的论述，时间是中国语境中的20世纪90年代中期。

作为新理性精神的核心内容，中文先生将"现代性"定义为"促进社会进入现代发展阶段，使社会不断走向科学、进步的一种理性精神、启蒙精神，也就是高度发展的科学精神与人文精神，表现为科学、人道、理性、民主、自由、平等、权利、法治的普遍原则"。"现代性就显示为一种开放的'未竟'的理想进程，它与人类的积极本质

---

[1] 汤学智：《新时期文学的欢乐和哀伤》，郑州大学出版社2009年版，第338页。

相联系，引导和规范着理性探讨的前进方向。"①

在关于新理性精神的阐述中，中文先生还特意强调了"对话精神"。在中国文艺理论界，中文先生是根据俄文翻译巴赫金著作的第一人。《巴赫金全集》中文版的出版，钱中文先生居功至伟。巴赫金在斯大林时期落难到边陲小镇，默默无闻地当师范学院的小教员。但他伟大的创造精神终于在历史尘埃落定后露出光辉。他的"复调""对话"这样的核心概念，竟然在20世纪下半叶的世界文化版图上占据了一席之地，为俄苏文学思想争来了荣誉。中文先生以他的敏锐和坚毅，在60岁以后的十余年中，组织翻译并出版了《巴赫金全集》（6卷本），并将"对话"——它隐含的内容是承认人类积极的精神创造都有生存权利和竞争互补的可能——引入了自己的思想创造。

我们可以看到中文先生新理性精神的追求，是有恢宏的目标和全局性的理论思维的。他勾画了这样一个框架，即将建构在中国国情基础上的基本价值理念与人文科学新的方法论意识，有机地统一起来并加以系统阐述，确实使中国文艺理论的创新迈出了"一小步"。

新理性精神的建设，在当代中国，不仅仅是文艺理论发展的需要，也是整个思想界新的建设重任。在西方，理性精神自亚里士多德、柏拉图时代开始，就是哲人们苦苦追求的目标。它建构在这样一个思想性的基础上——人，作为具有高等智慧的动物，他对外部世界不仅有感性的反应，而且有理性的思维能力。那么，这个理性思维功能究竟是什么？自古希腊以后，一直是西方思想界的大问题。18世纪的康德是一个标志性的人物，他对主体具有的理性能力追根溯源的工作，最终追溯到了不可知的"先验理念"。在他看来，除了本源性的基本范畴以外，人的其他理性能力都只是工具性的。在人与人的交往过程中，理性首先是实践性的，实践理性规范了人的行为，而纯粹理性则留给哲人们去"仰望星空"了。在这个意义上，我们今天讲的"新理性"首先是在实践理性层面上的考量。当代中国的思想发展、文化发展、社会科学发展，太需要这个新理性了！旧理性根深蒂固，

---

① 汤学智：《新时期文学的欢乐和哀伤》，郑州大学出版社2009年版，第338页。

先秦以降，朱熹、王阳明为又一高峰，形成了所谓中国人的"宋明传统"。朱熹、王阳明之"理"，"礼也"。这种理性贯穿于古代中国人的一切实践行为中，从价值观一直到思维方式，影响至今。其深层次的合理性被滞留的原壳所包裹，令中国人止步不前。然而，我们提倡"新理性"，主旨在"新"，是主体意识觉醒的新，是价值观整合起来的新，是思维方法与时俱进的新。从中国传统到西方文化精神再到马克思主义，一切能构造为"新"的思想，都可以融合与锤炼。旧的价值体系，方法上的唯圣，久摆不脱的"我注六经"，思维上的粗陋的经验主义，等等，都可以被反思和革新。而中文先生敏锐地、及时地将这个新时期中国的时代之问，演化为中国文学界的中国之问，并以"新理性精神文学论"为之命名。

至此，我想说，中文先生不仅仅是一个迈出了"一小步"的当代中国文艺理论的创新者，更是在更高意义上的思想提问者，我将此概括为中国文学界的"时代三问"。

第一问：中国古代文论如何迎接西来思潮的挑战而开创新果？

第二问：中国当代文论的审美意识形态如何被定义和描述？

第三问：中国当代文论的"新理性文学精神"如何建构？

这三个时代之问，中文先生及其同时代人已经力所能及地做出了自己的回答。作为新时期文论界的第一批开拓者，中文先生扎扎实实地在中国文艺思想的土地上耕耘，并获得了重要成果。这三个典型的中国问题，只有深切关怀中国文化命运的思想者才能提出来，并且用全部心思去叩问、回答。它们完全不同于对西方文论思想的简单模仿和复述。

喧嚣和热闹并不代表思想的力度。相反，孤寂倒是它的常态。"钱中文三问"呈现至今，我们终于看到，真正可以与西方思潮对话的就是这样的"中国问题"。以钱中文为代表的中国学人回答并深入地研究了这个具有普遍性的文化问题，即异域文明碰撞后的某一种学科样态的变化、发展问题。在文学思想界，"他者"再也无法居高临下地打量一直跟随他们学习的"我们"了。承载着五千年文明，有着全球视野的中国人开始发出自己的声音。

当然，我不得不论述这个时代的遗憾和历史之局限。20世纪80年代以来，中国社会的急剧变化令人目不暇接，社会科学工作者被动荡和变化多端的社会氛围所包围，外来思潮的冲击、不完善的科研管理制度，使立足于当代中国问题的创新和对根本性问题的研究难以成气候。当年，"城头变幻大王旗，各领风骚三五天"，世风如此。中文先生的理论叙述，很少使用当代西方文论的概念，一时被同时代人误读为"不前沿"。然而，50年代留学莫斯科大学的经历，使他开阔了眼界，成为早已领略了世界性风光的"过来人"。80年代以降，他精神上并不仰视这些外来的、同时涌进而来的各种潮流，而是神游八极，四面开窗，静观思变，拿来所用。然而，上面所说的"钱中文三问"，如有更多的人共同为之奋斗，今日中国文艺理论界将会是另一番景象了。哲人是孤独的，思想者是寂寞的。

我作为钱先生的学生和朋友，完全理解他的审美意识形态研究，完全赞同他的新理性文学论的提出，并以《新意识形态批评》一书和一系列文论的出版发表作为呼应。最令人感动的是，我在学习成长过程中最重要的成果，都经过他的热情举荐。我的博士论文《美的认知结构》是一部以认知心理学为方法论，结合中国审美经验的美学原理著作，完成后是中文先生首先推荐的，认为是重要的创新之作，并最终获得中国社会科学院科研成果一等奖。获得国家图书奖的11卷本《华夏审美风尚史》（我是主编及作者之一），也是经中文先生对选题的充分首肯和推荐，成为十一五国家重点科研项目。"人生得一知己足矣"，在文学所遇到这样思想明晰、通达智慧的好老师，是我人生的幸运。

科研上迈出"一小步"是很难的——这几乎是我几十年从事科研工作和办刊工作的座右铭了。白驹过隙，时光荏苒，我进入科研体系已经四十多年了。现今作为过来人，更深切地体会到这个"难"的全部内涵。"难"不仅在于科研本身有方法、材料、逻辑、知识增长与否等问题，而且还"难"在时时有羁绊不让你迈出这"一小步"。在唯圣思维浓厚的中国社会，你想迈出与众不同的"一小步"，也会付出代价，会有更多的沟沟坎坎，将你的心灵禁锢起来。我想，中文先生这一代人的体会更深切。如果没有"文革"和本来可以避免的不断"运动"的冲击，中文先生这代人与我们这代人，将会在科研上有更重要的贡献，但是历史没有如果。

然而，石在，火种是不会灭的。中文先生孜孜以求的是解决中国人文科学本身的问题，这正是当代中国知识分子最可贵的、最稀缺的精神气质。这一代先生中，中文先生是杰出的代表。

在中国社科院这座铁灰色的大楼里，寄托了我青春的梦想、奋斗和收获，我对它的怀念是因为它有了蔡仪、钱中文、何西来、栾勋等一代人所滋养的气质，他们感染了我，让我体会到融入真正的科学研究的快乐，并使我至今仍然保持着极大的创造动力，但我一直惴惴不安地、不断地逼问自己，科学研究的"一小步"迈得怎样了？

（2022年6月2日写于钱中文先生90岁生日之际）

扛鼎精神

人民日报社　张首映

春夏之交，因为疫情，未有聚会，居家过活，埋头于五卷本《钱中文文集》①。三个月，集中阅读一人之文论著述，于我而言是三十年未有之事情。钱先生是我的博士生导师，在他90岁之际，拜读他的文集，领悟他的文艺思想和思维方式，了解他几十年的从研经历和心路历程，感念他的教育培养恩德，弥补"故业"缺憾，抚"书"追昔，写篇作业，应然必然。

吸引我的，在于其中蕴藏的某种精神，磁一样的、不能松离的、需要钻研的精神。

文论家精神么？文史与哲学齐舞，理性与感性一体，演绎与归纳互动，论说与风骨共鸣，现代与古典辉映等，这样的文论家精神，当然有，不然，怎么成为响当当的文论家。继承弘扬中俄文论家精神么？刘勰的、金圣叹的、王国维的、何其芳的、钱锺书的，别、车、杜、高、巴赫金的，等等，或从中外文论史集成出来的"一堆"精神，应该有，钱老师作为当今文论的集大成者，怎能缺乏这些精神？学者精神么？断然不会缺席。钱老师的一生，是学习人文的一生，研究文艺的一生，构建文论学术、学科、话语体系的一生，拓展文论格局境界的一生。文学界尤其是文论界那么多有识之士认可他的道德文章，说明他的文论站得住、靠得住。学者化、学者气质、学术人生、学术生命等，几近成为他一生的"符号"。科学家精神么？这原本是

---

① 中国社会科学出版社2021年版。

人文学科的学术精神,被自然科学化了,是由哲学和自然科学提炼出来的。钱老师的文论著述,有"大写意",更有"工笔画",以科学性和创新性闻名,以在文学学科取得的显著成绩,成为社科院荣誉学部委员。在中国社会科学院,荣誉学部委员名额十分"精贵",有限得很。文论家精神、学者精神、科学家精神等,在《钱中文文集》中都有体现,或都存在,但好像都是作为共性而存在,作为"奠基"而存在,作为"似他还不是他"而存在。

我在大学时,老师们多是"30后"。文论老师邹贤敏生于1938年,郁源生于1937年,周勃生于1932年,硕导胡经之生于1933年。他们生于战争年代,经历无数运动,有两个共同点,即惜时如金,非常勤奋,总想把被耽搁的岁月抢回来;使命感、责任感特别强,总想在学术上有所作为,力争大有作为。他们确信,文艺是掌握世界的方式之一,做好文艺工作和文论工作,精神将得到升华,思维将富于创造,有助于认识世界和改造世界,世界将得到"美化",变得美好。我们在改革开放时代上的大学,在"以经济建设为中心""科技是第一生产力""军事是'硬实力'"的环境中成长,我们相信文艺具有多重功能,但不那么确信文艺对掌握世界和推动世界发展有那么强大的力量。1995年,在《文学评论》上,读到钱老师的文章《文学艺术价值、精神的重建:新理性精神》,初看感觉这是一个文艺问题,再读才认识到这是一个人类精神问题,目的在于"以新的人文精神来对抗人的精神堕落与平庸"。文中对于"人""人类"的规定是全球意义上的,这就是人类精神问题了。这篇文章通过倡导新理性精神来解决当前人类面临的多种精神问题,通过文艺来解决当前人类精神存在的问题,通过新人文精神解决文艺自身存在的种种精神问题。文艺在精神层面或主观世界上能够如此把握和推动世界,理论上说得通,实践上行得通。这篇论文使我从"相信"走向"确信"。文艺有这种功能,文论家怀揣这样的信念、信心和抱负,文艺和文论对人类精神文明的贡献将越来越大,对世界的影响力也会越来越强。

近世以来,文艺与世界的关系问题,是文论家们关注和思考的一个中心议题。文艺作为一种人文精神载体,无论是对世界的反映、再现、表现、再造、塑造、重构，还是想象、虚构、虚拟、科幻、创造，都"在世界中"，与世界脱不了干系。文论作为一门人文学科，已经世界化了，在这里，"世界"不仅是一个要素，而且是一个元素；不仅是一个观念，而且还成为一种标准，至少是区别于古代文论的一个标准；不仅是一种思潮，而且已经成为一个超级市场。从1984年起，钱老师参与主编"现代外国文艺理论译丛"，至1991年推出14种，包括韦勒克、沃伦的《文学理论》。这本书主要由"文学的外部研究"和"文学的内部研究"两部分组成，把传记、心理、社会、思想、其他艺术视为"外部研究"。钱老师认为，韦勒克等主张的"本体论实际上是作品本体论，而非文学本体论，文学本体论应该包括被他们排斥了的那些所谓外在因素"。此乃智珠"爆表"，一针见血。本体论的核心包括"在世界中"，抽离它或摆脱它，还有什么本体论可言。就像一个人，其本体在于"在世界中"，抽掉或切掉其与世界的一切联系，剩下的只是一个躯体，可能有血有肉，却失去了其存在的意义、活在世上的价值或本体论意义。把本体论当本身论，这是英美经验主义几百年的痼疾。任何学科，都有其边际边界。"无边"的文论，等于"胡扯""瞎掰"；但是，过度"内卷"，产生过一些有价值的文本，可能成为"精致的利己主义"，长此以往，路越走越窄，是走不远的。诱导文学、艺术、学术、文论丧失存在于世的意义和价值的"迷药"，正常人不会上当受骗。世界观毕竟是认识世界、改造世界的根本之理、总体之论，或理论之根基，唯世界观不行，丢弃世界观更不行，有点像"钱不是万能的，没钱是万万不能的"。不断"观"世界、研究世界、反思世界，就会形成并丰富世界观，"拨开云雾见青天"，渐入思想理论佳境。

  境界，分两个阶段，即作为主观世界的境界和作为面世成果的境界。思想境界、思维境界、精神境界、道德境界等，更多的属于主观世界。它是"因"，有"因"才有"果"。它是"炉子"，冶炼铁水，出来的是钢铁，加入其他元素、原料，出来的是合金，可能是二元合金、三元合金或多元合金；烧饭烧菜，出来的是烧制食品，包括美味佳肴。钱老师认为，学术境界有三个层次，即跟着说，接住说，对着说。"跟着说,主要是重复别人的观点,或者只是热衷于介绍别人的观点;或者跑马圈地,以外国人的时尚观点为自己的观点,成为外国学者的信徒,却不具有自身价值,这是学术中的初始境界。接着说,主要是根据别人提出的话题,接下去说,可能会出现一些新的见解,已是不错的了,但尚未形成自己的问题与见解,这是学术中的身临其境的开始。对着说,表明已有了个人的独立的学术见解,可以在学术上进行真正的平等的对话了;已经有了自己的问题与观点,进而形成了自己的学术个性,这是学术研究中的更高境界。这可以算作学术研究的三个境界了。"钱老师自信地写道:"学术看重的是独创,是学术个性,而不是重复。我不再跟着说、接着说,而是努力去对着说。"钱老师的"三境界"说是对冯友兰"二境界"说的延展。他提出"第三境界",更是以身作则,孜孜以求,甚至义无反顾、奋不顾身。对于这种"学术个性",我更愿意把它理解为理论上的"这一个",以区别于黑格尔提出的艺术上的"这一个"。理论上的"这一个",是有自己认识体系的"这一个",往更高处说,是有理论体系的"这一个"。这是主观世界这个"炉子"熔化出来的"这一个","独上高楼,望断天涯路"的"这一个",当然也是理论境界相当高的"这一个"。"新理性精神文论"显示思想理论的"这一个",《文学发展论》呈现学术、学科和话语体系的"这一个"。

　　学习学习,以学为主;学问学问,以问为主,通过学理和专业方法解决问题。学术亦如医术,总是在发现、诊断、医治有关问题。这次读《钱中文文集》,发现钱老师的文章有一个亮点,即一开始把问题"置顶",冲着问题去,摆出问题来,围绕问题展开,为解决问题"开药方",显现思想逻辑。1987年出版的《现实主义和现代主义》是如此,2000年出版的《新理性精神文学论》亦然,哪怕有些会议上的简短讲话也是如此,忆评钱锺书、何其芳、蔡仪、蒋孔阳、徐中玉、季羡林、胡经之、童庆炳等文论家的纪怀之作,有不少依然如此。"问题导向"是近十年叫响的,30年前,钱老师已这样做了,把它作为"学术个性"的二要素(问题与观点)之一,形成一以贯之的风格,成为文论领域一道独特的"风景"。文论领域的不少文章,还有其他领域的众多理论文章,开头总是显示"根据""逻辑",拿几位有名的古人、洋人"忽悠",给人以"科学味儿""理论范儿",产生不少佳作,多了,风靡经年,存在挥之不去的书卷气、书生气。在这个"知识爆炸"的信息社会,古人、洋人能解决的问题早已解决;质言之,他们把活都干了,话都说尽了,我等何为,我等本体价值意义何在?吸取古人、洋人的精神营养是必须的,但不能被遮蔽、掩埋、抹杀。我等当务之急还是找问题。冲着问题去,理论就别开生面;摆出问题来,理论就生气盎然、活灵活现;开出"良方",理论功能才有可能被发挥得淋漓尽致;彰显思想逻辑,而不只是"掉书袋",理论风貌和底蕴才有机会得到充分展现。跟钱老师念书时,他正在写"文学发展论",当时感觉他有一种"史家"风范,严肃、谨慎,追根溯源、条分缕析,一丝不苟、精益求精。这次读《钱中文文集》,感觉钱老师更像一名医生。他的众多文章,好似"诊断书",存留"问题清单",更有医治某些文病、论病、"精神病"的"大医金方"。20年或30年后,再读这些论文,不旧不涩不累。问题在、观点在,"学术个性"就在,理论境界就在。

　　理论的"工具箱",受几千年文明史积淀,思想资源充裕,元素要素丰富,学科门类齐备,题材体裁众多。若极而言之,假如理论元素只有一个,那是什么?就是观点。理念、本质、规律、境界等,凝聚为观点,由观点显现。观点似诗歌的"诗眼",又似"诗句",理论这一"诗篇"主要由观点这个核心元素组成观念系统。我们习惯于把问题分为四类,即重特大的、重大的、基本的、具体的。当前科技领域的"卡脖子"问题属于重特大问题,疫情问题属于当前社会民生领域的重特大问题。无论哪类问题、哪些问题,只要理论出手,都必须观点当头、观点出力、观点发威。观点强则理论兴,观点弱则理论衰。我当了几年人民日报理论部主任,坚持抓理论先抓观点和题目。当然,理论研究与理论宣传"术业有专攻",然而,在抓观点和题目上,与经济领域抓投资项目和效益方面,有"通感",普遍性毋庸置疑。这次读《钱中文文集》,对钱老师的"已经有了自己的问题与观点,进而形成了自己的学术个性"这句话,认识尤深,体会尤切。钱老师这句话告诉我们，观点何来？问题中来；观点何用？解释问题，特别是要解决问题。由此推论，问题何来、问题何在？这要看学识、经验以及如何选择等本领。钱老师思考的文学本质问题、精神气质问题、现代性问题、历史发展问题、交往对话问题、全球语境问题等，属于当代文论领域里的重大和重特大问题，从解决现实问题出发，提炼出"审美意识形态""新理性精神""走向交往与对话"等重大观点。这就是现实出问题、问题出观点、观点解问题、观点解现实问题，现实还有其他问题或再出问题……的循环。遥想思想史上的那些大家、大师，多是"问题之人""观点之人"，他们能发现、抓住、解释、解决当时和历史上的一些重大问题，提出一些发人深省的观点、观念，代际有代差，代差成势差，代代却都这么循环着。这是一种立足现实的"理论解释学循环"。时代是出题者，理论是答题者，实践是阅卷者，事业是受益者，这是一条立足时代的"理路"。至于理论自身，"自己的孩子自己养"，自己提出的问题，主要靠自己提炼和演绎的观点来解答，不能简单地把"活儿"派出去，让"书"中的古人、洋人来回答。这种立足自我创新的"问答逻辑"，运用自如了，理论境界会螺旋式上升。

  理论境界，离不开古今东西、才学胆识诸要素，是融合创新的结晶。好比一个水库，积水由少到多、由低到高，库容逐渐扩大，是与非、正与反、美与丑、新与旧、东与西、左与右、我与他等，在其中交流交融、碰触激荡，形成平缓而有波澜的主流、纵深而有层次的水体。这是常态化、中等规模以上的"水库"，相对而言，包容量大、解释力足、说服力强、使用者众、影响深远。也有"非常态"的，即才子型，品相、品质、气质与浪漫主义艺术境界相似，旗帜鲜亮别致，创意充沛惊艳，一骑绝尘，"一遇风雨便化龙"。拿德国哲学来说，康德、黑格尔、海德格尔、伽达默尔、哈贝马斯等，大抵属于"常态化"的，尼采等大抵属于"非常态"。我觉得，钱老师的文论境界属于前者，常态化的、科学的、融合创新的。何谓融合创新？在司马迁看来，就是"究天人之际，通古今之变，成一家之言"。在科学家看来，就是以科学的方式方法，汇集融合多种元素要素，经过反复提炼、反思和论证，化合出一种新的公理或产品。在钱老师看来，"一个伟大的民族自然要拥有丰富的物质财富，但是最终昭示于世人、传之久远的，则是其充溢的民族文化精神的文化创造。生产这种精神财富，应该在文化、学术中，从发出自己的声音做起，进行原创性的创造"。就问题和观点来说，越是重特大问题，越需要大功率"熔炉"来冶炼，大容量"水库"来淘滤，越需要融合创新。在理论领域，"熔炉"就是世界观和方法论，"水库"就是认识论、历史论和价值论，这样"冶炼"和"淘滤"出来的观点、观念，才是原创的、独创的、最好的，除此之外，其他的有用管用的也好，多数站得住、站得稳、留得住。如此看来，融合创新的、高质量的，才能传之久远。20世纪八九十年代，大家议论的左、右问题，都是一种"时代现象""成长经历""历史记忆"，有些文章当时叫得响，甚至产生轰动效应，却未能"余音绕梁"。

我想，在理论领域，具有认识世界和改造世界的强烈使命；思想思维具有较高境界；具有发现、把握、解释尤其是解决重大问题的能力；"著述要能传"，面世成果具有"扛鼎之作"；推动学术事业发展具有奉献精神并结出累累硕果的，应该是有"扛鼎精神"的。这五个"具有"，算是"扛鼎精神"的主要内容。

记得2015年夏天的一个电闪雷鸣的下午，一位熟人来办公室聊天，他说，以往送书，以册计算，现在送书，按箱计量；有一天，他收到十多个箱子的书，百余本，都是他的朋友们出的文集，他们真能写啊，都是"劳模"。我惊着了，问他看了没有，有没有公推或公认的代表作？他说，堆到办公室，占去一角，退休后看有没有精力看。我们都是好书之人，工作太忙，不能一下子看那么多书，渴望读到高质量、能传世、体量合适的书，让时间效益最大化。而这次读到的《钱中文文集》就是这样一套书。以《钱中文文集》命名的，有4个版本，包括收入中国社会科学院学术委员丛书的单卷本，韩国新星出版社的四卷本，黑龙江教育出版社的四卷本，中国社会科学出版社新出的五卷本。其中，"审美反映""新理性精神"诸编的不少论文，可视为文论界的"扛鼎论文"；评述俄罗斯文论尤其是巴赫金文论的论文,可视为文论史的"扛鼎史论";讨论高晓声小说的评论,可视为"扛鼎评论";《文学发展论》可视为文论、文学史领域的"扛鼎著作"。1989 年以来,《文学发展论》印行 7 版,还不算收入文集的版次和被转载转用的篇章。在这个每年新出文科类学术著述几百万册、资助资金几十亿元的年代,出书相对容易,但也存在良莠不齐、鱼目混珠的情况。一部研究文学发展的理论著作,持续 7 个版次,像"木秀于林",更像"凤毛麟角"。这本书,既有"跟着说""接着说",更有"对着说",可喜可贺的是,持这三"说"的人都能接受,都能认可。从事文学史研究的老师和同学多次对我说,你们钱老师这本书写得好,对他们有指导价值、启发意义。我感到"如有荣焉",更加敬佩钱老师。现在,中华书局、商务印书馆在推近代优秀学术著作系列,朱光潜的《西方美学史》、蒋孔阳的《德国古典美学》等已在系列中出版,《文学发展论》应该入选吧?

《文学发展论》中的有些论述和段落,深入文本又跳出文本,关联文化,诠释宏阔,文笔雅洁。比如谈哲理,钱老师说:"任何有意味的作品,那种有较大的审美价值、社会底蕴的作品,都是以一种人生哲理为核心的。""《三国演义》《红楼梦》等小说,处处充满着生活的哲理,令人无限回味。'滚滚长江东逝水,浪花淘尽英雄。是非成败转头空;青山依旧在,几度夕阳红。白发渔樵江渚上,惯看秋月春风。一壶浊酒喜相逢;古今多少事,都付谈笑中。'艺术上,此词十分通俗,千年往事,是非成败,转瞬皆空;唯青山依旧,春风长驻,夕阳长红,说得悠闲、轻松。接下来马上是'话说天下大势,分久必合,合久必分'。从历史的变迁来说,极富历史辨证精神。于是从合到分,就引出了一幕幕金戈铁马、斗智斗勇的历史画面。最后三国一统,归结为天数,自然是一种历史唯心主义。但暂时的一统又会再回到小说开场的调子上去。这部小说的人物关系、对话、诘难、反难,充溢着哲理意味与智慧,让人叫绝。"在谈文学与哲学思潮的关系时,他写道:"儒、道、释互补的哲学思潮,贯穿着中国文化与中国文艺,形成了三种艺术风格,相互消长。一种是'先天下之忧而忧,后天下之乐而乐';一种是'大鹏一日同风起,扶摇直上九万里'；一种是'江流天地外，山色有无中'。"

写完这本书，钱老师得了一场大病，住院做癌症切除手术。那年，他57岁。我以为，钱老师此后会"悠着点"、少写点，毕竟生命只有一次，写作是个"以有涯追无涯"的活儿。阅读《钱中文文集》，发现其中众多篇什来自"90后"，其间，钱老师还担任《文学评论》主编长达8年，担任中国中外文学理论学会会长、中国比较文学副会长，主持召开了不少大型会议，推动全国文论事业的发展，同时还操持主编《巴赫金全集》中译本项目等，犹如从必然王国走进自由王国，不断焕发新的学术青春，生命不止、笔耕不辍。朱立元老师说，钱老师是"视学术为生命"的人，这句话说得对、说得好。钱老师曾面临业务转行、人生转折、思想转换、社会转轨，仍初心不改、矢志不移、踏实前行。"干一行，爱一行"，需要职业精神；"爱一行，干一行"，则需要"咬定青山不放松，任尔东南西北风"的事业精神和超然物外的顽强意志。钱老师敬畏生命，同时敬畏学术，使生命与学术合二为一，化为精神意志，书写科学篇章。文弱之身，"力拔山兮"，锻造文论之鼎，顶起一门学科，"鼎立"一个理论领域，成为这个时代文论领域的杰出代表、"顶门立户"的"顶梁柱"、继往开来的关键人物。这样的学者，这样的典范，这样的长者，这样的老师，何其难得，何其了不得！

最近4年，钱老师只发给我一个短信。他有点存款，希望我联系扶贫机构捐出去。我虽然认识扶贫办、扶贫基金的负责人，但一直未联系。我知道，钱老师这点钱，是从退休工资、稿费、讲课费等里面节省下来的，而且他和师母身体都不好，需要补给医疗和营养，因此，我打算当面请示后定。见面时，他说已通过社科院捐出。他的大部分藏书，近4500册，都捐给社科院研究生院，该院有了第一个学者捐赠书籍的"读书室"——"钱中文先生读书室"。从去年开启到今年春天，我去过三次，翻捡他读过的中俄文著述，绝大多数留有钢笔、圆珠笔画的印迹，页边写的批语，历历在目，惠泽后学。以我的感受，他的确是"一个高尚的人，一个纯粹的人，一个有道德的人，一个脱离了低级趣味的人，一个有益于人民的人"。

根据《荷马史诗》，加缪叙说，译者推介，西西弗斯成为我国知识界熟悉的一个"人物"。他私欲膨胀，接受惩罚，推巨石上山，山坡很陡，石头被推上去，又滚下来，他继续推，每天这么推，周而复始。讲古希腊这么一个神话故事和加缪文学之思，原本无可厚非。但是，这种无奈无聊、无效无益又无望的被刑罚，竟被视为一种可歌可泣的精神，得到颂扬，岂非咄咄怪事。我们喜爱并敬重有"愚公移山"精神的人，钦佩羡慕能"扛鼎""挑大梁"的能人志士，这样的人越来越多。

每个时代，我们民族都有"扛鼎"的人，蕴藏"扛鼎精神"之士。现在，我国学术事业处于历史上少有的"高原"期，需要更多学者像钱老师这样，弘扬"扛鼎精神"，耐住寂寞、攻坚克难，深潜其间、挑战卓越，抓住互联网这个千载难逢的机遇，锚住这个继往开来的逻辑起点，尤其是可"开来"、能"开来"、"开来"成的逻辑起点，"不畏浮云遮望眼"，大开大合，彰显"高峰"境界，构建世界一流学术、学科、话语体系，熔铸"中国学术大鼎""国际学术大鼎"，让子孙后代骄傲和自豪。

20世纪，世界人文科学取得骄人成就，涌现出"大咖群""大鼎群"。而现在仍在"高原"上，尚未形成一个世纪超越此前多个世纪的"思想洪流"，尚未见到此前那么多的"大咖""大鼎"，这个时候，一样需要发挥"扛鼎精神"，打起精神来，开发新思路，聚焦新动能，释放新势能，打造"21世纪世界学术大鼎"。

当今之世，置身于百年未有之大变局，全球化与逆全球化处于胶着状态，局部战争不绝如缕，文明、文化和价值领域交流交融交惠存在几个亟待解开的"死结"，需要具有"扛鼎精神"的智慧达人，指点天下、拨云见日，构建人类命运共同体，持续推动世界和平发展，让"世界和平发展大鼎"永远伫立于地球各个角落。

（2022年7月6日）

大中至正 温文质方
——我心目中的钱中文老师

黄河科技学院　鲁枢元

我第一次见到钱谷融先生是在1979年，记得当时曾经向他说起，你们钱家在文论界怎么出了这么多名人？钱仲联、钱杏邨、钱锺书、钱谷融，还有钱中文。这说明当年我还在学术界的大门之外逡巡张望时，钱中文老师已经是我心目中的文化名人了。

1982年春天，在广州举办的中国文艺理论学会第二届年会上，我第一次见到钱中文老师，并倾听了他的大会发言。后来，与钱中文老师有了一些接触，我心目中便留下一个日渐清晰的印象——这是一位睿智、儒雅、谦和、方正的学者。同时，他也隐忍、宁静。宁静致远让他健朗地度过了九十个春秋，让我们大家能够一起庆祝他的九十华诞，又为我这个七十开外的晚辈树立了学习的榜样。

江西万杉寺的一位高僧说我祖上积德深厚，福报全落在了我身上。在大学教书不到5年，讲师做了3年半，就撞大运破格当上教授，一时间众说纷纭。钱谷融先生说他是做讲师时间最长的教授，做了33年；我大约是做讲师时间最短的教授。好在我知道这完全是"新时期"文学的浪潮把我托举了起来，因此并没有得意忘形、自我膨胀。

我与钱中文老师实际的交往并不多，当然是我自己的原因。曾经听别人说起，钱中文老师有意将我调进中国社会科学院文学所，他同时看中的还有福建的南帆。我受宠若惊，心存感激。大约是1987年初夏，我来北师大为童庆炳老师的研究生上课，童老师转来钱老师的信，邀我到他府上坐坐。钱老师怕我不认路，特意在信中画了一幅地图，仔细地绘制出他家的位置，并且用红笔标明最便捷的路线，还交代我"骑自行车最方便，20分钟就到"。待我走进他家时，钱老师不在家，他夫人赶忙将他从楼下的院子里喊了回来。当时我有些拘谨，钱老师却没有把我当外人。谈及当时文坛的局势，他说，不久前有个会议，他不得不去，参加者均为文艺界、传媒界有影响的代表人物，主旨在坚持已被中央喊停的"消除精神污染"。言谈中，看得出钱老师对中国文艺理论界面临的局面忧心忡忡，这或许就是我感觉到的钱老师的"隐忍"。

钱中文老师提出的"新理性精神的结构"，在当代中国文艺理论界产生了普遍而重大的影响。我个人觉得，他的"新理性"与王元化的"新启蒙"可有一比，最初的"新启蒙"，也曾经被称作"新理性主义运动"。元化先生鉴于"五四"运动的启蒙任务未能完成，决心在中国补上这一课，在深化"五四"启蒙的精神内核"民主"与"科学"的基础上，发扬思想的独立与精神的自由。钱老师的"新理性精神的结构"则是在矫正启蒙时代理性主义的偏颇的同时，肯定生命中感性的价值，肯定个人的、民族的生存意义，倡导通过交往与对话，在人与人、人与社会、人与自然、人与自我之间形成一种新型的、平等的、独立的人格，建立一种健全的、和谐的文化。"新理性"实际上是要将二元对立、唯我独尊的启蒙理性改造为兼容并蓄、互生共存的后现代理性。他与童庆炳老师共同倡导的"文学的审美意识形态属性"论大抵也是这个思路，试图以审美感受渗透意识形态，以情感的介入、形象的呈现、个体精神的飞升来软化、美化意识形态的刚性内涵。在我看来，这对于长期以来的"左倾"思潮是一种积极而又慎重的反拨与改良。钱中文、童庆炳老师的文艺思想不但得到中国文艺理论界众多学者的认同，甚至也得到官方的认可，因此便成为20世纪90年代中国文艺理论界的主流思想之一。

相比之下，王元化先生的"新启蒙"里程要坎坷得多，他的新启蒙后来发展为对于中国社会发展道路的反思，反思激进主义，反思庸俗进化论，追索极"左"思潮的老根，一下子反思出那么多让人尴尬的问题。加之他又曾经帮助周扬写文章,张扬马克思主义的异化学说与人道主义精神,惹得权威人士不高兴,从此便被打入另册。晚年的王元化的心境是苍凉的,他曾经借汉学家史华慈的话说,"这个世界不再让人着迷"!

当年,我身处中原,在风起云涌的文艺思潮运动中,常奔波于京沪之间,对于当年曾经扶掖提携过我的南北前辈学人,我没齿难忘!然而,我与他们的"情缘"也各有不同。

王元化先生,我视他为中国当代学术思想界的泰山北斗,既崇敬,也敬畏。他治学严谨,近于严苛,对我的期待我自知不堪胜任,于是就怯懦地有意避开他的目光,结果我便成了他门下的一个"逃学生"。

钱中文老师虽然谦和宽厚,但在治学方面却是一位"有规矩"的导师,无论是"新理性"还是"审美意识形态"论的建构,都是要有坚实的哲学基础与上乘的思辨能力的。而我,出生于开封古城的贫苦家庭,少年时代每逢假期都还要拉板车挣钱贴补家用;读大学期间赶上"文化大革命",真正念书的时间不到两年,最高学历相当于"本科肄业",在众多"硕士""博士"面前不能不"自惭形秽"。再则,我似乎天生缺乏"概念形而上思辨能力",写不出中规中矩的学术论文,不会按部就班地课堂教学,在学术界我只是一个散兵游勇,在教育界我常怀疑自己是一个"混进高校教师队伍的异己分子"。同样出于这样的心态,当年郝世峰先生主政南开大学中文系、齐森华先生主政华东师大文学院时,都向我发出诚挚的邀请,我最初跃跃欲试,掂量了自己的斤两后,最终都打了退堂鼓。中国社会科学院,作为中国人文学科的最高研究殿堂,就更不是我能够栖身的地方。

只有在钱谷融先生这里,我才能身心放松。钱谷融先生活了一百岁,八十岁后就不再做学问,走得动时喜欢游山玩水,走不动时看看电视,下下棋,用现在的话说叫"躺平",儿子女儿也早早去了美国。那一年老先生到我苏州的家里小住,来时手提箱里还不忘带上茅台酒与麻将牌。临终前的日子,老人不无得意地对我说:"枢元啊,有一点你一辈子学不了我啦——那就是'懒'!"钱先生无意声名,却把自己"做成一门学问"。我很惭愧，满头霜雪仍然磕磕绊绊，不能完全放下功名心。

我虽然没能到钱中文老师身边，20世纪90年代初，却有幸推荐我的母校河南大学的一位学子张来民报考他的研究生，并获得博士学位。钱老师慧眼识人，因人施教，指导来民将国外刚刚兴起的"艺术消费"作为研究课题，最终圆满完成了《经济转型期的艺术商品化问题——国外艺术商品化历程探索》的学位论文。这篇论文竟预示了来民一生的治学方向与事业选择。同样作为钱老师的博士生，与在高等学府从事纯粹科研与教学的陈晓明、金元浦不同，来民走上新闻出版、文化企业管理的岗位，先后担任中国改革报社副总编、中国发展出版社副社长、中国企业报社总编辑兼常务副社长，为中国文化市场的繁荣做出一份贡献。

20世纪80年代末遭遇的那场风波，成了学界与文坛一个划时代的分界线。风波过后，为了打破学术界沉寂的僵局，钱中文与童庆炳联手倡议并委托河南大学举办了一场全国性的文艺学研讨会。会议就在我的老家开封、我的母校河南大学召开，我却不曾接到参会的通知，当时有些失落。会后，童老师特意到郑州我的家里稍事逗留，劝慰我不必在意。他说这次开会不但没有邀请我和孙绍振等人，北京的一些大牌"左派"也没有请，主要是害怕招惹额外的麻烦。他还开玩笑地说我是"形中实右"。我反省自己，80年代以来，从"文学需要童真""我所批评的就是我""创作心境的非理性"，到"文学艺术非上层建筑""新时期文学向内转"等，我惹下的麻烦已经够多了。在这样一个敏感的时期，让我回避一下是完全可以理解的。这时，文坛的风云人物李泽厚、刘再复都已经远走海外；我所熟识的《文学评论》编辑部的王信、王行之、贺兴安好像也已经靠边站，不久我也"自我流放"到了海南岛。从那以后，我就再也没有进过北京建国门内大街5号院。

相对于20世纪80年代狂飙凌厉的造山运动，90年代就如同出了风陵渡的黄河，河面宽阔了，水流也平缓了。此时，以改良求革新的"新理性""审美意识形态"论便顺理成章地成为这一时期文艺理论的主流；秉中执正、文野兼容的钱中文、童庆炳两位年长学者也就成为实际上的中国文艺理论研究界的重要组织者。当然，文学艺术现象是复杂的，文艺理论是多元的，中国当代文艺理论界是一支规模庞大的队伍，北京大学董学文教授曾从中划分出多个流派。并不是所有人都赞同"新理性""审美意识形态"的理论主张，也不是所有人都愿意聚拢在"中国中外文艺理论学会"的旗下，这是不言而喻的事。如果将思想观念都统一到一个思想中来，那绝不会是正常现象，反倒是思想的灾难。我始终认为，有这样两位心地宽厚、行为端方的学者尽心尽力地筹划中国的文艺理论界，是时代的幸运。正是出于这样的心态，当年广州一家刊物登出文章无端诋毁、谩骂钱中文和童庆炳二位前辈学者，那架势像是泼皮牛二欺凌卖刀的杨志，实在难看，我忍不住上前拦了一把，抢白了几句，结果也被泼了一瓢脏水。

作为中国当代文学史上一位重量级的理论家，钱中文的建树还有他对巴赫金研究做出的世界性贡献。王宁教授曾经在一篇专论文章中指出，钱中文认为不能从一般意义上理解巴赫金的对话理论，"对话"实际上是巴赫金对社会生活的深刻理解，它强调的是人的独立性，人与人的平等，人与人之间的理想关系。钱中文创造性地将巴赫金的对话理论和哈贝马斯的交往理论糅为一体，并结合当代文学理论批评实践，做出了自己的理论建树。巴赫金的理论价值和学术贡献首先是西方学者发现的，却由于钱中文的努力而在中国语境中达到高潮，尤其是由钱中文主编的七卷本《巴赫金全集》出版，惊动了世界，让西方的巴赫金研究者望洋兴叹。

20世纪80年代后期，我对文学语言问题突发奇趣，兴致勃勃地写了《超越语言》一书，书中竟然没有提到语言学大师巴赫金，因为当时我对这位大师尚且一无所知！最近我在修订这本书，想努力补上这一课。于是，我再度求教钱中文老师。钱老师指出，巴赫金是一位全能式的学者，在语言学、符号学、哲学、美学、文艺学、人类学、伦理学、历史文化学诸多领域有全方位的贡献。巴赫金又是一位苦难型的思想家，他年轻时因宣讲康德哲学被苏维埃政府逮捕，未经审讯判处5年徒刑流放到北哈萨克斯坦。前些年我曾到过新疆哈巴河，站在边境的界碑前遥望北哈萨克斯坦，穷山恶水令人胆颤！刑满释放后，巴赫金一生贫困潦倒却始终坚持思考、写作，垂暮之年其"对话"和"狂欢"理论在西方引发巨大轰动，被誉为"一位在生活苦难面前凛然而立的学人"。

我兴奋地发现，当年我在《超越语言》中津津乐道的"超越语言""语言的狂欢"，与巴赫金的"超语言学""狂欢化理论"多多少少还是有某些关联的。在"语言的狂欢"一节中我曾写道："语言不是宗教，但语言却具有类似宗教的约束力，有时甚至比宗教的戒条和律令还有效力。语言的既定性将人们捆扎得结结实实，人们在毫无察觉中成了语言的奴隶。当每一个中国人都万口如一地说着相同语句时，每一个中国人同时也都失去了属于自己的语言。心灵之苗如果不挣扎着破土而出，就将在语言积垢的重压下死去。""狂欢"即对于"压抑"的反抗，狂欢是宣泄，是山泉的湍射，是火山的喷发。狂欢是革命的情感动力和精神动力。如果说，教规严苛的天主教徒们每年之中还有那么一个恣意纵情、放荡不羁的"狂欢节"，那么言语者的狂欢又在哪里呢？巴赫金的"狂欢化理论"指出，在狂欢节世界中，现存的规矩和法令、权威和真理都成了相对性的，这对社会意识形态产生了一定的颠覆，使那种企图统辖一切、完全禁锢大众思想空间的教会的力量被大大削弱。狂欢的存在是为了反抗中世纪的官方权威，消解官方意识形态。在这里，巴赫金强调的也是"狂欢"的颠覆性与解构性。

《超越语言》在1990年出版，曾经遭受国内语言学界权威专家的严厉训诫，甚至也成了出版这本书的中国社会科学出版社的一桩罪过。多年过去，如今倒是巴赫金给我撑起腰杆。我的这些不成器的所谓学术研究，历来受人诟病甚多。一次，我的学生参加某个学术研讨会回来，泄气地向我汇报，会上有专家说我的那些东西都是拍脑壳拍出来的！我没能为我的学生争光，心里感到很是惭愧。

当然，也有不同的声音。2007年7月，华中师范大学的王先霈教授在武汉举办会议，我没有参加。会后，与会的山东大学前任校长曾繁仁教授在电话中对我说，钱中文老师在会上多次讲到我，说我三十年来对中国文艺理论有突出贡献，尤其是在精神生态研究领域。还说，以往私下里交谈，钱老师也曾这样夸奖过我。稍后，参加这次会议的我的学生张红军也向我说起类似的话。1987—2007年，20年过去了，钱中文老师竟还关注着我，还不忘表扬、鼓励我，而且说了我这么多好话，我很感动。

对于当下科技高速发展、经济全球化的走向，对于地球生态环境的改良，对于人的精神状况的提升，对于人类此后三五百年里的未来，我其实是很悲观的。仍在不停地说说写写，类乎"杞人忧天"。之所以放不下这份忧思忧虑的心，多半也还是因为世间有这样几位可亲、可敬的师友。

（壬寅年仲夏，郑州紫荆山南）

钱中文：学术研究要坚持"三性"

美中时报社　张来民

正值钱中文先生九十华诞之际，中国社会科学出版社出版了五卷本《钱中文文集》。其中第五卷收录了钱先生为我的博士论文《作为商品的艺术》出版时所做的序《艺术不仅仅是商品》。这不禁使我的思绪回到当年的西八间房中国社会科学院研究生院，想起了钱先生给我们上课，特别是对我博士学位论文的指导。当时，钱先生提出的许多意见与建议，不仅对我博士论文的写作具有决定性影响，而且成为迄今我从事新闻出版工作和写作的重要指导原则。

首先需要说明的是，"作为商品的艺术"，是我博士论文中相对"作为意识形态的艺术"的一个重要概念。由于论文的标题过长，出书时，为了简洁，使用了这个书名。

当时，我报给钱先生的博士论文选题，是关于路易·阿尔都塞的马克思主义文艺思想研究，已搜集并翻译了一些有关阿尔都塞的英文材料；进社科院之前，已在 1990 年第 5 期《文学评论》上发表了《文学艺术与意识形态——阿尔都塞的马克思主义文学理论》。钱先生听后说，阿尔都塞是西方马克思主义的一位代表性人物，国内现在已经有了介绍，李泽厚也有研究，你能超过李泽厚吗？

显然，钱先生对我的论文选题方向有充分的考虑。他看着我，停了一会儿说，现在我国正处在从计划经济向市场经济的转型中，文艺界发生了很大变化，出现了艺术商品化的现象。一直以来我们强调艺术的意识形态性，强调艺术为政治服务。怎样看待这一新的艺术现象，理论界还很少关注。学术研究要有"前沿性"的问题感、现实感与时代感。当然，艺术商品化现象，在国外已经经历了几百年，但在我们国家尚是新课题。建议你从国外着手，探讨规律性的问题，为我国艺术商品化发展提供借鉴。正是根据钱先生的建议，我放弃了原来的想法，重新确立了博士论文选题——《经济转型期的艺术商品化问题——国外艺术商品化历程探索》。这个标题也是钱先生提出与确定的。

钱先生在给我们上课时曾说，"我是个真正的后知后觉者"。他是留苏研究生，1959年回国后，被分配到中国科学院（1978年起为中国社会科学院）文学研究所，正遇上所谓"反右倾"与"反修"运动，曾根据上级的指示写过批判文章。"文革"时期成为群众"专政"的对象，被发配到河南五七干校劳动改造，"反革命"的帽子直到1978年才被摘除。"我曾是个人迷信的拥护者，又是受害人。""文革"结束后，钱先生经过四五年的反思，反省旧有的文学观念和文风，努力消除自身所受的极"左"文艺思潮的影响，完成了从"非人"到"人"的转换。

钱先生对"文革"给中华民族带来的灾难有着深刻的感受与反思。他认为，长期以来，学术界强调文学为政治服务，导致文学理论失去了主体性，沦为政治的附庸。据钱先生介绍，这种做法主要学自苏联。苏联在20世纪30年代后，文学理论和文学批评中的"征圣""宗经"思想盛行。一个政治领导人上台，理论家们总要蜂拥而上，为之歌功颂德。开头是出于爱戴，以后就变为习惯，并成为一些文人求荣求发的捷径。"文革"时期，这种"征圣""宗经"行为在我国达到顶峰，对学术危害极为严重。钱先生勇于自我反思、自我批判："个人迷信思想，终极真理思想，使我过去在人格上形成了盲从与依附的致命弱点，人格不过是个依附的人格，不过是个单纯的工具与符号。"他告诉我们，这块古老的东方的封建主义土壤，仍然肥沃得很，不断产生着"文化大革命"的细菌和动因。因此，他不断提醒我们，学术研究一定要避免这种"文革遗风"。

钱先生倡导独立自由的学术个性。他坚持认为，学术研究应该追求真理，坚持真理，坚持独立的精神、自由的思想。他告诉我们，学术需要说出真话，不说假话，使真诚融入自由的思想和独立的精神之中，只有这样才会产生具有独创精神的原创性的有价值的文化产品。他特别推崇苏联著名哲学家、文学理论家巴赫金，强调学者要坚持自己的声音，坚持自己具有原创性的观念，即学术上的真知灼见，可能常常会被时尚视为异端邪说，这时作为有学术个性的独立人格的学者，就要能够坚持己见，忍受精神的歧视与寂寞，以致生活清贫，甚至生存也难以维持。但他们会克服一切困难与折磨，从而超越它们，坚持把自己的思想说出来，著述不能出版，就把它们束之高阁，而安之若素，这就是巴赫金的精神写照。其实，这也是钱先生半个世纪以来的理论感悟和人生追求。他本人是巴赫金这样的人文知识分子，自然也希望他的学生这样做。

独立自由的学术个性的一个主要特征就是致力理论创新。钱先生将学术研究分为三个境界，即"跟着说""接着说"和"对着说"。钱先生认为："跟着说，主要是重复别人的观点，或者只是热衷于介绍别人的观点；或者跑马圈地，以外国人的时尚观点为自己的观点，成为外国学者的信徒，却不具有自身价值，这是学术中的初始境界。接着说，主要是根据别人提出的话题，接下去说，可能会出现一些新的见解，已是不错的了，但尚未形成自己的问题与见解，这是学术中的身临其境的开始。对着说，表明已有了个人的独立的学术见解，可以在学术上进行真正的平等的对话了；已经有了自己的问题与观点，进而形成了自己的学术个性，这是学术研究中的更高境界。这可以算作学术研究的三个境界了。"钱先生强调，"学术看重的是独创，是学术个性，而不是重复。我不再跟着说、接着说，而是努力去对着说""对着说"就是"理论创新"。

钱先生经常对我们讲，理论研究要有新意，但不要耸人听闻。他对"新意"有着自己的解释。一是在文章中有无个人独创的观点；对文学实践中发生的问题，能否及时作出新的科学的解释。二是有无新的材料来说明问题。三是在某一问题上对前人的观点是否有所发挥，或有所辨正，等等。在文学理论研究中，进行体系的创造是极为困难的，但是在正确的文学观的指导下，在掌握丰富的史实和现状资料的基础上，有所创新，有所阐发，也不是不可能的。实际上，这是钱先生自己的理论实践的经验总结。他提出的"审美意识""审美反映""审美意识形态""新理性精神""现代性""交往对话""对话思维""主导、多样、鉴别与创新"、中国古代文论"现代转换"等许多命题、概念和理论以及提议组织翻译出版"现代外国文艺理论译丛""巴赫金全集"等都是文艺理论领域里的创新，推动了新时期我国文艺理论的变革与进步。他在《钱中文文集》后记中说："对于文论、美学的建设，我在文集里已讲了不少意见，原创与创新则是其主导精神。一个伟大的民族，不仅以其高度科技与丰富的物质力量闻名于世，但也与其充溢着原创、独创的民族精神的文化创造一起昭示于世人。"显然，五卷本《钱中文文集》就是这种文化创造的理论结晶。

当然，钱先生在给我们上课与指导博士论文时谈到的学术思想理论还有很多，但使我记忆深刻、对我影响至今的主要是这三点，我总结概括为"钱中文学术研究三性"，即问题的前沿性，文品的独立性和理论的创新性。我的博士学位论文《经济转型期的艺术商品化问题——国外艺术商品化历程探索》就是在钱先生"三性"学术思想指导下完成的。

艺术作为商品的存在，今天在我国已成为常态，但在20世纪90年代初则是一个全新的课题。1993年9月4日我在《文艺报》发表了《走向艺术生产论》一文。在这篇文章中，我根据我国出现的新的文艺现象和我国从计划经济转向市场经济的时代趋势，对当时我国文艺理论的研究态势提出了自己的思考和看法。严格来说这篇文章并不是我博士论文的组成部分，我只是在这个文章中提出了自己研究的选题范围和基本思路。尽管如此，文章发表后，仍引起了理论界的普遍重视。《文艺报》于九月中旬以"研究时代课题，深化理论探讨"为宗旨，在北京主持召开了"艺术生产问题研讨会"，并开辟专栏，对这个问题展开深入讨论。1994年3月10日《人民日报》发表了《"艺术生产论"讨论综述》。1994年3月23日，我在《中国文化报》发表了《金钱与艺术：市场中的欧美作家》。这篇文章是根据我的博士论文第四章压缩而成，发表后引起了争鸣，如《哲学研究》刊登的文章等。

我的《经济转型期的艺术商品化问题——国外艺术商品化历程探索》是我国第一篇从经济学的角度研究艺术商品化现象的博士论文。论文以国外艺术商品化历史为背景，对当时我国出现的艺术商品化现象进行客观探讨，对传统理论提出了新的材料、新的视角和新的论点，为我国从计划经济向市场经济转型期的文艺理论变革与发展提供了新的理论。因此，论文完成后得到钱先生的高度评价："作者观念新颖，论证可信，表现了勇于创新的勇气，对于改变一些传统观念，具有启发性意义。"

钱先生常说："学术的生命在于创新。"我的博士论文送给学界权威专家鉴定时我有了亲身体验。童庆炳："选题具有现实意义和学术价值。论题难度大，表现了作者的学术勇气。"陈传才："作者几乎在没有任何现成材料的条件下，多方收集、整理和开掘，而完成对国外艺术商品化历程的描述、分析与总结。这是对这一理论空白的开拓性建设，本身就具有创新的学术价值和现实意义。"刘烜："作者关心现实生活中涌现出来的新的理论问题，表现出理论上的热情和勇气。"吴元迈："在我国实现社会主义市场经济的条件下，张来民同志的博士论文以探讨和研究艺术商品化为题，无疑具有十分重要和迫切的意义。"杜书瀛："作者竖起了一面历史的镜子，映照出中国目前文艺上新出现的种种性状。中国目前在最需要这类理论文字的时候，这篇论文出现了！无疑，他填补了一项理论空白，因而可喜可贺！"王善忠："论文有新意，填补了这方面的空白，对当前我国经济转型期的文艺创作及其产品流通，有着重要的参考、启示意义。"可以想象，假如我坚持阿尔都塞的选题，无论写得再好，无非是为文艺理论界增加了一篇介绍性文章而已，不可能取得现在的学术成果。

毕业近30年，回忆当年研究生院的学习生活与钱先生对我博士论文的指导，有一个深刻的感受，即三年的博士生生活，不只是读书学习、增长知识，实质上是学术品格与人生观、价值观形成的重要时期。十分遗憾，博士生毕业后我没有再从事文艺理论研究，而走上了新闻出版道路，但是钱先生提出的学术研究"三性"是与新闻出版相通的。无论是策划选题、深度报道、新闻评论，还是组织图书出版、研究报告，问题的前沿性、文品的独立性与理论的创新性，一直是我坚持的三项基本原则。

十年前，钱先生 80 寿辰时我撰写了祝贺文章——《钱中文：时代呼唤文艺理论不断创新》，文中引用了他关于知识分子的理念。其实，这是他本人的真实写照，使我深受教益，也成为我毕业后的人生追求。今天在祝贺钱先生 90 岁生日之际，我再次引用，作为本文的结尾，与同学和同仁共勉。

> 对于一个知识分子——学者来说，他应追求真理，坚持真理，有着独立的精神，自由的思想；他还应是一个具有血性和良心、怜悯和同情的人，一个富有人文精神的人。

守正开新擎大纛　风范传承励后昆
——写在钱中文先生九十华诞来临之际

江苏师范大学　徐放鸣

2022年欣逢钱中文先生九十华诞，刘方喜研究员邀我写一点回忆性的文字为先生祝贺。作为曾经跟随钱先生学习，直接受教于先生的后辈，我当然愿意讲述一些钱先生虚怀若谷，诲人不倦，提携后学的往事，以此表达对先生的敬意和感谢。记得刘方喜和李世涛在其所著《钱中文评传》中提到，钱先生"还与许多年轻学者有着广泛的联系，其奖掖后进、重视和培养后续人才，也是对中国文论建设的重要贡献之一"[①]。我本人就是在钱先生的引领下走上文艺学美学研究之路的，对于钱先生热心扶持年轻学人，乐于与后辈平等对话交流的"人师"风范有着深切的感悟。近四十年来，我在学术发展的不同阶段上都得到了钱先生的指导和提携，也从钱先生的师者风范中受到了许多激励和启示。

一　文学所访学的日子

钱先生与我的师生之缘，始于20世纪80年代初。1983年秋，我被学校推荐到中国社会科学院文学研究所的文艺理论研究室进修访学，时任理论室主任的王春元先生安排我参加每周的返所活动，参与《中国文学研究年鉴》（以下简称《年鉴》）的一些编撰工作，主要由

---

① 刘方喜、李世涛：《钱中文评传》，黄山书社2016年版，第179页。

时任理论室副主任钱中文先生指导我,由此,我得以跟随钱先生学习。那时,我主要致力现代诗歌理论(主要是郭沫若诗论)的研究,在编撰《沫若诗话》的过程中,我曾经向深谙俄苏诗学的钱中文先生请教有关的人名翻译(索洛维耶夫/索洛维约夫)问题,也在钱先生的指导下承担了《年鉴》中一些年度研究热点的观点梳理和综述撰写,也因此受到了最初的学术文献搜集整理的训练。钱先生很关心我如何确定具体的研究选题方向,建议我转益多师,向理论室的其他老师多请教,我因此得以与王善忠、何西来、杜书瀛、栾勋、刘保端等老师有更多交流,后来也保持着学术联系。

当时,钱先生正致力现实主义与现代主义问题的系列研究[①],我们交流的话题也时常围绕着如何看待传统的现实主义作品的生命力,如何看待当时流行的"现代派"作品等问题。钱先生希望我多读作品,在细读作品中寻找具有理论价值的问题。后来,我在系统阅读俄苏文学和中国现当代文学作品中围绕现实主义文学的人物形象塑造问题,逐渐聚焦到人物性格突破作家原构思而自然发展问题,结合诸多作家的创作谈来提炼和阐发其中蕴含的艺术规律问题。这一想法得到了钱先生的赞许,他鼓励我结合作品例证写出一组论文,系统地阐述现实主义创作论涉及的人物形象塑造问题。这才有了我后来陆续发表的讨论"人物性格冲破原构思的自然发展"的一组文章,细致地探索了现实主义文学中人物性格发展的主观性与客观性、必然性与偶然性、主动性与被动性、完整性与层次性,以及创作主体与对象主体的矛盾性与统一性等问题。与此同时,我还在杜书瀛、栾勋老师的提示下,使研究视角兼顾中国古代文论中的创作论问题,关注"诗文评"形态中蕴含的创作规律问题,写出了《论中国中古时期的艺术构思论的发展》等文章。

文学所每周的返所活动时间,是研究人员开会交流学术信息,调度安排阶段性工作的时间,也是我作为访学人员获得最新的学术信息,关注前沿学术动态的良机。在参加活动时,我了解了理论室承担

---

① 钱中文:《现实主义和现代主义》,人民文学出版社1987年版。

的国家"六五"规划研究项目《文学原理》系列论著的进展情况，钱中文先生承担了《文学原理》的"发展论"专题，并且倡议编纂"现代外国文艺理论译丛"，这些译著在改革开放的第一个十年间对中国当代文论的转型发展起到了促进作用，也是我最早接触到的外国文艺理论著作，对于我完善专业知识结构有重要作用。那时返所活动之后，我有时和钱先生一起乘公交车回家，在公交车上，我们还在讨论一些学术热点问题，记得当时钱先生正在关注文学研究方法论的变革问题，认为这是值得重视的学术动向，建议我也读读新出现的林兴宅的《论阿Q性格系统》等论文。随后，钱先生在1985年年初参与发起并组织了在扬州召开的"全国文学理论研究方法论研讨会"，这是文学研究方法论变革热潮中的第一次重要学术研讨会，承蒙钱先生关爱，我作为高校青年教师的代表也得以受邀参会，这是我走上文艺学研究之路后参加的第一个全国性学术会议，见到了许多学界名家，开阔了我的学术视野。

二 《文学原理——发展论》的校订和评论

钱先生在20世纪80年代承担的重要研究项目就是国家哲学社会科学"六五"规划项目《文学原理》分卷"发展论"的撰写任务。我在文学所访学时，就曾参与了课题组的交流研讨，了解了大家对总体框架设计、分卷的体例安排的看法，知道这是一项当代文学理论发展的基础性工程，具有重要的学术意义，同时也有相当大的难度。钱先生独立撰写的《文学原理——发展论》涉及的论域广阔，跨度很大，并且吸纳了80年代文论研究的最新成果，在宏大的历史和文化时空中阐发文学的发生和发展问题。该书不仅有从上古时期文学形式和文学观念的发生到后现代文学观念的演变历程，有文学本体发展中的体裁论、作品论、风格论、流派论、思潮论、创作方法论，而且进一步延伸到从整个文化系统来观察文学的发展问题，提出了文学与民族文化精神、审美文化、科学精神、道德探索、宗教等关系问题。我曾经听钱先生谈到该书体例结构上的想法，包括将作家的创作个性与作品的文学风格分开来论述，以及是否涉及文学与政治的多层次关系等问题。记得我当时在关注文学风格论的基础上开始对作家的创作个性感兴趣，钱先生推荐了苏联学者赫拉普钦科的《作家的创作个性和文学的发展》一书让我细读，鼓励我结合作家作品进行具体研究。这坚定了我后来将作家的创作个性问题作为研究选题的信心，再后来该课题得到了江苏省社科基金的立项资助，我在90年代初还曾经就该课题如何深化，去钱先生家里请教。那是一个阳光灿烂的下午，在北京外国语大学西院宿舍区静静的楼上，我又见到了钱先生。他依然是和蔼的、沉静的、温润的，用舒缓的语调指导我需要注意的一些方面，也在关心我的学术发展和行政工作如何协调和兼顾，提醒我一定不要荒废了学术追求。在钱先生的关心指导下，我的课题顺利完成，并且出版了论著《创作个性研究》。

钱先生的《文学原理——发展论》于1989年由社会科学文献出版社出版，他很快就把书寄给了我，我当时正在研读钱先生那本厚重的论文集《现实主义和现代主义》，并且承担了文艺理论课程的教学工作，拿到这部期待已久的理论著作，我很快进入了细读状态。在阅读过程中，我一方面努力把握全书的篇章布局和逻辑结构，理解消化其中的核心观点（例如鲜明地提出"文学是审美意识形态"），形成了一些读书心得；另一方面对于书中排版上的一些文字误植等随手做了校订，感觉错讹偏多。于是，我写信给钱先生汇报了我的读书心得，顺便也提到对书中文字误植的看法。没想到，钱先生很快复信，又给我寄来一本《文学原理——发展论》，并且坦诚地说明出版前的校订不够细致，留下了缺憾，感谢我的细心和提醒。他希望我抽空再仔细地看一下还有哪些误植错讹之处，全部做出标注，再把书寄还给他，以便于出版社重印和再版时订正。钱先生的虚怀若谷和对我的信任让我感动，校订图书本身也是我深化阅读，吃透精髓的学习过程。我很快就按照钱先生的嘱咐再次对全书的文字做了校订，并且与钱先生多次书信交流。后来钱先生在不同场合，包括在重印后记里多次提及我对该书的文字校订所做的工作，这种严谨求实的师者风范对我产生了深刻的影响。

《文学原理——发展论》作为钱先生最具代表性的论著之一出版后产生了很大影响，尤其是其中阐发的"文学是审美意识形态"的主张引发了理论界持续的关注和论争，围绕着这一观点的讨论已经成为当代文艺学学术史中代表性的话题。我在与钱先生的书信交流中也谈到了对这个问题的初步看法。钱老师鼓励我写文章，深入地阐述自己的想法。于是，我结合自己的读书体会，写出了对《文学原理——发展论》的学术特征和理论贡献的评价，作为书评发表在《文艺理论研究》杂志上。后来，我又进一步延伸，从学术史的视角，写出论文《审美意识形态理论的当代转型问题》[①]，系统地梳理了从"审美反映论"到"审美意识形态论"的理论深化过程及其内在逻辑。可以说，《文学原理——发展论》是我在师从钱先生学习的过程中，研读最认真，并且对我启发最大的一部书。后来钱先生每有新著出版，都会及时寄赠给我，让我得以及时了解老师的学术旨趣和新的学术成就。如今，在我的书房中，钱先生寄赠的著作占据了一个书柜的单独一层，让我时时回想起他对我的关心和指导，也激励我在学术上不断有所进益。

三　参与和承办中国中外文艺理论学会的学术研讨活动

钱中文先生的学术贡献不仅体现在高水平、开创性的学术研究上，而且体现在善于团结凝聚学界同道开展多种形式的学术活动，领衔主编多种当代文论研究论著和译著系列丛书，以此来推动中国当代文论的发展和深化上。其中，钱先生牵头筹备并作为创会会长组建中国中外文艺理论学会，就是一个范例。1994年，钱先生来信说，为了适应国际上文学研究特别是比较文学和比较诗学发展的新形势，推动中外文艺理论的交流互鉴，正在酝酿成立一个新的全国性学会——中国中外文艺理论

[①] 徐放鸣、黄皎碧：《审美意识形态理论的当代转型问题》，参见金元浦、张首映、刘方喜主编《当代文艺学的变革与走向》，人民日报出版社2012年版，第335—350页。

学会，由此，我一直关注着相关的信息。在钱先生的不懈努力下，该学会获准成立，1995年7月在山东济南举办了中国中外文艺理论学会第一届年会暨"走向21世纪：中外文化、文艺理论"国际学术研讨会，钱先生当选并担任了创会会长。钱先生专门给我寄来了会议邀请函，鼓励我多多参与学会的活动，了解更多的前沿学术动态。

在钱老师的关心下，我陆续参加了中国中外文艺理论学会的许多届年会，结识了更多的学界前辈和同道，也在个人研究方向的选择上得到了指导和启示。在参加年会活动中，我更加深切地感受到钱先生对当代中国文论发展的前瞻性思考，以及他的国际视野和国际交往对于文论研究的促进作用。在我担任徐州师范大学校长之后，钱先生希望我尽力为学会的活动做些贡献。由钱先生提议，我先后担任了学会理事、常务理事，也更加积极地参与学会的活动。2009年7月，我参加了在贵阳举办的中国中外文艺理论学会第六届年会暨"新中国文学理论60年国际学术研讨会"，当时已经77岁的钱中文先生依然为学会的事务而操劳，并且和来自各地的中青年学者亲切交流，不断地满足合影的要求。记得我当时和原温州师范学院院长马大康教授住同一个房间，我们两个都是曾经跟随钱先生学习的同道，在交流中自然也更多地谈到钱先生对我们的关心指导。我们都感觉到，钱先生身体虽然不是很好，但是其学术上的探索勇气和热情丝毫没有减退，依然在学术研究前沿发挥着引领作用，而且在培养和带动后辈学者方面尤其令人钦佩。在他的带动下，中国中外文艺理论学会已经成为参与面广、活跃度高、影响力大的学术组织，每次年会的参会人数都在数百人，并且到会的国际学者层次高、影响面广，带来了最新的国际学术动态。由此形成了一个良性效应，就是各高校竞相申请承办学会的年会，有时还出现多校竞争年会承办资格的景象，这反映了学会在学界的凝聚力和号召力。

2016年8月，我所在的江苏师范大学获准承办中国中外文艺理论学会第十三届年会暨"文艺理论：传统与现代"学术研讨会，当时我还在担任学校党委书记，也是带领团队筹办会议的牵头人，我内心深处一直铭记着钱中文先生希望我为学会多做些工作的嘱咐，总想尽力把年会办好。我们整合了文艺理论学科的骨干力量,还借用了文学院其他学科的一些人员共同参与会议的前期筹备和会议期间的会务工作。在学习借鉴其他高校办会经验的基础上,我们力求优化会议组织方案,重视细节上的衔接沟通,妥善安排了会议圆桌论坛、各分会场设置以及套开的新书发布会等。经过精心准备,这届年会举办得很成功,会务工作得到了参会嘉宾的好评。就是在这次年会期间,由北京大学王岳川教授主编的"中国当代美学家文论家评传"丛书正式发布,包括钱中文先生在内的十位学术名家的评传由黄山书社出版发行。我为自己能够在徐州、在我牵头承办的学会年会上操办钱先生的评传首发仪式而深感自豪。当时钱先生因为年事已高,且身体不好,已经卸任学会会长,但是他仍然关心着这届年会的筹办情况,并且发来亲笔贺信,对会议研讨的主题做出简要阐述。这是对我们承办会议的大力支持,也增强了我们办好年会的信心。

令我感动的是,钱先生不仅关心支持我承办好学会年会,还亲自出席我校主办的大型学术活动,鼎力相助我们的学科和专业建设。在我担任徐州师范大学校长期间,我校承办了2007年江苏省哲学社会科学学术大会的文史专场,上级要求邀请重量级学术名家出席并演讲,以提升文史专场的学术水平和影响力。我第一个就想到了钱老师,本来还担心他未必愿意出席一个省级的文史专场学术论坛,但是他很快回复说可以出席并演讲。那次的文史专场,因为有钱中文、葛健雄、刘庆柱、张宪文等名家的光临,办得很成功,尤其是到会的中青年学者和博士、硕士研究生受益良多,领略到了学界名师的风采,了解了更多的前沿学术信息。钱老师不辞劳苦,不仅做了大会演讲,还与我校文学院的骨干教师座谈,了解中青年教师的科研成果和国家级课题申报情况,对文艺学的学科建设提出指导建议。后来钱先生还应我校骨干教师周建萍博士的请求,为其国家社科基金项目结题成果、她的第一部专著做序,给予她很大的鼓励和启示。钱先生悉心指导青年学者的风范给我校文艺学同仁留下了深刻的印象,也激励着大家努力探索理论研究和文艺批评的创新之路。我所指导的研究生黄皎碧还从当代文艺学学术史的角度专题研究钱中文先生的理论贡献,将其从"审美反映论"到"审美意识形态论"的深化作为现代学案研究的一个选点,写成学位论文。

回想这些年来钱先生对我的教诲和影响,我感觉最为突出的就是其"为学"与"为人"的两个特点,也是我在本文标题所概括的两句话——"守正开新擎大纛,风范传承励后昆"。在"为学"上,钱先生既能开风气之先,倡导开展巴赫金研究,主持译介七卷本《巴赫金全集》,提出了走向交往对话主义的人文科学研究方法论,也能秉持综合创新的立场,不断深化对文艺学核心命题的认识,从"审美意识形态论",到"新理性精神文学论",再到全球化语境下的文化研究与文学研究,不断回应时代要求,提出融合中外文论传统的新问题,引领着文论研究的走向。在"为人"上,钱先生诚恳谦虚,和蔼可亲,热心提携后辈学人,悉心传授治学方法,其"人师"风范堪称楷模,也传为佳话。我曾经读过学界同道祁志祥教授所编的《钱中文祁志祥八十年代文艺美学通信》[①]一书,钱先生对不曾谋面的文学青年所给予的长达六年的通信指点和论文修改,进一步印证了我的上述感受。我在学术上一路走来,正是得益于钱先生为学与为人这两方面的关心、指导和示范,才取得了一些进步,并且在带领团队、指导学生的过程中有了自己的心得。如今,我也已经步入老年,也在做着关心支持中青年学人的"传帮带"工作,内心深处是在效法钱先生的师者风范,虽不能至而心向往之。

钱先生在四卷本《钱中文文集》[②]的自序中说:"一个伟大的民族自然要拥有丰富的物质财富,但是最终昭示于世人、传之久远的,则是其充溢着民族文化精神的文化创造。生产这种精神财富,应该在文化、学术中,从发出自己的声音做起,进行原创性的创造。"钱先生一生所追求的,正是这种充溢着民族文化精神的、具有独创性特质的文化创造,衷心祝愿九十高龄的钱老师身体康健,继续徜徉在人生与学术的诗意境界!

---

① 上海教育出版社2018年版。
② 黑龙江人民出版社2008年版。

第二编
钱中文学术思想与贡献概述

钱中文文学理论的创新性

三峡大学、华中师范大学　李文斌、邱紫华

　　钱中文先生是我国当代著名的文艺理论家,数十年潜心研究文艺理论,治学严谨,学养深厚,在文艺理论上颇有建树。本文主要探讨钱先生文学理论的创新性。钱中文先生的文论思想大略可以分为这样三个部分,即审美反映论、审美意识形态论及新理性精神文学论。下面对钱先生在这几个方面表现出的创新性做一抛砖引玉性探讨。

一

　　任何文学理论研究都必将面对这样一个问题——文学到底是什么?而且必须毫不含糊地对之做出回答。在回答"文学到底是什么"这个问题上,钱中文先生提出了自己迥异于前人的独特见解。

　　首先,他认为有三种现实需要区分,即现实、心理现实及审美心理现实。现实是文学艺术创作的源泉,是文学创作的出发地,它提供文学创作所需的一切材料,是一种纯客观的存在。我们以前所习惯的表述"生活是文学创作的源泉"就是这个意思。但源泉并不就等于对象,文学的对象必须是经过主体用心感受了的现实,是被感情渗入过的现实,这也就是所谓的心理现实。按照钱中文的说法,"主体一旦深入客观现实的关系,便会接受纷至沓来的种种信息,广泛地吸收现实的具象性和丰富性"[1],心理现实就是主体所把握并被融入了主观性

---

[1] 《钱中文文集》第 1 卷,黑龙江教育出版社 2008 年版,第 14 页。

的现实，它不再是纯客观的存在。与科学探索的纯客观对象相比，它"是一种获得了主观形式的、主客体因素初步融合的统一体"①。只有这样的心理现实才是文学创作的对象。这个认识看似简单，却是钱中文先生长期以来结合文学创作的实际而深刻思索的结果，它有效地杜绝了文学理论界长期以来对文学本质"模仿说""镜子说"的误解，即把文学仅仅看成是对社会现实生活的直接的、简单的、机械的反映。文学对象的这种从传统的客观现实到"心理现实"的转换，意味着研究者对人本主义和主体性的重视。

其次，从创作主体这方面看，主体具有能动性和创造性，这是自不待言的。任何把文学创作仅仅看作是一种对现实的简单摹写或机械反映的观点，都毫无疑问地降低了人的品格，而且也是对文学艺术创作的一种简单化、庸俗化的理解。钱中文认为，任何思维科学、意识形态都可以看作是主体对现实的反映，作为人类意识形态之一的文学亦然。但是"文学的反映是一种特殊的反映——审美反映"。他之所以要提出这么一个概念并非是玩弄辞藻，而是为了划清它与简单反映论、机械反映论的界限。过去的机械反映论与简单反映论把"文学是对生活的反映"作了简单化、庸俗化的理解，认为文学创作就是对生活的直接反映，生活是什么样就应该写成什么样，否则便被指为"不真实"。这样一来，不仅文学反映现实与其他意识形态对现实的反映几乎无从区别，更为严重的是，作者蜕变为一种呆板僵化的反映机器，极大地限制了作家主体性的发挥，束缚了主体的创造力。

除此而外，文学把握现实还是一种特有的把握方式，那就是实践—精神把握世界的方式。这种方式兼有实践的和精神的两方面的特征，而又不专注于任一方面。"它之所以不是一种纯粹的精神把握，即不同于理论对世界的把握，在于它贯穿着感情与意志的评价，具有了一定的实践性；它之所以不是一种纯粹的实践把握，在于它并不要求把艺术当作现实，使自己的产品完全变为实用性的东西，所以带有

---

① 《钱中文文集》第1卷，第14页。

无目的性的色彩。"① 正是这种特殊把握方式,导致了文学特殊的审美本质特征,即感情与思想、感性和理性、认识与评价等多种因素的有机统一和高度综合。按理说,实践—精神把握世界的方式这种提法并非钱中文所首创,马克思早就有过相关论述;但能够将之灵活应用于文学理论研究,得出富有建设性和开创性结论的人,却非钱中文莫属。

在中国文学理论界,钱中文先生率先指出了机械反映论与简单反映论的偏颇甚至谬误之处,批判了过去庸俗社会学对文学本质的肤浅理解,对于学术的正本清源,在文艺创作中贯彻和坚持真正的反映论即辩证的反映论方面意义重大,极大地推动了我国文艺理论研究的发展。他说:"文学反映现实生活是对的,但是这一过程相当复杂。这种说法忽略了这一过程中的不少中间环节,对其中的主客观关系,主体在融化客体中的创造性转化与新的构建作用,往往视而不见,或以为是次要的东西。有时也谈论主观方面的因素,但往往只涉及主体的世界观、思想问题,对于主体的其他因素,研究甚少。"② 文学的反映是一种审美反映,主体必然在其中发挥其主观能动性,在把客观对象主观化的同时,也将主体对象化,并且这种双向运动过程是同时发生的。主体的审美意识必然借助于这一双向运动过程得以具象化和外在化。"在审美反映中,主体在其自身的感受与感情的激荡之中,整体地关照现实生活,描绘生活的各个方面。这一过程的特点是,它在把握现实生活的过程中,把始终激荡着的主体感受、感情,他的认识,融合在一起,从而赋予了这一反映及其对象以浓烈的主观色彩;同时通过这一方式来显示出事物的客观性特征。"③ 不仅如此,主体最终还要把这种带有浓烈主观色彩的对象,用恰当的艺术形式加以表达,或者说主体的艺术构思必定要在这种主客体双向运动的过程中得到体现,而这一过程的最终结果也就是所谓的审美心理现实。文学因此就

---

① 《钱中文文集》第1卷,第12—13页。
② 《钱中文文集》第1卷,第5页。
③ 《钱中文文集》第1卷,第13页。

是带有审美特性的意识形态——审美意识形态。

笔者认为，钱中文在对文学本质问题的研究和探索上体现出了他一贯坚持的、可贵的创新精神。早在钱中文之前，关于文学本质问题的研究就已经是一个被各家学者和不同文艺流派不断重复和争论的话题了。认为文学是一种意识形态的有之，认为文学主要是一种审美活动的有之，而且大都自说自话，各自维护自己的一家之言，攻击别人的"漏洞和缺陷"。钱中文以一种少有的全局性眼光审视各家之说，提出"审美意识形态论"，跳出了各家所固守的窠臼，而又能同时汲取来自不同说法的合理意见。其创新之处表现在以下几个方面。

其一，研究视角的创新。钱中文的新观点并不是把各家说法进行简单的相加，而是另辟蹊径，选择了全新的研究切入点。他说，"审美意识形态不是一些人认为的那样，只是审美加意识形态"[1]"审美意识形态不是单纯的审美，也不是单纯的意识形态，而是审美意识的自然的历史生成"[2]。这就把"审美意识"确立为文学审美意识形态说的逻辑起点。关于这一思想的独特性和深刻性，在《论文学形式的发生》这篇长文中可以看得很清楚。但遗憾的是，许多批评者甚至连钱先生的书都没有仔细看，连他的学说观点的准确含义尚未通晓，就已经发出了批评的声音。文学审美意识形态本性说的深刻之处在于它摆脱了"意识形态说"与"审美本性说"各自的局限，真正地从历史生成这个角度来考察文学的本体。钱中文一改过去许多研究者们试图仅仅围绕"意识形态"这个概念兜圈子、做文章来解答文学本质问题的研究途径，而是从文学的起源方面进行了深入探讨，详细阐明了人类早期的审美意识是如何从生存实践中形成，又如何在发展中积淀了人的生存感受与感悟，进而演化为审美意识的多种原型。以后，这些逐渐生成的审美意识原型又从口头语言和书面文字中获得了自己的物化形式，并融入了具有独特的节奏、韵律的诗性语言的文字结构，一步步地历史地生成为现代意义上的审美意识形态。这一过程是相当

---

[1] 《钱中文文集》（一卷本），上海辞书出版社2005年版，第6页。
[2] 《钱中文文集》第2卷，第413页。

漫长而且复杂的,钱中文从历史的角度详细考察文学的发生、发展和演变并试图清晰地描述之,进而解答关于文学本质问题的疑问,这一动机和行为本身就值得肯定,付出的诸多辛劳还在其次。相较于那些试图仅仅在文字概念上大做文章来解决问题的所谓研究者和某些批评家们不假思索地否定和不负责任的批评,其优劣对比不是很明显吗?

其二,思路的创新。敢于质疑权威旧说,提出自己的独特理解是创新精神的重要标志。在考察文学的本质这个问题时,钱中文对"文学是现实生活的反映"这一权威旧说表示了大胆的质疑。他首先肯定这一说法的合理之处,在处理文学与生活的关系问题上,这一论断无疑是抓住了根本的,现实生活是文学创作的源泉和资料宝库,本末分明,这是没有问题的。但是随后他就对这一说法提出了自己的理解,即文学虽然是现实生活的反映,但文学的对象并不就是纯客观的社会现实生活。文学的对象与科学研究的对象绝不像过去理解的那样,是相同的。过去许多人都认为,文学与科学只是在反映生活的方式上有所区别,文学用加入主体感情的方式,而科学研究则力求客观,避免主观感情的介入。钱中文认为,其实两者的对象也是有所区别的。这就是他要区分现实、心理现实和审美心理现实这三个概念的原因。

其三,方法的创新。钱中文虽对过去的教条主义的文学研究和庸俗论者的论调深恶痛绝,但是并未采取简单否定的态度,而是对那些被歪曲,被阉割,甚至被篡改的理论进行清理,使之拨云去雾见青天,还其本来面目。许多所谓批评者就这样被暴露出了原形,原来他们批评和抨击的是虚无的对象。他们既没有准确理解自己假定的对手的观点,又没有正确地运用批判的武器,反而使被用作武器的理论自身受到了深深的伤害。比如机械反映论者,自己歪曲了反映论,还要用这根大棒来挥舞教训别人。文学研究中因为观点不一致出现争论本来是无可厚非的,这种争论本身还有助于推动文学研究的发展,促进学术繁荣。但过去许多论者在辩论中的做法却带着旧时代的影子,凡与我不合,则一棍子打死。钱中文先生抛弃了这种做法,而是平心静气地探讨,以理服人,即使对方不能被说服,也绝不随便乱扣帽子。这使他能够汲取来自各方面的优点和长处。这种对待学术研究和探讨的态度就是进入20世纪90年代以后他所提出的交往对话精神,早在20世纪80年代的政治风气和学术环境中业已初露端倪,这仍然称得上是一个创新。

二

文学是一种审美意识形态,这是从哲学反映论观察文学所得出的合乎逻辑的结论,也是钱中文先生在对文学把握现实特有的对象、创作主体特征和特有的把握方式等重大理论问题进行深入思考后形成的重要结论。这一论断解决了长期以来困扰人们的文学本质问题,是国内目前能够被人接受的文学本质论中最为通行的一种。据此,过去的说法"文学是生活的反映"也相应地被修正为"文学是现实生活的审美反映"。关于审美反映,钱先生认为这是对哲学领域的反映论原理应用于文学研究领域的指称,是这一原理的具体化、审美化和对象化。谈及这种修正的意义,钱先生认为:"审美反映是一种灌满生气、千殊万类的生命体的艺术反映,它具有实在的容量、巨大的自由,它不仅曲折多变,而且可以使脱离现实的幻想反映变化,具有多样的具象形态,可使主客观发生双向变化。"[1] 可见,强调文学创作中反映的审美属性是赋予文学以生命的重要举措,它不仅可以丰富和充实文学的内涵,赋予作家以更多的创造自由,而且在使文学真正成为文学,由他律走向自律方面,有着更大的意义。长期以来,我们的文学是被剥夺自主性和独立性的,仅仅是作为改造社会的工具和政治手段的补充而存在,社会关注的目光只是凝聚在文学与其他意识形态的共同性和普遍性上,凝聚在文学作为社会意识形态的一般性上,而相对忽略了文学的自主性和独立性。审美反映论的提出,开启了文学的回归自律性之门,这也是这一理论的提出所具有的最为重大的意义。

文学审美意识形态本性论与审美反映论是互为根据、彼此依赖的。正因为文学是一种审美意识形态,文学对生活的反映才是审美的

---

[1] 《钱中文文集》第1卷,第10页。

反映；同时也正是因为文学对社会生活的审美反映，文学的本质特性才可以被归结为审美意识形态。为了把文学从政治从属论和庸俗社会学的包围中拯救出来，钱中文先生倾注了更多的心力去阐述审美反映论的内涵和特质。审美反映论是钱中文先生对文学创作与社会现实生活关系进行系统描述的一套理论，这一理论帮助我们把文学对现实生活的反映跟科学理论对现实的反映区别开来。说到底，只有把文学反映的审美特性阐释清楚，文学的本质特性才能得到坚不可摧的理论基础。

1986年，钱中文发表了他的一篇长文《最具体的和最主观的是最丰富的》。文章题目来自黑格尔的《逻辑学》中论述其"绝对理念"的一段名言。正如它的副标题所言，这篇文章较为详细地阐述了审美反映特有的、与哲学反映不同的创造性本质。他说："在审美反映过程中，生活现象、事物特征引起了作家的注意，在对它们感受、感知的基础上，引起创作主体对于对象的感情的体验，思想的评价，并通过感性的、具象的审美形式，予以物化。在这个过程中，既有感知和认识，也有感情和思想，既有想象和意志，也有愉悦和评价。这种种精神现象，一旦以综合的形式出现，便全都渗透着感情的因素，连思想、认识也不例外，从而构成审美的反映。"[1]可见，文学对现实生活的反映是一种综合了多种成分和因素的复杂动态过程，强烈的感情色彩是其重要特征。在这篇长文中，钱中文首先分析和比较了文艺评论中的简单反映论与真正的反映论的区别，比较了哲学反映论和文学审美反映的区别，探讨了审美反映的结构，接着阐述了审美反映中主体的创造力及侧向主观的审美倾斜在创作中的作用，提出了审美心理定式是审美反映的动力源、审美反映与表现的关系等重大问题，最后还谈到了审美反映的多样化和无限可能性的问题。这是一篇论述极为全面、精到，论证准确到位的重要理论文章。在这篇文章中，钱中文的理论创新精神再次得到鲜明的表现。笔者认为，它至少在以下三个方面给予我们以重大启示。

---

[1] 《钱中文文集》（一卷本），第136页。

第一，批判吸收外来文化的积极姿态。在对待蜂拥而至的西方现代主义文学思潮的态度上坚持了吐故纳新，却又保证大方向明确不变，不改初衷的策略。钱中文是坚定的现实主义文学理论的捍卫者和研究者。这与他曾经求学苏联的人生背景不无关系。可以说，钱中文一生所作的文学理论研究都在为了一个目标而努力，那就是不断完善和充实、丰富现实主义的文学理论，使其在创作中不断发挥重要的指导作用。对于西方现代主义的各流派，钱中文一开始是相当拒斥的，至少是反对和批评大于赞扬。现代主义作家们只关注揭示和描绘人的潜意识的极端向内转倾向以及他们对现实主义文学理论所作的不无偏激的攻击，使钱中文很难接受他们。不过他自己在亲自去了一趟欧洲，近距离接触了现代主义文学之后，看法发生了一些改变。他说："有相当部分的现代主义流派的作品，还是极为曲折、深刻、审美地反映现实的。凡是这类作品，如《城堡》《鼠疫》《女仆》《秃头歌女》《蝇王》《第二十二条军规》等，就像《追忆逝水年华》一样，并不是完全按照现代主义文艺理论创作出来的……这类作品固然有对事物的一定的客观性描写，但主要表现主体使用多种十分主观的艺术手段，如象征、荒诞、变形来抒写主观化了的生活流变。它们往往能够出人意外地抓住现实的某些十分重要的特征，给以主观变形，使原来的特征分外突出，而显出巨大的创新意义和审美价值。"[①] 而与此同时，国内某些作家和理论家们却正在醉心于现代主义文学在中国的发展和传播，甚至是完全照搬，要提倡所谓"中国的现代主义""社会主义的现代主义"等，采取了全盘接受的态度。钱中文则始终持一种谨慎的有保留的态度。他依然执着地认为，现代主义不可能取代现实主义，其局限性是相当明显的。现代主义其实是以一种貌似公允的方式虚假地解决了现实主义的所谓"弊端"。

第二，在文学创作研究中的主客体并重倾向。审美反映中，主体发挥了相当大的主导作用，不论是侧向主观的审美倾斜，还是作为审美反映动力源的主体审美心理定式的提出，都体现了这一点。但这并

[①]《钱中文文集》（一卷本），第149页。

不意味着审美反映论是一种只强调发挥主观能动性的创作理论,钱中文始终重视客观现实在审美反映中的地位和作用。这一点在他对三种现实所作的区分当中就可见一斑,而且他始终强调,文学必须要反映社会现实生活,只是这种反映有其特殊性,带有更多的主观感情色彩,是一种综合了感性和理性、感情、认识与评价在内的反映,是一种带有审美特性的反映。现实生活始终是审美反映的出发地和源泉。而且他一再郑重地指出,在审美反映中,客体并不是消失了,而是仍然存在着,只不过换了一种存在的方式。"可以说审美反映消灭了原来的客体,因为艺术并不要求把它的作品当作现实。但是又可以说它仍然存在着,即客体的客观性特征被保留下来了。"[①] 正是艺术形象中的客观性特征,延续和确证了客体的存在,所谓万变不离其宗。创作中主体再怎么夸张变形,突出强调主观性,仍然不能完全抹杀客观事物的客观性特征。而且,"审美反映从来不限于再现现实的形貌,在这一过程中,客观性比之对事物、现象的形式特征的真实描写的理解,要丰富得多""更为重要的是,审美反映中的客观性特征,表现为主体通过多种艺术手段,揭示事物本身的精神和特征,它的内在的本质和灵魂。没有这种揭示,形似的反映将是一种真正的摹写式的反映,简单的、肤浅的反映"[②]。这样的认识是建立在对西方现代主义文学流派进行认真考察和反思的基础上的,其维护和捍卫现实主义文学创作原则的努力非常明显。

第三,理论研究中开放性的胸襟和气魄。钱中文说,"审美反映是一个不断发展的范畴,它的方式的无限多样与主客观双方密切相关。现实生活是不断发展的,不断被改造的,因此它的内容无限宽广,形式无限繁杂";"另一方面审美反映的多样性主要取决于主体的主观性、能动性,它的创造性本质的发挥。主体就其本质来说是自由的","只有当主体不断接近客体的真理的时候,它才是自由的"[③]。

---

① 《钱中文文集》(一卷本),第142页。
② 《钱中文文集》(一卷本),第143页。
③ 《钱中文文集》(一卷本),第160页。

这段话虽然是说应该就文学创作中主客体随时变化发展的情况来不断适时地调整和指导创作活动，但我们完全可以对此作另一种引申的理解，那就是审美反映论不是一个完美而封闭的体系，既然文学活动中的客观现实在不断发展和被改造，既然它的内容是无限宽广的，那么不断发展变化的现实，日益丰富多彩的现实势必就会要求有相应的理论来回应它。因此理论本身绝对不能固步自封，定于一尊，不能"老子天下第一"，拒绝接受任何有益的改进和合理的完善补充。另外，作为文学活动中的主体，人自身本来是自由的，也是在不断发展变化的。所以主体有权利根据变化了的现实，根据自己日渐成熟和完善的认识来随时充实和修正其理论。总而言之，审美反映论并不拒绝批评和质疑，而是一种随时准备根据变化了的情况来接受调整、补充和完善的理论，这也正是它能够不断得到发展的根本保证。

三

20世纪90年代初，钱中文先生继续对文艺理论进行孜孜不倦的探讨，并针对当时文学发展的现状，提出了"新理性精神文学论"的新观点。

"新理性精神"文学论是1995年钱先生在《文学艺术价值、精神的重建：新理性精神》这篇长文中首先提出来的，发表在同年《文学评论》第4期上。当时的理论背景是文学理想的幻灭和导源于西方的非理性主义思潮的大肆泛滥。作为对以往长期以来文学被从属于政治而缺乏独立性和自主性这一不正常状态的反拨，再加上出版界利益原则的驱动和国外非理性思潮涌入的推波助澜，20世纪90年代以来，中国文学界呈现出这样一种景象："在恶俗横流，不少人失去生存理想的景况下，人们崇拜自然本能，激赏感性享受，人的精神趋向多元而又凸现混沌。在文学艺术创作中，一些人追腥逐臭，对粗俗、恶俗、腐烂的东西趋之若鹜，这极大地削弱与消解了文学艺术审美的生成。"① 面对此种颓势和恶俗之风，钱中文先生毅然举起"新理性精神"的大旗，与之作战。随后，这一文学理论结集为《新理性精神文学论》，于 2000 年 6 月由华中师范大学出版社出版。这部著作和同年 3 月由中国青年出版社出版的《钱中文学术文化随笔》两书中，作为首篇的都是这篇名为"文学艺术价值、精神的重建：新理性精神"的文章。"新理性精神"文论的提出马上得到学界广大同仁的热烈响应和积极支持。2001 年 11 月，全国文艺理论界的专家和学者们齐聚厦门大学，讨论"新理性精神"的话题。随后《东南学术》于 2002 年第 2 期开辟专栏刊载了这次讨论的部分论文。

作为一种文化、文学艺术内在的精神信念，"新理性精神"采取了执中鉴西的态度和立场，选择了交流与对话的策略，并且始终以现代性为立论前提和言说论域，表现出重构理性精神，重新理解与阐释人的生存、文化、文学艺术的意义与价值的可贵努力。运用于文艺理论的建构，"新理性精神"文学论主要包括这样三个维度，即现代性、新人文精神与交往对话精神。

"所谓现代性，就是促进社会进入现代发展阶段，使社会不断走向科学进步的一种理性精神、启蒙精神，就是高度发展的科学精神与人文精神，就是一种现代意识精神，表现为科学、人道、理性、民主、自由、平等、权利、法制的普遍原则。"② 现代性是"新理性精神"文学论立论的前提和言说论域，属于该理论的时间维度。现代性诉求保证了"新理性精神"文学论在时间这一维度上的先进性，因为它是不断指向未来的。当今西方社会已经步入所谓的"后现代社会""后工业社会"，而且许多西方学者都从后现代主义的立场出发，声称现代性已经终结或者过时了。尽管我国社会也已局部呈现出某种"后现代状态"，相当一部分学者亦步亦趋地追随西方学术新潮，张口闭口就是"后现代"，但钱中文还是坚定地坚持他的现代性立场。他认为，在中国，现代性仍然是一个未完成的事业。"这种现代意识精神，

---

① 钱中文：《新理性精神与文学理论》，《东南学术》2002 年第 2 期。
② 钱中文：《文学理论现代性问题》，《文学评论》1999 年第 2 期。

时代的文化精神，作为一个尺度，是我们建设新文化、新的文学艺术需要长久地遵循的原则。现代性是引导人们进行文化建设、精神创造的思想，这是一个人类'未竟的事业'。我们不能像某些西方现代主义者那样，把现代性仅仅看作是出现了反理性之后形成的东西，以为反理性才是现代性的表现，现代性只能是现代主义文化与艺术的特征，这是不符合实际情况的。"因此"新理性精神"文学论所提倡和坚持的现代性带有某些自创的特殊的规定性。

首先是它强调自己既非唯理性至上，排斥一切非理性，将理性神化、绝对化的庸俗社会学的旧理性，也并非理性的对立面——非理性或者反理性，而是一种包容对立面的矛盾体。所以钱中文的"新理性精神"文学论既要克服旧理性所带来的弊端，又不能完全站在理性精神的对立面，即他并不赞成走到非理性主义或反理性主义的极端。

其实，人本来就是理性与感性的统一体，只不过旧的理性主义、唯理性主义为了强调和突出理性的万能而故意忽视和压抑人的感性而已。通过遏制人的感性表现，不仅扼杀了人的人性发展，从而也扼杀了人个性的形成和创造力。钱中文指出："新理性精神并不是唯理性主义，它崇尚感性，因为生活本身就是感性的表现。人的感性的需求、生理需求是必须获得满足的，这是人类生存的条件。"①但他同时也指出，人的感性需求又总是具有一定文化内涵的感性需求。文学既是人的感性生活的审美反映，同时也显示人们的理性认识。"新理性精神"文学论并不反对文学艺术对人的非理性、反理性生存状态的展示，也承认它们存在的合法性，只是不赞成由此而走向极端，"反对以反理性的态度与反理性主义来解释生活现实与历史"，因为"极端的非理性、反理性主义，蔑视对人的终极关怀、对人的命运的叩问与人文需求，无度张扬人的感性和特别是人的生理享乐本能、解体了人的感性"②。可见，作为一个包容对立面的矛盾体，"新理性精神"文学论所提倡和坚持的现代性试图针对旧有的弊端和以往的理论分歧而

---

① 《钱中文文集》（一卷本），第334页。
② 《钱中文文集》（一卷本），第335页。

站在更高的层次上加以综合，以便在理论上造成一种新的平衡。

其次，它强调自己是在传统基础上建立起来的现代性。新文化的创造，新的文学艺术理论的建构，都不是建造空中楼阁，离不开对传统的继承。钱中文先生认为主要有三种传统需要我们去面对，即中国古代文论传统、外国文论传统及中国现代文论传统。而在三者当中，唯有中国现代文论传统才可以担当起构建新文学理论的基础的重任。古代文论传统因受到"五四"新文化革命的激烈批判和彻底否定而被人为中止。另外，古代文论系统主要是针对中国主要的文学形式诗歌的创作而构建起来的，而且多半是些审美的心理体验式的零散感悟，其术语大都具有朦胧、模糊、内涵不够确定的特征，也不成体系，往往人言人殊，确实难以担当起阐述在现代性启蒙下而发生的新文学现象的重任。西方文论自然更不能越俎代庖，别人的鞋子不可能适合自己的脚。然而，对构建新的文学理论所依赖的传统基础的这种选择并不是盲目的和随意的，钱中文经过细致认真的比较和严肃的学理分析，才做出如此审慎的决定。他说："现代文学理论虽然问题很多，但近百年来，它的发展，总是与西方当代文学理论思潮结合在一起的，它不断地在西方文学思潮的影响下使自己逐步地走向科学化、人文化，这也是客观的事实，从而体现了我国文学理论现代性的不断生成……现代文学理论大体上是与我国现代文学的发展相适应的，现代文学理论对古代文论传统的某种疏远，与现代文学的发展是同步的。"[①] 虽然如此，我国古代文论和西方文论也并非全无用处，并不是说除了近百年发展起来的现代文论传统之外，另外两者就可以全然不顾。那不是构建新的文学理论的现代性诉求所应有的态度。事实上，钱中文已经意识到，"现代文学理论由于'五四'的激进主义的一面而丢掉了古代文论传统，在今天，总使我们觉得现代文学理论缺少了母体的营养与根底，缺乏一种底气"[②]。至于西方文论，因为与我国现代文论所曾有的这种血肉联系，当然更不可缺少。实际情况是，我国

[①] 钱中文：《再谈文学理论现代性问题》，《文艺研究》1999年第3期。
[②] 钱中文：《再谈文学理论现代性问题》，《文艺研究》1999年第3期。

现代文论的产生和发展不唯大量借鉴西方,甚至直接由西方移植而来,西方文学理论一直就影响着我国现代文论的发展。我们需要吸收二者当中仍然对我们有用的、合理的、有效的成分,真正做到为我所用。

再次,它强调自己是一种被赋予历史具体性的现代意识精神,是一种历史性的指向。正因为如此,现代性诉求就打破了时间的束缚,而可以存在于任何一个社会历史发展阶段。"从现代性的历史进程来看,现代性是一种被赋予历史具体性的现代意识精神,一种历史性的指向。在各个发展阶段,现代性的内涵有着共同之处,但又很不相同。一些学术思想问题,在彼时彼地的提出,看来有违那时现代性的要求,而不被重视,甚至还要遭到批判;而在此时此地,则不仅与现时现代性的要求相通,而且还可能成为现代性的基本组成部分。"[1] 这就是说,"新理性精神"文学论所主张和倡导的现代性主要是一种精神指向,它与各个具体历史时期的具体情况相结合,从而获得了历史具体性,虽然精神内涵相通,却不是亘古不变、恒定一律的某种指标。在不同的历史时期,会有不同的现代性要求。这就为现代性这一概念赋予了因时因地而随时调整和不断发展变化的内涵,赋予了它长盛不衰的生命活力。

新人文精神是"新理性精神"文学论的内涵和核心,属于内容、本质维度。在20世纪90年代上半期,我国理论界曾有过一次"人文精神"的大讨论。相当一部分学者认为"人文精神"是欧洲文艺复兴的产物,并以中国历代文献当中从未有过"人文精神"之说为证,说明中国没有人文精神,更谈不上"恢复"人文精神。钱中文对此进行了反驳,并阐述了"新理性精神"文学论所主张的"新人文精神"的内涵。他说:"人文精神是针对现实生活中的非人性与反人性而说的,是针对物的挤压、人的异化而说的,是针对当今现实生活中大大小小的钱性权式暴力而说的,这种暴力既是物质的,又是精神的,是

---

[1] 钱中文:《文学理论现代性问题》,《文学评论》1999年第2期。

针对文学艺术漠视人的精神伤残而说的。"① 这就是说，我们当今的文学现状确实面临着人文精神的缺失问题。西方现代主义文学所描绘的正是一个人的精神家园沦为废墟，人的精神备受摧残的景象，至于以怀疑一切、解构一切而声名大振的后现代主义，更是把人推入茫茫的虚无和无边的绝望之中。文学艺术对于人生的意义至此已被完全消解，缺少了对人进行心灵抚慰和精神关照的"文学"实在不能称其为文学了。那么我国旧有的文化与文学中难道真的缺少人文精神吗？并非如此。尽管也许我们的传统文献中确实未曾出现过"人文精神"这个说法，但我们固有的文化与文学中却绝对不缺少对人的生存处境和命运的关怀。那种对家国命运的沉重忧患意识不就是一种人文精神的表现吗？那种重视人与人、人与自然、人与社会之间关系和谐的伦理道德关切，不也同样体现了一种人文精神吗？凡此种种，并不以其未曾贴上"人文精神"的标签就不是人文精神了。钱中文认为，"所谓人文精神，就是在人与社会、人与自然、人与人之间、人与科技之间的相互关系中，一种对人的生存、命运的叩问与关怀，就是使人何以成为人，要成为什么样的人，确立哪种生存方式更符合人的需求的那种理想、关系和准则的探求，就是对民族，对人的生存意义、价值、精神的追求与确认，人文精神是人的精神家园的支撑，最终追求人的全面自由与人的解放"②。这种对人文精神所作的注重精神内涵的阐释，明显要比那些仅以外部标签作为判定依据的做法更高明。新人文精神之"新"主要在于它超越了这一概念的外部标签特征而注重从其精神内涵方面加以重新定位，而且达到了涵括中国固有文化与文学艺术特征的目的。

交往对话精神是"新理性精神"文学论的基本策略，属于方法论维度。钱中文汲取了巴赫金与哈贝马斯的社会交往理性的积极因素，表现出试图否定并超越我国文论界那种长期以来所形成的好就是绝对的好，坏就是绝对的坏的非此即彼的二分法简单思维方式。钱中文认

---

① 钱中文：《新理性精神与文学理论》，《东南学术》2022 年第 2 期。
② 钱中文：《新理性精神与文学理论》，《东南学术》2022 年第 2 期。

为，人的生存应该是一种对话式的生存，人的意识是一种独立的、自有价值的思想，人与人之间是一种相互交往对话的关系。任何一个人的生存都是相对于别人的存在，不仅我需要他人才能存在，他人的存在也要以我为依托。巴赫金就曾经表述过这样的思想，他说，"我离不开他人，离开他人我不能成其为我；我应先在自己身上找到他人，再在他人身上发现自己"；"证明不可能是自我证明。承认不可能是自我承认。我的名字得之于他人，它是为他人才存在的"[1]。"人实际存在于我和他人两种形式之中"[2]，"单个意识不能自足，不能存在。我要想意识到自己并成为我自己，必须把自己揭示给他人，必须通过他人并借助于他人"[3]。正因为如此，钱中文认为意识实际上是多数的，它们相互交织，各自独立，又具充分权利，自有价值，彼此平等，在交往与对话中互为存在。不存在谁比谁更具有权威性的证据，各主体之间只有进行平等的对话和交流，才能达到彼此了解，从而求同存异，缩小差距，进而形成多语共声喧哗的局面。每一个主体都有权利自由地表达自己的意见，当然各自的正确性和合理程度还是会有所区别的。但即便是合理性很少甚至是基本缺乏的那些意见，也应当准许其发声，应当在对话和交流中得到逐步的揭示和反驳，而不应该采取简单的否定和粗暴的消灭。

除此而外，钱中文还通过对自然科学与人文社会科学不同的思维方式的比较来进一步阐述了这一方法论原则。自然科学基于主体对客观对象的描绘和解释性特征，基本上是一种自说自话的独语方式的思维。而人文社会科学的思维则具有"双主体性"，"它探讨的文本，是主体的一种表述，它进入交流，面向另一个主体，另一个主体也面向作为主体的它，进入对话的语境，它需要的是'理解'"[4]。可见，隶属于人文科学的文学理论天生就蕴含了交流与对话的潜在需求和独特条件。无论从个体生存方式的对话交流特征还是从文学理论自身所

---

[1] 《巴赫金全集》第5卷，白春仁、晓河译，河北教育出版社1998年版，第379页。
[2] 《巴赫金全集》第5卷，白春仁、晓河译，河北教育出版社1998年版，第377页。
[3] 《巴赫金全集》第5卷，白春仁、晓河译，河北教育出版社1998年版，第378页。
[4] 钱中文：《再谈文学理论现代性问题》，《文艺研究》1999年第3期。

具有的学科独特性来看，对话与交流都是构建"新理性精神"文学论的不二选择。从某种程度上可以这样说，"新理性精神"文学论只是把长期以来文学理论被遮蔽的本性揭示出来而已。相对于过去那种"非此即彼"的绝对化和二分法简单思维方式，钱中文提出了一种名曰"亦此亦彼"式的综合性思维。用钱先生自己的话来说，"要在历史现实、文化遗产的评价中，提倡一种可以去蔽的、历史的整体性观念，一种走向宽容、对话、综合、创新包含了必要的非此即彼、一定的价值判断、总体上亦此亦彼的思维，这种思维对于振兴我国学术思想，是会有积极意义的"①。为避免不做任何实际判断的骑墙中庸嫌疑，钱中文特别指出，这种思维还是包含了必要的价值判断的，只是这种判断不以专制的武断的批判的方式做出，而是在更高的综合的层次上提出，它可以涵括和吸纳不同意见、不同主张的合理成分，也可以聆听不同的声音，寻求众声喧哗的效果，力避专制独白的局面。

以上就是钱中文"新理性精神"文学论的大致内容。笔者认为，"新理性精神"文学论是我国文学理论研究在新时期所取得的巨大成果，具有划时代的意义，也体现了惊人的理论创新精神。从"新理性精神"文学论的建构过程中，从它表现出的立论逻辑角度看，有两点特别值得注意。

一是在"新理性精神"文学论的建构过程中，钱中文先生坚决选择并捍卫了文学的人文精神。中国自20世纪80年代改革开放以来，生产力获得空前解放，特别是社会主义市场经济体制的建立使国家社会生活各个方面都发生了翻天覆地的巨大变化。然而经济的发展、繁荣和物质生活极大丰富的同时，也伴随而来许多的社会文化问题。尤其是拜物主义和拜金主义的大行其道，已经产生了许多令人痛心疾首的恶果。钱中文对此极为忧虑，他说："人在对物的需求中，形成一种物欲，它一面激发人的热情，使财富不断被创造出来，使人不断获得物的满足与享受，这是不容争辩的。然而对物的无尽的追求的内在规律是，造成了对人的挤压，物的阴影遮蔽了人。物欲的发展不断转

---

① 《钱中文文集》（一卷本），第334页。

化为对金钱权力的追逐,使自身成为一种异化力量,使人变为物的奴隶。"① 人们受到物的挤压,逐渐地使人性受损,兽性恶性得到膨胀,由此也给人们的心灵造成更大的创痛,并产生了大量在精神上污秽不堪和失去灵魂的人。与此同时,随着各式各样令人眼花缭乱的西方社会哲学、文化思潮如潮水一般的涌入,文学创作也受到了不小的冲击,不少作家四顾彷徨,无所适从。当理想失落,神圣消解,信仰黯淡,一切都被浸透了实利目的的考量之后,文学艺术意义和价值的下滑,人文精神的淡化与贬抑,成为一种普遍现象已经在所难免了。事实上也是如此,"80年代中后期开始,中国文坛上不少作家表现了对人的自然本能的崇拜与激赏。在这方面,一些原本是写作严肃的作家竟也未能免俗"②。有些理论家则表达得更加耸人听闻:"在创作中追求醉生梦死,把人写成了毫无理性、良知、理想,听任本能、原欲支配的两脚动物,有些作品已经到了寡廉鲜耻的地步,简直就是文学黄片、用文字卖淫!"③ 正是在这种背景中,钱中文先生提出了他的"新理性精神文学论",并把新人文精神作为该理论的核心内涵。在人文精神普遍地遭到调侃、淡化、贬抑甚至弃置不顾的艰难时刻,钱中文先生仍然表现出如此坚定执着的追求,实在令人钦佩。虽不能说挽狂澜于既倒,至少也应该说是捍卫了文学的操守。人文精神之于文学,相当于灵魂之于人,文学的魅力,文学成为人们精神生活的必需就在于文学所拥有的那份对人心灵的细微关照和精神的抚慰,我们很难想象缺乏人文精神的文学到底还有什么存在的必要。"新理性精神"文学论的提出,确实正当其时,因为它正试图为我们守望面临毁弃的精神家园,它在为我们挽救濒死的文学。

二是在"新理性精神"文学论的建构过程中,钱中文先生重构了理性。自从14—16世纪西方的文艺复兴以来,理性的巨大作用逐渐被人发现,被人认识,直至被崇尚到无以复加的地步。人们深信,理

---

① 钱中文:《文学艺术价值、精神的重建:新理性精神》。
② 钱中文:《文学艺术价值、精神的重建:新理性精神》。
③ 祁志祥:《新时期钱中文的理论贡献》,《学术月刊》2003年第4期。

性精神必将为人类建设起一个幸福、完美的理想国。应该说，理性精神的张扬，在使人摆脱蒙昧，促进社会发展进步方面确实居功至伟。近现代科学技术的日新月异和突飞猛进也更加证实了这一点。但凡事不能过度，过度即导致谬误产生。当理性被过度拔擢乃至神化、绝对化，从而拒绝和排斥一切非理性的时候，便是灾难降临的时刻。对于中国乃至世界范围内过去一百多年来理性主义绝对化所带来的灾难，钱先生做了痛心疾首的总结："理性主义的绝对化，不仅使人主宰自然，而且掠夺自然，制造形形色色绝对化的准则与规律，使之异化为'绝对观念''绝对意志'，企图导致对社会的绝对统治。被唯理性主义化的绝对意志，曾给一百多年来的近代社会带来无数混乱与灾难，它同样使人陷于失去理想和信仰崩溃的痛苦之中。"[1] 钱中文提出的"新理性精神"正是针对这种沉重积弊而发的。反理性主义和唯理性主义确实有点走过了头，过犹不及，然而却是对长期以来理性绝对化而自然生发的一种激烈反拨和本能回应。钱中文先生明确表示承认感性和非理性在人生和艺术当中的作用和重要意义，但在大方向上却仍然坚持理性的主导作用。跟以往的旧理性主义、唯理性主义相比，这种既坚持理性的根本地位又不忽略感性和非理性的积极意义和作用的思考就是"新理性精神"之"新"的真正含义，也只有这样的态度才称得上是真正理性的。相比较而言，反理性主义和唯理性主义则都显得不够理性了。从这个角度看，我们认为钱中文先生已经重构了理性。

美国著名文学批评家、解构主义批评重要代表人物之一的希利斯·米勒曾写过一本小书，名叫《文学死了吗》，书名本身就启人深思。我们有理由期待，在"新理性精神"的指引下，文学定不至于失落人文精神，那么文学也就终究不会死亡。

[原载《武汉理工大学学报》（社会科学版）2010年第4期]

---

[1]　钱中文：《文学艺术价值、精神的重建：新理性精神》。

中国当代文学理论的代际革新
——钱中文学术贡献刍议

南京大学 汪正龙

钱中文先生不仅是新中国成立以来历次文艺思潮的见证人、参与者,也是新时期文学理论学科建设、中外文学理论学术交流最重要的组织者之一,还是最重要的建构者之一。有学者评论他是新中国成立以来"为数不多的达到学术思想原创性与体系性一体化的著名文艺理论家之一"[①]。这个评价是合乎实际的。如果说杨晦、黄药眠、蔡仪、叶以群等人是新中国文学理论学科的奠基者,那么以钱中文、王元骧、童庆炳等人为代表的在"文革"前开始从事学术研究、新时期完成理论建构的这一代学者,在中国当代文学理论学科发展史上则起到了承前启后、继往开来的作用。钱中文在他的自述里说,一个人要在学术中找到自我,需要"能够独立地提出学术中的重大问题,阐述它们,形成自己的思想,传达自己的思想,以建构自己的学术个性,显示自己的人格"[②]。钱先生是这么说的,也是这么做的。总体上看,钱中文的学术贡献主要体现在以下三个方面,即推进马克思主义文艺理论的当代化、推动国外文学理论的本土化以及中国文学理论的现代性探索。

---

① 吴子林:《从"审美反映"论到"审美意识形态"论——钱中文文艺思想解读之一》,《中国政法大学学报》2012 年第 4 期。
② 钱中文:《文学的乡愁:钱中文自述》,河南文艺出版社 2017 年版,第 147 页。

一 推进马克思主义文艺理论的当代化

钱中文是新中国第一代大学生,又是斯大林去世后苏联"解冻"时期的留苏学人,接受了比较完整的学术训练。但是先生又历经坎坷,对极"左"思潮对中国文艺理论研究的干扰与危害有深切的体察与认知。这使得他的学术研究既有马克思主义的底色,又对发展马克思主义文艺理论持一种开放式的态度,即立足本土语境,吸收外来资源,推进中国马克思主义文艺理论研究。他说,"我们的文学理论的指导思想……是历史的、辩证的唯物主义。它既强调科学、逻辑、本体论,又注重历史观点,人的主观能动作用"[1]。

早在1980年,钱中文就反思了1949年以来以马克思主义面目出现的极"左"思潮给文艺理论研究造成的破坏,提出文艺作为"观念的上层建筑"之一具有独立性,它和其他上层建筑如政治的关系不是服务与被服务的关系。[2] 他主张发展马克思主义文论,要有兼容并包的气度,在原先所借重的经典马克思主义、俄苏马克思主义的基础上,还应适当借鉴西方马克思主义的研究成果加以转化。他认为西方马克思主义文论是结合西方各国所处的具体社会文化实践进行阐发与创造的理论,是一种对马克思主义的新解读,呼吁"吸取国外马克思主义文学理论中的有用经验,将它看作我们建设具有中国化的马克思主义文学理论中的重要资源,而为我所用"[3]。

众所周知,马克思主义把文学视为一定经济基础上的一种特殊的意识形态,与经济发展存在着不平衡关系。但是改革开放以前的中国文学理论习惯以文学是一种反映生活的意识形态的说法代替对文学特性的整体把握,从而走向了僵化与片面。正是在这个意义上,我们可以把钱中文对审美反映论与审美意识形态论的研究视为他对马克思主

---

[1] 钱中文:《文学发展论》,经济科学出版社1998年版,第111页。
[2] 钱中文:《文艺和政治关系中的一个根本问题——论文艺作为"观念的上层建筑"的特征》,《学习与探索》1980年第3期。
[3] 钱中文:《文学理论:求索与反思》,中国社会科学出版社2013年版,第99页。

义文艺理论的学理推进与主要贡献。当然,审美反映论与审美意识形态论不唯是钱中文先生一个人在倡导,王元骧、童庆炳等老一辈学者也在倡导,但是钱中文对此做出了独特的理论贡献。他对新中国成立以来流行的文学反映论进行了反思,试图改造哲学反映论,认为不能单纯地把文学反映等同于哲学上的认识论。先前的文学理论教科书把哲学认识论移植到文学理论当中去,认为文学是生活的反映,是一种意识形态,把文艺的功能看作认识与思想教育。这种说法是简单化的,不确切的。事实上文学反映是一种特殊的反映——审美反映。审美反映是一种心理层面的反映,其中感受、感知、感情、想象是主要成分。这是审美反映的基本层面。审美反映又是通过语言、符号、形式的体现而得以实现的。现实生活一旦进入审美反映,就会发生形态的变异。但是文学的确又有认识作用,包含了对社会生活、风尚习俗、人情世故等的描写与刻画,认识层面也是审美反映构成的基本层面之一。审美反映通过感性的认识层面而获得深层意义,因此对文学社会属性和人物关系的探讨仍然可以作为文学的研究路径。[①] 钱中文不仅提出文学是一种审美反映,强调文学的审美特性,还论述了审美反映中的主体创造力、审美心理定式、再现与表现、审美反映的多样性与可能性等,体现了思考的系统、全面和深入。文学审美意识形态论是对审美反映论的深化。钱中文明确指出,审美意识形态论是为了沟通文学的社会历史维度与审美形式维度而提出来的,"作为语言艺术的文学的特性既非单纯的意识形态性,也非单纯的审美。强调意识形态性是必要的,但如果局限于这点,会使其审美特性变为附属物;强调、突出审美特性是必要的,但如果只见这一特性,又会砍削了文学的另一本质特性"[②]。"审美意识形态这一观念,力图克服过去文学意识形态观念简单化以至庸俗化的倾向,同时也抵御了'纯文学''唯美主义'的势利俗气,使文学本质特征中最为基本的方面融为一

---

① 钱中文:《最具体的和最主观的是最丰富的——审美反映的创造性本质》,《文艺理论研究》1986 年第 4 期。
② 钱中文:《论文学观念的系统性特征》,《文艺研究》1987 年第 6 期。

体。"① 钱中文认为，长期以来，我国学界仅仅从哲学认识论的角度理解文学，把文学归结为一种认识，一种社会意识，"而这一般的意识形态性，只有当它处于非文学的纯意识体系中才有意义，文学理论所要研究的是文学之所以为文学的、具体的意识形态，即一种审美的意识形态。因为文学的审美特性并非外加，它是文学这种意识形态固有的本性，它来自文学的独特对象、创作主体和把握它的特有的方式之中。没有审美特性，根本不可能存在文学这种意识形态，而文学的意识形态性，不过是文学审美特性的一般表现"②。对此，钱中文做出了自己的论证，即文学作为审美意识形态以情感为中心，但它是情感与思想的结合；它是一种自由想象的虚构，但又具有特殊形态的多样真实性；它是有目的的，但又具有不以实利为目的的无目的性；它具有社会属性，但又具有广泛的全人类性。正如有学者评论的，审美意识形态论"在观念层面上，第一次把文学艺术的意识形态与政治的意识形态做出了明确的理论区分。这一概念的提出，重新确立了现实主义美学的逻辑起点……这显然是文学的自主性思想的作用，多少有些形式主义和唯美主义的潜在诉求"③。概而言之，它是马克思主义文艺理论的一种当代化形态建构。

二　推动国外文学理论的本土化

钱中文认为，马克思主义的文学观念需要丰富和发展，所以他花费很大的力气广泛介绍欧陆、英美、俄苏等各国各派的文学思潮、文学理论。他不仅在20世纪80—90年代与王春元共同主编了"现代外国文艺理论译丛"，还主持了中文版《巴赫金全集》的翻译与出版工作。钱中文还是新时期中外文学理论学术交流的重要组织者之一，主持和参与了多次大型国际学术会议。正是通过频繁的学术交流，先生

---

① 钱中文：《文学理论：求索与反思》，中国社会科学出版社2013年版，第260页。
② 钱中文：《文学发展论》，经济科学出版社1998年版，第120—121页。
③ 陈晓明：《怀着知识的记忆创新——钱中文学术思想评述》，参见金元浦编《多元对话时代的文艺学建设——新理性精神与钱中文文艺理论研究》，军事谊文出版社2002年版，第378页。

发现了中外学术交流中的不平衡、不对等现象——中国学者跟风式研究比较多，创新性研究比较少。针对这种情况，他提出了学术研究的三种境界——"跟着说""接着说""对着说"，并认为真正的学术境界是"对着说"。尽管在学术研究的起始阶段和早期阶段，研究者免不了会跟着说、接着说，但是学术研究终归要追求自己的自主性与创造性，那就是对着说。"对着说不是不相为谋，各说各的，而是就着同一个相关的问题，发表自己的独立的见解，而且这还不算完，还要在对话的交锋中发现他人之长，用以充实自己，形成双方各自更新自己的局面，进入新的创造的胜景，推进学科的进步。"①钱先生虽然是在中外文学理论学术交流的背景下提出这个问题的，但其中所蕴含的学术研究理念对文学理论研究，乃至整个人文学术研究无疑具有普遍意义。

事实上，钱中文在新时期所做的一项重要工作就是推动国外文学理论的本土化。自 1983 年发表国内第一篇正面阐述巴赫金学说成就的文章《"复调小说"及其理论问题》②至今，钱中文用了差不多四十年的时间矢志不渝地进行巴赫金研究就是一个标志。与托多罗夫、克里斯蒂娃等国外同行一样，钱中文的巴赫金研究并不停留于向本国学界引进一种新的学术观点或研究方法，而是以译介巴赫金著述为契机，在此基础上更进一步，推动国内文学观念的更新。他在研究巴赫金的时候，特别关注巴赫金关于人的思想与对话理论的发展。巴赫金认为，"陀思妥耶夫斯基恰似歌德的普罗米修斯，他创造出来的不是无声的奴隶（如宙斯的创造），而是自由的人；这自由的人能够同自己的创造者比肩而立，能够不同意创造者的意见，甚至能反抗他的意见"③。钱中文赞同巴赫金对陀思妥耶夫斯基与其笔下主人公关系的论述，"巴赫金的作者与主人公，作为独立的存在，都是思想者，都是一种有着自主性的意识或自我意识。而主人公的意识被当作另一个意

---

① 钱中文：《文学的乡愁——钱中文自述》，河南文艺出版社 2017 年版，第 228 页。
② 《文艺理论研究》1983 年第 4 期。
③ 钱中文主编：《巴赫金全集》第 5 卷，河北教育出版社 1998 年版，第 4 页。

识，即他人的意识，它们不再是作者思考的客体，它们与作者的意识处在平等、对立的位置。当作者与主人公对位，当意识与意识对位，就成了人的行为、存在的事件，就形成了一种交往"[1]。钱中文注意到，巴赫金受到了存在主义的影响，他的诗学同时也是一种人生哲学，"他在诗学中所阐发的许多观念又确确实实是被陀思妥耶夫斯基赋予了新意的生活哲学思想，它们都是些有关人类生活的终极问题、哲学问题的艰辛的探索，包括宗教探索在内"。巴赫金的思想旨趣是在探索人的存在形式的构形，"在不能结束、不可完成的对话中，人无止境地更新着自己，创造着新思想、新生活与新世界，构造着创造的胜境。人的不断延绵更新的存在形式，提升了人的存在的价值，在含义丰富的境界中，在思想的交锋点上、两者的边缘上，演变而为具有责任、理想的人的存在形式，思想家或思想者的存在形式，不断地推进着其进化的构形"[2]。

可见，钱中文研究国外文学理论，不仅是为了丰富我国的文学观念，更是为了在中外文学理论的对话中革新思维方式进而推动我国文学理论研究，"要把多种外国文论看成是激活本国文学理论传统的重要手段"，对话中的误差是必要的，误差是理解后形成的独立见解，是"在对话中通过比较而了解到自己和对方的长处与短处，由此而形成的见解、理论上差异"[3]。为了导向对话双方主体间性的出现，形成一种创造性的交流与应答，他特别推崇巴赫金的"外位性"思想，"从外位的角度看，可以见到他者自身所见不到的部分，我所提出的问题，也是他者难以发现的，反之亦然。双方对于对方提出的问题，都是双方自身不易觉察到的问题，于是在这种交往中，就进入了真正意义上创造性的对话，在对话中相互提问、诘难、丰富与充实。所以别人的文化只有在他人文化的眼中得到充分的揭示"[4]。外位性不仅是

---

[1] 钱中文：《文学理论：走向交往对话的时代》，北京大学出版社1999年版，第137页。
[2] 钱中文：《行为构建、人的构形及其存在形式——在巴赫金诗学与哲学之间》，《文学评论》2021年第1期。
[3] 钱中文：《文学理论：走向交往对话的时代》，北京大学出版社1999年版，第221、225页。
[4] 钱中文：《文学理论：求索与反思》，中国社会科学出版社2013年版，第122页。

巴赫金对"我"之外他人主体性即他性的指认,更是对"我"和他人相互依存与互补的承认。在新的时代条件下,钱中文对外位性的强调还有更深层的意思,即提醒我们重视不同文明、文化、文论交流中的互鉴与互通。

三 中国文学理论的现代性探索

在文学理论研究中,钱中文积极倡导文学理论的现代性。他认为,"文学理论的现代性的要求,主要表现为文学理论自身的科学化,使文学理论走向自身,走向自律,获得自主性;表现为文学理论走向开放、多元与对话;表现为促进文学人文精神化,使文学理论适度地走向文化理论批评,获得新的改造。"按照钱中文的理解,"现代性应是一种排斥绝对对立、否定绝对斗争的非此即彼的思维,更应是一种走向宽容、对话、综合、创造同时又包含了必要的非此即彼、具有价值判断的亦此亦彼的思维"①。他进一步认为,"我国文学理论所要求的现代性,是文学理论自身科学化所要求的现代性,是使文学理论走向自律,获得自主性,并与他律相融合,使文学理论走向开放、对话与多元,在继承中形成理论自身的创新的现代性"②。从中可见,在思考中国文学理论的现代性时,钱中文十分重视文学的自主性以及文学自律与他律的关系。他梳理了中国文学理论的现代性进程,认为王国维提出的游戏说使文学独立于政治、哲学,是追求文学自主性的表现,赞赏鲁迅在《摩罗诗力说》中关于"纯文学"以及关于文学"不用之用"的论述,"由纯文学上言之,则以一切美学之本质,皆在使观听之人,为之兴感怡悦……文章不用之用,其在斯乎?……涵养人之神思,即文章之职与用也"③。认为这个说法把文学引向"涵养人之神思,人之精魂……极具辩证的理论深度"④。"五四"时期关

---

① 钱中文:《文学理论:走向交往对话的时代》,北京大学出版社1999年版,第288、330页。
② 钱中文:《文学理论:新时期到新世纪》,《文学评论》2009年第4期。
③ 《鲁迅全集》第1卷,人民文学出版社1980年版,第71页。
④ 钱中文、刘方喜、吴子林:《自律与他律》,北京大学出版社2005年版,第20页。

于人的文学的倡导凸显文学为人生的启蒙性质，却又排斥文学的娱乐性、游戏性。到了 20 世纪 20 年代末 30 年代初革命文学论争开始后除了鲁迅尚能坚持文学自律与他律的协调，总体的文学观念逐渐转向了他律。本来他律也是文学的一个重要方面，但是后来由于对马克思主义的简单化、教条化理解，导致了工具论的流行，因此坚持文学自律与他律的统一尤为重要。我们也可以把钱中文对"中国古代文论现代转换"的倡导视为其文学理论现代性思考的一部分。他认为，"必须反对各种虚无主义和盲目西化的思想。第一，要大力整理与继承古代文论遗产，使其自成理论形态，即一种具有我国民族独创性的古代文论体系。第二，要站在当代社会和历史的高度，既有继承，又有超越，使我国具有丰富文化底蕴的文论，有机地而不是作为寻章摘句的点缀，既是形而上地也是形而下地融入当代文论之中，也即吸取其思维内在特性，选择其合理的范畴、观念，乃至体系，并在融合外国文论的基础上，激活当代文论，使之成为一种新的理论形态"[①]。这说明钱中文眼中的文学理论现代性还包括立足本土的国际化以及传统文论的现代化，涵盖了自律与他律、中与外、古与今等各个层面及其动态关联。

  从更大意义上说，我们也可以把钱中文本人的学术建树看作他在践行自己的文学理论现代性诉求。钱中文研究了很多文学理论的基本问题，如艺术直觉、艺术情感及其与思想的关系、艺术真实、现实主义与现代主义等，上述研究都能够紧密结合文学实际与文论走向，融入独立思考，进行学理建构，其中关于文学发展论、新理性精神的探讨是影响最大的。比如被人们称为"对中国文学理论建设的一项重要贡献"[②] 的《文学发展论》就是钱中文先生体系化的理论建构，无疑是他的重要代表作。钱中文把文学发展看作文学本体的发展，是在历史、现实的过程中，不断通过文学语言结构的审美创造，因此作者采

[①] 钱中文、杜书瀛、畅广元主编：《中国古代文论的现代转换》，陕西师范大学出版社 1997 年版，第 2 页。

[②] 杜书瀛：《记文学所师友》，《文艺争鸣》2021 年第 12 期。

取了复杂的论证方式。首先,在审美意识的生成、文学话语的变革中看待文学体裁、文学样式的生成。在谈到赋、比、兴时说,"不仅要把赋、比、兴看作是一种表现方法,更重要的它们是人的审美能力的质的飞跃,是从前文学走向文学的审美中介的确立,是文学审美特征的最终的形成"[1]。赋、比、兴的融合,是人对自然、社会审美观照的不断深入与把握,是人对自然、社会无意识的人化,是人由无意识的生命本能的创造,走向自觉的审美创造。这种融合形成了一种全新的审美结构,即抒情诗与叙事诗。与这一层次相应的,表现为文学话语的不断变革,文学体裁也即真正的文学这种形式的不断生成、更新与多样化。其次,是创作主体的审美价值的创造的发展,与这一层次相应的,就是创造主体的个性、风格、文学流派、文学思潮的生成,就是各种创作原则的形成与演变。最后,是文学接受中审美价值的再创造。因此,《文学发展论》不只是讨论文学发展的著作,其实也是钱中文从文学发生学这一视角对文学存在方式的研究,是在建立他的文学本体论。

新理性精神更是钱中文回应现实问题进而进行思想创新的成果。他说,"作为人文知识分子,在文化、理论的创新方面,他要善于洞察变化着的现实的与实践的需要,同时要使理论具有前瞻性,从而从精神方面发生积极的作用。在建设新文化的思想的指导下,人文知识分子应是具有思想创造力的人,他创造的是传之久远的文化精神与价值"[2]。新理性精神要求审视人的生存意义,抵抗物欲造成的平庸与道德沦丧,致力精神文化的建立与提高,发扬优秀的传统文化,吸取西方人文精神中的合理元素,重新探讨审美的意义以及文学艺术的价值使之成为精神家园的一个重要部门。用钱中文自己的话说,"新理性精神是一种以现代性为指导,以新人文精神为内涵与核心,以交往对话精神确立人与人的相互关系,建立新的思维方式,包容了感性的理性精神。这是以我为主导的、一种对人类一切有价值的东西实行兼容

---

[1] 钱中文:《文学发展论》,经济科学出版社 1998 年版,第 50 页。
[2] 钱中文:《文化、文学理论创新的前景》,《文艺研究》2003 年第 2 期。

并包的、开放的实践理性,是一种文化、文学艺术的价值观"①。正如有学者所评论的,新理性精神承继了20世纪80年代以"人的解放"为主题的人文意识,"吸取20世纪初以来的文化理性批判运动的历史性成果""重新估计新的历史条件下的人的问题""认真对待传统文化资源"②。这是先生试图将科学主义与人文主义、科学理性与人文理性相统一的新的尝试。

四 钱中文与文艺学研究方法论变革

如前所述,钱中文一贯重视学术研究的方法论问题。钱先生看待方法论有一个显著特点——他从来不局限于文艺学或者文学理论学科自身,而总是在人文科学研究方法论这个大的视野与格局中讨论文学理论问题。或许受巴赫金理论的影响,他一直强调交往与对话中的理论创造。"一旦进入人文科学的文本,这里马上就出现两个主体,一个是我,一个是你。人文科学必须对着文本说话,对着'你'说话,所以人总是在表现自己,亦即说话,同时创造文本。文本中所表现的人文思维是双重主体性的。"③ 在笔者看来,钱中文所说的交往与对话不仅体现在不同的主体之间,一定程度上也体现在不同的知识形态、视野与方法的碰撞和交融中。所以我们注意到,上述追求体现在钱中文本人的学术研究中首先是"大文艺学"的宏观视野,即在一种宽广的知识结构下的理论研究,文学理论、文学史、文学批评融为一体,"要有丰富的理论知识,要善于把握当前文学中的发展趋向和文学批评成果,又要有丰富的文学史知识"④。这也许与他的留苏经历有关,苏联时期的文艺学研究就同时涵盖了上述三个板块。也可能与他早年

---

① 钱中文:《新理性精神与文学理论研究》,《东南学术》2002年第2期。
② 许明:《当代中国的人文理性》,参见金元浦编《多元对话时代的文艺学建设——新理性精神与钱中文文艺理论研究》,军事谊文出版社2002年版,第70—72页。
③ 钱中文:《文学理论:求索与反思》,中国社会科学出版社2013年版,第133页。
④ 杨子彦:《钱中文先生访谈》,参见金元浦、张首映、刘方喜主编《当代文艺学变革与走向——钱中文先生诞辰80周年纪念文集》,人民日报出版社2012年版,第19页。

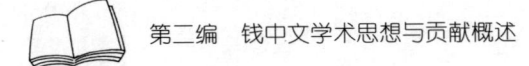

的文学史学习经历有关,他从事过对果戈里、陀思妥耶夫斯基等俄苏作家的专门研究。其次,钱中文的文学理论研究是社会历史研究与审美形式研究的有机结合,既是历史诗学,也是形式诗学。他认为,"文学研究必须探讨文学历史发展的特征……文学作品是文学的核心,必须从审美本体论来分析作品本身结构,阐明作品的本体特征,也即作品的存在形式"[①]。也就是说,虽然"文学就是文学,它是纯粹的、独立的,但它总要指向社会,并将社会、历史、政治、伦理、道德哲理、宗教思想化为自己的血肉而成为一个有机体"[②]。钱中文先生以其毕生的学术追求,从论题、范畴、视野到方法诸方面,成为推动当代文学理论研究代际革新的代表人物,不仅做出了卓越的学术贡献,而且为我们树立了融合审美形式研究与社会历史研究的典范,对推进文学理论研究具有观念与方法论的启迪意义。

[①] 钱中文:《文学发展论》,经济科学出版社1998年版,第108页。
[②] 钱中文:《会当凌绝顶:回眸20世纪文学理论》,参见钱中文《文学理论:走向交往对话的时代》,北京大学出版社1999年版,第249页。

钱中文先生20世纪八九十年代的理论贡献和21世纪的理论深化

上海交通大学　祁志祥

钱中文先生在新时期后十年中国文艺理论园地中做出重大贡献、产生广泛影响的是"审美意识形态"说、"新理性精神"论和"亦此亦彼""多元对话"的方法论。在21世纪，面对"文学已死"的解构主义思潮，钱中文展开了对文学本质问题的重新反思，赋予"审美意识形态"说和"新理性精神"文学论更丰富的理论张力。

"审美意识形态"说是钱中文于20世纪80年代中叶提出来的。针对当时从"文革"中流传下来的文艺理论教科书中的"意识形态本性"唯一说，钱中文此说的重点放在"审美性"上。"审美性"是一个比"形象性"的包容性更大、更科学的概念，包含情感性、形式性、主观性等多重含义。在2005年出版的《文学发展论》一书中，钱中文还指出文学作为审美意识形态有一个历史发展过程："本书提出'文学是审美意识形态'，并不是像极端的庸俗机械论者批评的那样，是审美加意识形态，而是把审美意识形态作为人的本质的确证，从审美意识的发生、形成开始的。正是具有审美意识的人，在自己的长期实践活动中，产生了不断积淀着生存意蕴的语言、文字结构，进而使审美意识相融合并发生演变，物化为审美意识形式，创造了'有意味的形式'，最后发展为现代意义上的审美意识形态——文学。"[①]

"新理性精神文学论"是1995年钱中文在《文学艺术价值、精神

---

① 钱中文：《文学发展论》，高等教育出版社2005年版，第86页。

的重建：新理性精神》①中提出来的（编者注：原文对新理性精神文学论的内涵与理论价值有详细分析，因本书有多篇论文涉及这方面内容，故从略），此后，钱中文将主要的理论中心转移到"新理性精神"的倡导上。在后来的诸多论著中，在到各地大学的演讲中，他一再大声疾呼文学的人文精神。在2000年3月中国青年出版社出版的《钱中文学术文化随笔》和同年6月华中师大出版社出版的《新理性精神文学论》中，钱中文均把《文学艺术价值、精神的重建：新理性精神》一文收入其中并置于首篇，可见其良苦用心。人既是动物又不是动物。人类文明的发展和人类社会的生存离开理性将无法维系。"新理性精神"自然赢得广泛应和。2001年11月，全国的文艺理论专家和人文学者会聚厦门大学讨论"新理性精神"话题，《东南学术》2002年第2期辟出专栏刊载了其中部分论文，可视为显证。

"横看成岭侧成峰，远近高低各不同。"真理具有多面性，不是唯一的。社会科学真理尤其如此。从非此即彼、唯我独革、你死我活的"阶级斗争"和学术论争的风风火火中"生还"的钱中文，在探求真知的过程中逐渐形成了"亦此亦彼""多元对话""宽容双赢"的方法论思想，他觉得以此来取代过去盛行、时下残存的非此即彼、对立二分的方法论，以达到真理认知的多元和学术研究的共荣是十分必要和有益的，便同时加以倡导。1999年，他在《文学理论现代性问题》②一文中将方法论思想提炼为"亦此亦彼的思维"："当今现代性所要求的，应是一种排斥绝对对立、否定绝对斗争的非此即彼的思维，更应是一种走向宽容、对话、综合、创新，同时包含了必要的非此即彼、具有价值判断的亦此亦彼的思维。"在《再论文学理论现代性问题》③中，这一方法论思想又得到了进一步完整的阐释："亦此亦彼假设双方各有真理成分，并且不排斥一方或双方的谬误，但不排斥价值判断，即一定的非此即彼。绝对的亦此亦彼，绝对的相对主

---

① 《文学评论》1995年第4期。
② 钱中文：《文学理论现代性问题》，《文学评论》1999年第2期。
③ 钱中文：《再论文学理论现代性问题》，《文艺研究》1999年第3期。

义，必然排斥价值判断，你对我对，消解了正确与谬误之别。更成问题的是，这种绝对的亦此亦彼，有时对于对方并不理解，就匆忙做出否定，或匆忙做出肯定，以示大度，这之间并未存在真正的对话。对话是无尽的，但是又要承认，对话又是有一定目的的，对话的目的在于认识真理，辨别谬误，即使真理是无尽的，每一对话实际是为了增加对无限真理的有限的认识。""在对话与交锋中，两个主体，互揭短长，去芜存精，共同发现，揭示与充实真理因素。在共同的探讨中，可能主体双方的真理因素多寡有别，但都自有价值，即使一方意识全是谬误，亦应在对话、批判中被揭示，而不是在另一方居高临下的肆意贬抑中被否定与消灭。"钱中文之所以大力倡导"亦此亦彼""多元对话"的方法，是因为"独白、单语世界的非此即彼的传统思维方式"时下还"相当根深蒂固"，"在80年代的文学理论的各种争论中，双方每每表示出都是绝对真理的化身，甚至连双方参与论争的资格都会受到质疑与嘲弄，以致在价值判断中随意性的、情绪化的成分极多。至于说到尊重对方，进行对话，承认在对方的阐述中存在某种真理，这种情况更如凤毛麟角。这种你错我对、你输我赢、非此即彼的思维方式，都是长期以来形而上学猖獗的结果。人们一面批判这种思维方式，一面又重复这种思维方式，没有相互丰富的愿望，缺乏共同建设的气氛，更无双赢的气度"。宽容对话、亦此亦彼方法论的倡导，与辩证法的否定之否定，道家的相反相成，儒家的中庸之道，佛教中观派和般若学无住无执、亦僧亦俗、亦空亦有的方法论殊途同归，均包含着认识真理的大智慧。

21世纪以来，钱先生所做的工作集中体现在《文学理论：求索与反思》（中国社会科学出版社2013年版，以下引该书语只在正文中注明页码）。该书2013年作为中国社会科学院学部委员会专题文集之一编订出版，选录了21世纪以来钱中文具有代表性的研究论文和演讲访谈，其中特别值得注意的是关于文学本体问题的理论反思。

所谓文学的"本体"问题，是指文学的本质及与之相关的文学的特征、边界、地位等问题。这些问题在21世纪遭到西方存在论、现象学世界观和解构主义方法论以及文化批评思潮等的挑战——钱中文认为，这种观点的产生诚然有一定的合理性，"它的反本质主义、反独断论、去中心化、不确定性""扩大了我们的知识，使我们获得了思想上的某种扩容"，这是它的"合理成分"，也是"理论的活力所在"（第34页）。然而，"中国学者接过来后，他们自己的独断性、盲目性也很明显"，带来的负面后果也极为深重。

首先，把"本质"当作"本质主义""终极真理"加以批判，张冠李戴，批错了对象，犹如堂吉诃德与风车作战。"本质主义"是一种"自我定义为永恒真理的教条主义思维方式，它把预设的东西都当成亘古不变的真理"，"导致思想僵化"。主张"本质"研究的学者对它的危害也感同身受，在批判姿态上与"反本质主义"论者其实无异。但反对"本质主义"，未必等于取消对事物本质的研究，因为本质研究不仅可以"揭示现象后面隐蔽着的最具特性、确定现象性质的因素"，而且"是人的高级认识能力的表现"。经历了极"左"、僵化的"本质主义"危害的教训，人们不再用一种绝对的、封闭的眼光，而用一种相对的、开放的眼光看待"本质"，从事文学本质的研究，有何不可呢？不应将本质研究与本质主义"等量齐观"，混为一谈。"其实很多事物本质的东西，我们现在不是研究的太多，而是难以研究！既然文学研究可以去探讨文学的各种现象，那么为什么就不能探讨文学自身的本质特征呢？"（第34—35页）

其次，"反本质"论者指责"本质"研究不能提供"终极真理"，实际上他们的文化研究、现象描述也没能提供关于文学的文化现象的"终极真理"，以子之矛攻子之盾，按照同样的逻辑，其研究途径也是不能成立的。正如钱中文所诘问："你说本质特征说不清楚，那么其他诸如象征、修辞、隐喻、形式、体裁、流派、思潮都已经被你说清楚了吗？"其实，"对于文学本质与各种文学现象的研究都不可能得出终极真理，事物的真理性只能不断地接近与认识"，只有本着这种相对的思维方式，才能从事文学的本质或现象的研究，否则就都没有合理性。

最后，"反本质"研究的危害值得学界警惕。既然"本质"不可思辨和言说，那么文学就失去了"质"的规定性，各种非文学的现象都被拉扯到文学中来；文学理论教材在谈到"文学"概念时充其量只能做历史上各种定义的陈列，而不敢做出自己的归纳与评判；课堂教学也只是传授各种学说的知识，而且"对于知识不予系统的梳理与综合，不予概括与定性"；在研究对象上致力"看得见、摸得到的文学现象研究"，并美其名曰"实证主义研究""文化研究"，等等，结果造成了文学理论研究的平面化、表层化、拼贴化、碎片化、无序化、非逻辑化，一句话，也就是去思想化。因此，钱中文先生提出告诫："文学理论不仅需要提供知识，也应该提供思想的。"（第35页）这确实是有现实警示意义的。文学理论属于艺术哲学。从现象中归纳本质的思辨是哲学的基本品格。放弃本质思考，放弃归纳思辨，文学理论存在的合法性也就真有危机了。所以，有的偏重于形而上思辨的学者"惊呼"当今的反本质倾向"已把文学理论研究推向了绝境"（第35页）。反本质文学理论的起因和初衷是要消除传统的本质主义文论的危害，但它本身造成的危害比它批判的对象或许还要大！

那么，文学的本质是什么呢？针对在极"左"思潮中诞生的文艺理论教科书中的"意识形态本性"说，20世纪80年代以来，钱中文提出"文艺是一种具有审美特征的意识形态"。然而从2005年起，钱中文的"审美意识形态"说遭到了许多人的诘难甚至批判。他们指责"审美意识形态"说是"审美"和"意识形态"的"硬拼凑"。一方面，他们根据"马克思本人从来就没有直接或间接地说过文学是某种'意识形态'"，断定"审美意识形态"说将文学定义为一种"意识形态"不能成立，而提出"意识形式"说，认为文学应当是一种"社会意识形式"，或"审美意识形式"；另一方面又指责"审美意识形态"说的重点是"审美"，是"没有'意识形态'的审美意识形态"，是"去政治化"的"纯审美主义"（第36—37页）。面对这些诘难，钱中文没有放弃或改变他先前的"审美意识形态"，而是在论辩中进一步捍卫并坚守着这种文学本质观。

在论辩中，钱中文力图阐明以下几点。第一，衡量一个观点正确与否，认为"凡马克思说过的就可以成立，马克思没有说过的就不能成立"（第41页），这种思想方法是极"左"思潮盛行时期教条主义方法的遗存，以此立论，不足为训。第二，文学的共性或基本属性是"意识形态"这种提法并不是从钱中文本人开始的，仅仅抓住钱中文的"审美意识形态"说加以批判有失客观科学。第三，有感于"我们过去将文学仅仅视为意识形态，总是在强调社会结构中的文学与其他意识形态的共同特性，把文学观念化、抽象化了"（第38页），有感于过去"在讨论文学艺术的本质特征时，苏联和中国等国家的政治家、理论家，由于政治斗争的需要，常常强调文学是社会意识形态，以意识形态的普遍的共性特征和文学在阶级斗争中的地位，来突出、规范文学艺术的本质，而论及文学的审美特性方面则不被重视"，甚至"以意识形态的共性""来替代文学的本质特性"（第87页），所以钱中文提出"审美意识形态"说的重点在文学的审美特性，强调文学艺术"如果不具审美特性，那么它的其他特性、功能也是无从谈起的"（第89页）。为了避免人们将"审美意识形态"误解为"审美"与"意识"的简单叠加，钱先生又提出"审美反映"及其形成的"审美意识"概念。所谓"审美反映"，是"审美主体的创造过程""是对于对象的改造与创新"（第89页），不仅灌注了作者主体的"感受""体验"和"感情思想"，而且包含着作家"对语言的审美结构"（第88页）。由此形成的结果就是"审美意识"。所以文学是"审美意识形态"不仅意味着文学是"审美的意识形态"，还意味着文学是"审美意识的形态"。第四，强调文学的审美特性并不意味着取消文学的意识形态共性，"讨论文学本质特性，如果忽视其意识形态的社会功利特性的要求，又会在理论上走向唯美主义的偏颇"（第87页），这并非"审美意识形态"说的本义。"我们讲的'文学性'，比形式主义的'文学性'的涵盖面要宽阔得多。"（第9页）正是对文学在审美形式中所应当承载的意识形态、理性精神的肯定，钱中文走向了对现实文学创作中非理性主义的批判。

2004年，钱中文在《躯体的表现、描写与消费主义》中分析指出："当今不少涉及性描写的小说，不过是一种满足低俗趣味的时尚，一种散发着霉烂气味的而被欣赏的时尚，一种掺和着令人作呕的毒品气味、但被奉为当今青年时尚的时尚，一种有如弗洛伊德说的力比多的过量释放、随时随地发泄性欲的兴奋叙事的时尚,一种在公共场所、厕所随时交接射精、阴液流淌,由于性快感而发出刺耳尖叫的欣赏的时尚!也许我们从这类作品中,可以了解到当今社会的伦理不断被撕裂,道德败落到何等程度,但是它们本身则是恶俗不堪的东西。"导致这种倾向的根源是什么呢?是市场经济中以趋利为追求的"消费主义":"当今一种消费主义正在文化市场流行开来……满足广大人群的正常的消费,自然是极端必要的,但是我要不无遗憾地说,消费一旦变为主义,它的消极一面也就不可避免,而且有如出鞘的剑,残害生灵的美。某些所谓图像艺术的恶俗形象展览,以所谓当今中国青年生活时尚为标榜的嫖妓卖淫的招贴广告的示范,和文学中的人体下部描写,渐渐变成了人们获得肉体快感的消费方式的追求;身体的肉欲的需求与由此而引起的快感,要求在文学写作中获得进一步满足,于是人体本身也早就变成了一种商品消费了,早就在文学里经历了一个自上而下的运动,由原来的形而上的期盼,变为形而下的身体性感的需求,由思想的向往,而变成肉欲的追求,由主要描写的头部,滑向人体下身的描写,而下身描写,主要是对男女生殖器官的描写与爱抚,性交的欣赏,进而是性滥交的快感的弥散。灵魂出窍,肉欲无限膨胀,显示了物质不断的丰富而精神不断地走向萎靡、匮乏的时代征兆。于是在媒体上就有了'美女写作'的说法,接着是'下身写作'的说法,为了使这些说法显得文雅一些,具有文化意味一些,于是就炒作成了'身体写作'。"(第106—108页)钱中文先生对文学创作中非理性弊病的批判,体现了一个富有社会责任感的现代人文知识分子的可贵良知,是"审美意识形态"说中"意识形态"本性概念的现实运用,可视为其文学本质观的一次操作实践。

钱中文坚持文学是"审美意识形态"的本质观,并不断加以完善,但他并不认为这就没有局限,可以穷尽一切文学现象。他清醒地意识到,"要提出一个十全十美、面面俱到、人人都能接受的文学本质观,那是十分困难的,现象比观念远为丰富得多。""我们可以在生活实践中逐步地积累对于真理的认识,不断地接近真理,但是我们很难穷尽真理,一劳永逸地结束对真理的探讨。因此就这点来说,任何文学本质观念的界定，都带有时代的特征甚至局限。"（第40—41页）"审美意识形态"的本质观也是如此。它不是没有局限，"只是目前还未能找到一个比它更有概括力的术语来重新界定"文学本质（第40页）。但有一个虽然有局限然而涵盖面比较广的本质观总比没有要好。如果文学没有一个定义、一个标准，就会把各种各样的文化现象都拉到"文学"中来，就会面临"文艺理论的边界和扩容"问题——钱中文分析指出，有一种观点，"认为当前'文学理论死了'，要以'文化研究'来代替文艺学"，"扩充文艺学的内容，超越文艺学的边界"。一些人认为，"如今艺术的美、文学性已经不在艺术和文学本身了，而是表现在别的地方，认为日常生活审美化了，他们认为审美活动在别墅里，'诗意'在售房广告中。美在哪里呢？在汽车博览会、时装展览、商场购物、主题公园、度假胜地、美容院、城市广场、城市规划、女人线条、减肥，所谓扩容就是把这些东西都扩到文学理论中来，文学理论研究生的论文要做健身房、汽车文化了"。"但把这些东西的讲解当作文学理论来讲，文学理论本身就被掏空了，它原有的那些价值都被转换了。""把它们都统称为文学"，"实在太牵强了"；"设立审美文化课程，把上述文化现象的讲述都作为文学课程的补充"，"仍然不是文学理论"。这样看来，文学理论并未因文学的扩容而遭遇"合法性危机"（第10—15页）。

  与此相关的另一个文学本体论问题是文学是不是终结与消亡。这个问题最早由黑格尔提出来。后来，往往文学思潮发生变化的时候，就有人以不同的方式重复这个话题。近来，伴随着"科技、声光技术、图像艺术的广泛普及"及其对文学市场的"占领"，"阅读文学著作的人数减少了"，"文学终结"的呼声又出现了（第6页）——钱中文分析到，20世纪的最后几十年，在美国的一些大学里，出现了一个贬抑文学教学的过程，"文学的威信、文学经典的权威被渐渐消解，文学变成了一钱不值的东西"，"文学本身已经从英文系课程设置中消失，拿些支离破碎、充满行话、俚语的东西在课堂上大讲特讲，唯独不研究文学自身"，电影、电视、音乐映画以及广告、动画、春宫图和行为艺术成了今日英文系的课程设置内容，"同时为了激起学生的新奇感,教师不得不把那些非经典的、冷僻的、品位不高的作品拿到课堂上'表态'"(第7页)。面对西方文学理论界的这种风潮,热衷于攀附西方的一些当代中国学者最近"把它介绍了来,并写了文章附和",认为"文学终结了,或是现在无人再光顾文学了,但文学性——文学之所以成为文学的'文学性'还存在、还活着。活在什么地方呢?活在其他社会科学、人文科学、广告、社会生活中间"(第5页)。那么,文学到底有没有"死"、会不会"死"呢?

钱中文给出的回答是否定的。首先,"图像艺术的发展,吸引了相当一部分的原先那些属于文学的读者,使文学的读者圈缩小了,但是我们也看到,由于信息技术的发展,例如电脑这样一些工具的发展,书籍的印数不是少了,而是大量增加了"。文学在电子媒介的新形式中继续存在。其次,从实际情况看,"人们还在创造大量文学作品、阅读各种文学作品、颁发各类文学奖项","目前来说我们还看不到文学就此终结"。最后,文学作为审美意识形态,属于人的"精神需要","在任何时候都是必需的","如果缺少了文学对精神的滋养,人的精神和心灵必将变得非常荒芜",放眼未来,文学也绝不会消亡。其实,对美国一些大学解构文学、取消文学,热衷于流行文化研究的做法,美国现代语文学会主席赛义德就曾进行过沉痛的反思。他认为这种做法把一个国家的"价值"和"精神"都解构掉了,造成了今日美国大学人文学科的滑坡与堕落,这是令人痛心和担忧的。中国当下的一些文学作品之所以缺少读者,说到底是因为精神萎顿、品格不高,"尽是一些躯体写作、美女写作之类",缺乏"民族的文化精神的理念"。而且,提出文学时代将要终结的米勒,还曾在2004年中国中外文艺理论学会第三届代表大会上说过:"文学在本质上自成一格,具有其自身的终极目的","文学是任何时间、地点之任何人类文化的标志"(第7—9页)。既然如此,文学又怎么可能"终结"呢?

钱中文先生在21世纪关于文学本体一系列问题的反思与论辩,紧贴实际,有破有立,语重心长,是对20世纪八九十年代文学审美意识形态本质论和新理性精神文学本质论的守护与捍卫。它建立在中外大量的创作实践和理论积累基础之上,值得人们认真对待。

在开放对话中实现综合创新和超越
——钱中文先生学术思想特征浅谈

厦门大学、湖北师范大学　张开焱

2022 年 11 月，将迎来钱中文先生九十华诞。先生高寿之年，仍然身体健康，神清气朗，思维敏捷，笔耕不辍，真是可喜可贺可佩！先生一生以学术为志业，学术研究已成为他生命活动最重要的内容之一。直到 90 高龄，他还在《文学评论》上发表论文，可见对学术研究的沉迷。正是这份沉迷，成就了他学术事业的辉煌。从现在检视改革开放以来的文学理论史，已不难认定，先生的研究是这个时段最有影响、最具时代特征的标志性成果之一。

回望钱中文先生的学术生涯，特别值得注意的是他从 20 世纪 80 年代早期开始，就反复倡导学术研究"开放对话"的理念。到 90 年代，他甚至将自己的一部论文集命名为《文学理论：走向交往对话的时代》[①]，突出地表达了他对文学理论研究交往对话的主张和期望。这既是他自己学术实践的感悟，也是对中国文学理论发展的期望和倡导，还与他对钟爱的巴赫金思想学术的接受相关。他明确表示，"在我的著作中，则借鉴巴赫金的对话理论，给以阐发，努力使之成为我的文学观念的组成部分"[②]。开放对话，百家争鸣，无论对于个体还是群体，都是发展创新的必要条件和前提。钱中文先生自己的学术成

[①] 北京大学出版社 1999 年版。
[②] 钱中文：《我们这些人实际生活在两种现实里面——忆钱钟书先生》，《中华读书报》2000 年 11 月 1 日。

果，为此提供了一个典范性的标本。他正是在不同阶段与各种异己性思想学术的开放对话与潜对话中，不断丰富和提升自己的思想，在对话中综合，在综合中创新，由此不断超越自己，也超越他人，这是他学术思想的一个显著特征。

　　钱先生的学术研究生涯始于20世纪60年代初期，但真正建立自己的学术坐标是从改革开放开始。他自己编选的《钱中文文集》（五卷本），主要是由80年代以后的作品构成的，这也可佐证他对这个时段开始的学术成果的重视。80年代，是一个各种人文社会科学思潮大浪奔涌的年代。不同年龄段和人生经历的学者，都带着特定历史阶段和人生道路赋予的"知识记忆"和"思想记忆"进入这个时代，在这个时代共存共鸣。正如陈晓明所说，钱中文先生主要是带着俄苏思想、文学和文学理论的"知识记忆"进入这个时代的。[①] 这些都潜在地影响着他在80年代思想学术场域的初始性角度和立场。而80年代以来的中国文学和文论界，除原有在中国文论界具有权威地位的俄苏文论以外，西方各种近代、现代和后现代的文学与文学理论都先后登场，并对中国文论界产生极大的冲击和影响。在各种层出不穷的新潮文学和文论现象面前，中国文论界的不同学者采取了不同的立场和应对方式。大体说来，有三种立场和应对方式最具代表性。一是基于先前的思想和知识"记忆"而坚决拒绝；二是放弃先前的"记忆"而毫无保留地拥抱和接受；三是基于先前的"记忆"而和各种异己性思想对话，在对话中既选择性坚持，又反思、深化、超越、综合、创新。钱中文先生选择的是第三种立场和路径。

　　他在20世纪80年代的学术研究，主要围绕着现实主义与现代主义问题、审美反映论、审美意识形态论、文学发展论等几个专题展开。在这几个专题研究中，他所携带的俄苏文学和文论"知识记忆"都有明显体现，同时，在与各种异质性文学和文论的对话与潜对话中，他又在深化、丰富、发展、超越原先的理论，通过综合创新方式

[①] 陈晓明：《怀着知识的记忆创新——钱中文的学术思想述评》，《南方文坛》2001年第5期。

而形成了新的理论。例如，80年代初开始，西方各种现代派文学艺术被大规模介绍到中国，从而与中国几十年间一直处于绝对权威地位的现实主义文学与理论产生激烈争论。如何对待和评价现代主义文学艺术现象成了当时一个共同关心的问题。中国文学界和文论界当时对待现代主义的立场大体有三种，即站在传统现实主义立场坚决拒绝，抛弃现实主义而完全认同接受，基于现实主义立场有选择地扬弃整合。钱中文先生后来回忆说："关于现代派文学的论争，在争论最热烈的时候，我并未介入。1982年，我收集了不少资料。1983年，我写下了《现实主义和现代主义的几个理论问题》一文，在比较两种创作原则及其特点的同时，就当时的争论表示了我的看法。总的说来，我对现代主义者嘲弄现实主义的做法比较反感；我对现代主义态度比较严峻，而倾情于现实主义文学。"他采取这种学术立场，很明显是由自己的"知识记忆"决定的。但钱先生的态度在后来对现代主义文学的深入了解中发生了很大变化。他说，"80年代中期，当我在法国看到一些荒诞派剧作的演出后，我对现代派文学的看法发生了根本性的转变"[①]。钱先生这里所说的改变，指的是他意识到现代派文学也能以特异化的方式表达人类对现实生存的真实感受，因为手法的特异，这种真实感受的表达甚至更有震撼效果。这一段回忆既表现了钱先生敏锐的艺术感受力，也展示了他的坦率、真诚和不断超越自己认识的理论活力。正是在与现代派文学艺术的潜对话中，他丰富、发展和超越了自己原有的现实主义文学观，并为从理论上重新认识、思考、深化与之相关的文学反映论提供了契机。

　　文学反映论，是中国文论界从苏联接受的关于文学与社会现实关系的理论，这一理论在哲学上与历史唯物主义基本原理密切相关。在文学上则以现实主义为典范性样式。在相当长的一段时间里，文学反映论被简单化和绝对化了，一种镜式反映观占据着主导地位，这种镜式反映观最典型的命题性表述就是"按照生活的本来样式反映生活"，

[①] 吴子林：《创建中国现代性文学理论——访著名文艺理论家钱中文》，《南方文坛》2007年第5期。

这也成了现实主义文学真实性的金标。而这一理论于20世纪80年代在文学上受到现代主义的挑战，在文学理论上则受到审美论、文学主体论、形式本体论等多种异质性理论的挑战。钱中文先生是站在文学反映论立场的，但在对现代各种文学流派和理论的了解中，他意识到传统文学反映论存在明显的缺陷。这个缺陷就是简单化和绝对化，只强调了哲学反映论与文学反映论共性的一面，而忽略了二者差异性的一面，忽略了文学反映社会现实的特殊性所在。

这个特殊性在哪里呢？钱中文先生认为，就在审美和审美中介这里。文学对社会现实的反映，是假定性前提下审美的反映，而不是照相般的镜式反映。之所以如此，是因为文学对生活的审美反映要通过审美中介实现，而这个审美中介，就是作家这个独一无二的审美主体。因审美主体千差万别，必然决定了"审美反映是一种灌注生气、千殊万类的生命体的艺术反映，它具有实在的容量，巨大的自由，而且可以使脱离现实的幻想反映，具有多样的具象形态，可使主客观发生双向变化。""审美反映无限多样，一是现实的无限性，二是主观性是一种不断更新的动力。凡是主观性不强的审美反映可能是失败的审美反映。创作个性是主观性的最高要求，是创造的极致。最丰富的是最具体的和直观的"。①

很显然，这种对于审美主体及其个体特殊性的突出强调，就吸纳了文学主体论和文学审美论的思想，这些思想的吸纳改造也深化了传统文学反映论，克服了它仅仅强调文学客观性、认知性和镜式反映观而存在的明显弊端。

在这个前提下，钱中文先生对客观对象进入作家心理世界并转化成文学形象世界的过程，也做了深入细致的研究。他的研究揭示，客观社会生活变成文学符号中的形象体系，在作家审美主体那里，要经历"眼中之竹"（感知印象）到"心中之竹"（记忆心象）到"审美之竹"（审美意象）的三级转化，然后还要经过语言、形式、技巧综

---

① 钱中文：《最具体的和最直观的是最丰富的——论审美反映的创造本质》，《文艺理论研究》1986年第4期。

合运用的符号表达，才能形成审美符象，即文学作品中的形象世界。而在这个过程中，千差万别的作家的所有心理机制、人生体验、文化素养、世界观、社会认知等都参与了每一个阶段的转化活动，尤其是作家的审美理想、趣味、个性起着特殊的选择、转化、融合和生成作用。这样，作为终端的文学作品的形象世界，与作为客观存在的社会生活之间，已经是既有明显联系又有巨大区别的。① 很明显，钱中文先生对于客观社会生活在审美主体心理世界转化过程的描述，借鉴了与审美主体论密切相关的文艺心理学的思想。在传统文学反映论那里，这些往往会被无视或者轻描淡写，而在钱中文先生这里，则获得了高度重视，并几乎成为其审美反映论的核心内容。

钱中文先生的审美反映论，正是在与当代中外各种文学本质论的对话和潜对话中坚持、深化、超越原有理论从而形成新理论的标本。而在这种从旧理论到新理论的蜕变生成中，构成他理论思考背景的各种异质性理论，事实上既是他对话的对象，也是他实现深化、综合创新和双向超越的理论资源。他的审美反映论对它们既不是简单拒绝，也不是简单认同，而是在对话、综合和创新中选择、转化、融合，形成的有内在逻辑性和有机性的理论体系。

在审美反映论中，他改造了哲学反映论，使传统文学反映论的某些核心理念在一个新的高度上获得了扬弃、深化、蜕变和再生。他说哲学反映论解决的是人类意识与客观存在之间的本原性关系问题，人类社会的任何意识形式在本源意义上都是对存在的反映形式，概莫能外，这是无法否认和超越的哲学基本原理。人的任何意识都是对于现实的反映，连人类心理活动中"近于本能的感觉，它也不能从某种纯粹的自我意识中引出，而只能在主体对客体的反映中、在思维的加工改造中获得。所以，反映是人思维的根本特征和功能"。因此，从逻辑上讲，"文学艺术的创作是意识的一种形式，从根本上说是一种反映"。② 所以，反

---

① 钱中文：《最具体的和最直观的是最丰富的——论审美反映的创造本质》，《文艺理论研究》1986 年第 4 期。

② 钱中文：《最具体的和最直观的是最丰富的——论审美反映的创造本质》，《文艺理论研究》1986 年第 4 期。

映论从哲学层面上讲是无法推翻的。同时，作为对话对象的各种异质性理论如审美论、文学主体论、形式本体论等也在他的理论中获得了较高程度的吸纳、综合和转化。审美反映论，是马克思主义文学反映论在新时代的深化和发展形式，它既实现了自我深化和超越，也实现了对作为对话对象的各种当代异质性理论的吸纳和超越。

审美反映论与历史唯物主义反映论的内源性关系自不用说，也有学者认为审美反映论就是审美主体论。确实，审美反映论特别重视审美主体作为中介的作用和地位，但这是在坚持感知对象先在且感知对象在整个创作过程尽管被分解、转化、熔铸、重生，但它始终存在于所有环节之中这样的认知前提下进行的，因此审美反映论又不是单纯的审美主体论。在审美反映论中，强调客体作用的反映论和强调主体作用的主体论获得了辩证的综合和统一，这种综合不是简单拼凑，而是在创新基础上的综合。

与审美反映论相关，钱中文先生在对文学本质的思考中，提出了文学是审美意识形态的命题，并对这一命题展开了多重论证。他和童庆炳先生等在文学本质上的这种共识，在20世纪80年代以后的中国文论界产生了深远而持久的影响。审美意识形态论，是钱中文先生在坚持马克思主义的社会结构分层论基础上，探寻文学这种意识形态形式特殊性的成果。在80年代，关于文学与意识形态的关系问题有多种观点，既有文学非意识形态论，也有文学意识形态论，还有文学准意识形态论。钱中文先生在坚持文学意识形态属性的前提下，对文学有别于其他意识形态形式如哲学、宗教、伦理学及各种社会科学等的特殊属性即审美属性给予了特别关注，认定文学不只是一般的意识形态形式，而是审美意识形态形式。他指出，"文学作为审美的意识形态，以感情为中心，但它是感情和思想认识的结合；它是一种虚构，但又具有特殊形态的真实性；它是有目的，但又具有不以实利为目的的无目的性；它具有阶级性，但又是一种具有广泛社会性以及全人类性的审美意识形态"[①]。这种对文学本质属性的辩证分析论证，揭示了

---

① 钱中文：《文学原理——发展论》，社会科学文献出版社1989年版，第110页。

文学与一般意识形态形式既相通又有别的复杂属性。既坚持和发展了马克思主义关于文学意识形态属性的理论，也辩证地吸纳了文学非意识形态论和准意识形态论的某些洞见，在一个新的理论高度和形态中既坚持，又深化、细化并发展了马克思主义文学意识形态理论，这对他自己和对话对象的原初理论都形成了一种双向超越和兼容性。

三十多年来，审美意识形态论已成为中国文论界影响最为广泛久远的理论。有学者回顾中国当代文论发展历程时，将钱中文先生等创立的审美意识形态论以及认同这种理论的学者群体称之为"中国审美学派"，认为这一群体"建构了一个以'审美意识形态'为核心思想的马克思主义文艺理论新体系。该理论体系的建构深深植根于中国的现实土壤并不断发展和走向完善，引发了一系列历久弥新的学术命题，开辟了宏阔的学术空间，为我国文艺理论的发展揭开了新的篇章"[①]。

钱中文先生另一获得学术界高度好评的学术成果是《文学原理——发展论》（该书第三版改为《文学发展论》），这部厚重而视野宏阔、逻辑严谨的著作，将文学审美意识形态论的认知贯穿到文学历史发展过程的研究中，达到以论摄史、以史证论、史论合一的完美境界。已经有很多学者对这部著作的基本构架和核心内容做了归纳介绍，为避免重复，故此不赘。本文只是特别指出，这部文学发展史论著充满了内在的对话意识。这里对话的对象，既有国内盛行的多种文学观和文学史观，更有近现代国外各种广有影响的文学观和文学史观。钱中文先生在与这些文学观和文学史观的对话中，既有坚持、选择，更有吸收、融合、整合。对此，朱立元先生说《文学发展论》"对中、西、苏联的文学理论都有吸收，并把它们融会到一起"。他指出作者对中外各种相关文论广采博取，且不是停留在外在的取用，生搬硬套，而是消化了，达到融会贯通："在评价、吸收了不同学术观的基础上，提出了自己的文学观念，然后根据这一观念，来驾驭全

[①] 参见吴子林《"中国审美学派"论纲》，《中国社会科学院研究生院学报》2009年第5期。

书，驾驭其他文学现象、观念，给予融化，站得很高，化得很好。"①钱中文先生因为有自己对于文学审美意识形态本质的独特认知，辅之以丰富广博的文化史和文学史知识，对各种中外文学观和文学史观都以此为基础进行扬弃、取舍、综合，从而形成了独特的文学发展理论体系。迄今为止，该书一版再版，影响良好，获得学术界高度好评。当年该书初版时，学术界名宿徐中玉先生评价这部书与杜书瀛先生的《文学原理——创作论》"在文艺理论研究中做出了重大贡献"，蒋孔阳先生评价这部书将"文艺理论提高到了一个新水平"，②迄今为止，国内学者出版的有关文学发展论的专著，在以论摄史、史论统一、视野宏阔、综合创新方面，尚无能超越钱中文先生这部著作的。

进入20世纪90年代，伴随着中国社会经济的飞速发展，商业化大潮的兴起，包括文学在内的整个精神文化生态也发生了巨大的变化。曾经长期主导中国社会的一些传统人文价值观念受到巨大冲击，商品化、浅俗性、娱乐化、感官化等成为一些文学艺术现象的突出特征。一些作家和评论家因此而惊呼文学的人文精神失落了，但也有一些作家和评论家则认为这种现象有历史的必然。如何应对这种"人文精神的失落"？各种主张都开始出现，有主张回归人文传统的，有主张走向新感性的，有主张走向后现代解构的，有主张走向价值中立的，各种观念之间形成了热烈的对话语境。在这种语境中，钱中文先生提出了"新理性精神论"，并引发文论界热烈而长期的讨论，产生了深远的影响。归纳钱先生对于"新理性精神"的有关表述，不难发现他强调新理性精神以现代性为导向，这就将新理性与旧理性区别开了；他强调"新理性精神"要以"新人文精神"为内涵，"要有使人所以为人的羞耻感、同情与怜悯、血性与良知、诚实与公正"，他说这些"不仅成为伦理学讨论的课题，同时也应成为文学艺术严重关注的方面，以审美的方式关心人的生存状态、人的发展、拯救人的灵

---

① 参见文冲一整理《〈文学原理〉——〈创作论〉、〈发展论〉评论会发言摘要》，《文艺争鸣》1992年第3期。

② 参见文冲一整理《〈文学原理〉——〈创作论〉、〈发展论〉评论会发言摘要》，《文艺争鸣》1992年第3期。

魂，这也许是那些有着宽阔胸怀的作家、艺术家忧虑的焦点和立足点"①。这就在内容庞杂的"人文精神"概念中做了自己的价值选择，而摈弃了这个概念中那些被历史淘汰的、不符合人类进步的过时成分；他强调新理性精神是包含了感性的理性精神，他基于人性和人的全面发展要求肯定人的全部感知、激情、欲望、冲动等非理性构成的合理性，并主张从审美和人文角度对它们的提升、过滤和陶冶，使其不至于走向反理性主义的极端，这就与旧理性主义和反理性主义区别开了。他强调新理性精神追求在交往对话中确立人与人的相互关系，以建立新的思维方式，这种思维方式特别强调不同文化立场、思想、价值观在对话中互相尊重、互鉴互补、互相砥砺提升。强调放弃非此即彼的简单绝对的思维方式，而主张亦此亦彼的辩证思维方式。这就将新理性精神与那种绝对化的封闭性、独白性思维模式区别开了。在钱中文先生那里，新理性是一种对人类一切有价值的东西实行兼容并包、开放的实践理性，是一种新的文化和文学艺术的价值观。很显然，这样的"新理性精神"是在扬弃了旧理性主义、非理性主义、人文精神论、新感性论、现代性理论等一系列当代具有深远影响的理论和价值主张的基础上建立的，其综合创新特征十分突出。"新理性精神"，是钱中文先生和当代各种文化价值观对话建构的价值体系，在这个价值体系中，各种对话对象的价值观中都有某些元素被吸取和融合，同时也被超越。消极恶性的对话只会产生互相拒绝、互相简单否定的无效结局，而积极的对话恰恰能在以我为主导的基础上吸纳融合对手有价值的洞见，产生具有综合创新特征的超越性成果。这种超越，是伽达默尔解释学视界融合意义上的双向超越，既超越了主体初始的解释视野，也超越了对象的历史视野，积极对话正应该产生这样的结果。在钱中文先生的"新理性精神"构架中，我们看到了这样的追求和特征。

在钱中文先生的学术活动中，还有一个方面特别值得提及，那就是他对中国古代文论现代转换的倡导。这个命题经过他的倡导受到学

---

① 钱中文：《文学理论：走向交往对话的时代》，北京大学出版社1999年版，第349页。

术界的重视并引发长期而热烈的探讨。他这样倡导是基于两个方面的考量。一是在他自己的学术研究中，深感中国古代文论中有很多独特而有价值的概念、命题和思想，他在自己的专著《文学发展论》中，梳理了人类文学中审美意识生成和发展的过程，大量征引了中国古代丰富的文论资料，使这些文论资料中具有长远价值和现代意义的部分得到激发和彰显。二是他作为中国中外文艺理论学会负责人和中国当代文艺学界最有影响力的学者之一，深感本民族文论资源如何以自己独立的姿态和声音进入当代中外文论对话场，以获得新生和当代性，成为当代文论建设中既有民族特色又有当代价值和活力的资源，是一个十分重要的问题。他指出，"当今的文学理论面临着三种文论传统，即古代文论传统、西方文论传统和近百年形成的现代文论传统。我们只能在现代文学理论的基础上，充分地研究古代文论，把其中的有用成分，包括它的体系和术语，最大限度地分离出来。不是表面地使用一些古代文论的术语，而是丰富其原有的含义，赋予其新义，与现代文学理论、西方文学理论融合起来，使其成为文学理论的血肉，形成当代文学理论的新形态。这将是具有中国特色的文学理论的新形态，一种在长远的时间里不断生成、不断丰富、体现现代性的文学理论的新形态"[1]。在钱中文先生的认知中，引导中国古代文论进入当代文论的对话场域，在与以马克思主义文论为核心的百年中国现代文论、西方文论的三方对话交往中，是创立具有中国特色现代文学理论的必由之路。在他和一批学者的共同倡导和努力下，中国古代文学理论资源的现代转换问题持续获得关注，并且展开了广泛而影响深远的反复讨论。尽管对"转换"还是"转化"，是直接将古代文论中有价值的部分用之于当代文学理论和文学评论活动，还是将它们与当代西方文论进行对话，在对话中生成现代文论形态等，不同学者有不同见解，但有一个基本的认知在长期的讨论中几乎成为共识，即在当代中国文论建设中，中国古代文论不能缺席；同时，在全球化时代的国际文论对

---

[1] 吴子林：《创建中国现代性文学理论——访著名文艺理论家钱中文》，《南方文坛》2007年第5期。

话中，中国古代文论也不能缺席，引导它走向国际文论对话前沿，在对话中选择、扬弃和发展，是中国学者应有的立场和责任。

综上不难看出，钱中文先生的思想学术成果体现了一个共同特征，那就是在开放对话中实现融合、创新和超越。进入改革开放新时代，他在既有的知识结构和思想结构的基础上，长期保持向各种异质性思想学术的开放立场，和它们进行深入对话，并在这种对话中综合创新，不断形成超越自己、超越对手的新见解、新成果。钱中文先生的学术对话，很少是赞成与反对、非此即彼的简单选择，更多的是以此化彼、以彼益此、彼此互益、彼此融合的创新超越的追求。他总是在与异质性的思想学术观点的对话中寻找可以互相融合、丰富、深化的元素，对它们加以吸纳、改造和重铸，以形成自己新的具有内在有机性的思想学术观念和体系，由此丰富和发展自己，也超越自己和对话对象。他的审美反映论、审美意识形态论、文学发展论、新理性精神论，都具有这种特征。

钱中文先生这种在开放对话中追求和实现融合、创新、超越的学术思维与理念是如何形成的？我觉得有几个重要的原因。

就内因而言，钱中文先生是那种执着求真型的学者，学术研究是他一生沉迷的志业，这种执着求真的学术品格和对学术的沉迷会使一个学者永无止境地渴求更深入、更广泛、更丰富地了解、把握和思考关于研究对象的有关知识与规律，以求最大限度地把握关于对象的真相和真理。这必然促使他竭尽所能地了解众多有关对象的互相矛盾甚至对立的不同知识和理论视角与体系。对于一个以求真为鹄的学者而言，要在这些互相矛盾对立的知识和理论体系中做非此即彼的简单选择，那是十分困难甚至不可能的事情。他能做的，往往是以自己初始性的知识和理论框架为出发点，与它们对话，并综合运用同化和顺应机制，在对话中对它们进行认真比较、思考、选择和取舍，同时也在对话中自我反思，不断丰富、矫正和提升自己，在这种双向对话和融合中形成一种具有综合创新特征的新知识体系和理论体系，这种体系，具有对对话对象和自我双向超越的特征——形成钱中文先生思想学术的综合创新特征的原因之一，就在这里。

钱中文先生选择在开放对话的学术氛围中实现思想学术的综合创新和双向超越的学术路径的另一个主观原因，是他进入20世纪80年代所携带的知识和思想记忆。正如陈晓明所说，钱先生这一代学者是携带着特定的知识记忆进入新时代的，这种知识记忆必然在他的思想学术研究过程中发挥显在和潜在的影响，在自己的学术成果中留下深浅不一的印记。与此相关的是，钱先生进入80年代已经五十岁上下了，这个年龄对于一个学者而言，往往是基本知识结构和思想结构大体定型、趋于成熟的年龄。要在知识和思想体系上大破大立、另起炉灶已不可能。但对于有思想活力的学者而言，固守既有的知识和思想结构而以不变应万变、几十年如一日地重复同样的话语和观点也不能想象。最大的可能就是以自己既有的知识和思想结构切入当下思想学术对话场域，在这种对话中既保留又不断丰富和提升，乃至改变自己的知识和思想视野，而这丰富、提升和改变的动力与资源之一，恰恰又来自对话或潜对话的对象。因此，正是在这种对话中，对话主体会不断检视和反思自己的初始性知识和理论体系，并不断在同化与顺应双重心理机制的作用下做出调整、深化、丰富、改变、发展和升华，从而形成新的综合性知识和理论，创新性和超越性也在这种不断形成的综合性知识和理论体系中。

就外在客观原因而言，改革开放时期宽松的思想学术环境催生了百花齐放、百家争鸣的文学和文学理论环境。除了中国原有的马克思主义文论之外，古代中国、前苏联、西方、东方各种最有影响力的文学理论也几乎都在中国当代文论界登场，从而形成了空前热烈而广泛的多重多向的对话局面，极大地激发了中国学者理论创新的冲动和活力。钱中文先生既是这种多元对话局面的创造者和推进者之一（他先后合作主编了"现代外国文学理论译丛"、独立主编了《巴赫金全集》（七卷本）的翻译，还合作主编了"新时期文艺学建设书系"，同时在20世纪90年代还特别倡导中国古代文论的现代转换，以获得当代性），也是这种多元对话局面的受益者之一。这为像他那样渴求广泛了解世界、了解各种异质性文学理论，从而丰富、提升和超越自己的学者提供了难得的知识和学术环境。

就钱中文先生自己而言，他的开放对话意识由自己的学术实践到理论自觉的过程中，有一个学者的思想起了不可忽视的催化作用，那就是巴赫金。在几十年的学术生涯中，钱先生接触过无数国内外思想家、理论家和学者的思想学术成果，如果说有一个学者是他长期关注和钟情的，那就是巴赫金。这不仅因为钱先生所说的，他自己某时段的生活经历与巴赫金有某些相似性（钱先生那一代人有这种相似性的并不少），更因为巴赫金的思想与他自己的思想追求有较高的契合度。关于钱中文先生接受和研究巴赫金的过程，已有学者仔细地梳理过，[1]本文在此不再重复。总体来看，从20世纪80年代初开始，钱中文先生对巴赫金思想的注意和重视，经历了一个从复调小说理论到行为哲学再到对话主义理论的过程，这一过程在90年代他主编翻译《巴赫金全集》前基本完成。他为《巴赫金全集》写的长篇序言就明确地显示了对于对话主义的特别关注和高度评价。直到今年发表在《文学评论》上的研究巴赫金行为哲学和诗学的论文中，还特别提到巴赫金对话诗学的重要性。巴赫金强调的对话主义精神，深刻地影响了钱中文先生的学术态度和理念，也成就了他的思想学术理论。

阅读钱先生的著作将不难发现，他从不人云亦云，对那些和自己理论相异的真正学者及其观点，他也从来不简单粗暴地否定，他总是既将这些异质性学术理论当成自己论争的对手，同时也当成自己理论的资源，努力从中吸纳其洞见来丰富和深化自己的思想。在他的论文论著中，对于他论争的对象，我们完全没有看见那种粗暴、简单、绝对的批判和否定，更多的是认真细致地分析，温和地讨论。之所以抱持这种态度，是因为他知道每一种思想学术都有自己的优势，也有局限和盲视，而自己的局限和盲视之处，可能正是对方的洞见和优势所在。因而，在他每一阶段的学术思想中，我们都能倾听到多种思想学术的声音，当然这些声音被他的声音所统摄，但他自己的声音也不完全是单一的原初性的声音，而是融合了异质性元素的声音。所以，他

---

[1] 曾军：《巴赫金接受与中国当代文论话语转型——以钱中文为个案》，《河北学刊》2004年第1期。

的思想学术成果都具有一种综合创新的特征，在这个综合创新的过程中，他超越自己原初的思想，也超越论争对手的思想。

外位性是巴赫金行为哲学中很重要的一个概念，这个概念表达的最核心的认知是，每一个人都无法自我完成，都无法完整地看到自己，只有在自我之外的位置，即他者的位置，在他者的观照中自我才是清晰的、完整的，才能被完成。因此，每一个自我都需要他者，需要向他者开放，需要在和他人的交往中完成和成就自己。钱中文先生对巴赫金这一思想十分重视，反复提及。他自己对人的外位性特征也有深刻的察识和了解，这使他在自己的学术研究中对一切异质性思想学术采取温和对话的立场，并且在这种对话中不断吸纳异己性思想的洞见从而提升和丰富自己，也超越自己。他多次表达一个很重要的认知，就是在对立的思想之间，很多时候不是非此即彼的，而是亦此亦彼的。这不仅使我们想起中国古代最有智慧的哲人之一庄子的哲学，也使我们想起美国著名小说家菲茨杰拉德的一句非常有名的话——能在两种对立的思想之间思考才是第一流的智慧。法国社会学家托利德也有一个著名的命题，即检验一个人是否有一流的智力，就看他能否同时容纳两种对立的思想而无碍其行动。我们可以说，那些有智慧和活力的理论家是能在与自己思想学术相异的异质性理论的对话交流中不断吸纳对手思想的洞见，进行整合创新，以丰富、深化和超越自己，也超越对手的理论家。这既需要思想的智慧，也需要开阔的胸襟，更需要思想的活力。钱中文先生应该属于这一类学者。

在开放对话中互动互鉴、互相丰富、互相提升，这样的意识不仅贯穿于钱中文先生自己的学术研究中，也体现在他的学术活动中。作为中国中外文艺理论学会创办人和负责人，中国文艺理论界有影响力的重量级学者，他在多种重要场合都倡导和呼吁思想学术奉行交流对话的原则，在开放对话中实现文学理论的发展和创新。而从对话主义的本义角度来看，有效对话的前提是有多种不同的思想学术声音存在，是多音齐鸣、多元共生、互动互鉴、温和启示。因此，这就需要宽容。对异己性思想学术的宽容，是对话能有效展开和进行的前提，也是一种思想学术能不断深化、超越、创新的必要前提。钱中文先生正是这样引导中国文学理论发展的。他的宽容、温和和对话意识，对形成中国文学理论界良好健康的学术生态发挥了重要的引领和导向作用，也获得文论界许多学者由衷的敬佩和赞赏。

今天，当我们回顾改革开放以来中国文学理论界所形成的千帆竞发、百舸争流的局面时，将更清晰地看到，钱中文先生和他那一代文论界许许多多学者们开放宽容、温和对话、超越创新的理念和学术实践，对中国文论界的健康发展做出了巨大的贡献，产生了深远的影响。作为后辈学者，我们对钱中文先生以及他所代表的这一代学者致以衷心感谢和崇高敬意！同时，也祝钱先生和以他为代表的这一代学者们健康长寿，活力常在，松柏不老！

文学理论家钱中文对改革开放 40 年学科史的多重贡献
——从序跋、致辞等看

中国社会科学院　刘方喜

作为中国当代重要的文学理论家之一，钱中文在改革开放 40 年文学理论学科发展史上留下了深深的印记。改革开放之初，他在文艺界思想解放运动中发挥了重要作用。首先，体现在其有关马克思主义文论方面的相关学术工作中。其次，他有关俄苏文论的研究也具有较强的反思性，隐含着他对中国当时文学状况的反思。在 20 世纪 80 年代初的思想解放运动中，理论界有关人道主义、人性问题、形象思维的讨论是亮点，这在当时的文化思想中具有全局性意义——他从文学理论建构的角度参与了相关讨论。经过深刻的反思和初步清理后，20 世纪 80 年代中期以来，钱中文对自己的研究做出了清晰的理论定位。一是贯通的现代性与开放的自主性——交往对话中的探寻；二是在现实主义与现代主义之间——创作原则与贯通的现代性认同；三是在中与外之间，历史意识与开放的文化认同。此外，他揭示了中外文论发展"错位"的现象，并持续关注全球化、图像化与文学、文论的命运等时代课题。理论定位最终要落实到文学观和方法论的定位，钱中文在自律与他律之间构建起了辩证圆融的文学观，在主导与多样之间运用综合创新的方法论——而《文学发展论》则可谓这种文学观、方法论探索的结晶。在此基础上，他提出了"审美反映""审美意识形态""交往对话主义""新理性精神"等一系列命题，标志着他已逐步探求到自己的理论创新之路。

钱中文见证、经历、参与了近40年来中国文论的变革，他的研究是当代文学理论研究中最具典型性的个案，既浓缩了中国当代文学理论的艰难探索、成就和困境，又向世界展示了一个具有悠久传统的文学大国对文学的一种理解，这是他作为学术存在的重要意义之所在。同时，他在自己的学术研究之外又做了大量学术组织、理论文献引进与积累等工作，为文论建设营造了良好的学术氛围，打破了学术研究的封闭状态，推动了中国文论研究的国际交流和走向世界的进程。他担任国务院学位委员会中国语言文学学科评议组召集人（之一）时，在推动相关学科发展方面发挥了重要作用，如曾繁仁所说"凸显了钱先生对中国人文学术事业和学科发展高度负责的态度和高瞻远瞩的眼光"。他主持了许多国际性、全国性的学术研讨会，主编了多部会议论文集和中外文论家丛书，促进了中国文论研究成果的出版和交流。他和学界同仁联合成立了"中国中外文艺理论学会"，成为近40年来文论界交流的重要平台，推动了当代文论的发展。

钱中文著述颇丰，除了各类理论著述外，还出版了《文学的乡愁：钱中文自述》《桐荫梦痕：体验与感悟》等散文集。从新近出版的五卷本《钱中文文集》看，第二卷《文学发展论》体系性极强，第一卷《审美反映论》、第三卷《新理性精神文学论》是对相关议题的集中讨论，体系性也较强，第四卷《文学理论：求索与反思》收录的也大都是较长的理论文章；而第五卷《文学散论》收录的则是相对较短的文章，其中序跋书评等颇能反映他与学界广泛的交往对话关系，而为学术会议所做的致辞等尤具文论思想史价值。此类会议致辞并非仪式性的官样文章，尤其是"中国中外文艺理论学会"所组办的十余次会议，钱中文都在与学界同仁充分协商的基础上，把握中外文论发展的时代脉搏，主动设置议题，推动、引导了当代文论的发展，而由他历次会议的致辞，可略见中国当代文论近40年发展的思想史脉络。下面结合2021年中国社会科学出版社出版的《钱中文文集》第五卷略作梳理。

一 广泛的交往对话

钱中文在《"我们这些人实际上生活在两种现实里面"——忆钱锺书先生》中回忆了与钱锺书的交流。在与同行合编《现代外国文艺理论译丛》的过程中,钱锺书提供了很多帮助;钱中文研究巴赫金是在钱锺书的启发下开始的;他与钱锺书的当面谈话,讨论了西方现代文学和理论等学术问题。文章还对一些人对钱锺书不恰当的评价进行了辩驳,强调"20世纪的中国文学理论,将会记上锺书先生的杰出的理论贡献的"。《这个湿润而闷热的7月——怀念何其芳同志》《深切的怀念——回忆蔡仪先生》《风格与人格——记樊骏先生》记录了与文学所三位先生的交往及他们对学术研究的贡献;《道德文章,山高水长——怀念蒋孔阳先生》《当代知识分子精神——徐中玉先生的立德与立言》《季羡林先生二三事》《汇入了生命体验的美学探索——胡经之先生文艺美学的原创精神》等记录了与文学所以外的学者的交往,并高度评价了他们的学术贡献;《师友情谊》则记录了与何其芳、蔡仪、唐弢、钱锺书、陈涌、徐中玉等先生的广泛交往;还有3篇与童庆炳相关的文章,既记录了他与童先生的交往和友谊,又高度评价了童先生在文艺理论研究上所做的贡献;《忆高晓声》则记录了与当代作家的交往;此外还有与阎国忠、李衍柱、柳鸣九等先生相关的文章。由以上这些文章可略见钱中文广泛的学术交往,这些文章风格与理论文章不同,或夹叙夹议,或情真意切,在勾勒诸位先生的身影的同时,也隐现着钱中文自己的身影,并为当代学术史留下了宝贵的文献。

钱中文还写了不少序跋类的文章。《文学理论的自觉——〈新时期文艺学建设丛书〉总序》在勾勒中国20世纪现代文论史的基础上,用"文学理论的自觉"定位新时期文论发展态势,并概括了丛书所收录著作"具有创新意识""初步实现了理论观念的多元化""研究方法的多样化"等特点,强调不能盲目乐观,但也不能妄自菲薄,而该套丛书对当代文论的发展起到了重要的推动作用。《美学研究中的原创精神——许明主编〈审美风尚史〉》强调"要使我国美学研究具有可持续性,的确应该寻找新的出路",而该套书则展示了"美学研究中的新趋向",把审美趣味、艺术情趣、时尚习俗和生活风俗等纳入了研究范围,"拓展了美学研究的新的领域,开辟了美学研究的新的支脉",是一种"大美学""大文化"式的研究。《随目迷五色的文艺思潮潜入当下历史——评陆贵山主编的〈中国当代文艺思潮〉》充分肯定了该书"史论结合""追根溯源""理论与文本实践结合适当""显示了理论探讨的价值追求"等优点,并揭示了文学思潮中的一些泡沫化现象。

《中国诗学的"五""四"说——陈良运〈中国诗学批评史〉序》指出:"我自己虽然不做古代文论方面的研究,但很留意这方面的成果",在这方面,"以古注古"的研究方式自有其价值,而古代文论的当代性同样值得重视,"探索古代文论的范畴与体系,使古代文论本身进一步系统化、体系化、科学化,必然会推动与当代文论的融合"——这与钱中文推动中国古代文论的现代转换等密切相关。《卢兴基〈失落的文艺复兴〉序》充分肯定了该书的学术价值,并对该书将明代中叶以后的文化、文艺思潮与欧洲文艺复兴进行比较的研究思路做了充分肯定。这些序言体现了钱中文对古代文艺、文化及其思想的持续广泛关注。《周发祥〈西方文论与中国文学〉序》肯定了"中国古代文学走向世界"的研究思路,指出"别的国家、民族是如何接受我国的古典文学的?这正是使我们极感兴趣的问题",该书介绍了西方汉学家运用西方文论研究、阐释中国古典文学的状况,序言肯定这一研究的学术价值。《〈比较文学与世界文学研究丛书〉总序》肯定了丛书中著作的学术价值,并强调比较文学研究是一门十分困难的学问,要先了解所比较国家的作家作品等,才能进行有效的比较研究。《周建萍〈中日审美趣味〉序》对该书中对中日美学思想所做的比较研究做了较高评价。这些序言体现了钱中文对比较文学研究的持续关注,并与钱中文推崇的中外对话等密切相关。

《学灯下的探索——李衍柱〈路与灯〉序》介绍了钱中文自己与李衍柱的交往,并对研究成果的学术价值做了充分肯定。书评《巴赫金研究的新成果》对程正民的《巴赫金的文化诗学》的理论价值做了充分肯定。《杜书瀛〈文学是什么——文学原理简易读本〉序》介绍了相关教材的编写情况，对该书的"问题意识"及"努力表现了当今我国文论的自主性的立场与民族文化特色的追求"等做了高度评价。《毛崇杰〈走出后现代〉序》篇幅较长，既充分肯定了该书的理论价值，同时也阐述了钱中文自己对西方现代主义理论的看法。而《姚文放〈当代性与文学传统的重建〉序》《祁志祥〈美学关怀〉序》《艺术不仅仅是商品——张来民〈作为商品的艺术〉序》《吴子林〈经典再生产——金圣叹小说评点的文化透视〉序》《金雅〈人生艺术化与当代生活〉序》等，则体现了钱中文对中青年学者的奖掖，这些序言体现了钱中文与后辈学者的平等对话关系，对他们取得的研究成果，尤其是创新性的思路和观点给予肯定，同时也发表了自己对一些问题的不同看法。此外，《〈拉美文学辞典〉序》介绍了拉美文学的发展情况，《尧斯〈审美经验论〉中译本序》介绍了接受美学的相关情况；钱中文合译了俄国作家谢德林的《现代牧歌》，为中译本所写"前言"堪称对该部作品的研究文章，可略见他在俄罗斯文学研究方面的功力。

  作为文学理论家，钱中文大部分著述采用的主要是论文体式，而以上这些文章采用的则可谓另一副笔墨，尤其一些散文类文章极富文采。此外，他也为自己的书写了一些序跋，也每多夹叙夹议，其中所记录的一些在论文中无法涉及的内容，比如他自己的文章及其观点以及在当时的遭遇等，还具有重要的学术思想史价值，可略见当时的时代风貌和思想状况。以文会友，以书结缘，这类文章体现了钱中文广泛的学术交往，更为重要的是体现了他兴趣广、视野宽——他始终专注于文学基础理论研究，同时又始终保持着对古今中外文艺、文化、思想及其相关研究的持续关注——研读这类文章，对于我们更全面地理解和把握他的文艺思想及其形成过程等，有较大助益。

二　近 40 年文学理论学科史脉络的呈现

《钱中文文集》第五卷最后一编"逝水留声"主要收录了钱中文在学术会议尤其由"中国中外文艺理论学会"所组办的历次会议的致辞，由于这些会议都经过钱中文与学界同仁充分协商、精心筹划，会议讨论的话题大多回应了当时文论的时代主题，反映了当时的研究状况和趋势，而钱中文精心结撰的致辞充分体现了历次会议研讨的主题，因此，把这些致辞按时序排列起来，大致可构成一部中国当代文论近 40 年发展的极简史，其中的思想史发展脉络隐然可见。

改革开放是新时期的时代主题。1986 年被称为中国文论研究的"文学观念年"，该年召开了"全国文学观念"学术研讨会，钱中文在开幕词中指出："当前，我国社会正经历着一个重大的历史变动过程。改革，已成为我国亿万人民的人心所向"，改革的时代主题要求更新原有的受庸俗社会学、教条主义限制的文学观念，这对文学理论既是挑战也是机会。当时理论界围绕文学与政治的关系、人道主义、人性问题、现实主义、现代主义等问题展开了广泛的讨论，1984—1985 年出现了"方法论热"等，钱中文认为这些是"文学理论开始转向自身、获得自主性、走向理论自觉的表现"。而"观念制约着方法"，方法论的更新必然要求着文学观念的更新，"探讨文学观念，目的是使文学理论获得自身的活力，重建新的文学观念，使它进一步科学化"，为此又需要采取"主导的多样和综合的"研究方法。开放的时代主题要求文学理论在中外文化交流中建构自身，1988 年召开了"文学理论建设和中外文化交流"学术研讨会，钱中文所作开幕词指出，"20 世纪 80 年代开始，国家开放、改革形式的发展，引起了文学理论界、批评界的深刻反思"，方法论热、文学观念热"逐渐破除了理论思维的单一性，建立了思维的多向性选择"，出现了"理论的自觉与自信"和多样化的文学观念，并取得了初步的成绩。钱中文在"1992 年全国中外文学理论"学术研讨会开幕词中指出：20 世纪 80 年代是个"生气勃勃的时代"，但也出现了西化、新名词大轰炸等不良现象，而"展望90年代，我国新的文论建设，自然应该走向中外古今文论的融会"，"形成新的理论构架"。

1995年召开了由中国中外文艺理论学会等联合举办的"走向21世纪：中外文化、文学理论"国际学术研讨会，中国社会科学院副院长汝信、美国《新文学史》主编拉尔夫·科恩等出席了会议，蒋孔阳、季羡林等发去了贺信。钱中文在开幕词中指出："开展中外（东方与西方）文化、文学理论的深入研究，回顾与总结20世纪中西文论的流变，展望21世纪文学理论的走向，进一步促进中西文化、文学理论的交融，这是大势所趋"，并提出"要梳理20世纪我国古代文论研究的各种问题，它们的原创性的理论态度与范畴，体系及建设"。1996年展开了由学会等联合举办的"建设有中国特色的当代文论——'中国古代文论的现代转换'学术研讨会"，钱中文在开幕词中指出："在当今建设具有我国民族特色的社会主义大文化的背景下，在经过10年来文艺理论自身的反思之后，一个建设有中国特色的文艺理论的设想被提了出来"，要反对各种虚无主义和盲目西化的思想，站在当代社会和历史的高度，对古代文论既有继承，又有超越，为此提出了"中国古代文论的现代转换"的命题。钱中文热情洋溢地描述道："如果说，80年代至90年代初是我国更新文艺理论的第一阶段，它以大力介绍、吸收西方文论观念为特点，以深入探讨我国古代文论范围，整理、建构文化体系为特点；那么90年中期开始，将是进一步探索、普及、弘扬我国古代文论的新时期，融合多种文论传统的新时期，创造具有我国特色的当代文论的新时期，形成我国文论发生革命性转折的新时期"——由此可见，他对中国文论发展的文化自信逐步增强的大势的深刻洞察和把握，而他本人对这种发展大势有重要的推动作用。此后，钱中文还提议在《文学评论》上开辟专栏，进一步推动了这方面研究的发展。

1998年召开了由学会等联合举办的"巴赫金学术思想"国际研讨会，钱中文在开幕词中指出："巴赫金把对话提到了人的存在的本体的地位，探索到一种现实的、在人与人之间可以付诸实施的对话的思维形式，把它作为未来新世界的新思维、新的艺术思维"，由此形成的"交往对话主义"汇入了当今国际文化的潮流。同年还召开了由学会等联合举办的"全国西方文论与中国文论建设"学术研讨会,钱中文在开幕词中指出,20世纪80年代我国所谓"内部研究"颇为盛行,而西方文论则已开始由内向外转,比较文学的跨学科研究打破了文学研究的内外之分。在新的文化建设中,一方面要促使古代文论的现代转换,另一方面要融会西方文论。钱中文还提出了期望,"祝愿大家在中西文论的融会中,在有我国特色的当代文论建设中,取得更大成绩。在即将到来的新的世纪里,我国的新的文论将会成为我国新文化的组成部分,而获得价值"。1999年召开了由学会等联合举办的"1999世纪之交:文论、文化与社会"学术研讨会,钱中文在开幕词中指出:"在今天的大文化背景下,逐步地建立有中国特色的文论,这是我们的重头工作。我们学会在成立之后的几年里,伸向中外文论的各个方面,提出了一些议题,研讨了中外文论思潮的流向,组织了一些全国性的会议"——而他本人在其中发挥了重要作用。钱中文指出:"80年代中期以后,文学与文化结合的理论探讨已经开始,而到90年代终于汇成了一股潮流","到了21世纪,极有可能会开出品种繁多、鲜艳夺目的花朵来",而他本人在推动文论与文化研究结合上也发挥了重要作用。

21世纪以来,钱中文继续以中国中外文艺理论学会等为平台,汇聚国内外相关研究力量,推动我国,乃至世界文论进一步创新发展。2000年召开了"文学批评理论的未来:中国与世界"国际学术研讨会,邀请了亚洲、欧洲、北美、南美和澳洲的学者参加,钱中文在会议致辞中指出:"要使中国的文学理论批评完全西化,总会遇到阻力",必须改弦更张;而"在中外文学理论批评克服了文学研究中的所谓内在、外在研究之争的矛盾之后,理论批评家们终于发现相互之间存在着共同的语言,巴比伦塔终可修复,走到共同举办的国际学术研讨会来了。这给文学理论批评的未来,显示并且许诺了一个美好的前景";在经济全球化、文论杂语化的时代,"我们只能在对话中共存,在交往中共荣"。同年还召开了"第三届中美双边比较文学"讨论会,钱中文在会议致辞中回顾了1983年由钱锺书筹划的第一次会议,再次进一步强调对话之于比较文学研究的重要性。在该年召开的"中国当代文学史学观念"学术研讨会上回应了当时国内外"重写文学史"的潮流,钱中文在开幕词中指出:"'重写文学史'正是文学史观念走向自主与独立的表现","一代人有一代人的文学观念和文学史观念",应推动"文学史学观念多样化的形成"。2001年召开了"全球化语境中的文学理论研究与教学"学术研讨会,钱中文在开幕词中概括改革开放以来文学理论的新特征:"文学理论的独立自主性的确立,学理性的多样探讨与建设,多元的文学新观念的出现与不同方法的使用与实践"等。

2004年中国中外文艺理论学会举办了第三次代表大会,钱中文在开幕词中回顾道:"从1999年5月南京代表大会起到现在,已历时5年","5年来,学会联合一些部门,召开了一些会议,讨论了当今文学理论中的各种迫切问题,活跃了文学理论的研究"。"当今信息技术与图像艺术的急速发展,使原有的文学艺术的存在方式发生着变化",西方诸多后现代主义思潮的涌入,形成了"继80年代西方文论进入我国之后的第2次冲击波",消费主义不断扩张,出现了所谓文学终结论、日常生活审美化论和以文化研究取代文学研究等说法,"对文学理论造成了第3次冲击",而"泛审美文化理论"是造成文学理论危机的外因。2007年召开以"回顾文学理论30年"为主题的学会第四届年会,钱中文在开幕词中指出,学会成立的宗旨是"以马克思主义为指导,在当今国际文化背景下,探讨世界文化艺术、文学理论问题,倡导中外文化艺术、文艺理论的双向交流,促进我国中外文化艺术、文艺理论工作者的相互沟通,以开阔学术研究的理论视野"。十多年来,学会"按照各个时期的文学理论的演变,每年提出了一些问题,联合高校,组织多种形式的讨论会",出版了会议论文集,学会还组织出版了36种"新时期文艺理论建设丛书"——而钱中文本人为这一系列工作付出了巨大的心力。

2010年学会召开以"文学理论前沿问题"为主题的第七届年会,钱中文在开幕词中强调回顾和反思中国现代文论史的重要性,"反思百年也好,60年也好,30年也好,也仅仅是个开始",还要继续做下去。而观照现实、瞻望未来,"规范失衡,价值颠倒,原有的理论相当程度上已难以适应现状的需要,探索与寻求文学理论中的前沿性问题显得极为迫切"。钱中文还简单分析了文学创作、理论研究及其二者关系的问题,表达了对一些负面现象的忧思,如"评论本国文学现象,文章充满了并无多少深意的外国学者的表述与概念,甚至还有挟洋自重的情况的出现。这些方面,都关乎理论自身的丰富与理论生态的可持续发展"。2017年学会召开了以"面向时代的文学理论与批评"为主题的第十一届年会,钱中文发去了贺词,提出了文学理论研究中常常出现的一些问题,比如"现代性与后现代性的问题,建构与解构的相互关系问题"等,这些问题引发了诸多争论。钱中文强调"正是现代性的反思与批判,赋予了社会变革、文论更新的动力,它的定向性作用是不容低估的",他还批评了文论界的一些不良现象。其后,钱中文继续关注和支持学会的各项工作。

总之,钱中文是中国当代文论近40年发展过程中重要的亲历者、参与者、组织者、推动者之一,其《文学理论的自觉——〈新时期文艺学建设丛书〉总序》指出,"作为丰富的思想资料,它们无疑将汇入新世纪的新的理论创造之中",而对于他自己已有的著述作为"丰富的思想资料"来说同样如此,必将推动中国文论进一步创新发展。

"中国审美学派"论纲
——以钱中文、童庆炳、王元骧为研究中心

中国社会科学院 吴子林

自20世纪80年代以来,以钱中文、童庆炳、王元骧为代表的"中国审美学派"建构了一个以"审美意识形态"论为核心思想的马克思主义文艺理论新体系。作为文艺学的基本原理,"审美意识形态"论是"建立在马克思主义的基础上,又延伸了马克思、恩格斯的思想,具有完整的理论创造,成为中国现代学者提出的马克思主义的新的文学观念"[①]。中国大陆最重要的二十余部"文学理论"教材都以"审美意识形态"论为核心概念来理解文学,时至今日,"中国审美学派"仍活跃在中国文艺理论界的前沿。围绕"审美意识形态"论的论争,除了某些人为的因素外,主要是在"意识形态"等概念的理解上含混不清。从理论上厘清这些概念,或许能深化我们对于"文学"与"意识形态"之间复杂关系的认识,准确地总结与评说"审美意识形态"论。

一 "中国审美学派"的确立

一切思想,都是以问题为中心的。马克思和恩格斯曾经指出:"一切划时代的体系的真正的内容都是由于产生这些体系的那个时期

[①] 童庆炳:《新时期文学理论转型概说》,载曹顺庆主编《中外文化与文论》第13辑,四川大学出版社2006年版,第25页。

的需要而形成起来的。"① 学术研究不只是为着一种历史知识的兴趣，作为生活在当代中国的学者，应着眼于解决中国现实的理论难题，始终处于对人类、社会、文学与自我的不断发现与探索状态之中，将现实的关怀与超越的、形而上关怀有机地统一起来；换言之，学术研究必须立足中国本土的现实，而对问题的学术性解决，又必须是学理性的，有距离的，更带根本性的思考与研究；二者之间应保持一种必要的张力。任何一种学派或理论体系的兴起，都是有其特定的历史背景和思想根源的。"中国审美学派"的形成与其所处时代的问题场域紧密相关，它形成于对时代问题的回应与超越之中，这种回应与超越既是针对于时代的呼唤，也是针对于文艺理论的实际发展要求。

长期以来，由于受极"左"思想影响，加上对前苏联文学理论的盲目崇拜，我国的文学理论存在着背离文学现象，无视文学规律的不良倾向。"文革"时期，在极端僵硬的政治和文化状况下，"文学从属于政治""文学是阶级斗争的武器""文学是无产阶级斗争的工具"等文学观念盛行一时。20 世纪 80 年代，在拨乱反正、思想解放的大背景下，清理旧的文学观念和文学研究方法，清陈错误文艺观念的影响，客观地评价传统文学理论的得失，是进行文学理论创新的重要前提，它直接影响到当代文艺理论的建设。那么，如何实事求是地寻求对于文学的新理解呢？这是当时文艺理论学者要解决的重要问题。在对文艺本质的热烈讨论的过程中，学者们一步一步地解决着自己的问题。首先，文学是不是刻板地从属于政治？文学有没有自己的独立性？文学是不是要永远听从政治的指挥？再进一步，文学不是阶级斗争的工具、不再从属于政治之后，那文学究竟是什么呢？简言之，文艺理论的研究宗旨是要使文学回归自身，符合自身特征以及发展多样化的文学创作。于是各种各样的理论应运而生。

文学的基本特征问题是文学理论中的一个根本问题，它直接影响着文学创作实践。长期以来，中国文论界一直坚持文学"形象特征"说，认为文学和科学的对象是同一的，不同在于，文学以形象来说

---

① 《马克思恩格斯全集》第 3 卷，人民出版社 2002 年版，第 544 页。

话,科学则以逻辑来说话。出于对"文革"时期极度政治化的文学观念的反思,当时学界掀起了"形象思维"大讨论,其目的是要摆脱"文艺从属于政治"的命题的思想束缚。1981年,童庆炳提出了文学"审美特征"论,指出"形象特征"说是文学创作之所以"公式化"的理论根源之一,它源于俄国19世纪文学批评家别林斯基,实际上是别林斯基的一个理论"失误",而这一理论错误是由于受黑格尔"美是理念的感性显现"观念的影响所致;文学所反映的生活是整体的、美的、个性化的生活,这就是文学的内容的基本特征。[①] 1983年,在《文学与审美——关于文学本质问题的一点浅见》一文,童庆炳指出,文学的本质问题的完整探讨应包括两个层次的问题。一是文学和其他意识形态的共同本质的研究;二是文学本身的特殊本质的研究。他认为,文学之为文学当有其独特的对象和内容,从内容到形式乃至其功能,都有着独特的品质和特征;他提出:"文学作为一种意识形态包括了巨大的认识因素,但构成文学之所以为文学的充分而必要的条件,则不是认识而是审美……文学区别于非文学的关键,就是它的审美特质。"[②] 童庆炳确认了文学的审美品质,把文学创作看作一种以审美活动为核心的精神活动后,还从社会现实、心理美学、社会学、文体学、语言学和文化学等诸视角,在与古今中西各种文学理论的对话和沟通中,进一步丰富和完善着自己以"审美特征"为中心的文学思想。童庆炳同时指出,文学不是"纯审美"的,作为一种广延性很强的事物,文学的版图十分辽阔,有着社会性、政治性、道德性、宗教性、民俗性等种种属性;为此,他提出了"文学五十元"的构想。不过,文学的多元性质还只是文学的一般属性,它们往往为多种事物所共有,还不足以将艺术与非艺术、文学与非文学区别开来;这些属性只有"溶解"于审美活动之中,才可能是诗意的。如果说文学是社会生活的反映,那么它就是一种"审美反映"。1984年,童庆

[①] 童庆炳:《关于文学特征问题的思考》,《北京师范大学学报》1981年第6期。
[②] 参见赵勇编《在历史与人文之间徘徊——童庆炳文学专题论集》,北京师范大学出版社2007年版,第32页。

炳编写了《文学概论》（上、下册），该书第一章"文学的本质与特征"便以"审美特征"论取代了"形象特征"说，第一次把"审美反映"作为文学的基本概念写进了教材。此后，童庆炳将"审美"的视角运用于文学真实性、文学典型、艺术欣赏、艺术结构等问题的研究中，大大深化了人们对于文学"审美特征"的认识。1988年，童庆炳的《论文学的格式塔质和审美本质》一文从心理学的角度解释"审美"，认为审美是人们的一种体验，是自由在瞬间的实现，是苦难人生的节日；它以心理感官的无障碍为其标志，以情感上评价现实为其实质。一言以蔽之，审美即情感的评价。童庆炳还运用"整体大于部分之和"的格式塔的、结构主义的和系统论原理，从文学内部诸因素的整体联系中把握文学的本质，认为审美是文学的整体性结构关系生成的、一种形而上的新质；"它不属于具体的部分，却又统领各个部分，各个部分必须在它的制约下才显示出应有的意义"[①]。

1984年，王元骧认为，文学艺术是经过作家审美情感的评价和选择来反映生活的，"情感乃是艺术的生命，是艺术与非艺术之间最根本的分水岭，是艺术最根本的特性之所在"[②]；所谓艺术的审美特性，是"通过艺术家的审美感受和审美体验为中介来反映生活所赋予作品的一种属性"[③]。1988年，在《艺术的认识性和审美性》一文，王元骧指出，就对象而言，文学反映的对象并不是客体自身，而是"客体对人所可能具有的价值"；就方式而言，文学的反映是"情感反映"，"与感性对象自始至终保持直接的依赖关系，它不仅产生生动的感性直观，而且只有依赖感性对象才能维持下去"；就结果而言，与一般认识论所要解决的"是什么"不同，文学作为一种审美活动所要解决的是"应如何"的问题。一言以蔽之，文学不同于科学之处在于，文学是作家以审美情感为中介对社会人生的评价

---

① 参见赵勇编《在历史与人文之间徘徊——童庆炳文学专题论集》，北京师范大学出版社2007年版，第34页。
② 王元骧：《艺术特性与艺术规律》，《社会科学战线》1984年第3期。
③ 王元骧：《审美反映与艺术创造》，杭州大学出版社1998年版，第51页。

性反映。① 这里,"应如何"是一个理想的尺度,体现了作家对人生的理想、愿望、企盼和梦想,使人瞥见了一个经验生活之上的世界,而引导人不断地走向自我超越。因此,艺术美自觉地体现着作家的审美情感和审美理想,使人们的生活有了方向和目标。王元骧在1989年出版的《文学原理》里提出,在文学艺术与社会生活之间存在着三个层面的中介,即社会心理、艺术家审美心理、艺术语言与艺术形式。这些大大深化了人们对文学反映论的理解。

1986年,钱中文提出了以"中介"论为前提的"审美反映"论。在他看来,文学是审美主体的创造系统,文学创作不是一般反映论的运用,作为哲学原理的反映论进入文学创作,必须经过中介而形成审美反映;"文学的反映是一种特殊的反映,由于其自身的特殊性,较之反映论原理的内涵,丰富得不可比拟。反映论所说的反映,是一种曲折的二重的反映,是一种有关主体能动性原则的说明。审美反映则涉及具体的人的精神心理的各个方面,他的潜在的动力,潜伏意识的种种形态,能动的主体在这里复杂多样,而且充满种种创造活力,这是一个无所不在的精灵。"钱中文不但从根本上区别了一般的反映论与文学"审美反映"论,而且还从"心理层面""感性认识层面"和"语言、符号、形式的体现"等层面说明了文学"审美反映"论的特征。他理性地审视了"反映论",在肯定了流行的反映论前提的基础上,强调了心理现实和审美心理现实,将再现与表现统一起来,而提出了"审美反映论",标举审美反映的丰富性,反驳了强加于反映论上的不实之词,又赋予其更新的含义。②

童庆炳与王元骧、钱中文等人提出的文学"审美反映"论,主要是针对"文学主体论"完全否定文艺反映论提出来的。它震撼了所沿袭的前苏联文学理论模式,是新时期伊始一个重要的理论创获;它突破了文学观念僵硬的政治化和粗疏的哲学化,突破了"反映"

---

① 王元骧:《文学原理》,浙江教育出版社1989年版,第33页。
② 钱中文:《最具体的和最主观的是最丰富的——论审美反映的创造性本质》,《文艺理论研究》1986年第4期。

论和工具论的单一视角，有力推动了当时整个文学观念的变革，其意义是极其深远的。文学"审美反映"论的提出，表明"中国审美学派"已初具雏形。

事物的特征不同于事物的本质，但对事物本质的把握必须从其"特征"入手。文艺的本质问题从来是文艺学研究的核心问题，也是文艺学体系构架的首要问题。马克思把文艺列入意识形态，"这在人类思想史、文论史上是一个重大的历史性发现"[①]。不过，以往的教条主义者片面地把意识形态的史学观点作为马克思主义文学本质观的唯一观点，抛弃和压抑了美学观点，用意识形态观点遮蔽和掩盖了文学的审美本质；其极端表现在"文革"时期文艺完全被等同于政治，文艺与文学理论走向了极端荒谬的境地。

马克思关于文艺是"意识形态的形式"之一的提法，暗含着它和其他形式的意识形态相区别的意思。由此，便与文艺的特殊性问题相衔接、相统一了。实际上，马克思、恩格斯在不同层次、不同方面已涉及到文艺的审美特性或特殊本质。为此，钱中文等人集中研究了马克思《1844年经济学—哲学手稿》中的美学思想，进一步理解了马克思关于"掌握世界的方式"、关于艺术的掌握世界的方式的论述，逐步认识到，马克思关于艺术本质的论述——艺术既是社会意识形态，又是审美活动——存在着两方面的理论资源，既有美学观点，又有史学观点，是美学观点和史学观点的结合与统一；从马克思主义哲学一般的意识形态理论过渡到对于文艺本质特征的研究，必须经过审美这个中介。1982年，钱中文提出，"文艺是一种具有审美特征的意识形态"。在他看来，文学是通过对语言的审美结构的把握，通过创作主体的感受、体验而灌注了感情思想的鲜活的艺术形式反映社会生活；我们"加强美学分析，并不是要否定与美学分析密切相关的历史、社会分析"[②]。1984年，钱中文正式提出了文学"审美意识形态"

[①] 吴元迈：《再谈文艺和意识形态的关系》，参见李志宏主编《文艺意识形态学说论争集》，吉林大学出版社2006年版，第1页。

[②] 钱中文：《论人性共同形态描写及其评价问题》，《文学评论》1982年第6期。

论:"文学艺术固然是一种意识形态;但我以为是一种审美的意识形态;文学艺术不仅是认识,而且也表现人的情感和思想;审美的本性才是文学的根本特性,缺乏这种审美的本性,也就不足以言文学艺术。看来文学艺术是双重性的。"① 显然,这是运用马克思主义的社会结构学说,即社会基础与上层建筑理论对于文学艺术观念问题的一次解决。1987年,钱中文在系统分析认识论文学观、主体性文学观、象征论文学观、艺术生产论等文学观,指出它们各自优势及所面临的困境的基础上,正式确认"文学是审美意识形态",并展开了具体深入的论证。从哲学的观点看,文学确是一种意识形式,与哲学、伦理等具有意识形态的共同特性,但是文学之所以是文学,是因为文学是一种具体的意识形式,即审美意识形态。钱中文指出,从社会文化系统来观察文学,从审美的哲学的观点出发,把文艺视为一种审美文化,一种审美意识形态,把文学第一层次的本质特性界定为审美的意识形态性,是比较适宜的;"文学作为审美的意识形态,以情感为中心,但它是感情和思想认识的结合;它是一种自由想象的虚构,但又具有特殊形态的多样的真实性;它是有目的的,但又具有不以实利为目的的无目的性;它具有社会性,但又是一种具有广泛的全人类性的审美意识的形态。"② 1988年,钱中文在《论文学形式的发生》一文讨论了文学本质特性的多层次性,以及作为文学最根本特性的审美与意识形态性的不可分离性;他将"审美意识"而不是"意识形态"确立为文学审美意识形态的逻辑起点,从审美意识及其历史生成予以探讨,提出文学的发展是从"前文学"到文学,并从中导出了"审美意识形态"的文学观念。出版于1989年的《文学原理——发展论》讨论文学观念的第一编共四章,整合了这些想法,其中用了两章的篇幅,专门阐释了"审美意识"的演变。钱中文提出审美与意识形态的融合,正在于使文学回归自身,回到文学自身的逻辑起点、它的与生

---

① 钱中文:《文学艺术中的"意识形态本性论"》,参见钱中文《文学理论:走向交往与对话的时代》,北京大学出版社1999年版,第87页。
② 钱中文:《文学是审美意识形态》,《文艺研究》1987年第6期。

俱来的复合性特性、它的历史生成形态——审美意识形态。审美意识形态不是单纯的审美,也不是单纯的意识形态,更不是"审美"与"意识形态"的"硬拼凑",而是扎根于文学发展的事实,从人类审美意识的演变过程中抽绎出来的,是审美意识的自然的历史生成。为此,在2005年第三版的《文学发展论》一书中,在谈到审美意识形态时,钱中文特意加了一条注释:"本书提出'文学审美意识形态',并不是像极端的庸俗机械论者批评的那样,是审美加意识形态,而是把审美意识形态作为人的本质的确证,从审美意识的发生、形成开始的。正是具有审美意识的人,在自己的长期实践活动中,产生了不断积淀着生存意蕴的语言、文字结构,进而使审美意识相融合并发生演变,物化为审美意识形式,创造了'有意味的形式',最后发展为现代意义上的审美意识形态——文学。"①

在"审美特征"论的基础上,童庆炳同样把文学的基本界定从理论上扩展为"审美意识形态"论,并称之为"文艺学的第一原理"②。对文学"审美反映"论和"审美意识形态"论的基本内涵和特征,童庆炳做了精要的概括。其一,文学"审美反映"论和"审美意识形态"论的整一性。"审美反映"和"审美意识形态"是一个完整的概念,不是"审美"加"反映",不是"审美"加"意识形态",它们是一个具有单独的词的性质的复合词组,不是审美与反映、审美与意识形态的简单相加;它们本身是一个有机的理论形态,是一个整体的命题,不应把它切割为"审美"与"反映","审美"与"意识形态"两部分;"审美"不是纯粹的形式,而是有诗意内容的;"反映""意识形态"也不是单纯的思想,它是具体的、有形式的。其二,文学"审美反映"论和"审美意识形态"论是一个复合结构。从性质上看,这两种理论是集团性与全人类共通性的统一;从功能上看,这两种理论既强调认识又强调情感,既强调无功利性又强调有功利性;从方式上看,这两种理论既肯定假定性又强调真

---

① 钱中文:《文学发展论》,高等教育出版社2005年版,第86页。
② 童庆炳:《审美意识形态论作为文艺学的第一原理》,《学术研究》2000年第1期。

实性。文学"审美反映"论和"审美意识形态"论表明,文学作为人类的一种审美活动,其中的审美与认识、审美与意识形态,作为复合结构达到了合二为一的境界,如同盐溶于水,体匿性存,无痕有味。① 其中,"审美"沟通了文学中的各种构成因素,使艺术的各种功能发挥应有的作用。这里,与其说"审美"是文学的"中心",还不如说是文学的"中介"。职是之故,文学"审美反映"论和"审美意识形态"论在文学自律与他律之间取得了某种平衡,在文学的内部与外部找到了一个结合点和平衡点,以包容文学的多样性、复杂性、辽阔性和微妙性;它们既超越政治工具论,又超越形式主义论,而在理论上有较大的合理性,对文艺现象有较普遍的可阐释性。中国学者在基于文学理论观念的批判性反思和现实文学问题的综合性考察基础上,在马克思主义文学理论与当代文化实践的对话之中,提出了"审美意识形态"论,而在文学理论研究的实践性和介入性的诗学政治学立场上取得了重大的突破。"审美意识形态"论是对马克思主义文艺理论的一种创造性阐释,是中国现代文论观念走向成熟的一个重要标志。②

1989 年,王元骧在《文学原理》里提出:"文学就其最根本的性质来说,它是社会意识形态,但是,又与哲学、社会科学等一般意识形态不同,它是通过作家的审美感受来反映社会生活的,是作家审美意识的物化形态,因而又有自己特殊的反映对象和反映方式。"③ 他把"审美意识形态"吸收进这部教材,完成了对文学本质的界定。而由童庆炳主编的《文学理论教程》自 1992 年初版起,一直将文学的审美意识形态性质作为文学的本质界定。童庆炳对于"文学"的定义充分考虑到了历史的维度,他开宗明义提出将"人的活动"范畴引入文学理论,将文学放到一定的社会结构中去考察,由此出发来探讨文学的本质特征问题。童庆炳分别从"文化""审美""惯例"三个角度

---

① 童庆炳:《新时期文学审美特征论及其意义》,《文学评论》2006 年第 1 期。
② 参见朱立元《对反映论文艺观的历史回顾与反思》,载朱立元《理解与对话》,华中师范大学出版社 2000 年版,第 307—308 页。
③ 王元骧:《文学原理》,浙江教育出版社 1989 年版,第 25 页。

界定"文学"及其性质,表现出比较开放的文学观念。他重点研究文学作为活动的特点、构成及其发生发展,文学活动作为话语系统的审美意识形态的性质和价值,社会主义时期文学活动出现的新的特征及其发展的方向和道路等。他在马克思主义审美活动理论的基点上,从马克思的"一页书"(见本文第三节详细的分析)找到了坚实的理论依据,将意识形态分析、中西审美主义、形式主义和话语理论统合起来,形成了富有活力的"一元多视角"的理论构架,最后把文学的本质界定为"文学是显现在话语蕴藉中的审美意识形态";这里的逻辑顺序是由事物的一般性质逐渐沉落到它的特殊性质,即文学作为社会结构——文学作为一般意识形态——文学作为审美意识形态——文学作为话语含蕴中的审美意识形态。《文学理论教程》建构起了现代文艺学的新体系,前所未有地推进了对于文学性质与文学观念的多元理解,代表了新时期文艺学教材所达到的最新水平。

有学者指出,新时期以来,"文学是一种审美的意识形态"的观点,"一直是文学理论的一个核心共识亮点","一个不同于建国前期的新的学术体系已经具有初型"[①]。文学"审美反映"论和"审美意识形态"论是马克思主义经典理论提炼的结果,它们"形成了一张遍布理论体系全副躯壳的神经网络",贯穿了整个逻辑体系与理论视域。[②] 随着《文学理论教程》的一再出版、再版、修订和大范围的使用,"审美意识形态"论业已成为中国当代文论的一种主流观念,这标志着"中国审美学派"正式确立。

二 "中国审美学派"的拓展

20世纪90年代以降,我国继续坚持解放思想、改革开放,随着市场经济的确立,全球化思潮的不断激荡,社会政治和文化都发生了

[①] 张法:《文学理论与文化研究之争》,《天津社会科学》2005年第3期。
[②] 董学文、金永兵等:《中国当代文学理论(1978—2008)》,北京大学出版社2008年版,第70页。

激变；价值世界更多的关注平面的、感官的快适，造就了"不思不想"的现代人。现代人一切以科学论证为尺度，一切以官能知觉为标准的价值取向，只认可感性的官能快适，不承认超越性的精神陶冶。于是，技术化、官能化的大众文化畅行无阻，文学艺术迅捷被纳入了市场化机制，原有文学艺术的价值与精神发生了裂变。在这种情形下，学界掀起了一场有关文学滑坡、重振"人文精神"的讨论，钱中文、童庆炳等人洞察了文学和文学理论发展中出现的症结，并积极探索着解决这些问题的方案。

钱中文针对当时文学创作中出现的热衷于表现物欲、性欲、金钱欲、隐私和精神空虚，有意迎合读者低级趣味的倾向，以及由此导致的追求粗俗、平庸和平面化的审美意识，试图寻找到一个立足点；他深刻地指出要调整思路，抛弃那种游戏生活、调侃和消解历史、拒绝深度和理性的写作态度，重新呼唤作家的使命感和主体精神，并倡导以"新理性"来参与人文精神的重建。"新理性精神"以现代性为指导，以新人文精神为内涵和核心，主张通过交往对话精神，协调人与社会、自然、科技以及人与人的相互关系，确立一种新的思维方式，包容了感性的理性精神；它关注人的生存处境及其健全的、自由的全面发展，以克服不断出现的文化危机与人的异化。这是一种文化、文学艺术的价值观，一种以我为主导的、对人类一切有价值的东西予以兼容并包的、开放的实践理性。在世界文化现代性的背景下，钱中文立足于生成中的现代审美意识和走向自主的文学理论的现实，并从这种现实、文学观念与多元文化、对传统进行定位与选择、文学理论的人文精神等角度进行了梳理，全方位探讨了文学理论的现代性问题。他力倡的新思维"是一种排斥绝对对立，否定绝对斗争的非此即彼的思维，更应是一种走向宽容、对话、综合、创造，同时又包含了必要的非此即彼，具有价值判断的亦此亦彼的思维"[①]。由此出发，文学理论的现代性主要表现在文学理论自身的科学化，使文学理论走向自身，走向自律，获得自主性；表现在促进文学的人文精神化，使文学

---

① 钱中文：《文学理论：走向交往对话的时代》，北京大学出版社1999年版，第330页。

理论适度地走向文化理论批评，获得新的改造。新理性精神文论综合阐释了20世纪以来在哲学思潮、社会实践、唯科学主义、科技霸权、人文科学、文学艺术中反复出现、不断重复、具有导向性、互有联系的几种规律性现象，其核心是新人文精神，并以这种精神改造社会与人。钱中文主张，在文艺创作中，要使"最基础的与更高形态的人文精神"有机结合起来，"相辅相成"，"以在一定程度上调整现实生活的失衡"；人文精神最基础的部分是"人之为人的羞耻感，同情与怜悯，血性与良知，诚实与公正"等，更高的形态则是信仰与理想，等等。为了对抗文艺的"精神堕落与平庸"，钱中文提出的新理性精神文学理论突破了传统中国文学理论的概论模式的构造，突破了传统的理论构架，回复到了文论的实践本性上去，回归到了文论的学科意义。徐岱在《从唯理性主义到新理性主义——走向后形而上学批评理论》一文指出，钱中文的理论思考有三维突破，即在理论形态上突破了"知识论"，理论品格上突破了"唯理论"，理论立场上突破了"一元论"——这三个突破事实上都能被概括在"新理性精神"这一范畴中。①

自提出"审美意识形态"论以来，童庆炳也一直关切着中国的社会现实，始终思考着当代文学艺术的精神价值取向问题，而探索着人文主义的历史维度和历史主义的人文维度相互补充、结合的问题。在《人文主义的历史维度和历史主义的人文维度》一文，童庆炳指出，人文主义呼唤重视人的价值与尊严，其基本旨意是"反恶"，其倡导者的失误是没有看到许多社会问题是在社会进步中出现的；历史主义的旨趣是反极"左"，拒斥精神至上主义，力主发展社会经济，其论者的失误在于没有认识到一个社会需要精神的治理和制约，以避免物质至上主义的畸形发展。② 面对"历史理性"与"人文关怀"这两极"错位"的事实，文学家在这种现实面前应采取什么样的思维路径、

---

① 参见金元浦主编《多元对话时代的中国文艺学建设——新理性精神与钱中文文艺理论研究》，军事谊文出版社2002年版，第35—61页。
② 赵勇编：《在历史与人文之间徘徊——童庆炳文学专题论集》，北京师范大学出版社2007年版，第272—273页。

价值取向、判断角度呢？在他看来，政治家、社会学家更关心的是历史理性，是物质的、器物层面的东西，对待急剧的社会转型时，他们更注重的是转型的历史合理性，而把人文方面的问题纳入到历史理性的范畴中去把握，甚至认为这些问题是现实改革、历史进步不可避免要付出的代价；文学家不是政治家，不是社会学家，他们"关心社会转型的文化道德合理性，以及它在个体的情感生活的完美性，甚至人性深处那些看不见的微妙角落。……历史理性和人文关怀这两者都是文学家照射现实的思想'光束'，……文学家总是在人文关怀与历史理性中徘徊"，对现实采取不妥协的和批判的态度；如果遇到在两者之间非选择不可时，"真正的文学家宁愿'牺牲'历史理性，而选择'人文关怀'……这就是为什么古今中外伟大的作家都毫无例外具有悲天悯人的品格的原因"①。考察中外那些处于社会转型时期伟大作家的创作，正是有了人文关怀与历史理性这两重"光束"，他们才能"对现实关系具有深刻理解"（马克思语），他们的作品也有着"了不起的革命辩证法"（恩格斯语）。以青年马克思对资本主义异化的批判作为理论上的支持，令人信服地提出"历史理性、人文关怀和文体营造三者之间保持张力和平衡，应该是文学的精神价值的理想"；其中，"历史—人文"双重精神价值取向的本质是："它既要历史的深度，肯定历史发展（包括科技进步）是不以人的意志为转移的，而且对人类的生存是有益的，物质的发展可以而且应该成为发扬人文精神的基础与依托；它同时又要人文深度，肯定人性、人情和人道以及人的感性、灵性、诗性对人的生存的极端重要性。不是在这'两个深度'中进行非此即彼或非彼即此的选择。它假设'历史'与'人文'为对立的两极，并充分肯定这两极紧张关系对文学的诗意表达的重要性和精神价值追求的重要性。"②童庆炳的"历史—人文张力"说，成功地整合了原本互相对立、非此即彼的两种创作模式，在"对立统一"的相互抗争和彼此征服中达到了一个更高的质的规定，为作家创

---

① 童庆炳：《童庆炳文学五说》，时代文艺出版社2001年版，第324—325页。
② 童庆炳：《童庆炳文学五说》，时代文艺出版社2001年版，第360页。

作提供了有力的理论指导。

新时期以来，经过无数学者的辛勤耕耘，中国的文学理论研究已然建立起了一个文学理念和学术传统，那就是对于文学审美特性的修复、开掘与呵护。在童庆炳看来，我们大可不必走西方那种以一种方法取代另一种方法的路子，因为文学理论的建设应该是累积性的。为此，他不满意"文化研究"的"反诗意"，不满意中国的"文化研究"一味照搬西方文化研究的问题，缺乏中国自身的问题意识，不满意当下的文学研究只把文学作品当作例证以说明某个社会学问题，而置文学作品本身的精粗优劣于不顾，于是提出了"文化诗学"这一文学批评方法论，力图对于文学理论的"内部研究"和"外部研究"作出一种综合，实现超越。"文化诗学"的理论构想，是童庆炳对中国当代文学理论走向的清醒判断和理性选择。在童庆炳看来，审美是文学的家园，也是人类最后的家园。让"文化诗学"具有一种"审美性品格"，是一次合情合理的选择；守住这条底线，"既意味着对人类家园的守望，也意味着从事'文化诗学'研究的学人能够不断地获得一种激情与冲动，在清醒冷峻中拥有一种诗意的目光。这样，在文学理论获得了自身的立足点之后，文学理论的研究主体也能够获得自身的立足点"[1]。童庆炳的"文化诗学"有别于游离于大众审美文化与社会政治话语之间的新历史主义文化诗学（cultural poetics of New Historicism），这种差异不仅来自语言的表述和研究的对象，而且来自审美的观念与理论的追求。童庆炳的"文化诗学"是深深植根于中国自身的社会现实问题与文化历史语境中，由中国学人自己创构的一种文学批评范式，有学者将它命名为"新审美主义的文化诗学"（cultural poetics of New Aestheticism）[2]，可谓一语中的。童庆炳的"文化诗学"基本诉求之一，是对文学艺术的现实的反思，它关怀文学的现实的存在状况，紧紧扣住经济的市场化、产业化以及全球化折射在文

---

[1] 赵勇：《"文化诗学"的两个轮子——论童庆炳的"文化诗学"构想》，《江西社会科学》2004年第6期。

[2] 参见王柯平《挪用与建构中的文化诗学》，载李春青编《手握青苹果——童庆炳教授七十华诞学术纪念集》，广西师范大学出版社2005年版，第144页。

学艺术中出现的问题,并加以深刻的揭示,"文化诗学"的现实性品格是它的生命力所在。① 童庆炳的"文化诗学"研究借用"文化研究"的思路与方法,极大地拓宽了文学研究的视野。作为一种文学理论的新形态,"文化诗学"与"新理性精神文论"都是文艺"审美意识形态"论的自然延伸与发展,它们必将推进我们时代的文学理论和批评,为文学的发展作出自己的贡献。

21 世纪伊始,陆续有学者开始质疑乃至否定文学"审美意识形态论"。在回应这一理论挑战的过程中,"中国审美学派"的文艺理论思想进一步深化。如,钱中文对文学"审美意识形态"论一直持不断反思的态度,与 20 世纪 80 年代一样,他将文学审美意识形态的逻辑起点归于"审美意识",而非"意识形态"。在此前提下,他进一步指出,审美意识与意识一样形成于人的长期劳动、生存实践活动中,它在长期发展中积淀了人的生存感受与感悟,先在口头语言的形式中获得表现,成为一种审美意识形式;其后融入了具有符号象征意义的文字,融入了具有独特的节奏、韵律的诗性语言的文字结构,使得审美意识获得了书写、物化的形式,特别在话语、文字多种结构的样式中,显示了与生俱来的诗意的审美与社会价值、意义、功能的复式构成的基本特性,和它们之间高度的张力与平衡,历史地生成而为现代意义上的审美意识形态。钱中文说:"审美与意识形态的融合,强调的正是文学本质复合特性的有机融合与统一,并在融合与统一的关系中使得各自的特性和功能有所改变,形成文学本质的新的系统质";"综合审美意识形态的系统质,实际也就是我们在上面论及的以审美意识为逻辑起点、历史地生成的审美意识形态所显示的最基本的复合特性,即在文字多种结构的样式中,文学的诗意审美与社会意义、价值、功能两者的融合,与这两个方面保持高度的张力与平衡。文学蕴含着人的生存意义的积淀,显示了对被意识到的历史深度、意

---

① 童庆炳:《植根于现实土壤的"文化诗学"》,《文学评论》2001 年第 6 期。

义的探求，具有多种多样的不同维度的价值与功能"。① 这一新的论说具有深厚的历史感，它表明"审美意识形态"实际上是一种人生实践而不啻是反映，美生成于人之本质力量丰富的"展开"过程，它所创生的是人的存在方式、存在形态与生存境界——这大大深化了文学"审美意识形态"论的理论内涵。

王元骧的文艺理论思想也是不断发展的。他从早期的倡导审美情感是文艺的基本特性，到后来重视审美反映的艺术形式的传达作用，再到将实践性作为一种艺术功能提高到艺术本质的高度，走向了实践论的思维视界。

以往人们一般将"实践"理解为物质生产，王元骧则认为，"实践"还应包括道德伦理活动、艺术和审美活动等在内的精神生产活动；"若要从哲学上、从最根本的意义上来立论，我认为它是指与认识相对的一种人的活动。如果说认识是客体向主体的运动，是观念化的活动，那么，实践就是主体向客体的运动，是对象化的活动。……凡是确立目的，并通过意志努力，采取一定手段，使之在对象世界得以实现，从而达到主客体统一的活动，都应是实践所涵盖的领域"。因此，王元骧将"实践"定义为"是通过改造客观对象来满足主观需要，在对象世界实现主观目的的一种对象化的活动"；"实践不但是一种物质的活动，一个生产与制作的问题，同时是一个人的生存活动，一个按照自己的人生理想和人生目标去生活的问题。"② 为此，要正确理解艺术的实践本性应该将它放在人生实践的坐标上，从实现人生价值的最高目标的意义方面来加以考察。艺术不仅限于对世界的反映，同时也包括对人生的评价和为行为立法，它不仅追求"是什么"，同时也追求"应如何"；不只是服务于人的认识，同时也影响和支配人的行动。王元骧在《再谈艺术的实践性问题》中指出："……在人的整个活动过程中，认识与实践毕竟是各自具有特定性质、目的和功

---

① 钱中文：《论文学审美意识形态的逻辑起点及其历史生成》，《文学评论》2008年第1期。

② 王元骧：《艺术实践本性论纲》，《社会科学战线》1998年第3期。

能的相互独立的两个环节：前者属于客体向主体的运动，是观念化的活动；后者属于主体向客体的运动，是对象化的活动。这两者是以目的为中介而联结为一体的。"① 艺术实践的终极目的是践履"文学是人学"的原则和归宿。"唯有在艺术中，人才作为一个生命整体而获得真实生动的表现，而且才有可能向我们显示出它为科学所不能取代的对于人的一种特殊而巨大的精神价值：由于有了艺术，人才有可能在即时的、当下的实是人生中摆脱出来而对应的是人生有了自己的追求和梦想，人才开始有完整意义上人的生活。"②

　　王元骧深刻地认识到，实践是一种确立目的通过意志在对象世界实现自己目的的过程，若将这运用到文学理论上，可以将创作理解为作家通过创造美来实现对读者的召唤、对社会的介入。所以，文学创作就不只是一种反映活动，同时还是一种创造活动，由此而产生文学理论意义上的实践价值。这一看法突破了过去将文学仅仅理解为是对社会意识形态被动的、静止的、孤立的反映，是在认识功能和实践功能相统一的意义上来完整、具体、深入地阐明文学的意识形态性质。体现在艺术上的实践性应是"一种双重创造"，即它既创造了作品，又通过对人的改造实现了改造世界的目的。在这里，艺术的实践性是与人生实践紧密相连的，从实践的角度来理解艺术，艺术的价值就在于通过强化人的自我意识帮助人确立普遍而自由的行为原则；艺术的实践本性也就在于按照这种原则来改造人的意志，为人生实践确立高尚的目的和理想，最终体现"'人是目的'这一目标"③。

　　王元骧说得好："马克思主义把文艺的性质界定为一种社会意识形态，一种社会上层建筑，它的伟大贡献就在于要求我们把文艺放到整个社会结构以及人类解放的历史过程中去进行考察，以能否推动和促进人的自由解放和人类社会的全面进步为评判标准，从而赋予马克思主义文艺学以其他任何文艺学所不可具有的高远视界和恢弘目

---

① 王元骧：《文学理论与当今时代》，浙江大学出版社 2002 年版，第 202—203 页。
② 王元骧：《论艺术研究的实践论视界》，《江苏社会科学》2003 年第 5 期。
③ 参见王元骧《文学理论与当今时代》，浙江大学出版社 2002 年版，第 410—429 页。

光。"① 我们之所以探讨文学艺术的意识形态性，就是为了维护我国文学艺术的社会主义的性质和方向。王元骧对"审美意识形态"论有一个总的评说："我们在特殊性的层面上以'审美的'来规定文学艺术的'意识形态'特性，也就是批判地吸取了康德的审美目的论，亦即以人为目的的思想，把美以及美的文学艺术从根本意义上看作是通过陶冶人的情操，开拓人的胸襟，提升人的境界，来达到人们培育社会主义的人生观、价值观、道德观和审美观这一根本目的的有效的途径，从而使我们的读者在接受这些观念时不仅不受理性的强制，可以直接凭直观的感觉和心灵的感动而获得，而且由此所树立的这种社会理想和人生理想，比之于任何理性说服都更能深入人心，更能转化为自己行为的内在动机和精神动力，更有助于内化为自己的思想人格。"②

显然，王元骧一直力图建构以"目的"为中介，"认识—实践"双向互动的文艺活动本质观，这是对以往审美反映论的批判性的超越，也是对当前各种文艺本质观的超越；其最富有理论创见之处在于："将人学价值论引入实践论，并以人学价值论来连接认识论（反映论）和实践论，从而把文学活动看作是以目的（价值）为中介所构成的认识与实践的双向逆反的流程，力图将知识论（认识论）和人生论（人学价值论）在实践论的基础上和框架中整合成为一个有机的宏观系统。"③ 值得一提的是，文艺学不能等同于社会学，它不可能直接解决社会问题，只能解决文艺自身的问题；"审美超越论"主要是就文艺对人生存的意义而言的，那种认为"审美超越论"是"不切实际的空想""纯粹是一种主观幻想"的说法，显然是把艺术问题误解为一个解决社会问题的方案。

马克思说过："理论的对立（指主现主义和客观主义）本身的解

---

① 王元骧：《论马克思主义文艺学在当代的发展和意义》，《东方丛刊》2007 年第 4 期。
② 王元骧：《我对"审美意识形态"论的理解》，《文艺研究》2006 年第 8 期。
③ 赖大仁：《关于文艺本质特性问题的思考——读王元骧先生几篇近作有感》，《社会科学战线》2000 年第 3 期。

决，只有通过实践的方式，只有借助于人的实践力量，才是可能的。"① 马克思还指出："思想根本不能实现什么东西，为了实现思想，就要有使用实践力量的人。"② 英国当代著名的社会学家、传媒研究专家约翰·汤普森敏锐地发现："意识形态解释所固有的批判潜力可以部分地视为对自我塑造与自我理解过程的一种贡献。我们提出一种意识形态解释，就是提出一种可以不同于组成社会领域的人们的日常理解的解释。意识形态解释可以使人以一种新的眼光不同地看待象征形式，从而使人不同地看待自己。它可以使他们重新解释一个象征形式，联系它产生与接收的条件，联系它的结构特征与组织；它可以使他们质疑或修正他们对一个象征形式的先前的理解，从而改变对他们自己和他人的理解视野。"③

我们认为，作为一种"意识形态解释"，"审美意识形态"所发挥的正是这样的实践功能。钱中文、童庆炳、王元骧等人从马克思主义的社会结构理论出发，在总结了中国现代文学理论发展正反两方面经验之后，根据文学艺术的实际，提出了"审美意识形态"论，其哲学基础是辩证唯物主义认识论和历史唯物主义的统一，而实践范畴则是它的重要基石之一。文艺的意识形态论和审美论之所以是互相联系的、统一的，其重要的理论根据之一，就在于二者都基于社会实践这一范畴之上。"中国审美学派"是面向现代社会实践需求的产物，作为其核心思想的"审美意识形态"论在多元阐释中不断地走向了深化与完善。某些学者将"审美意识形态"论的形成仅仅看成一个"历史事件"，当作"过渡时期"的文学理论看待，否认其长期的、普遍的意义——这是不符合理论实际的片面的、短视的论断。"中国审美学派"对于文学艺术的理解和诠释，决不只是基于概念的分析或逻辑的推演，而是充满了研究者个体生命的投入和存在的感悟，而开启了一个完满的人文世界；他们强调审美生存是人的一种最高的超越活

---

① ［德］马克思：《1844年经济学哲学手稿》，人民出版社1985年版，第83页。
② 《马克思恩格斯全集》第2卷，人民出版社1957年版，第152页。
③ ［英］约翰·汤普森：《意识形态与现代文化》，高铦等译，译林出版社2005年版，"导论"第27页。

动，认为审美活动能使人所特有的情、智、意志及想象力，浑然一体、交融运作，使作为"生命的唯一主人"的"我们自身"真正具有无比崇高的尊严。在指导当今文学创作和批评实践，提升国人的人格修养与道德境界，有效地参与着中国现代文化的建设等方面，"中国审美学派"及其理论仍将有着重要的意义。

三 "审美意识形态"论的意义

质疑"审美意识形态"论者还有一种观点，认为"审美意识形态"论是"以对文学的认识论解释和意识形态解释进行补充和修正的名义进行的"，其实际效果有二。其一，"审美"的合法化、膨胀化；其二，"意识形态"概念的空置和淡化。持这种观点的学者认为，"审美意识形态"是"一个隐蔽的策略性范畴"，其中可能隐藏着"虚化马克思主义、背离马克思主义的思想倾向"；将"审美意识形态"论作为"文艺学的第一原理"，导致了新的理论"迷思"[①]。撇开论者乏味的"深文周纳"式政治思维惯性不论，其中核心的一个问题是，"审美意识形态"论果真膨胀了"审美"，而"架空"了"意识形态"了吗？在我看来，问题的实质在于如何处理文学的审美性与政治性之间的关系——这是一个历久弥新的问题。

童庆炳指出，在马克思主义经典作家那里，"意识形态"是对各种社会意识形态的抽象，并不存在一种称为"意识形态"的实体；意识形态只存在于它的具体的形态中，如上面所说的哲学意识形态、政治意识形态、法意识形态、道德意识形态、审美意识形态等这些具体的形态之中。这些不同的意识形态自身形成一个独特的思想系统，它的整体性也就充分显现出来；它们的地位是平等的，并无"高低贵贱"之分，也不存在着谁为谁服务的问题，如审美意识形态与政治意识形态的关系，就并不总是顺从的关系，相反审美意识形态对政治意

[①] 马建辉：《理解文学意识形态论的两个视角》，《文艺理论与批评》2006年第3期。

识形态的"规劝""监督""训斥"等,也是十分正常和合理的。① 这就从理论上有力阻拒了长期以来文学与文学理论的泛政治化倾向。但能否由此得出"审美意识形态"论是"纯审美主义"或"审美中心主义"呢?如质疑"审美意识形态"论者认为,"审美意识形态的提出不仅将意识形态中性化,而且将文学研究与历史关系相割裂,强调的是文学研究的'审美'趣味。……这与马克思主义的历史观是大相径庭的"②。事实果真如此吗?

在探索文学本质问题时,童庆炳指出,构成文学本质的元素是多元的,"其中必有一种更根本的、更具决定性的"。马克思在《〈政治经济学〉导言》中指出,人类"掌握世界"的"方式"可分为"艺术的、宗教的、实践—精神"的论点。文学、音乐、绘画、雕塑、舞蹈等艺术,都属于"艺术"的"方式"——人类切入世界、掌握世界的一种方式;它与"宗教的、实践—精神"的方式一样,具有根本的意义。所以把文学与其他艺术联系考察,认为文学与其他艺术都是审美意识形态,也就具有更根本的意义。正是基于此,童庆炳才提出了"审美意识形态论是文艺学的第一原理"的著名论断。因此,在阐释审美意识形态的过程中,他在侧重强调文学的独立性即审美性和文学的认识价值显现的特殊性的同时,一再从多个角度强调"审美意识形态"的整一性。从性质上看,既有集团倾向性又有人类共通性;从功能上看,既是认识又是情感;从目的功能上看,既无功利性又有功利性;从方式上看,是假定性但又是真实性。③ 总之,"审美意识形态,是意识形态的多样种类之一";就审美意识形态而论,"无功利是直接的,功利性是间接的";"文学直接的是形象的,但在深层又具有某种理性";"在文学中,审美情感是直接的,理智认识是间接的"。④ 显而易见,"审美意识形态"论一方面把文学看成是美的价值系统,另一方面则力图在"审美"与"意识形态"之间保持一种"张力"

---

① 童庆炳:《审美意识形态论的再认识》,《文艺研究》2000年第2期。
② 马驰:《论文学的本质与审美意识形态》,《学术月刊》2006年第7期。
③ 童庆炳:《审美意识形态论的再认识》,《文艺研究》2000年第2期。
④ 童庆炳主编:《文学理论教程》,高等教育出版社2004年版,第58、63—67页。

关系，并没有剔除文学的"社会政治性"。

我认为，童庆炳提出的"历史—人文"张力说有助于我们深入理解"审美意识形态"论。自提出"审美意识形态"论以来，童庆炳一直关切着中国的社会现实，始终思考着当代文学艺术的精神价值取向问题，而探索着人文主义的历史维度和历史主义的人文维度相互补充、结合的问题。

在童庆炳看来，人文主义呼唤重视人的价值与尊严，其基本旨意是"反恶"，其倡导者的失误是没有看到许多社会问题是在社会进步中出现的；历史主义的旨趣是反极左，拒斥精神至上主义，力主发展社会经济，其论者的失误在于没有认识到一个社会需要精神的治理和制约，以避免物质至上主义的畸形发展[①]。童庆炳思考的问题是：我们所面对的是"历史理性"与"人文关怀"这两极"错位"的事实，那么，文学家在这种现实面前应采取什么样的思维路径、价值取向、判断角度呢？童庆炳认为，政治家、社会学家更关心的是历史理性，是物质的、器物层面的东西，对待急剧的社会转型时，他们更注重的是转型的历史合理性，而把人文方面的问题纳入到历史理性的范畴中去把握，甚至认为这些问题是现实改革、历史进步不可避免要付出的代价；文学家不是政治家，不是社会学家，他们"关心社会转型的文化道德合理性，以及它在个体的情感生活完美性，甚至人性深处那些看不见的微妙角落。……历史理性和人文关怀这两者都是文学家照射现实的思想'光束'，……文学家总是在人文关怀与历史理性中徘徊"，对现实采取不妥协的和批判的态度；如果遇到在两者之间非选择不可时，"真正的文学家宁愿'牺牲'历史理性，而选择'人文关怀'，……这就是为什么古今中外伟大的作家都毫无例外具有悲天悯人的品格的原因"[②]。考察中外那些处于社会转型时期伟大作家的创作，正是有了人文关怀与历史理性这两重"光束"，他们才能"对现实关系具有深刻理解"（马克思语），他们的作品也有着"了不起的

[①] 童庆炳：《童庆炳文学五说》，时代文艺出版社 2001 年版，第 320—321 页。
[②] 童庆炳：《童庆炳文学五说》，时代文艺出版社 2001 年版，第 322—339 页。

革命辩证法"（恩格斯语）。童庆炳据此剖析了风行一时的"新现实主义小说"，针砭其人文关怀与历史理性的双重缺失。他总结归纳了新时期以来反映改革现实小说的三种艺术范式及其精神价值取向，入情入理地解读了前苏联作家拉斯普金的小说《告别马焦拉》和《活着，可要记住》，并以青年马克思对资本主义异化的批判作为理论上的支持，令人信服地提出"历史理性、人文关怀和文体营造三者之间保持张力和平衡，应该是文学的精神价值的理想"；其中，"历史—人文"双重精神价值取向的本质是："它既要历史的深度，肯定历史发展（包括科技进步）是不以人的意志为转移的，而且对人类的生存是有益的，物质的发展可以而且应该成为发扬人文精神的基础与依托；它同时又要人文深度，肯定人性、人情和人道以及人的感性、灵性、诗性对人的生存的极端重要性。不是在这'两个深度'中进行非此即彼或非彼即此的选择。它假设'历史'与'人文'为对立的两极，并充分肯定这两极紧张关系对文学的诗意表达的重要性和精神价值追求的重要性"[1]。

钱中文也是"审美意识形态"论的提出者，他从大视野的历史唯物主义出发倡导"新理性精神"，以审视人的生存意义。面对人的生存挫折、物对人的挤压、科技进步造成的人文精神下滑的现状，他主张用人文精神来召唤对民族、个人的生存意义与价值的追求与确认。钱中文提出，"新理性精神"作为一种对于文化、文学艺术内在的精神信念，是对旧理性的扬弃；为了避免旧理性的覆辙，非理性主义、反理性主义的各种思潮的极端化与虚无主义，新理性精神需要在对它们进行现代文化批判的基础上，汲取它们的合理因素，从几个方面，确立自身的理论关系，这就是"现代性""新人文精神""交往对话精神"、感性与文化问题。[2] "新理性精神"的核心内容是："主张以新的人文精神来对抗人的精神堕落与平庸"，"当今的文学艺术要高扬人文精神。要使人所以成为人的羞耻感，同情心与怜悯，血性与良

---

[1] 童庆炳：《童庆炳文学五说》，时代文艺出版社2001年版，第360页。
[2] 钱中文：《文学艺术价值、精神的重建：新理性精神》，《文学评论》1995年第5期。

知,诚实与公正,不仅成为伦理学关注的课题,同时也应成为文学艺术严重关注的方面。以审美的方式关心人的生存状态、人的发展,使人成为人,拯救人的灵魂,这也许是那些有着宽阔胸怀的作家艺术家忧虑的焦点与立足点。"[1] 不难看出,"新理性精神"与"历史—人文"张力说在精神上是相通的,而它们都是"审美意识形态"论的有机组成部分。

可见,钱中文、童庆炳、王元骧等人提出的"审美意识形态"论,根本就没有割裂人的精神活动与历史的关系,相反,它真正体现了艺术实践的政治内涵。我认为,"审美意识形态"论的核心,就是在"元政治"的层面强调通过审美与伦理的统一来拥有一种张力;突出的不是文学直接的社会政治意义,而是以文学的生命意义为中介的政治之维,而体现出一种永恒的诗性意义。"新理性精神""历史—人文"张力说都表明,"审美意识形态"论所凸显的是一个以艺术的生命意义为中介的社会政治之维,而绝非简单的对"政治工具"论的"冲击";它的提出,不是所谓的"权宜之计"或"一个隐蔽的策略性范畴",也不是"审美"加"意识形态"的简单拼凑,更不是"割裂了人的精神活动与历史的关系"的所谓"纯审美主义"。这些无端的指摘不过是一种"逻辑株连"策略,并没有真正了解"审美意识形态"论的真谛,所谓的理论"迷思"之说更是不着边际的无稽之谈。实际上,"审美意识形态"论对文艺的本质做了比较系统深入的探究,较好地解决了文艺与意识形态之间的关系,有助于我们正确认识形式与内容、情感与理智、表现与再现、人性与阶级性等矛盾关系。当然,"审美意识形态"论并不是业已尽善尽美,在意识形态性与审美性的融合等问题上,它尚有待人们进一步深入探究。[2]

总之,那种认为"审美意识形态"论割裂文学与历史的关系,空置和淡化"意识形态",是"审美中心主义"的论断,实在是相当肤

---

[1] 钱中文:《文学理论:走向交往对话的时代》,北京大学出版社1999年版,第349页。
[2] 黄擎:《文艺意识形态本性论研究的现状与问题》,《浙江大学学报》2005年第2期。

浅的认识。钱中文、童庆炳、王元骧等人提出的"审美意识形态"论是中国当代文学理论坚实的基点,这是毋庸置疑的。

（原载《中国社会科学院研究生院学报》2009年第5期,编入本书有修订、删节）

文艺理论要为文学创造思想
——文艺理论家钱中文先生访谈

中国社会科学院　丁国旗

丁国旗：钱老师，您好，很荣幸与您做这次访谈。您的学术成就主要集中在新时期之后，因此，本次访谈我想就从 20 世纪 80 年代初说起。那时外国的各种文艺思想纷纷被介绍到国内，文学理论与批评界呈现出了前所未有的热闹景象，当时您是如何看待这现象的？

钱中文：外国的各种文艺思想被大量地译介到中国，我是持欢迎态度的，但外国文艺思想进入我国之后，当时就出现一个重大的问题，就是现实主义与现代主义的关系问题。从 70 年代末 80 年代初开始，西方文艺思想特别是现代主义文艺思想大量输入，使人感到十分新鲜。但是一些现代主义文艺思想的介绍者，往往被现代主义文艺思想所介绍，对现实主义采取了排挤甚至嘲弄谩骂的态度，染上了爱因斯坦批评现代主义者无度张扬自己的主张时所说的那种"势利俗气"。我对现代主义作品并不反感，觉得陌生新奇，后来在巴黎观看了好些荒诞派戏剧的演出，使我深为震撼，觉得其中的优秀之作，真如诉述人的命运的悲怆交响曲，但对它的宣传者的理论观点则不以为然。比如，说现实主义文学已经落后，只是模仿，不具有主观创造精神，今后将是现代主义文学的时代，现实主义将被现代主义文学所替代，等等。实际上，现实创作情况并非如此。于是，我就花了不少力气探讨现实主义与现代主义理论，并对它们各自的诗学原则进行了细致的比较，从而提出一个观点：文学的发展并不是一种文学替代另一种文学。文学史上不是现实主义文学替代浪漫主义文学，也不是现代主义文学替代现实主义文学；更迭的是文学思潮，而文学创作原则是难以更迭的，文学创作原则一旦形成，是会长期存在下去的。所以作为创作原则，现实主义并不会被现代主义所替代，相反它可以在不断地创新与综合中更好地丰富自己。

丁国旗：我记得80年代初您就提出了文学的"审美意识形态"属性问题，这一观点是在怎样的背景下提出的？

钱中文：80年代初，文论界对过去的文学基本原理、文学概论颇有微词，这时文学所理论室获得了一个国家项目，要撰写一部以马克思主义思想为指导、适合新时期需要的《文学概论》，我也参与其中。大家商量的结果是，不能重复过去编写的同类书籍，要有超越，为此先要了解我国已有的几十种文学理论书籍的问题所在，以及其他国家的文学理论的最新成果。于是我去北京的几个图书馆多次，找到了美国韦勒克、沃伦合著的《文学理论》（1977年版，初版于40年代末），后来得知此书在国外已经流行多年，还有苏联波斯彼洛夫的《文学原理》（1978年版），荷兰佛克马与易布思合著的《20世纪文学理论》（1977版）以及美国、英国、法国作家论文学的俄译本，这些著作对我很有启发。这样，在我的提议下，作为《文学概论》的副产品，我们以"现代外国文艺理论译丛"为名，组织翻译了多种外国文学理论著作，以扩大国内学者的视界。由王春元与我任丛书主编，后来丛书加入了不少外国美学、文学理论著作，共出版了14种，在文论界很有影响。

《文学概论》一书的提纲经过反复商量，最后分成了五部分，即"作品论""创作论""欣赏论""批评论"与"发展论"。要知道，将作品的研究作为文学理论的起点，这在当时不失为文学理论的一种新的构成。分工时最后剩下"发展论"，归我来写。"发展论"部分不能不探讨文学本质问题，所以让我颇费思量。过去文学理论把文学看作是一种意识形态，或称认识论文学观，但是这种文学观后来被简单化了。80年代初一些人对这种哲学认识论、反映论文学观进行了大力批判与否定，在外国的各种文学研究方法、文学观念的影响下，各种文学观念蜂拥而来。有意识形态本性论、结构主义文学观、解构主义文学观、文学符号论、文学语言学、文学心理学、精神分析论、文学感情论、文学表现论、文学生产论、文学接受论、读者反映论、文学现象学、文学是人学、文学心学论、主体性文学论、文学象征论、文学数学化论、信息论系统论控制论文学观等等。上面这些有关文学观念的说法，都有一定道理，随便选择或附和一个观点十分容易。但是通过反复比较，感到它们是处在不同的层次上的，我还是认为马克思的唯物史观的文学观最能宏观地把握文学的本质特性。历史唯物主义的社会结构理论是令人信服的，在这个结构里，文学艺术作为一种意识形态，和其他意识形态如哲学、政治学、法学等有着共同性即意识形态性，也是正确的。问题是后来一些人在阐述文学时，把各种意识形态的共性当成文学的唯一本性，而忽略了文学作为一种独立的艺术样式的审美特性，或是把审美特性当作附属性的、第二性的东西，因此需要恢复、强调文学审美特性的研究。歌德说过，他在观察事物时，总会注意它们的发生学过程，从而对它们可以得到最好的理解。马克思在《德意志意识形态》的《关于意识的生产》一节中谈到，在一定社会经济基础之上产生的各种意识形态，都可以"追溯它们产生的过程"。因此在《文学原理——发展论》一书中，我试图寻找文学起源、发展的原点，于是就探讨了原始思维、神话意识、审美意识的关系，将审美意识视为逻辑起点，在其长期发展中积淀了人的生存感受与感悟，先在口头形式中获得表现，成为一种审美意识形式。其后融入了具有符号象征意义的文字、具有独特节奏、韵律的诗性语言的文字结构，使审美意识获得书写、物化的形式；特别在话语、文字的多种结构的样式中，显示了与生俱来的诗意的审美与社会价值、意义、功能的复式结构的基本特征。随着人类社会结构进化与演变，在不同形态的制度社会中，最终形成现代意义上的文学——审美意识形态，也显示了文学的审美意识形态性特征。文学审美意识形态的提出，力图做到论从史出，找回其自身的历史感。审美反映则贯穿于审美意识发展变化的历史过程之中。后来审美反映与审美意识形态观念在文论界流行起来。90年代初，这些观念被当做资产阶级自由化而受到"左"的思潮的批判，前几年这样的批判更为猛烈。不过新世纪的批判都是在马克思没有直接说过或是间接说过文学是意识形态的基础上进行的,或是厌恶文学与意识形态有着联系的基础上进行的,两种批判殊途同归。这类批判罔顾原典、历史与传统,不承认文学观念的多样性与差异性,是很难在同一层次上进行对话的。

文学创作日趋多样,文学理论将发展下去

丁国旗:20世纪80年代的中国是一个学习理论,也需要理论的时代。然而90年代以后,市场经济的逐步确立,引发了社会生活与文化生活的重大变化,一时理论与批评都失去了重心,陷入一种尴尬的境地,或许此时更需要人文学者明确而坚定的立场与态度。您觉得一个人文学者在现实社会中应该确立什么样的价值观,来为自己的人生和学术安身立命?

钱中文:90年代文学创作受到市场经济的影响,追求物质、金钱成为社会理想,贬抑人文理性,失去信仰与诚信,引发了极为深刻的文化、精神危机。而人文理性在社会物化中经历着普遍的危机,使人类生存的底线屡遭破坏,一些哲学思潮推波助澜。有的人一听解构就惊惶异常,其实思想需要不断推进,新的思想需要不断建立,这个社会才有生气与活力。一些文学舆论,在反对伪崇高与满纸谎言的时候,采取了消极的态度,贬抑人文精神。文学艺术的感性,也变成了性感的流行与泛滥。面对这样的社会处境,我以为一个人文知识分子不能随波逐流,而应有一个建设性的立足点——反思人文、艺术创造的立足点,因此我提出了"新理性精神"。新理性精神是一种以现代性为指导,以新的人文精神为内涵与核心,以交往对话精神确立人与人的新的相互关系并实现它们;建立新的思维方式,即提倡一种可以去蔽的、历史的整体性观念,一种走向宽容、对话、综合、创新的包含了必要的非此即彼、一定的价值判断、总体上亦此亦彼的思维方式,并包容了感性的理性精神。这几个方面,是文学创作、文学理论批评在几十年的历史过程中不断重复、反复出现的现象,而且对于人文学科来说,基本方面也是如此。新理性精神意在探讨人的生存与文

化艺术意义的关系，也就是说要在物的挤压中，在反文化、反艺术的氛围中重建文化艺术的价值与精神，寻找人的精神家园。这是以我为主导、一种对人类一切有价值的东西实行兼容并包、开放的实践理性，是一种文化、文学艺术的价值观。此说拓展了我自己的文学理论的思维空间，试图加强文学理论的人文精神的特性，也是我试图使文学理论介入当下社会生活的一个想法。有了这种立足点，我在人生与学术中确乎感到有了一个安身立命之处。

丁国旗：如果说90年代经济转型、社会转型引发的理论的困境给人们带来的是一种措手不及，那么，新世纪以后，理论的危机与反思却已指向了理论自身。记得《文学评论》2001年第1期上发表了希利斯·米勒一篇关于全球化时代文学研究是否还会继续存在的文章，借助新的电信时代的特点，他提出了"文学终结"的思想。英国马克思主义理论家特里·伊格尔顿则在《理论之后》（2003）一书的开篇认为"文化理论的黄金时期早已消失"，这实际也就是在宣布"理论的终结"，如果我们可以随性地将这两种"终结"嫁接在一起，似乎便可以直观地得出"文学理论的终结"问题。其实从后现代思潮兴起以来，我们也的确看到了价值的被颠覆、中心的被消解，一切的一切都被裁入到平面化之中，理论的终结与消亡似乎真的已经成为我们无法回避的事实。您怎么看？

钱中文：这些问题，十分现实，也很尖锐。先说一下我对《理论之后》的理解。我以为伊格尔顿所说的理论，是针对20世纪欧美80年代前兴起的"文化批评"或"文化理论"而说的。文化理论到了90年代和新世纪，在喜好花样不断翻新的西方文化界已难以为继，于是盛极一时的"结构主义、马克思主义、后结构主义以及类似的种种主义已风光不再。相反，吸引人的是性。""在阅读文化的学生中，人体是非常时髦的话题，不过通常是色情肉体，而不是饥饿的肉体。对交欢的人体兴趣盎然，对劳作的身体兴趣索然……中产阶级出身的学生们在图书馆里扎成一堆，勤奋地研究着像吸血鬼迷信、挖眼睛、电子人、淫秽电影这样耸人听闻的题目。"某种意义上可以说是"理论的终结"，而这种文化理论终结之后怎么办？所以叫做"理论之后"。虽然在西方，文化理论把文学理论也包括了进去，但实际上，在研究与课堂中却往往脱离开文学，而大谈泛文化现象，诸如伊格尔顿所说的那些现象。20世纪末，萨义德这样的文化批评的始作俑者进行了深刻的反思，认为文化批评研究把文学理论架空了，把从文学讲授、研究中所应获得的精神、价值掏空了，于是他提出仍应回到文本，回到细读，当然这是一种新的回归。这样说来，我以为文化理论或批评在改变自己的形式之后还会存在下去，发展下去，而文学理论将会吸收文化批评中的合理成分而丰富自己，随着回归而改弦更张，因此不会发生"文学理论的终结"。

更重要的是，人的审美意识将会进一步发展，文学创作将会继续存在下去，而文学发展不可能没有理论思维。20世纪初，一些自然科学家看到物质微观化了，以为物质消灭了。其实由于科学的发现，物质仅仅改变了其存在的形式，文学也是如此。希利斯·米勒的文学终结论主要指的是，一些人把看到的新的文学样式的出现当作是文学自身的终结或死亡了。但是审美是人的本质属性的一个方面，是人的不可或缺的精神需要。人需要通过话语、文字的诗意结构，进行审美的创造、审美的欣赏、审美的阅读、审美的接受，同时从中反观自身，观照自己的精神，并提升它。我们还可以说，优秀的伟大的文学创作，是民族文化的传承，它维系着民族文化精神的发展与更新。因此，纸质印刷的文学作品未来会缩小市场，但通过高技术的多样载体而出现的文学会照样存在与发展。

文学理论同样也会发展下去。其实，不少大作家也写思想精深的理论文章，如托尔斯泰、巴尔扎克、陀思妥耶夫斯基、歌德、雨果、司汤达、席勒、鲁迅。伟大作家的理论著作都是每个民族的精神财富与民族文化的组成部分，没有这种财富，人们在精神上将会变得十分贫困与粗俗。此外，有些作家还有应对教学需要而写文学理论著作的，也别具一格，如老舍、郁达夫的文学概论等。理论与创作并不矛盾，而是相得益彰。作家的思想理论高度，可以使其切入具有巨大震撼力的人的生存处境，助其达到创作的新水平。

泛文化研究难以解决文学理论面临的困境与问题

丁国旗：今天，在信息化、全球化、消费符号化的社会背景下，文艺理论的处境的确举步维艰，它的不断扩容、越界也都证明了这一点。一方面，我们可以说它发展了，但另一面我们似乎也看到它正在被自身所消解。

钱中文：我对当今文学理论举步维艰的处境，深有同感，但我又有自己的一些想法。其实，一般文学理论大体可包括马列文论、基础理论、古代文论、外国文论、比较文论等，现在又大大拓宽了范围：比如生态文学理论、网络文学文论、视觉文学理论，等等。

现在常常谈到文学理论的危机，理论死了，或是将陷入凋零与绝境，我以为这多半是指文学基础理论而说的，其他理论部门，虽然各有各的问题，但态势似乎比较缓和一些，因为相对来讲，它们都有研究的基本对象。文学基础理论问题多多：第一，在当今文学形态发生大变化的时期，比如一般的文学创作变得形式多样，海量的作品价值不高，思想并不丰满，不易筛选。同时，网络文学、视觉文学的大力发展、生态文论的大力呼唤，作品数量的激增非过去所能想象。纸质刊物不登，在网络上自有一席之地，想象之奇特，思想之自由，形式之多样，真是前所未有，据说也有佳作，但还是凤毛麟角。总的说来审美趣味变得粗俗、廉价，人们更难以深入、确切地把握它们，理解它们的问题所在。因此文学批评滞后，而文学理论就更是如此，显得无能为力，严重地跟不上文学创作的实践。第二，文学理论中的反本质主义问题。文化批评传入我国之后，这一思潮到新世纪更为活跃，它的反独断论，去中心化，很有影响，鼓舞了很多人。但是中国学者接过来后，他们自己的独断性、盲目性也很明显，如把文学理论对于文学现象本质的研究，当作本质主义加以批判，一时"反本质主义"呼声大作。对于本质主义要做具体分析，事物现象的本质研究与本质主义是有联系而又不同的两码事。事物现象的本质研究，在于弄清楚这一现象的性质、揭示现象后面隐蔽着的东西，以及它的真实形态与功能，它与其他事物之间的相互关系与发展前景，它在社会生活中的作用，等等。研究事物本质，是人的高级认识能力的表现，有何主义之有？"本质主义"则是我预设的都是对的，是一种自我定义为永恒真理的教条主义，是一种抱残守缺、不思进步的僵化思想，因此，怎么可以把本质研究与本质主义等量齐观呢？说实在，很多很多事物本质的东西，我们不是研究的太多，而是难以研究，于是就拿文学理论来说事了！既然文学研究可以去探讨象征与修辞现象，多种体裁与形式现象，文学和其他学科的共性特征，那么为什么就不能探讨文学自身的本质特征呢？你说本质特征说不清楚，那么其他诸如象征、修辞、形式、体裁、流派、思潮都已一劳永逸地说清楚了吗？你不愿意研究文学本质，难道别人也不能研究吗？况且文学现象的本质研究，十分艰难，形成一个观念，极为不易，很可能要凝聚研究者一生的心血才能做到，而且也不可能是终极真理，事物的真理性只能被不断地接近与认识。其实，文学理论不仅需要提供知识，也应该提供思想。当然，连思想也已市场化的今天，对于一些人来说，思想不思想也是无所谓的了。

丁国旗：现在很多学者都在撰文谈文学理论的文化转向，您是怎么看文艺理论界的文化研究热这一现象的？

钱中文：随着反本质主义的传播，事物的不确定性、平面化思潮大为流行。文化研究对象的不确定性与随意性被奉为文学理论研究的创新规则。可是反本质主义的创新原则，使事物失去了质的规定性。文学是什么，它的边界在哪里，使得一些人模糊起来，于是掺和着不少外国人的观点，大声宣布今天的文学还未有定论，不少生活现象还未装入进去。这样，一时要以文化批评代替文学理论的呼声大为高涨。这种紧跟外国"诸子百家"的理论，使得文学理论特别是基础理论的探讨，一时处于变幻不定的状态，而日益走向后现代主义的碎片与拼贴。针对当今的文化现象，可以开设讲座，但它们不是文学理论课程所要扩大的内容，如果把这些现象的讲解当作文学理论来讲，文学理论本身就真给掏空了，它原有的那些价值，都被转换了，被诸如时装设计、时尚打扮、服装展览、香车美女所替代了。现在一些朋友出版了好几种有关审美文化的著作，写得很有分量，也有前卫性，我很欣赏。设置审美文化的课程，倒正是适应了文学课程扩容、补充的需求。

　　一些学者认为，既然文学本质观念永远也说不清楚，那就应该放弃这类研究，进行看得见、摸得到的文学现象研究即可，于是特别在一些文学研究的杂志中，一些浅表性的实证主义式的研究得到了过分的重视。也有学者认为，现在已进入信息化的时代，认为老师的责任不在于给学生以观念、定义，只需传授各种知识、任其发展即可。但是对于知识不予系统的梳理与综合，不予概括与定性，那么它们可能只是一些毫无联系的散乱现象，一堆知识的拼贴，而使知识失去应有的深度。由于文学中的泛文化研究的转向，放弃了理论的定性与归纳，甚至连文学本身也早被碎片化、拼贴化了。例如2009年哈佛大学出版的一部1000多页的《新美国文学史》，其别开生面之处，就是这部文学史把小说家、诗人与拳击比赛、电影、私刑、控制论、里根、奥巴马等社会文化现象、政治人物和歌手，都当作文学史的写作对象，这种写法可能有着他们的理由（见《文艺报》）。这种现象目前在我国虽然还未出现，但说不定哪天我们也会看到这类著作的。

文学理论的合法性在于回应时代的问题

　　丁国旗：我也觉得，文学理论应立足于文学，向外看一看，扩大一下眼界，并没有问题，但必须要守住自己的根，否则就会迷失自我。那么，您认为文学理论在今天的合法性究竟在哪里？我们该从何处给它找到合适的定位？这个定位又会是什么？

　　钱中文：在后现代的解构主义的盛行之中，上述现象流行于我国文化、文学理论中，也有它的合理成分，它毕竟扩大了我们的知识，使我们获得了思想上的某种解放，这是最重要的方面。同时也有避免它的极端性而表现出当代建构性的一面，比如近期出版的几种文学概论一类的著作就是。这些著作普遍地就文学现象论述文学现象，建构各种关系，改变了原有文学理论的面貌，各有特色，力图有所出新，显示了文学理论的多样化与进步性。但这些著作也显出了平面化的特点，大叙事化倒是去掉了，而小叙事的出彩地方也不多，难以达到深思熟虑的哲理化高度。当然还有一些原有的《文学理论》修订本的出版，还有马工程教材中的《文学理论》的出版，有的长期打磨过的著作并不失其权威性。此外审美文化研究、网络文化理论研究、生态文学理论研究以及不少文学理论的专题性研究，都是很有成绩的，它们都要借助于文学基础理论而获得丰富。基础理论在艰难中行进，也显示了它的存在及其价值。

近几年来，我国外国马克思主义文艺理论研究取得了重大的成果，7大卷"20世纪马克思主义文艺理论国别研究"丛书就是实绩之一。这套丛书，应该说是对20世纪世界范围的马克思主义文艺理论成就、问题的一个总体性的详尽描述，一个综合性的理论总结，一部20世纪全景性的马克思主义文艺理论发展史。这样全面性的介绍、大规模的综合研究，在中国还是第一次，在世界范围内也属首创。总主编说，20世纪马克思主义文艺理论在各个国家的新的历史条件下，提出了一系列的新命题，显示了马克思主义文论的多样性、当代性与开放性等特征，我翻读过后感到确是如此。

改革开放之后，外国马克思主义文艺理论研究被介绍到我国，在唯我独马的思想阴影下，那时是"西马非马"。现在看来，这是我们没有在世界范围内把马克思主义文艺理论当作一个整体去了解的缘故。一百多年来，我们看到各国的马克思主义文艺理论提出了许多新问题，它们因国别、地域与文化传统而各自不同，英国的马克思主义文艺理论不同于法国马克思主义文艺理论，德国的又迥异于美国的，什么缘故？在于马克思主义文艺理论都要与该国的文化实际中出现的问题相结合，需要回答时代的问题；如果不与实际相结合，不能使自己成为本土化的研究与本土化的理论，那它本身哪会有什么实际意义？哪会有什么生命力呢？现在对外国马克思主义文艺理论研究刚刚开始，就有人在放风，已经出现"新马化"倾向了，天要坍下来了！这不是一种科学的研究态度。

除7卷本的马克思主义文艺理论国别研究外，国内还有多卷本研究马克思主义文艺理论"本体论形态"等专题性研究丛书。这几套丛书很有新锐精神，一改20世纪八九十年代那种死气沉沉的注释派和唯我独马派的文风，它们提出了新的思想、新的思路，从而也显示了中国马克思主义文艺理论研究的独创性、中国气派和强大的生命力。

文学理论中的消解现象是存在的，但只是某些人自身的消解。我以为文学理论研究中的上述成绩，就是文学理论存在的合法性理由，以及我们在文学理论中的定位，因时间所限，不好展开了。

理论研究需要真诚与诚信

丁国旗：您的文学理论研究前后跨越了50多年，一定会有许多个人的体验与感悟，你对当前文学理论研究有些什么建议？您觉得文学理论的未来会是什么样子？您对文学理论的未来发展又抱有怎样的态度呢？

钱中文：我认为，面对新的世纪，既要有对当下文学理论处境的焦虑与不安，也要有期待与展望，我们理论界需要进行自我反省，自我批判。

文学理论需要加强它的实践品格与时代特色。当今我们已处于网络文化之中，面对今天这样复杂而多样的文学现象、文化现象，文学基础理论确实身处窘境。如果我们肯定自己要在这块园地工作下去，那就需要有前沿性的问题感、现实感与时代感，去理解社会的转型，文学的转型。文学理论需要贴近生活，贴近实际，需要多向文学批评家请教，实事求是地去阐明文学活动中出现的各种各样的新形式、新倾向，并在理论上给以恰当的概括。理论具有预言的功能，但它的常态则是去阐明已经发生的现象，确立相对稳定的规则。这需要我们以科学的发展观为指导，努力去了解中外文学及理论的历史与现状，培养那种高屋建瓴的综合能力。当然，面对当今琳琅满目的文学现象，也需要有一个不断认识、梳理、消化与积淀的过程，现在看来这个过程会相当漫长。研究者需要心向实际，同时又要避免当今相当流行的急功近利的学风。

在外国文论的吸收中，需要反省我国文学理论的民族特色、本土意识与国际视域的关系。当今，外国文论的介绍十分普遍，有些国别文论、文论家的个案研究很有特色，相当深入。但是也要防止那种在介绍外国文论时，介绍者被外国文论所介绍的现象，我们不能把我们的文学理论看成是外国文论的各种拼贴，任由感觉无选择地泛滥，跟在外国学者之后，拿他们的观点去引领我国文学理论的潮流，这极有可能成为各种无选择的理论的狂欢。我们每每阅读外国文学理论著作时总会发现，它们都是针对本国的文学或是文化渊源相近的文学而展开的。最近出版的一套"当代国外文论教材精品系列"也是如此，都是与自身文论传统紧密相联的。因此我们建设具有我国民族特色和本土化的文学理论时，必须汇入世界的文明，吸收与融化外国文论的优点，在国际视域中进行。我国具有民族特色的本土资源十分丰富，在这方面，不少学者已提出了值得思考的建议。

在自我反省与自我批判中，也要检验我们的著述，是否具有历史感的品格，真诚与诚信的品格。文学理论、文学史研究，缺乏深刻的历史感，就会缺乏科学性与理论性，就会失去真诚与诚信，而难以取信于人。对于文学理论来说，历史感就是论从史出，论史并重，就是重视问题产生的现实性，它的历史文化语境、历史生成及其发展，它的历史传统。对于文学史来说，历史感就是尽可能地显示史实，揭示事实的真实面貌，它同样需要论从史出，使之史论相映。历史感要求作者的真诚，在实事求是的理论展开中，使其成果获得科学性，进而获得诚信。真诚是学者的一种主观品格，缺乏真诚，就有可能遮蔽历史真相，就有可能利用外力与话语权，歪曲历史，另有所图。这种恶劣作风，已经成为我国社会中极为普遍的生活风习，所以导致社会诚信丧尽，失却了凝聚力。当今某些新时期文艺学史著作，看似史作，实则缺乏历史感，让人感到历史似乎不是他们写的那个样子，因为在这个历史过程中，我们都是在场的。这类文学理论史作，便只能是利用了话语权的缺乏诚信之作。

丁国旗："真诚与诚信"对于人文学研究来讲，的确十分重要。那么，您是如何看待当前学术界的研究现实的？学术研究如何才能获得良性的发展？

钱中文：学术的良性发展，需要良好的环境。多拿课题费当然很好，但很可能使学术变为依附。学术需要说出真话，使真诚融入自由的思想、独立的精神之中，那样才会产生具有独创精神的、原创性的、有价值的文化产品。有的人把重复、宣传当作学术，这使学术研究极为难堪。不过我在这里也要重复一下自己说过的一段话：一个伟大的民族自然要拥有丰富的物质财富，但是最终昭示于世人、传之久远的，则是其充溢着民族文化精神的文化创造。生产这种精神财富，应该在文化、学术中，从发出自己的声音做起，进行原创性的创造。要坚持自己的声音，坚持那种具有学理精神的原创性声音，因为学术认同的只是独创。学术回应时代，也坚持自身的需求：学理的深化、完善与丰富。但是这种回应，应是绝对的个性化的，而不是重复与雷同。

当今文学理论介入的领域实在太多，中心问题是文学理论中的"国际视域"与"中国问题"。我国的文学理论，在国际视域、传统资源与中国问题的相互激荡中，会不断地出现动态的、多样的理论新形态，这是我所热切期望的。

（本文原载《文艺报》2012 年 10 月 26 日）

第三编
钱中文新理性精神与巴赫金文论研究

钱中文"新理性精神"文论的内在结构

复旦大学 朱立元

1995年在中国由计划经济迅捷向市场经济转轨、社会文化也同步发生历史性转轨之际,中国的文学艺术步西方艺术之后尘也出现了"意义价值的下滑、人文精神的淡化与贬抑"的现象。正是在这一世界性的精神文化大背景之下,钱中文先生作为中国当代杰出的文学理论家,代表着一批执着的人文知识分子的意愿,以强烈的社会责任感、历史责任感和无畏的反潮流精神,发表了《文学艺术价值、精神的重建:新理性精神》[①]一文,首次提出了"新理性精神"文论的主张。如今,八年过去了,中国的文学艺术和文艺理论,在世纪之交的回眸与展望中,在价值与精神重建的不断努力和艰难奋斗中,经历了无数次风雨的洗礼,伴随着21世纪的降临而跨入了一个新的阶段。钱中文所倡导的"新理性精神"文论也焕发出了强大的生命力,获得了理论、学术界的越来越广泛、普遍的赞同。同时,经过八年的建设,"新理性精神"文论本身也获得了长足的发展,日益走向系统与完善,其内在思路与逻辑结构也更趋严密。本文拟重点对钱中文的"新理性精神"文论的内在结构做一简要分析。笔者的基本观点是,"新理性精神"文论以"新人文精神"为精神内涵和价值核心,以"现代性"阐述为理论基点和中心话题,以"交往对话"的综合思维方式为思考理路和逻辑方法。这三个方面的相辅相成,相互渗透,构

---

① 钱中文:《文学艺术价值、精神的重建:新理性精神》,参见钱中文《新理性精神文学论》,华中师范大学出版社2002年版。以下凡引述本书之语,只在正文中注明页码。

成了一个开放性的理论结构。

一　以"新人文精神"为核心

"人文精神"是一个古老的概念，同西方文艺复兴时期提出的"人文主义"口号在关怀人、追求健全人性的基本倾向上有相通之处。钱中文把"人文精神"概括为"对民族、对人的关怀，对人的生存意义、价值的追求与确认"，它是"使人何以成为人，要成为什么样的人，确立哪种生存方式更符合人的需求的那种理想、关系和准则"，并从人文精神"具有普遍的人类意义""是一种历史现象"和"具有强烈的理想风格"三个方面做了深刻有力的论证从而揭示了"人文精神"概念的一般内涵。在此基础上，钱中文鲜明地提出了倡导"新人文精神"的思想。

那么，"新人文精神""新"在何处？与一般"人文精神"有何区别呢？

首先，它"新"在有其不同于以往的现实针对性。面对20世纪西方精神文化的危机、异化和非理性主义、反理性主义思潮的泛滥，特别是80年代以来国内外"科技霸权主义"对人的压抑、语言形式对文学内在精神的排挤以及"知识普泛化"对艺术家"社会良知"的吞噬，钱中文感到切肤之痛，于是，旗帜鲜明、针锋相对地提出"新的人文精神"来"对抗"这种种"人的精神堕落与平庸"。他大声疾呼"面对人的扁型化、空虚感，人的大范围的丑陋化、平庸化，与自我感觉的渺小化，文学艺术应该扬起人文精神这面旗帜，制止文学艺术自身意义、价值、精神的下滑"（第11页）。

对于这种特定的现实针对性，笔者在写于1995年秋的论文《试论当代"人文精神"之内涵》[①]中有过较翔实的论述，其中的观点笔者至今仍未改变，也许可以作为"新"人文精神的某种注释。文章将

[①] 朱立元：《试论当代"人文精神"之内涵》，参见朱立元《理解与对话》，华中师范大学出版社2001年版。

当代人文精神与传统人文主义做多方面比较之后提出,"当代"人文精神与以往的不同,"最根本、最集中地体现在人文精神所对抗、反对的对象上",认为"当代中国,人文知识分子和人文学术领域,所遇到的最大压力阻力,便是商业主义、物质主义和科技主义。倡导'人文精神',主要为对抗这三种'主义'。由此而引起'人文精神'与西方'人文主义'的具体内涵的一系列不同"。

据此,笔者认为,必须从当代(即"新")人文精神与"三个主义的对立关系中去把握其真义"。具体来说,一是它与已渗透、侵蚀到精神文化学术领域一切方面的商品化原则和商业化现象相对立;二是它与那种以当下物质生活的满足和享受为人生第一目标,而放弃高尚的理想、追求和良知,放纵急剧膨胀的物欲、贪欲、拜金主义等的物质主义相对立;三是它与鼓吹科技至上以致排斥人文学术,瓦解人的自由精神和生命体验,造成人性异化的科技主义相对立。笔者当时就对这三个"主义"做了较尖锐的批判,指出"它们从不同方向阉割人性,异化人的本质力量,片面、无限度地助长人的当下感官物欲,排挤、压抑人的精神价值与追求,漠视人文科学与人文知识分子在现代化建设中不可替代的作用。它们造成的使人们精神文化世界的某种分裂与失衡,就眼前来说,它只是体现为精英文化的危机与文化精英的心灵困顿与痛苦;如从长远看,则将造成整个社会的物欲横流与道德沦丧,物质世界的膨胀与精神世界的枯萎,这将极其不利于法治社会的建立,最终将破坏市场经济体系的正常运转,推迟现代化的进程"。现在回过头来看,笔者的这些看法倒是恰好对钱中文倡导的"新人文精神"之"新"以及它那种强烈的时代感和鲜明的现实批判性的旁证与说明。

其次,"新人文精神"的另一"新",在于它在继承传统基础上的综合创新。钱中文指出:"新的人文精神的建立,看来必须发扬我国原有的人文精神的优秀传统,在此基础上,适度地汲取西方人文精神中的合理因素,融合成既有利于个人自由进取,又使人际关系获得融洽发展的、两者相辅相成互为依存的新的精神。"

我觉得,这里有几点值得重视。

第一，钱中文强调了人们过去相对忽视的中国传统人文精神的思想资源。笔者前面只谈到西方"人文主义"传统，而未涉及中国人文精神的优秀传统，确实不够全面。钱中文则精辟地将中国几千年传统人文精神归结为"对人际关系的重视"，即"重在个人修身自立，与人际、社会关系的相互协调"（第11页）。这的确抓住了要害。中国古代文献中最早出现"人文"概念的是《易传》，《易传》是在释"贲"卦之义时作出了"天文"与"人文"的区分，并解释道："文明以止，人文也。观乎天文，以察时变，观乎人文，以化成天下。"有易学专家认为："从贲卦的象征意义看，其下卦为离，离为火，火即光明，火的发现与运用，表示人类真正文明的开始，火即'文明'。因此，离具'文明'之义；贲卦上卦为艮，艮为山，山体岿然静止，故艮有'止'义。整个贲卦象征'文明以止'"，进而指出，"这里的'人文'无疑具有包括伦理道德内容在内的'人为''人工'内容"[①]。所以，"观乎人文，以化成天下，似乎也应从人际道德伦理关系的调节而推广、教化到天下的角度来加以理解"。这一点可与《易传》的其他部分互相参证。如其释"观"云："大观在上"，即"观天之神道，而四时不忒"，而"中正以观天下"，"圣人以神道设教而天下服矣"。可见，"观乎人文"乃是"中正"之"观"，是圣人遵循"天（神）"道而设教化，以使"天下服"，"服"即"化"，即"化成天下"。又如释"咸"卦："咸，感也"，"天地感而万物化生，圣人感人心而天下和平"。这又是对"人文""以化成天下"的绝好注释，揭示了"人文"所具有的感化人心、维护社会秩序稳定（"天下和平"）的社会伦理内涵。再如释"离"卦说："离，丽也，日月丽乎天，百谷草木丽乎土，重明以丽乎正，乃化成天下。"这里更明白地指出"人文"之明（文明）的实质，"人文"须以"丽"乎"天""地"（土）为法则，"重明以丽乎正"，即以"中正"之道正大光明地教化百姓，才能"化成天下"。这个人文传统贯穿整个中国数千年的文明史，万万不可忽视。

[①] 王振复：《中国美学的文脉历程》，四川人民出版社2002年版，第252—253页。

钱中文还进一步分析了这个人文传统的一系列重要表现形式："表现为中国历史人文知识分子修身自立的品格,坚持人格尊严,个人对社会的责任感,历久不衰的忧患意识感。'先天下之忧而忧,后天下之乐而乐'(范仲淹),'为天地立心,为生民立命,为往圣继绝学,为万世开太平'(张载)。在近代西方思潮的影响下,我国现代知识分子又提出'赛先生''德先生',甚至,近时又呼唤'莫先生'(道德);提出知识分子的价值是'与天壤而同久,共三光而永光'的'独立之精神,自由之思想'说。自然,这是一种理想与追求。"① 这就把中国传统人文精神的内涵具体化了,从而阐明了建构新人文精神的中华民族传统的基础。

第二,钱中文还将中西人文传统加以比较,指出两者的主要区别在于,中国重个人修养与人际关系的协调,而近代西方以来"人文精神的着眼点则是以个人为本的,如自由、人权、平等、求知求真等。特别是自由与人权,它们关于人的方方面面"。认为西方人文传统至今仍有一定的"理想光辉",但同时指出它在几百年来的实践中却常走极端,以致造成"对他人的侵扰与伤害"。这又从另一方面提供了构建新人文精神的思想资源。

第三,钱中文强调建构当代新人文精神须以弘扬中国人文精神优秀传统为"基础","适度"吸取西方人文精神中的合理因素,而不是等量齐观,各取一半来吸收。这种建构不是将中西人文传统拿来拼凑、混合,而是须加以"融合",融而化之,合成一种新的人文精神,兼具两者的合理成分,却又是与两者全然不同的具有新质的精神。

第四,钱中文把这种新人文精神看成一种兼备中西传统人文精神的优秀质地,同时颇具张力地适合现代社会需要的、具有现代性的精神形态。即把长期被看成截然对立的"个人的进取"与"人际关系融合发展"这两端,改造成为相辅相成、互为依存的新型关系。

钱中文的"新理性精神"文论,正是以上述具有新质和强烈现实批判性的"新人文精神"作为其理论架构的价值中枢与核心内涵。可

---

① 钱中文:《文学理论:走向交往对话的时代》,北京大学出版社1999年版,第10—11页。

以说，新人文精神既是建构"新理性精神"文论的根本目的，又是它的理论核心与价值基石。

二 以"现代性"为主题

关于"现代性"的问题与"后现代性"问题一起构成了20世纪90年代至21世纪初文论界乃至整个人文社会科学界关注的焦点之一。由此问题切入，可以对各人文学科的理论架构与传统格局做深刻的反思和根本性的改造，文艺理论学科亦不例外。

钱中文的"新理性精神"文论，就是以紧紧围绕现代性及相关话题作为理论切入点和展开论述的主题。他明确指出："新理性精神将以'现代性'为指针，以推动现代社会、文化、文学艺术发展的现代意识精神为其理论组成部分。"① 之所以紧扣住"现代性"不放，是出于更新改造文化传统、建设当今新文化的内在需要。他言简意赅地指出："在当今新文化的建设中，需要通过现代性对优秀的文化传统进行定位与选择"，进而加以改造与创新。他认为我们当下面对的有三种文化传统与资源——中国古代文化传统、中国现代文化传统及外国文化传统。根据现代性尺度，"当代文化建设，只能以现代文化传统为基础与出发点"；就是要按现代性要求，"以现代批判精神对现代文化进行批判与改造，确立其行之有效的部分"，然后才能进而借鉴另外两种传统资源，即"吸收中国古代文化与西方文化中的有用成分，使之融会贯通，建立新的文化形态"②。在此，对文化传统的选择、吸收、改造、融化，每个环节都离不开现代性。所以，抓住了现代性，也就抓住了建设当代新文化的关键。钱中文在《文艺理论现代性问题》③ 和《再谈文艺理论现代性问题》④ 两文中集中探讨、论述了现代性及其与文学理论的关系问题。其在理论上的贡献，依笔者看

---

① 参见钱中文《文学理论现代性问题》，《文学评论》1999年第2期。
② 参见金元浦《新理性精神与钱中文文艺理论研究》，军事谊文出版社2002年版，第7页。
③ 《文学评论》1999年第2期。
④ 《文艺研究》1999年第3期。

来，主要有以下几点。

第一，在回顾了欧美现代性理论发展历史的基础上，对现代性的基本内涵做了完整而精当的归纳。

>在我看来，所谓现代性，就是促进社会进入现代发展阶段，使社会不断走向科学、进步的一种理性精神、启蒙精神，就是高度发展的科学精神与人文精神，就是一种现代意识精神，表现为科学、人道、理性、民主、自由、平等、权利、法制的普遍原则。

更重要的是，他并不把"现代性"内涵凝固化，而是以历史发展的眼光首次提出了如下的现代性的历史动态模式。

>从现代性的历史进程来看，现代性是一种被赋予历史具体性的现代意识精神，一种历史性的指向。在各个发展阶段，现代性的内涵有着共同之处，但又很不相同。一些学术思想问题，在彼时彼地的提出，看来有违那时现代性的要求，而不被重视，甚至还要遭到批判；而在此时此地，则不仅与现时现代性的要求相通，而且还可能成为现代性的基本组成部分。

这个动态模式的重要性超过了对现代性下一个确定的定义，使我们对现代性的认识具备了一种开放的、历史的眼光，一种辩证的、变化的思路，一种宽容的、超越的气度。

第二，钱中文也清醒地看到了现代性所包含的内在矛盾及由此在历史实践中产生的种种负面效应。他强调要"把现代性本身看作一个矛盾体，应当看到它的两面性，以避免走向极端"。与一般承认现代性有两面性的观点不同，钱中文还对这种矛盾性的具体历史内涵做了深刻的揭示与论述。他认为，这种内在矛盾主要表现为"在理性精神的不断实现过程中，也造成了种种失衡，使理性精神变为只讲使用的工具理性"。他还指出，这个矛盾具体体现在两个方面。一方面"科技的飞速进步与物质生产的高度发展，显示了人的无限潜能，但又形成了人的物欲的急剧膨胀，造成了物对人的挤压与人的精神的日益贫困，并使人在精神上时时陷入生存的困境之中"；另一方面，"近百年来具有锻铸、弘扬人文精神的社会科学，在提供多种知识，扩大人对社会的认识，加深人对自身了解的同时，在不同的人群、集团手里，又使理性变为反理性，并且走向反动，酿成了种种危机和动乱，给社会与广大群众制造一场又一场的几近毁灭的灾难，从而不仅使自己的权威丧失殆尽，而且也不断加深了人的精神危机"。笔者觉得，他对现代性内在矛盾的这一概括是非常贴切的。他从科技进步、物质发展导致物对人的压抑和人文社会科学进展局部引发非理性、反理性思潮两个方面，深刻揭示了在现代化和现代性发展过程中理性的工具化实质；同时，也准确揭示出工具理性不同于一般理性，乃至成为理性的异化形式的基本内涵，从而透彻地阐明了现代性内在矛盾的性质和含义。

第三，钱中文并未因现代性有两面性而全盘否定现代性，或认为现代性原则已"过时"；相反，他旗帜鲜明地批评了那种在后现代主义旗号下全盘否定和抛弃现代性的时髦主张，指出，"现代性的文化批判仍在探索积极的因素，维护人的存在所需要的普遍价值原则与普遍精神，以便使价值与精神在被破坏中获得重建"，因而它并未过时。他认为，后现代理论中有些新观念有积极意义，"可以将这些积极因素作为现代意识因素，融会到现代性中去，丰富现代性，但难以排挤掉仍在起到支配社会生活的现代性。把现代性从现代生活中驱逐出去，无疑会使现实生活的进展失去指向"，即使进入全球化时代，现代性仍有其积极意义，尤其对于不发达国家来说，更是如此，"至于未来，现代性的内涵可能会有所变化或变得复杂起来，但其原则与精神无疑还会长期存在下去"。这一观点与哈贝马斯关于现代性是"一次未竟的事业"（或译为"一项未完成的设计"）不谋而合，有异曲同工之妙。

第四，联系到文艺理论，不得不涉及现代性与现代主义的亲缘关系。钱中文在肯定现代性与现代主义之间的密切联系的同时，又把许多人混为一谈的"现代性"和"现代主义"两个概念做了严格区分，也对基于现代性的文化批判与后现代主义的文化批判做了严格区分，进而又为现代性的合理方面做了有力辩护。他首先明确指出，"西方学者把20世纪最后几十年的社会精神、学术思潮的现代性，定位于现代主义，把现代主义看成了现代性的最后形式，把现代主义的危机当成现代性的危机"。这就一针见血地揭示出混淆现代性与现代主义，必然导致把已经过时、失去存在理由的现代主义的历史命运硬加在仍有生命力的现代性上。因为，一方面，现代主义固然在很大程度上体现了现代性，但在时间、空间和内容等方面并不完全与现代性等同或重合，现代主义在批判现代性的消极方面与现代性自身对反现代性的批判是一致的，却并不能概括所有非现代主义对反现代性的批判及其所体现的现代性合理方面；另一方面，现代主义作为一个历史阶段已经结束，后现代主义已经出现并渐成气候，但现代性包括其消极方面却还是一个现实的社会存在，继续在世界上起作用。其次，他在肯定后现代主义是对现代性进行着一种文化批判的同时，也强调现代性仍继续着对自身消极方面的反思和批判；并指出，后现代主义的批判往往把现代性加以全盘否定是片面的。他说，"其实，即使在欧美，如果要使社会获得正常发展，那么现代性以及现代性交流的意识、话语权威，即使一部分过时了而其基本原则、精神还是常新的，是人们的生存须臾不能离开的"。

第五，他认为现代性作为一种历史性的具体指向，在其各个发展阶段的内涵并不完全相同，中国作为发展中国家，其现代性诉求与西方发达国家主张的现代性趋向，在内涵上并不完全一致。这就提出了中国现代性有特殊性的重要思想。据此，他批评那种"完全以外国的现代性准则来代替我国的现代性诉求"，"实际上是西化思想"。他指出，"以外国的现代性来替代我国文化、文学的现代性，一旦发现了两者之间的差异，就对我国的文化与文学艺术嗤之以鼻"的做法是"西化式现代性讨论"，"不能不导致现代性阐释的失误"。为此，他力主中国的现代性"应在文化建设中确立自己独立自主的精神与进取精神，也即独立、进取的文化身份"。这就是，一方面要用现代性激活、更新传统，建设当代新文化；另一方面，在建设当代新文化的进程中发展、充实现代性的历史内涵，焕发现代性的生命与活力。

由上可见，钱中文关于现代性的论述，乃是"新理性精神"文论的主题和基本论域。只有把握了这一主题，才能在更高层面上获得的一个现代性视域中，重新审视文艺理论的一系列基本问题，给予新的阐释与论证，文艺理论的创新才能获得扎实的思想依据和理论根基。

三 以交往、对话为理论创新的思维方式

作为一种创新的文艺理论，钱中文的"新理性精神"文论在研究方法与思维方式上也有重大突破，这集中体现在以交往、对话精神为内核的综合研究方法超越二元对立的思维方式上。众所周知，新中国成立以来，中国文艺理论界虽然取得了重要成就，但由于"左"的思想政治路线的干扰，特别是"文革"的巨大灾难，使中国文论长期处于彷徨、迷惘、动摇之中，且受政治功利主义影响过大。这种情况在新时期有了很大的变化。随着文学艺术的逐渐繁荣，文艺理论也获得了长足的发展。但由于文艺理论界长期以来受到苏联学术界的重大影响，更受到毛泽东"一分为二""斗争哲学"的深远影响，在思维方式上其实并未完全摆脱二元对立论的阴影，远未真正达到马克思主义辩证思维的高度。事实上，我们对辩证思维的理解往往并非真是"辩证"的，而是二元对立的；在文艺学的实际研究中，更是常常自觉不自觉地陷入非此即彼、二元对立的怪圈不能自拔。这可能是阻碍我国当代文论健康发展并取得根本性突破的主要症结之一。所以，如何自觉地在研究方法尤其是思维方式上加以改革与更新，便成为21世纪中国文论建设的一个重要课题。

在这一点上，钱中文等一批学者从20世纪80年代起就做出了巨大努力，并取得了引人瞩目的成就。特别是他的"新理性精神"文论，已率先在超越二元对立思维方式上取得了全方位的突破，为中国文论界做出了榜样。

钱中文在回顾中国百年文论时对二元对立的思维方式做了深刻的

剖析，指出："在近百年里，我们大部分时间处在斗争和一味斗争中间，我们的思维养成了非此即彼的定型的方式，哲学上只分唯心唯物，抑此扬彼，绝对的二元对立；政治上是分等划类，你死我活，好就是绝对的好，坏就是绝对的坏；批判不是为了吸收与扬弃，而是为了否定与打倒。这种方法不仅渗入人们的思想，而且也深入各种理论思维。"他大声疾呼："应该是建立健康思维方式的时候了。"何为"健康的思维方式"？钱中文认为，这"应是一种排斥绝对对立、否定，绝对斗争的非此即彼的思维，更应是一种走向宽容、对话、综合、创造的同时又包含了必要的非此即彼、具有价值判断的亦此亦彼的思维，这是一种交往、对话的思维方式"（第123页）。笔者觉得，钱中文"新理性精神"文论，其实使用的就是这种交往对话的思维方式。

对这种交往、对话的思维方式，钱中文从多方面做了深刻的论述。

第一，这种思维方式体现了现代性的价值尺度与精神诉求。一般来说，思维方式本身并不依附于某种价值需求。但是，任何思维方式确实是在一定的社会、价值环境中孕育形成、发展起来的，因此，常常与特定的价值观念相关联。比如说，独断论的思维方式往往与专制主义观念相联系，而现代性所主张的民主、自由、平等的观念则与独断论、独白式思维方式不相容。所以，交往、对话的思维方式与现代性价值要求有着内在的必然联系。正如钱中文所说："文学理论的现代性要求排除对一种思维、观念的终极真理性、绝对权威性。绝对权威，终极真理，说一不二，不准思索的思维方式，已经不合时宜，表现为逆现代潮流而动。人的思维、意识是多样的，它们各有价值……真理的长河，是由千条万条细流汇合而成的，它们的相互关系应是一种相互包容、相辅相成的对话关系，表现为多声合唱。"（第77页）

第二，这种思维方式决定于人的实际存在方式，它有本体论的根据。钱中文将这一思维方式提到人的存在方式的高度做了本体论的论证。他引述巴赫金有关"我离不开他人，离开他人我不能成其为我""我的名字是我从别人那里获得的，它是为他人才存在的"论点，指出，"事实上，我需要他人才能存在，他人存在也要以我为依托""人实际存在于我和他人两种形式之中，存在意味着为他人而存在，通过他人而确证自己的存在。意识作为他人的和我的意识，相互联系又是各自独立……意识实际上是多数的，它们相互交织，各自独立，又具充分权利，自有价值，相互平等，在交往与对话中互为存在……实际上生活本身就是对话的你无法离开他人而存在"（第77—78页）。这是极其深刻的，为交往、对话的思维方式建立了哲学本体论（存在论）的坚实基础。

第三，这种思维方式体现了与自然科学方法不同的人文科学性质。钱中文指出"自然科学的思维，是单一主体的思维，它的对象就是客体，而非另一个客体的主体，意识的工作主要在于解释客体，其方式偏重于独语，而达于认识。人文思维则具有'双主体性'，它探讨的文本是主体的一种表述，它进入交流面向另一个主体，另一个主体也面向作为主体的它，进入对话的语境，它需要的是'理解'"；"人文科学重在理解，理解是人与人的对话，主体与主体的交流，意识与意识的交锋，'我'与'你'的相互讨论与了解。在对话与交锋中，两个主体互揭短长，去芜存精，共同发现，揭示与充实真理因素"（第78—79页）。这就为交往、对话思维确定了适用范围——主要在人文科学的"理解"之中。

第四，这种思维方式的基本特点就是超越非此即彼、二元对立的思维模式，成为一种"包含了必要的非此即彼、具有价值判断的亦此亦彼的思维"。交往、对话的思维方式用"亦此亦彼"的辩证思维来消解、取代"非此即彼"的二元对立的思维方式，自然是抓住了要害。但钱中文的创新之处不限于此，而是在"亦此亦彼"前面又加了上述定语。有无这个定语大不一样。因为"亦此亦彼"的思维固然可以超越"非此即彼"，但若处理不当，亦容易导致取消价值判断的、无是无非的相对主义。这就"把亦此亦彼的思维方式绝对化"了。而如把"亦此亦彼"绝对化，实际上也就把"亦此亦彼"与"非此即彼"，绝对对立起来，而这种绝对对立的方法，实际上仍然回到了二元对立的老路上去了。因此，钱中文主张在"亦此亦彼"前面加定语。定语一是"包含了必要的非此即彼",即对"非此即彼"否定的同时,又有所吸收,批判之中有所包容(含),这才是辩证的扬弃和真正的超越;定语二是"具有价值判断的"思维不只是一种形式,必定同时还包含某种内容,即包含一定的价值倾向与判断,否则"亦此亦彼"的思维方式就会成为无是非、无正误,不包含任何内在矛盾、交锋和真正交往、对话的一种思维空壳,它的生命力也就终止了。所以,钱中文为"亦此亦彼"的思维加上两个定语,就使之获得了新质和强大的生命力。

第五,这种思维方式就其实质而言,我以为是一种综合、创新的思维方式。从第四点可知,在思维中所谓交往、对话就是让对立或不同的各个方面通过"对话即发问、诘难、应答与比较"及交流、沟通、理解(包含交锋、冲突、解释、渗透、吸收,等等),最后有所超越和升华,达到一种综合、创新的境界。钱中文提出"当今是综合创新的时代","综合可能是一条创新之路"。在笔者看来,交往、对话的思维方式,实质就是理论上的综合、创新之途,只有通过交往、对话,才能将多种声音在"亦是亦非"的交流、沟通中达到一种更高形态的"综合",实现理论创新。在此意义上,笔者想把交往、对话思维概括为综合、创新的思维。新时期以来,钱中文在文学理论的研究与探索中,自觉地建立、运用和发展并完善了交往、对话的综合思维方式,在一系列重大理论问题上取得了突破与进展。

其一,从20世纪80年代起,他在国内创立并逐步完善了"文学是审美意识形态"的理论,对长期影响国内文论界的"反映论"和主观表现论进行了双重超越,对单纯从认识论角度或单纯的心理学角度评论文艺创作、欣赏的思路也实现了双重超越。这一理论将其核心概念"审美反映"看成"有其自身结构""是由心灵层面、感性层面、语言结构层面、实践功能层面组成的统一体",从而作出了全新的阐释。他自己坦诚地说:"我所阐述的审美反映,实际上已经吸收了好些学派的合理因素,把创作活动视为综合了多种因素的审美实践活动。"由此可见,"审美意识形态"理论大大超越了二元对立的狭窄眼光,体现了交往、对话、综合、创新的现代性大视野。唯其如此，它在中国文化界产生了广泛的影响，得到了较为普遍的认同。

其二，进入20世纪90年代后，他提出的"新理性精神"文论，针对文艺界非理性主义、反理性主义的抬头，强调在文艺创作中把人的心理、认识中的非理性因素与理性因素有机地结合、统一起来。他既承认并充分重视非理性因素在历史、精神和文艺创造中的特殊作用，又反对把非理性绝对化而走向反理性主义；他既肯定理性对人类发展的积极作用，也反对把理性绝对化、异化，最终走向反面而堕为另一种形态的反理性主义。因此，他主张将理性因素与非理性因素统为一体，以便从整体上阐释世界与人生指导文艺创作。

其三，他主张在文艺创作中，使"最基础的与更高形态的人文精神"有机结合起来，"相辅相成"，"以在一定程度上调整现实生活的失衡"。人文精神最基础的部分是"人之为人的羞耻感，同情与怜悯，血性与良知，诚实与公正"等，更高的形态则是信仰与理想，等等。提出这一点也是为了对抗当前文艺中的"精神堕落与平庸"现象。这又是一种综合。

其四，他主张文学创作应从单纯语言形式的追求方面跳出来，与更为宽厚、深刻的人文内涵因素有机地结合统一起来。这是针对20世纪80年代以来日益滋长的把文学"自律"与"他律"绝对对立起来，片面抬高"自律"而贬抑"他律"的语言形式主义思潮而言的。他在"审美意识形态"理论的基础上进一步深化，在更高的层面上重新阐述文学本体的审美内涵和语言形式的关系，令人信服地超越了审美/意义、价值，形式/内容，语言/思想等传统的二元对立。具体来说，就是他"将站在审美的、历史社会的观点上，着重借助与运用语言科学，融合其他理论和方法，重新探讨审美的内涵。阐释文艺的意义、价值"；他"极端重视审美，但不是所谓'纯粹的审美'"，即缺乏意义、价值的"语言游戏"，而是要突破纯语言游戏的"牢笼"，使文学的审美与意义、价值的交互融合得到完整的阐释。

其五，他对传统的保存与革新也采取了融通、综合而非二元对立的态度。他总结了西方当代思想中过分强调与传统决裂的倾向所造成的危机，指出"西方的精神危机，相当程度上是与对传统持虚无态度有关的",认为"对传统采取全面颠覆的态度,一脚把它踢开,那实在是一种反理性主义"。他认为"文化传统是人类几千年间积累起来的精神成果",它不纯粹属于过去,"它是通向未来、构成未来的过去",所以,他主张对传统"完全可以给予改造,使之参与新理论的建设"①。

其六,他主张在各民族、国家之间的文化交流中也应"贯彻对话精神"。这里主要指不同民族异质文化之间的沟通与交流。的确,异质文化间的异质成分存在决然对立的东西,会形成文化冲突,但钱中文则主张,它们通过对话"求同存异"互相取长补短;主张各民族文化艺术既保持独创性,又互相吸收,由综合而至融合,"在综合与融合中获得新质",形成新的文化艺术和理论形态。

除了上述六个方面外,钱中文还在文学本体论、文学发展论、文学史研究等许多方面都贯彻应用了交往、对话的思维方式,取得了重要的成果,限于篇幅,笔者在此从略。

以上只是笔者对钱中文的"新理性精神"文论内在结构的三个主要方面所作的初步分析。笔者以为,这三个方面相互交织渗透,组成一个开放的理论系统。至于其极为丰富的精神内涵及当代意义,本文还远未谈透,还有待于文论界同人的进一步研究与阐发。

(原载《河北学刊》2003 年第 3 期)

---

① 钱中文:《文学理论:走向交往对话的时代》,北京大学出版社 1999 年版,第 357 页。

新理性：回应时代的挑战

中国社会科学院　汤学智

关于新理性的界定

人类是智慧的动物，对于理性的追求和探讨是他的天然本性。这样，在其发展历史上就会不断地有新理性被发现；由此，不同时期的新理性也就具有不同的内涵。本文所谓新理性，在否定和扬弃方向上，针对的是在此之前的传统理性和活跃于 20 世纪的非理性、反理性；在肯定方向上，是指当今学者面向时代现实应对人类危机积极的创造性的的理论思考与建构。与一般的学术创新不同，它把思考的目标集中于人（个人、民族、人类）的终极关怀，探寻着人类健康发展的方向，体现着学术与思想、理论与实践的统一。

一个世界性的话题

从反思的角度看，刚刚过去的 20 世纪，是一个向人类发出警告的世纪。这个警告是，盲目的发展主义（将科技、经济的发展视为唯一的至高无上的目的）是人类的公害！这样的发展主义有如发疯的怪物，在大地之上，人类之间，狂奔不息，恣意横行。所到之处，林毁山破，自然遭受侵害；唯财唯利，道德严重滑坡；信仰崩溃，精神陷入危机。它的肆虐，使世界剧烈动荡，灵魂备受煎熬，留给人们太多太重的问题与思考，以至达到难以承受的程度。可以这样说，无论在东方还是西方，人类都是带着深深的危机和不安走进 21 世纪的。

危机包括两个方面。一个是生存危机，一个是精神危机。所谓生存危机，主要不是指许多国家还有成千上万的人在饥饿线上挣扎这样的群落性生存危机，也不是指某些发展中国家在发达国家资本全球化冲击下产生的民族性生存危机，而是指面对生态环境的结构性破坏和巨能杀人武器的严重威胁，以及某些高新科技（如"克隆"技术、智能机器、电子炸弹等）无节制发展可能引起的难以预测的社会混乱，全人类所日益急迫地感受到的将要失去共同家园（绿色地球、社会稳定）的整体性生存危机。所谓精神危机，是指在百年无法遏制的现实演变中，人类普遍感到信仰的无力和自己的无能——以自由、平等、博爱为标榜的资本主义国家，为了掠夺和瓜分殖民地竟可冒天下之大不韪，悍然发动两次世界大战；社会主义阵营发生的内讧、破裂和蜕变，当前一些社会主义国家的改革虽然取得了明显的成效，但前进的道路依然艰难；穷则思变的第三世界国家，未走出内乱、动荡、落后的境地——以及由此引发的灵魂深处的迷茫、痛苦，以致对理想、道德、形而上追求的失望乃至放弃。两者共同的根源是对现代科技主义的盲目崇拜，结果科学技术被神化，获得无限度的发展。而任何新科技的存在，都是以新能量的聚集为前提的，科技越发展，技术含量越高，其所聚能量也就越大；这种能量的聚集又以释放为目的，无限制的聚集，必然要求无限制的释放。这样，科技就不再仅仅是人类手中的一个简单的工具，而且成为具有独立意志的"生命体"（人机共同体），如果不加限制，它必将反过来对人施加影响，进行控制（现在已经见到端倪）。高科技推动着经济的高速发展，经济的高速发展在创造着日益丰富的物质产品的同时，可能会带来两项严峻后果，这就是自然生态平衡的破坏和人性及社会和谐的破坏——最终动摇着人类赖以支撑的精神大厦。

就世界范围来看，西方发达国家对这种危机的感受相对要早一些。他们最先发现的是精神的危机。在第一次世界大战结束不久，经济发展引来人类大规模互相残杀以及日益严重的人的"异化"的现实，使思想界的先知敏锐地觉察到，自文艺复兴和启蒙主义运动以来一直为人们所信仰的启蒙理性，即关于自由、平等、博爱的社会理想，已经破产。尼采首先喊出"上帝死了"！追求社会和人性完美的理想破灭之后，人们便躲进内心的自我，体验精神的孤独与痛苦。大量现代主义作品就是这种社会现实和精神心理的文学表现。进一步，当发现人的异化和心灵危机难以治愈的时候，人们便由失望转向绝望，不再希冀什么终极关怀，而把关注的重心倾注到当下现实上，躲避崇高，疏远意义，追求即时享乐、平面生活。倚重于这样的社会心理，后现代艺术应运而生。至此，不仅"上帝死了"，而且"人死了"（弗洛姆），作者也"死了"（罗兰·巴特）！然而，尽管如此，科技（经济）的发展却并没有因之而作出合理的调整，相反，它正以"越来越快"的加速度态势不断向前突进。它的巨大能量，逼使它向世界、地球乃至宇宙的深处扩张。结果不能不加剧人类与地球、宇宙的紧张，并且招致地球、宇宙的报复，造成人类自身的生存危机。这一点，在20世纪后半期，开始受到人们日益严重的关切。

当今世界，一面是经济（科技）的巨大发展（全球化，并且伸向宇宙），一面是人类危机（精神危机、生存危机）的日益严峻。发展与危机同步增长，这实在是一个可怕的悖论存在。对此，西方有责任感的思想家，无不极度焦虑与关注，殚精竭虑进行创造性的理论思考，以期挽救人类于危难。他们从不同的角度对20世纪的盲目发展主义及其消极后果展开反思和批判。就主要倾向而言，大体有两个方向。其一，非理性主义；其二，新理性主义。由于问题是从对传统理性的失望开始的，所以，最先出现的是非理性主义思潮。这个思潮作为对于历史和现实理性反思的一种结果，其实它并不是截然非理性的，严格地讲，甚至可以说是理性的一种特殊形态。非理性主义理论家，是在看穿理性名义掩盖下惊心的欺骗事实，从而对"真实的知识感到绝望"之后，从另一方向（层面）对社会人生的洞穿。如加缪所说，他们"都奋力切断理性的康庄大道，重新发现真理的正确道路"[①]。于是有了尼采、叔本华的"意志论"，狄尔泰、柏格森的生命哲学与直觉主义，以胡塞尔为代表的现象学，弗洛伊德的精神分析

[①]《文艺理论译丛》第3辑，中国文联出版公司1985年版，第327页。

学,加缪的"荒诞"哲学以及存在主义,等等。非理性主义在西方世界持续影响了 20 世纪的大半个世纪。这些理论虽然对人的主观内在(精神心理)方面有了开拓性的探讨,但往往表现出对现实的无奈和消极心理。加缪觉得,世界本身是"不可理喻"的,"只有一个真正严肃的哲学问题,那就是自杀",因为"活着没有任何深刻的理由"。[①] 海德格尔认为,世界历史正朝着"绝对技术国家"方向发展,而技术在本质上是人靠自身控制不了的东西。他感叹道:"只还有一个上帝能救渡我们。"(答《明镜》报记者问)由此看来,非理性主义无法引领人们摆脱精神的痛苦。但是人类还要生存下去,他们越来越迫切地渴望理性光照。这样,理性主义就成为一种普遍而紧迫的精神期待;当然,它不会再是原封照搬的传统理性,而是面对现实注入新质的新理性。

西方思想界早期呼唤新理性富有影响的人物是德国哲学家伽达默尔。他在 20 世纪中期完成了重新肯定理性的巨著《真理与方法》之后,1968 年,在第 14 届国际哲学大会上发表《论理性的力量》,认为 20 世纪"正经历着第三次启蒙",直接发出对新理性的呼唤。1982 年,他又在维也纳举行的国际宽容对话会上指出,新启蒙"是在一种强大的尺度变化了意义上发生作用的",它将"挟带我们涌向一种合理结构的社会世界组织"[②]。他立足脚下的现实,以新的理性目光审视历史和传统,力图对一系列社会政治问题给出寻根溯源的探究,提出"实践哲学",成为现代解释学的主要代表。20 世纪后期,随着人类危机感的日益加深,寻求应对危机的理性探讨受到更多思想理论家的重视。这种探讨包括对现代性的反思与批判和对新理性的建构两个方向。在反思方向上,有的指出,由于经济科技的畸形发展,20 世纪是一个"极端的年代",它在"问题重重中落幕",未来的世纪,倘若"不大加改变,将会是一片黑暗"[③];有的指出全球化将对民主和繁荣

---

① [法]阿尔贝·加缪:《西绪福斯神话》,译林出版社 2013 年版,第 4 页。
② 参见《1782—1982 年的宽容思想》。
③ [英]霍布斯鲍姆:《极端的年代》(下),江苏人民出版社 1998 年版,第 828、863 页。

形成冲击,是一个"陷阱"①;有的指出,"一个世界"是"全球资本主义的躁狂逻辑"②;有的发出"增长的极限的"警报,呼唤"零增长"③;有的认为,工业资本主义最深层的危机是文化的危机,而其核心则是"精神危机",因之"现代世界"应当"终结"④。在新理性建构方向上,也有多种探讨。马斯洛从心理学进入,他的"第三思潮"理论,把人性的形成与完善,同社会环境结合考察,提出"美好心灵社会"的理想模式,试图为人类提供"普遍世界观的一个方面,一种新的人生哲学,一种新的人的概念,一个新的工作世纪的开端"。同时,他还期盼着能够建构"更高级的"第四种心理学,"即超越个人的、超越人的、以宇宙为中心的,而不是以人的需要和兴趣为中心,超出人性、同一性、自我实现的那种心理学"⑤,以更好地造福人类。二战以来美国最重要的马克思主义理论家弗里德里克·詹姆逊在对资本主义特别是后期资本主义深入研究的基础上,提出了资本主义发展三阶段的新见,创立了"后现代主义"及"第三世界文化"的理论概念,为认识当今世界社会与文化的现实提供了重要的理论参照。作为新马克思主义理论家的哈贝马斯,从社会政治角度,由胡塞尔"主体间性"出发,吸收新进化论、结构主义及皮亚杰发生学的相关成果,形成独特的"进化的社会交往理论",意在"重建历史唯物主义",推动社会问题的解决。美国著名历史学家阿里夫·德里克号召"要创建一种新的全球文化,这种文化必须既不是西方的,也不是过去的……只有创造一种既普遍又特殊的新文化,才能克服文化主义霸权。这样一种文化必须从现在的社会的成分中锻冶出来,因为任何其他选择都不免把异化重新引入文化进程中"。他的反思,不仅针对发达的资本主义世界,也包括社会主义国家,指出"超越或重新思考过

---

① [德]汉斯-彼得·马丁:《全球化陷阱》,中央编译出版社1998年版。
② 参见威廉·格来德《一个世界,乐意与否:全球资本主义的躁狂逻辑》。
③ 参见[美]梅多斯等《增长的极限》,商务印书馆1984年版。
④ [美]乔·霍兰德:《后现代精神和社会观》,参见大卫·雷·格里芬编《后现代精神》,王成兵译,中央编译出版社1998年版,第61、63页。
⑤ 参见[美]马斯洛《存在心理学探索》,云南人民出版社1987年版。

去的社会主义也是重要的，因为在其与资本主义所共同具有发展主义这一前提下，它们已不足以正视当今世界的各种问题，因为在这个世界上，发展已越来越成为一个根本的问题，而并未表明是一种解决方法"[1]。美国大卫·雷·格里芬等后现代主义理论家也突出了后现代主义的建设性品格，强调"创造性"是人性的"基本方面"，由"本体论的平等"观而鼓励思维的多元性，进而倡导对世界的关爱，强调人与人及他物之间内在的"构成性"关系，人与自然之间的"有机论"，推崇"生态主义"和"绿色运动"。格里芬认为，只有摒弃了现代世界观，才有可能克服目前的各种建立在这种世界观之上的、用于指导个人和社区生活的灾难性方法。他并且对"和平和后现代范式"进行了系统的理论阐述。[2] 1996年，E·拉兹洛发起成立了布达佩斯俱乐部，专门致力于寻求解决全球问题的济世良方。在2000年发表的第一份报告《第三个1000年：挑战与前景》中，他们不仅进一步分析了全球危机的表现和原因，而且从不同的层面（个人、企业、政府、社会等）提出新的"诫命"，主张人类必须从"根"上进行"意识革命"。针对新的危机现实进行建设性理论探索的理论家还有不少，有的针对"增长极限"的危机，提出"可持续发展"的理论（该理论在1992年召开的"世界环境与发展"百国政府首脑大会上正式提出）；有的将对人类未来发展的前景预测与热力学第二定律结合起来，提出人类应树立从非再生能源向再生能源转变的"新的世界观"[3]，等等。这些探讨虽然各自提出的角度、方向、价值不同，也都有自己的缺陷与不足，但无可否认，都是面对现实的积极严肃的理性思考，是20世纪人类留下的宝贵精神财富。

中国学者的探讨

中国学者对新理性的探讨，可以说是与改革开放的历史新时期同

---

[1] [美] 阿里夫·德里克：《后革命氛围》，中国社会科学出版社1999年版，第221页。
[2] [美] 大卫·雷·格里芬：《后现代精神》，王成兵译，中央编译出版社1998年版。
[3] 参见 [美] 杰·里夫金《熵：一种新的世界观》，上海译文出版社1987年版。

时起步的。20年来，大体经历了酝酿期（20世纪80年代前期）、问题凸现前期（80年代中后期）、深入探讨期（90年代以来）三个阶段。在酝酿期，由于前所未有的思想解放运动和改革开放的发动，从思想和现实两个方面为理论的新变革准备了前提条件。到20世纪80年代中后期，改革开放的新现实（新经济力量的生成，以及由此引起的新的社会矛盾，社会风气的变化，思想及价值观念的裂变等）引发了广泛的信仰危机和精神困惑，包括知识分子本身。在这种情况下，对于新理性的探讨便急迫地提上了研究的日程。那一时期，西方各种新的理论思潮的引进与实验，新的思维模式、研究方法的倡导，新的理论方向的开拓，在积极的意义上，都同这个目标息息相关。遗憾的是，这种探讨后来被中断了。进入90年代，这一研究的主力出现了分流，有的改变方向，有的出国谋生，但探究并未停止。在经历了一段沉寂之后，随着邓小平"南巡讲话"的发表和"社会主义市场经济"体制的确立，开始进入更为深广的层面。这些探讨涉及哲学、政治、经济及其他诸多文化领域，取得了相当有价值的理论成果，如哲学上对实践哲学、社会哲学、生存哲学、文化哲学、人学等的探讨，政治学上对有中国特色社会主义理论、法制、人权及党建理论的探讨，经济学上对市场经济及可持续发展理论的探讨，其他文化领域对新意识形态、文化学、生态学理论的探讨，等等。这里仅就文学理论领域的情况简评如后。

就个人阅读所见，在文学理论研究中，对新理性的探讨主要有以下四种思路。

整体建构思路——以钱中文为代表。这一思路意在对"新理性精神"给出总体性阐释。论者认为，倡导新理性精神，是今日"重建文学艺术的价值与精神，守护与充实人的精神家园"的需要，因而也是时代的需要。这种新理性有三项基本内涵，即现代性、人文精神、对话精神。我以为，这三项不仅抓住了问题的要害，而且本身构成一个富有内在生机的完整系统，即现代性体现着人类与时俱进的精神指向，人文精神凝聚了现实需求的思想精要，对话精神则显示出先进的思维特征。三者既有历史维度，又有现实维度，也有方法（思维）维度，以现实为中心，多向互动，相激相荡，形成独具的生机活力。论者对"现代性"有自己的界说，他没有从时间上加以限定，而是将之视为"促进社会进入现代发展阶段，使社会不断走向科学、进步的一种理性精神、启蒙精神"，也"就是高度发展的科学精神与人文精神，就是一种现代意识精神，表现为科学、人道、理性、民主、自由、平等、权利、法制的普遍原则"。这样，现代性就显示为一种开放的"未竟"的理想进程，它与人类的积极本质相联系，引导和规约着理性探讨的前进方向，并使之具有广泛的普适性。人文精神是他从现实的精神危机中提炼出的新理性建设的思想重心与主题，要寻找和回答的是当今人类的精神家园何在，以及如何重建精神家园的问题。对话精神则是对一种新的思维方式的集中与概括，其完整表述是"确立一种走向宽容、对话、综合、创新，同时包含了必要的非此即彼的、具有一定价值判断的亦此亦彼的思维"。这是作者对国际国内学术发展的历史经验与教训进行认真汲取和痛苦反思的结晶。它为在新理性探讨中防止重蹈历史的覆辙，提供了有效的方法论保证。这样的思路无疑蕴含了广阔的理论空间，"大有深入的余地"。作者缘此思路对新理性精神，以及中国文学理论的现代性问题进行了宏观富有见地的探讨与论述，有关文章结集为《新理性精神文学论》（华中师范大学出版社 2000 年版）。这个题目，既集中了他以往的思考，也寄托着未来的追求。目前，他正被这一课题深深吸引，只是感到"有点光阴紧迫"。我们期盼着他的新成果。

新意识形态思路——以许明为代表。还在 20 世纪 80 年代中期，在那个精神裂变、理论失语、道德失范初起的年代，他已于极度的精神痛苦中深深意识到进行新的理论创建的历史责任。发表于 1988 年的《一个失重的理论家与多元论者的对话》即是证明。同年发表的《轻拂那新理性的风》，明确地提出思考的中心："马克思主义的当代问题"；从此走上探寻"新理性"的不归路。他对"新理性"的界定是，"它是一种在新的高度，对中国传统、西方文化与马克思主义文化的综合，是对当代中国的现实的生活进程的一种深层开掘"；"是以发展的开放的马克思主义为核心的价值观、方法论、社会观所构成的新的意识形态建构，是我们所迫切需要的生存需要和精神发展的支柱"①。他认为，倘若这个理论"支柱"不解决，人们便无法走出精神危机。为了有效地建构新理性，十余年来，他从多方面进行了理论准备。一是重读马克思，有《马克思主义美学思想的起源与成熟》（1999）出版；二是探源传统文化，有 11 卷本《中国审美风尚史》（主编，2001）问世；三是关注社会现实，有《中国问题报告丛书》（主编，1997—1998）发行。与此同时，发表众多富有针对性的论文，结集为《轻拂那新理性的风》②、《人文理性的展望》③ 和《新意识形态批评》④ 三本文集。在《回应当下性》一文中，他从市场经济、社会转型和全球化的时代现实出发，对发展马克思主义文论（即新意识形态批评）提出八项基本内容。在建立新的文化理想时，要充分重视马克思主义文论的历史继承性和前瞻性；突出批判锋芒，在此基础上，要更加重视对人类基本价值的认同和对"真、善、美"的追求；要凸现一种精神力量和按照社会主义原则对人的最高的尊重；理论外延应该包含人与自然、人与环境的内容；要关注正在形成的市民社会和公共空间；继续展开对封建文化的清理和批判，这是一项独特而重大的历史性责任；要从民族生生不息的文化命脉中汲取有益成果；要将批评的对象扩大至任何作品，在繁复的文学现象中寻求历史真实并引导人类理性的健全发展。可以说，他的有关论文都是从不同方向对这些问题的尝试性探讨与回答。他明白问题的艰难，甚至难以承受，但又深感这是一项无法抗拒的神圣责任，是一种"难以承受的可为"。于是，在 21 世纪之初，他大声向世人宣布："破除一切迷信，走自己的路！"⑤

文学文化学思路——以童庆炳、畅广元为代表。这一思路是对西方学界"文化学转向"的新经验积极吸收、改造的结果。与西方学者

---

① 许明：《新理性：当代中国的文化选择》，《作家报》1995 年第 107 期。
② 河南人民出版社 1993 年版。
③ 河南人民出版社 1995 年版。
④ 北京师范大学出版社 2001 年版。
⑤ 许明：《反抗宿命》，《文化报》2001 年 6 月 1 日。

依托新的历史观着重于对历史文本进行文化阐释不同,它是面对中国当前文化建设需要的。正如童庆炳所强调的,它植根于中国的"现实土壤","现实性品格是它的生命力所在"。童庆炳将自己的思考定名为"文化诗学",主要文章有两篇,即《文化诗学是可能的》[1] 和《植跟于现实土壤的"文化诗学"》[2]。他认为,人与符号与文化是三位一体的。文学艺术是人类的深层文化,它与人生的意义和精神追求尤其是审美理想的追求密切相关。从文化角度看,文学应该揭示人的生存境遇和状况,叩问人的生存的意义,沟通人与人之间的思想和感情,沟通人与自然之间的联系,憧憬人类的未来,也就是要体现出社会批判精神和人文关怀。而强调这一点,将文学的审美内涵与文化内涵结合起来,不仅有益于推进今日中国文学的健康发展,而且可以建构一种既能揭示中国文学艺术经验的特殊性,又能与世界对话的"文化诗学"范式。相信对这一理论会有更为深入的阐释和运用。畅广元主编的《文学文化学》[3],虽是作为教材编写的,但体现着对于文学本质的新的理性思考。他把文学置于文化结构的整体网络中考察,认为,文化的核心是精神,它凝集着一种特定的价值意向,而文学的根基和内容就牢固地植根于文化的精神领域之中。从文化学的观念看文学,首先应强调的正是这种特殊的人文立场与态度。同时,文学文化学还特别崇尚一种开放性与实践性的品格。前者要求文学理论关注文学世界中富于生成性的文化精神与价值,解析其中所蕴含的丰富的文化信息含量,寻找和发现有利于当代人生存的文化智慧和文明因子;后者突出文学理论应该面向人类的生活与生存实践以及文明进程,并与之携手并进。进而,由此提出文学的文化建设功能,指出"建立适应人发展需要的社会文化秩序是文学活动的根本价值"。文化学思路,从人的文化本性和精神提升立论,为文艺学开辟了新的发展空间。

文艺生态学思路——以曾永成、鲁枢元为代表。面对人文和社会

---

[1] 《江海学刊》1999 年第 5 期。
[2] 《文学评论》2001 年第 6 期。
[3] 辽宁人民出版社 2000 年版。

的危机,曾永成历时六载,完成了他的"文艺生态学引论"之作——《文艺的绿色之思》(2000)。该书从马克思"自然向人生成"的理论出发,把人视为宇宙和世界的"生态生成物",形成"人本生态观";这种生态观"把人类生活的整个物质的和精神的、第一自然和第二自然的环境,视为一个网络状的生态场,其广袤度趋向整个宇宙"。以此为指导,由文艺与人类及世界的生态关联入手,探讨文艺生态学的理论建构,试图从人性的更深层次寻求人本主义美学与科学主义美学统一整合之路。著者认为,文艺及其活动是人类肯定和表征自我本质的一种特殊的生命活动,是人类必须的一种自我生态调节,据此确立起文艺"生态本性"的核心概念。由这一本性出发,推出文艺生态场、文艺主体生态系统、文艺本体生态系统、文艺功能生态系统,以及"生态气象美""生态秩序美""生态功能美"等独特的范畴和概念系统。为了突出现实感,还就文艺与自然生态的关系、社会主义市场经济与文艺等问题进行了专题论述,强调在文学创作和研究中深入开掘自然生态的精神信息和审美资源,对于人类具有生态文明特征的生命精神,优化人类的生活方式,促进人类的人性生成,具有重要意义;强调社会主义市场经济条件下文艺的生态优化必须加强其批判功能,彰显人性的生成目标,促成生命享受和人性生成的和谐统一。鲁枢元也提出"文艺生态学"的设想。他认为,人类在科学主义下走向歧途之后,面临着"回归"的新选择。现在需要高扬真正的艺术精神,凭着这种精神,艺术在救治自身的同时将救治世界,在完善世界的同时将完善自身——那将是一个"人类生态学的时代"。其具体思路是"精神—生态—文学和艺术"。他强调,大自然是一个有机统一的整体,其中存在着"统一的宇宙精神",这是宇宙间一种"形而上的真实存在";包括人类在内的自然万物演进运行都必须服从于它,这样才能保持和谐有序的生态环境。拿这个观点看人类社会,人类虽然是地球生物圈内进化阶梯上提升得最高的生物,但他在精神和行为上偏离了"统一的宇宙精神",因而造成了巨大的生态灾难;这种灾难的解救,要求人类对自己的价值观念、生活方式、文明取向做出根本性的调整,这等于一场世界观的革命。由此进入艺术。他指出,诗与艺术是扎根于自然的土壤之内、开花于精神天空之中的植物,真正的艺术精神等于生态精神;生态文艺批评是一种理想主义的文艺批评,它更看重文学艺术的丰富内涵,因而志在"重建宏大叙事,再造深度模式"。为了实现人类"诗意的生存",必须提倡"忧患中不丧失信念,悲凉中不放弃抗争,绝路上不放弃寻觅"的奋斗精神。[①] 生态学思路,将人的本性从"文化"引向"生态",赋予文艺学以新的理论生机。

  上述探讨共同的特征有以下几点。第一,强烈的问题意识和现实感。它们都直接面对今日中国社会文化(文学)及精神心理的现实困境,由这里提出问题,从对人的终极关怀出发,展开积极的理论探索,寻求新理性的建设,显示着鲜明的时代与民族的特征。第二,突出的创新意识。由于问题是中国的,而且是前所未有的,所以在思想资料上虽有不同程度的国外资源(如西方马克思主义理论家、后现代主义理论家的有关论述)可资借鉴,但都无法直接搬用,这就决定了需要如许明所说:"破除一切迷信,走自己的路!"论者必须独立地面对问题,进行创造性研究,以寻求尽可能科学的解答。第三,积极的批判精神。新理性是立足现实面向未来的,它要从现实中发现和提升接通未来的事物(思想),并从中凝聚和提炼出富有生命力的新理论,同时以这种理论反观现实,对那些消极有害的事物(思想)展开有效的批判,在合理的解构中,重新树立起审美的、道德的、理想的,也即人文理性的旗帜。第四,开放的理论视野和思维方式。它们一面坚定地立足于中国和民族的现实,一面广涉世界和人类的需求,又将人类置于自然整体的大网络之中,在"人—民族—人类—自然"生克相济、多元互补的动态系统中,思考人类社会、文化的健康发展之路。这种新追求、新视界、新思维,使其理论指向,既富中国特性,又与人类相通,兼具着世界的意义。当然,这些探讨尚处在起步阶段,大多还只是一种理论构想和初步的论述,要达到成熟的理论形态,还有

[①] 参见鲁枢元《走进生态学领域的文学艺术》,《文艺研究》2000年第5期;《文学艺术批评的生态学视野》,《学术月刊》2001年第1期。

很长的路要走。

推进对新理性主义的研究

在科学演进中,存在着两种主要倾向。一种侧重于纯学术性,严格从学科内在轨迹中寻找前进的契机;一种侧重于思想性,努力从学科发展内在需求与社会现实召唤的结合部确立理论的生长点,从而使学科建设成为社会进步和人性完满的推动力量。两者各有各的价值;后者对于人文科学来说更为需要,新理性的探讨即属此类。

在我看来,20世纪,在经历了资本主义的恶性发展(世界大战、生态破坏、精神危机等)和社会主义的挫折与蜕变之后,人类正普遍渴望着新理性的建设——因为他们不愿意在迷茫和颓废中自我毁灭!以宏观而论,由于世界正进入全球化的时代,人类面临着共同的生存危机和精神危机,新理性在本质上有着共同的内涵(对科技理性的反思与矫正,对非理性和反理性的批判与扬弃,对传统人文理性的突破与转化,对天人合一、生态和谐的期盼等);但微观考察,东方与西方、发达国家与发展中国家之间,又因具体的文化传统、经济发展和社会政治状况不同,而有着不同的侧重与要求,尤其文化、文学领域更是如此。我们国家对新理性的特殊需求,根源于我们所追求的建设有中国特色的社会主义这一特殊国情;换言之,中国学者探讨新理性,必须从这一特殊国情出发,并使之与实践相契合。这样的新理性,不仅是今日中国文学、文化发展的迫切需要,也是国家、民族复兴的迫切需要。既然有如此现实的"迫切需要",我以为这种研究有必要加以充实、加强和拓展。首先要求现正"在岗"的人员坚守岗位,不断将理论触角引向深入,争取拿出扎扎实实的成果;同时还要积极"招兵买马",扩大队伍。拓展,是指将新理性探究推向具体的文本批评,乃至相应的作家队伍,形成"理论—批评—创作"联通互动的生态机制,以更有效地释放能量,发挥影响力,推进民族精神的重建。在这里,我提议,志同道合者加强协调,在实践中创建"新理性主义"学派。美国耶鲁大学的保罗·德·曼、杰弗里·哈特曼、哈罗德·布鲁姆和 J. 希利斯·米勒 4 人可以掀起解构主义的"批评狂飙",我们的学者为什么就不能呢?

(原载《上海行政学院学报》2001 年第 4 期)

论"新理性精神"的审美意涵

——钱中文的文艺理论思想再探讨

北京大学　陈晓明

2022年11月将迎来钱中文先生九十华诞,他的生命历程穿越20世纪中国激烈动荡的岁月,也历经了21世纪初的繁荣昌盛和风风雨雨。不管是"短20世纪"的激进变革,还是"漫长的20世纪"的高深莫测,他都领略过峰回路转的奇观胜景,也能解出中国现代性的"理论真谛"。先生一生谦谦君子,温良恭俭,不喜逢迎,耄耋之年依然警醒那些不实之辞。作为钱先生的学生,忝列先生门墙已有近四十年的时间;与先生相识时,先生正当盛年,我还是年轻后生。转眼就随先生一起进入老年,可能现在才逐渐领悟到先生治学的一些要义。我曾于二十多年前写下一篇探讨先生理论思想的文章《怀着知识的记忆创新——钱中文的学术思想评述》[①],彼时我还在中年,所谓刚过"不惑之年",显然对先生的理论领悟十分有限,尤其是对"新理性精神"文论,只是点到为止,未能把握要领,深入阐发。二十多年过去了,我也愈来愈理解先生的"新理性精神"文论的意义所在,也能领会其中要旨之一二。特别是阅读了多位前辈师长和同代学人,还有更年轻学者的文论,更深地体会到"新理性精神"文论在钱先生的文论体系建构中的作用和意义,尤其是对于中国文学理论的深远意义,它是一个蕴含了历史经验而有深远的人文内涵和审美意涵的中国文学理论的建构,亦可谓中国文学理论体系创新的基石。因此,我觉得在

---

① 拙文原载《南方文坛》2001年第5期,是故本文副题有"再探讨"之说。

先生五卷本文集①新近出版之时，重读先生的论著，略有心得，在这里就钱先生的"新理性精神"文论再做一点阐发，以就教于方家。

一　"新理性精神"文论的现实与历史依据

钱先生的"新理性精神"文论正式提出于他的论文《文学艺术价值、精神的重建：新理性精神》②。很显然，钱先生提出这一理论并非是在西方文论的体系中来做某种反拨，或者是在西方的"理性主义"和"非理性主义"之间求得某种平衡。他的出发点在中国自身的现代文论传统脉络中，他有着强烈的现实关怀。在对20世纪，尤其是80年代以来的人文知识分子的精神状况做了简要的梳理之后，他指出"文学艺术意义、价值的下滑，人文精神的淡化与贬抑，是一种相当普遍的现象，虽然它并不代表文学艺术的全部精神。看来，20世纪文学艺术意义的日益失落，与人的生存质量、处境密切相关。今天，一些人文知识分子正在寻找一个新的立足点，重新理解与阐释人的生存与文学艺术意义、价值的立足点，新的人文精神的立足点，这就是新理性精神"③。

20世纪80年代，中国走上改革开放的道路，拨乱反正，"思想解放运动"纠正极"左"路线，突破禁区，开启了一定的思想空间，当然也有一定的限度。我们不得不承认，80年代后期以来，形成社会的三元分离的思想格局，即主导意识形态、知识分子思想、民众的生活直觉。社会统一化的或者说一体化的意识形态系统松懈了，旧有的观念还有一定作用，而新的观念只是初露端倪。众声喧哗，杂语纷呈的局面在所难免。80年代重在"破"，我们这一辈彼时尚年轻，初出茅庐的后生们，对具有规训作用的"理性主义"也是持"破"的精神，要想革新，"破"是首要的，"立"也就在其中。80年代后期，

---

① 《钱中文文集》（五卷本），中国社会科学出版社2021年版。
② 《文学评论》1995年第5期。
③ 钱中文：《新理性精神文学论》，载《钱中文文集》第3卷，第5页。

我曾写过数篇文章，对"理性主义""主体性""个体敏感性"等问题做过粗浅探索。"超越粗陋理性"的理论期待是什么呢？那时我提出的设想是建立"后理性主义"，显然，这是带有后现代主义的诉求，在当时的中国思想文化中并无基础。事实上，我们这代人那时着眼于"破"，对"立"其实思考并不充分。引来的"火种"在中国的理论原野上也难以形成燎原之势，只是建立局部的"根据地"。

20 世纪 90 年代初，中国社会经历剧烈的历史转折，经历过一段时间的历史空场之后，知识分子要重新出场。事实上，文学更具历史敏感性，以其直觉表达了直接的现实感受。90 年代初，文学上影响最大的要数王朔"玩得就是心跳"，在那样的空空如也的场域中，王朔表演着调侃、幽默和越界的游戏，王朔是具有相当的瓦解性的，在那个时期人人都心知肚明，所有人都摆出一副娱乐的姿态——就是这样的自欺欺人的"三岔口"的现代版戏剧。但是，批判王朔成为知识分子重新出场的需要——这个高昂的现代性姿态必须做足，只有贬抑王朔才得以彰显知识分子的批判性——因为实在没有其他的东西可供批判，王朔就这样成为一时的批判性话题，知识分子也由此重新出场。

20 世纪 90 年代初，诗歌界也在跃跃欲试，却是借助"海子之死"的悲情哀悼出场。80 年代终结之后，也即"短 20 世纪"终结之后，诗界其实最为茫然无措，他们曾经有多么张扬，有多么胡闹。"很多年，屁股上拴串钥匙，裤袋里装枚图章/很多年，记着市内的公共厕所，把钟拨到 7 点。"[①] 但是，现在"海子死了"，他答复神秘的质问者："当我痛苦地站在你的面前/你不能说我一无所有/你不能说我两手空空。""第三代诗人"把海子的形象越举越高，海子已然具有精神使徒的形象，"抱着白虎走过海洋"，而"扶病而出的儿子们/开门望见了血太阳"[②]。第三代诗人本性难移，还是带着决绝的态度，用一个暧昧的"个人化"写作遮住"青面兽"的面孔，他们写下的诗句比朦胧诗更加暧昧不明，玩世不恭的外表下，却有着"杨志卖

---

① 于坚《作品 52 号》。
② 海子《抱着白虎走过海洋》。

刀"一样的险象环生。90年代的中国诗歌出现了一批有真实历史感的作品（包括诗评家和诗人写下的诗歌批评），诗人们彼时带着"中年写作"的沧桑，以自诩的神圣性领略到了"历史深度"。

很显然，小说方面的影响要大得多。打着"陕军东征"旗号的贾平凹的《废都》和陈忠实的《白鹿原》在北京高调出场。这两部作品无可争议成为当代中国文学最重要的长篇小说，尤其是后者，被推为"新时期"以来长篇小说之最，但这是后话。彼时知识分子急于表达批判性话语，这两部作品都有非常鲜明的西北文化的风土人情，还延续着80年代的人性论和寻根的流风余韵，但这些都被人们忽略了，其凸显的性描写成为批判最醒目的靶向。尤其是《废都》，遭致最为激烈的批评，所有的批判者几乎都高举道德主义的大旗，这是文学批评最为得心应手的工具，它与政治旗号异曲同工。结果，这部书愈批愈热，几百万册的印数还一书难求，接着就是被禁。这使盗版风行市场。据研究者统计，这部书至少有26个盗印版本，总印数不低于1500万册。①

20世纪90年代初，上海的王晓明、张柠、张宏、徐麟、崔宜明等人对《旷野上的废墟——文学与人文精神危机》②提出"人文精神"讨论，对90年代的文学和文化现实，对彼时中国人的信仰与精神状况做出评判。王晓明指出："今天的文学危机是一个触目的标志，不但标志了公众文化素养的普遍下降，更标志着整整几代人精神素质的持续恶化。文学的危机实际上暴露了当代中国人人文精神的危机，整个社会对文学的冷淡，正从一个侧面证实了，我们已经对发展自己的精神生活丧失了兴趣。"崔宜明分析说："我们所感受到的人文精神的危机有两重。首先，我们正处在一个堪与先秦时代比肩的价值观念大转换的时代。举凡五千年以来的信仰、信念和信条无一不受到怀疑、嘲弄，却又缺乏真正建设性的批判。不仅文学，整个人文精神的

---

① 笔者有一次去拜望贾平凹先生，据贾先生所言，此前白烨先生也持此说。可惜未见公开研究文章。因调查取证困难，以及大部分盗版本后来做得与正版相差无几，非专业人士难以区别。

② 《上海文学》1993年第6期。

领域都呈现出一派衰势。在商品经济大潮的冲击下,穷怕了的中国人纷纷扑向金钱,不少文化人则方寸大乱,一日三惊,再也没了敬业的心气,自尊的人格。更内在的危机还在于,如果真的有了钱就天圆地方,自足自在,那当然可以不要精神生活,人文精神的危机不过是那批文化人的生存危机而已。但是,一个有五千年历史的民族真的可以不要诸如信仰、信念、世界意义、人生价值这些精神追求就能生存下去,乃至富强起来吗?"崔宜明表示,我们必须正视危机,努力承担起责任,不管它多么沉重。他认为,"传统的价值观念的土崩瓦解,同时也正展示出一切有形与无形的精神枷锁土崩瓦解的可能性。而另一方面,新的生活实践也必然要求新的人文精神的诞生"。崔宜明还是十分乐观自信地认为,"倘若既定的价值观念已不能担当此任,那就只能去创造一个新的人文精神来。我们无法拒绝废墟,但这绝不意味着认同废墟。如果把看生活的视角调整一下,心灵的视界中也许就会出现一片燃烧的旷野,那里正孕育着新的生机"。这些对当代中国的文学变化发展的阐述,对社会状况、国人精神心理的评判、阐发无疑抓到了要害,具有强烈的现实感,其意义无庸置疑。但如何看待正在变动的中国社会和中国人的精神价值取向,就需要历史地看问题,并且要与强大的意识形态背景结合起来才能透彻分析彼时的"人文精神状况"。然而,把话说透了当然不可能,这也是讨论始终有暧昧不明的盲区所在的原因。但不管如何,"人文精神讨论"引发了强烈反响,持续经年。令人遗憾的是,它只限于知识分子的话语场,只是作为一种知识论在研讨,它对知识分子的实际精神心理的影响十分有限,更遑论普通民众,中国社会中的每个人依然自行其是去寻求个人利益的最大化。

　　这当然不能成为知识分子放弃知识论研究的理由,即使限定在有限的知识论的范围内讨论,它的积极作用总会一点一点累积起来。所谓"战斗正未有穷期""同志仍须努力"。很显然,文学理论的拨乱反正、自我更新,首先要在大文化的语境关怀下来建立自己的精神根基。"人文精神"讨论如此,"新理性精神"文论的建构同样如此。钱中文先生并未匆忙加入"人文精神"的讨论,而是观察、思考、再探索。他迫切感受到今天的文学理论显然不是单纯的理论体系建构的问题，而是要为文学理论确立精神信念和思想依据。中国现代的文学理论形成于"五四"新文化运动之后，它是在启蒙精神理念引导下建构起来的话语体系，在其历史发展中，经历了激进革命的洗礼，在民族国家的解放事业中起重要作用。如此激进的现代性意义上的文学理论持续到20世纪70年代末，于80年代"新时期"重新调整，以"现实主义的广阔道路"之名，吸纳欧美现代文艺理论的成果，更新自身的话语体系。旧有体系的规训，现实的要求与外来新理论的冲击，使得这一建构过程显得无比困难。在这一意义上，"新理性精神"文论应运而生乃是历史之必然。正如徐岱指出的那样："虽然这个概念的自觉出自钱中文先生的文论著述，但它所包含的思想内涵却来自整个当代中国文论界共同的思想走向，并在很大程度上体现了新时期以来国内人文领域主流学者的殊途同归的价值立场，只不过是中文先生以其对于理论的敏感性通过一种'命名'活动从宏观上作出了把握。"[1]徐岱敏锐地意识到钱中文先生提出的"新理性精神"文论表达了中国文艺理论试图寻求更具有普遍性和共通性的方案，这是中国文艺理论界在经历思想分化和新知识论的重构后所需要的基本共识。

"新理性精神"文论显然是要在世界观、价值观、方法论三方面厘清中国文学理论的前提和基础，文学理论虽然只是解释文学的具体学科，其观念和方法，乃至对作家作品和一个时期的文学史的具体评判都受制于其所依据的精神理念。正如柏拉图的"理式"、康德的"纯粹理性"、黑格尔的"绝对精神"、海德格尔的"存在"一样，钱中文先生的"新理性精神"是文学理论的"元概念"（或者说"元话语"），其他的理论观念或观点从这里获得依据。当然，我们会看到，钱先生的理论体系是最先创立"审美反映论"，多年后才有"新理性精神"，有了"新理性精神"才产生了"交往对话"的学说。朱立元先生认为："'新理性精神'文论以'新人文精神'为精神内涵和价值核心，以'现代性'阐述为理论基点和中心话题，以'交往对话'

---

[1] 徐岱：《"新理性精神"与后形而上诗学》，《东南学术》2002年第2期。

的综合思维方式为思考理路和逻辑方法。这三个方面的相辅相成，相互渗透，构成一个开放性的理论结构。"①朱先生此一概括无疑是精当的。不过，从更综合的角度，从钱先生的理论建构的历程来看，此前的理论一定会起到基础性的"前见"作用，这是不可忽略的。我以为"审美反映论"是认识论，"新理性精神"是价值论，"交往对话"是方法论。当然，它们之间并非截然区分，也会交叉重合，相互"观照"。正因为"审美反映论"（或者审美意识形态论）在钱中文的文艺理论构成中有着先行的、奠基的意义，我们更不能忽略"审美反映论"对"新理性精神"文论的潜在意义。也就是说，"新理性精神"必然要容纳"审美反映论"，"新理性精神"必然要有"审美的特质"，而且它是为解决"审美的"难题而建构起来的，它自身也必然要破解"理性"与"审美"的难题——而这恰是"新理性精神"文论的关键所在，也是其难题所在，更是其最大的意义所在。如果按照库恩的"范式"理论，恰恰是在难题中，在解难题中，能破解困境局势，这样的命题才是有效的，才能表征理论的进步或变革的真实性。

二　新理性精神涵容感性与审美的可能性

关于"新理性精神"文论的理论构成，不管是钱中文先生自己还是研究者都已经有相当全面和深入的阐释，何以我还要狗尾续貂、画蛇添足呢？我想正是因为探讨者甚多，众说纷纭，才更需要厘清。这不只是钱先生的文论随着岁月流逝，越来越显现出其跨时段区域的涵容量；更重要的在于，它对当下中国的文艺理论建设更具针对性和时效性。很显然，我以为"审美意涵"乃是"新理性精神"文论的最具本体性的构成，也是其构成中要突破诸多旧有思维、突破现存体系范式的难题之最。这就是说，既要理性，又要审美；既要解放理性，又要规范感性；在这里，辩证法是一条广阔的道路，还是理论的走钢丝呢？

---

① 朱立元：《试析"新理性精神"文论的内在结构》，《学术月刊》2003年第4期。

论"新理性精神"的审美意涵

"新理性精神"文论在20世纪西方思潮与中国文艺发展的现实语境中产生,钱中文先生表示,它对西方20世纪的悲观哲学和"非理性主义"以及虚无主义绝不推波助澜,虽然新理性精神难以挽狂澜于既倒,但是"它要在大视野的历史唯物主义的观照下,弘扬人文精神,以新的人文精神充实人的精神"[1]。钱先生在这里表明,"新理性精神"的理论内核是"人文精神"。他解释说,首先,"新理性精神"坚信人要生存与发展;其次,人文精神是一种历史现象;最后,人文精神具有强烈的理想风格。钱先生归纳说:"新的人文精神的建立,看来必须发扬我国原有的人文精神的优秀传统,在此基础上,适度地汲取西方人文精神中的合理因素,融合成既有利于过去不被允许的个人自由进取,又使人际关系获得融洽发展的、两者相辅相成互为依存的新的精神。"(第12页)

因此,钱中文先生定义"新理性精神"文论的理论内涵是:"新理性精神将站在审美的、历史社会的观点上,着重借助与运用语言科学,融合其他理论与方法,重新探讨审美的内涵,阐释文学艺术的意义、价值。"(第16页)这里面的要点是美学的辩证法,既重视审美,也保持历史社会的观点,这就是恩格斯在《致斐迪南·拉萨尔》的信中所说,较大的思想深度和意识到的历史内容与莎士比亚的情节的生动性和丰富性的融合。钱先生的文论构成包含了观念和创作实践双重视野,他绝不是一个空头理论家,他时时关注中国当代文学创作,他的理论开掘都是建立在对当代文学现象和潮流的研究中。因而,他的理论具有当下创作实践的针对性,完全可以还原为创作和评论的理论原理。吴子林认为,钱中文的理论建构着眼于文艺创作中,要使"最基础的与更高形态的人文精神"有机结合起来,"相辅相成","以在一定程度上调整现实生活的失衡"。人文精神最基础的部分是"人之为人的羞耻感,同情与怜悯,血性与良知,诚实与公正"等,更高的形态则是信仰与理想,等等。吴子林指出"新理性精神"文论"突破了传统的理论构架,回复到了文论的实践本性上去,回归到了文论

---

[1] 《钱中文文集》第3卷,第10页。以下凡引用该卷之语,只在正文注明页码。

· 205 ·

的学科意义"①。吴子林的概括当是非常精当地揭示了"新理性精神"在实践本性/本体上的根本意义，正是着眼于20世纪中国理论实践和创作实践，着眼于中国文学（理论与创作）未来展开的可能性，"新理性精神"才确立了自身的理论品格。徐岱认为，钱中文的理论思考有三维突破，在理论形态上突破了"知识论"，理论品格上突破了"唯理论"，理论立场上突破了"一元论"——这三个突破事实上都能被概括在"新理性精神"这一范畴中。②徐岱看到"新理性精神"的突破性意义，但其突破的意义旨归在何处？徐岱没有进一步考究。在另一篇文章中，徐岱在对"新理性精神"进行分析时，指出"有三点特别需要强调"，其中之一是徐岱受到童庆炳先生的启发，认为"新理性精神"文论建构需要把握"新理性与感性的关系"。"从某种意义上讲，对感性的意义的充分发现与重视，这正是现代非理性思潮同古典理性主义决战后留下的一笔思想文化遗产，新理性精神要想真正取得实效首先必须妥善地继承好它。否则就会名不符实重蹈传统理性主义的覆辙。"③显然，童庆炳和徐岱都看到"新理性精神"的"软肋"——正是这一"软肋"，是"新理性精神"文论建构的独异之处；也是其在彰显自己"新"的理论品格要用力之处；当然也是其建构新理论大有可为之处。

要"突破"传统理性主义的限制，显然不能把"理性主义"绝对化和孤立化，固然，近代以来，理性主义对人类社会构成强有力的钳制，以至于遭致"反理性主义"和"非理性主义"的反动。但理性主义还是一如既往地掌控人类社会，因为离开理性主义，社会无法运转，人类无法形成一个可沟通、可理解的共同体。人类社会交流的语言不得不按照理性主义的原则来建构逻辑，否则人类一天也无法生存下去。疯人疯语当然是彻底

---

① 吴子林：《"中国审美学派"理论与实践——以钱中文、童庆炳、王元骧为研究中心》，《马克思主义美学研究》2009年第2期。

② 参见徐岱《从唯理主义到新理性精神——走向后形而上学批评理论》，载金元浦编《多元对话时代的中国文艺学建设——新理性精神与钱中文文艺理论研究》，军事谊文出版社2002年版，第35—61页。此处对徐岱观点的概括参考了吴子林的观点。此后在与吴子林兄讨论徐岱的观点时，得到子林兄诸多启发，受益非浅，在此深致谢忱！

③ 徐岱：《"新理性精神"与后形而上诗学》，《东南学术》2002年第2期。

"非理性主义"的，但即使在疯人院的疯人之间也无法交流和被理解。"新理性主义"立足于"新"，既要收敛"理性主义"无限扩张的强力，又要融合审美创造活动的感性经验。就此而言，并非只是理论的空想或无法实践化的理论条文。钱先生指出："'新理性精神'作为一种对于文化、文学艺术内在的精神信念，是对旧理性的扬弃。为了避免旧理性的覆辙，非理性主义、反理性主义的各种思潮的极端化与虚无主义，新理性精神需要在对它们进行现代文化批判的基础上，汲取它们的合理因素，从几个方面，确立自身的理论关系，这就是'现代性'、'新人文精神'、'交往对话精神'、感性与文化问题。这些提法就其单个方面来说并非独创，有的论题，已经讨论过几百年了。我这里基本上是借用，但对它们做了改造，即力图给以自己的阐释，并从历史、逻辑的角度，将它们综合成一个理论的立足点。当今是综合创新的时代。实际上，综合可能是一条创新之路。"（第192页）钱先生这段话揭示了"新理性精神"文论与传统或经典理论的关系，也表明了它打开新的面向的可能性，通过综合来创造新质。事实上，过去很多概念，因为要成一家之言，因为要建立庞大的体系，而把很多本来是有内在关系的概念，或一枚硬币的两面，生生割裂开来。综合、融通、重新解释，才能开创新的面向。平地起楼，另起炉灶都不是明智的合乎历史实际的态度。钱先生恰恰是在历史发展的源流脉络中梳理出自己的立足之地，去拓展自己的道路。

确实，理性主义在黑格尔那里完成了集大成的建构，因而也终结了理性主义。黑格尔之后的叔本华和尼采只能走上反理性/非理性之路。卡尔·洛维特曾指出："黑格尔的精神历史就不仅仅是暂时性地在某个地方封闭起来，而是最终地、自觉地'终结'了。从这一历史理由出发，就连它的形式也不是判断，而是'推理'，是开端与终点的结合。哲学历史的这种终结，与《精神现象学》《逻辑学》和《哲学全书》的结束一样，并不是偶然的迄今为止达到的存在，而是实现了'目标'，从而也就是实现了'结果'。"[①] 黑格尔把理性推到极端，

---

① ［德］卡尔·洛维特：《从黑格尔到尼采——19世纪思维中的革命性决裂》第3版，李秋零译，生活·读书·新知三联书店2019年版，第50页。

完成了理性的完全历史，在其体系构造上达到了"终结"。

　　无庸讳言，对理性主义反抗最为激烈的哲学家当数尼采，尼采把自柏拉图以降的理性主义称之为"虚无主义"，认为理性主义贬抑了感性对世界的丰富性的把握，贬低了艺术的真理性。尼采颂扬酒神狄奥尼索斯精神，在《悲剧的诞生》中，狄奥尼索斯精神与日神阿波罗精神还各有存在的意义，前者表达了陶醉，后者表现为梦幻。海德格尔透过尼采的"陶醉"去阐释艺术的真理性。"陶醉"无疑与主体的生命状态相关，这很容易被解释为"非理性主义"，而海德格尔看到的问题更为深远。对于海德格尔来说，艺术作品最终要抵达真理性，在这一点上他与尼采无别。区别在于，尼采完全交付感性去抵达真理性；海德格尔则认为在对存在的领会的去蔽中艺术作品才显现真理性。虽然海德格尔没做这样的表述，但这样的推论与海德格尔的思想并不相悖，即艺术作品的真理性并不与理性矛盾，或者理性亦是艺术作品显现，或感受者体验艺术作品真理性的必要条件。显然，尼采的"陶醉"说表明他极端重视艺术活动中主体的精神、心理和生理状态，艺术作品不过是主体内在精神的外化。海德格尔罕见地批评尼采在这一观点上的偏颇，也惊讶于尼采对艺术作品本身谈论得如此之少，他不赞成尼采把柏拉图的理性主义一棍子打死。马尔库塞也是鼓吹"感性解放"最起劲的理论家之一，但他寄望于革命的前卫艺术家的自我肯定，他最后求助于"自恋主义"文化来完成审美革命，[①]这并不现实，它使革命的艺术变得更加狭隘。解放的艺术，创作自由的主体，这一切，都有必要在感性与理性达成有机统一的意义上才可能实现。

　　经过尼采对理性主义的讨伐，人们似乎普遍对理性主义警觉或回避，理性主义也确实沉没到哲学运作的底层，但这并不意味着理性主义在人类的思维中不起作用，那未免太天真了。在尼采同时代或后世，重构理性主义的大有人在。当然，这一问题也可归结为如何对待黑格尔主义及其遗产。黑格尔确实完成了理性主义的全盘解释世界的

[①] 相关理论论述参见［德］马尔库塞《审美之维》，李小兵译，生活·读书·新知三联书店1989年版。

任务，人类的"精神意识"在理性主义的体系中走完了它的世界历史行程，它终结了自身，但并不等于终结了理性主义。也就是说，黑格尔的理性哲学在后世还以不同的方式起作用。事实上，后世的多种哲学体系还是从黑格尔那里生发出来，或从右，或从左，以不同的形式改造或"复活"黑格尔。本文在这里无法分析和评价哲学史上"复活黑格尔主义"的是是非非，涉猎此一问题（编者注：原文对西方相关思想史有详细梳理，编入本书时做了删节），乃是因为需要说明"理性主义"即使被黑格尔做到极端，也并非没有回旋的余地，更何况在中国的语境中，在中国思想传统和现实问题的吁求中重构"理性主义"——并非不可能。

三 "新理性精神"文论的审美意涵

当然，即使在黑格尔那里，理性主义也并非只是绝对抽象，只能进行逻辑构造。钱中文先生重构"理性主义"，并不是在哲学史的脉络中来赋予"新"的意涵，他着眼的是文学理论本身，是审美创造性活动中的理性的涵养问题。只要结合钱先生早期的"审美反映论"来看，就可以理解"新理性精神"所具有的审美的和感性的调和能量。

很显然，解决感性与理性的对立，或可通过"审美意涵"这个概念来加以阐释。"意涵"这一术语虽不常用，但也并非鲜见。在中国知网输入"意涵"可查阅到包含"意涵"术语的文章标题不少于2000篇（2022年6月25日止）。在古典诗词中，"意"与"涵"虽未构成词组，但经常对应而用，如唐元稹的诗句："上应美人意，中涵孤月明"（《分水岭》）；宋卢铖有诗句："农望丰年知兆朕，物涵生意总怀任"（《和太傅平章魏公咸淳庚午冬大雪遗安抚潜侍郎》）；苏轼的诗句："秋风兴作烟云意，晓日令涵草木姿"（《双石》）——两字对应用，古已有之。这里我赋予其特殊的含义，即意涵是主体的意向性与客体的内含意义的融合。审美意涵即是包含着理论创建者很强的主体意向性，同时在理论的阐释和运用中也强调主体的积极意向性，并且这种主体意向与客体的意义构成了有机的统一。

第三编　钱中文新理性精神与巴赫金文论研究

　　钱先生早期的理论研究在"审美反映论"上下功夫，因为"反映论"一直是中国文艺理论的哲学基础，现实主义是在马克思主义的认识论/反映论的理论体系里建构起来的；钱先生显然也要在这个前提下来拓展和丰富，然而，他所做的努力实则是在"审美"上。早在1986年，钱先生发表了《最具体的和最主观的是最丰富的——审美反映的创造性本质》一文，他指出："审美反映有其自身结构，它是由心理层面、感性认识层面、语言结构层面、实践功能层面组成的统一体。在审美反映中，主观性的创造力表现为对现实的改造，现实表现为三种形态，即现实生活、心理现实与审美心理现实。心理现实中主客观时时产生双向转化，客观因素的主观化，以至现实被消灭，主观因素的对象化，形成新的客体。"①在分析"审美反映"这一文学艺术的创造性活动时，钱先生更倾向于主体的创新性，他强调"审美反映的动力源，来自主体本身的审美心理定式"，审美心理定式的不断更新，促使主体不断走向审美反映的新岸。显然，这里的"审美反映"已经非常接近"审美表现"，只是没有使用"审美表现"这个概念而已。因为不存在没有表现的审美反映，自我在表现中找到归宿。"审美反映的无限多样，一是现实的无限性，二是主观性是一种不断更新的动力。"②

　　实际上，不管是"审美反映论"，还是"审美的意识形态"论，钱先生的文学理论始终把握的核心问题是"审美"，他着眼的主体活动与客体的生成，都是向着"审美"创造，他所有的理论论说，都要还原为文学创作实际，还原为文学作品文本得到解释。反过来，他在展开理论论说时，总是援引托尔斯泰、果戈理、屠格涅夫、契诃夫这些人的创作实际来说明问题。他绝不做空头理论家，绝不说虚伪的大话套话，一切文学理论问题，都是围绕审美来解释。在这个意义上，"审美意涵"这个概念体现了钱先生审美反映论中的主体与客体的辩

---

①　钱中文：《审美反映论》，参见《钱中文文集》第1卷，第3页。该文最早发表于《文艺理论研究》1986年第4期。
②　钱中文：《审美反映论》，参见《钱中文文集》第1卷，第3—4页。该文最早发表于《文艺理论研究》1986年第4期。

论"新理性精神"的审美意涵

证统一,也使钱先生的理论核心变得更加明确。这样就好理解,在审美反映论基础上进一步生发出来的"新理性精神"文论,它必然要包含并且也能涵容此前的审美追求;正如审美反映论一开始就与理性并行不悖一样。理性在这里并不是思辨的强大张力,也不是逻辑推演的惯性,"理性"是认知世界的能力,是对现实或生活世界的客观规律的把握,也是主体对自身创造性活动的必要约束,或者说使主体能够"按照美的规律来生产"。①

钱先生当然知道他的审美反映论绕不过黑格尔的"绝对理念",他恰恰要迎难而上,逆流而行,再回到黑格尔的理论中去还原其丰富性。黑格尔的"绝对理念"并非蛮横的精神能量,黑格尔清楚地解释过"绝对理念",钱先生就是用黑格尔在《逻辑学》中解释他的"绝对理念"时说的话作为他的论题题目的。黑格尔说:"最丰富的东西是最具体的和最主观的,而那把自己收回到单纯的深处的东西,是最强有力的和最囊括一切的。"②钱先生从黑格尔的言论中去发掘那些更贴近现实世界或艺术世界的意义,这使他对"审美"活动的观照,处处有辩证的眼光,但更契合20世纪80年代中国文学理论所寻求的变革的需要,那就是理论以其具体性、多样化和丰富性向文学现实生成。由是,就可以理解,"新理性精神"文论并不是在理性、逻辑、规范、尺度上立论,而是有着钱先生一以贯之的精神,那就是向着审美的生成而立论,向着文学创作实际而展开,向着艺术世界来完成。

因此,我们可以理解,"新理性精神"文论本身并不展开构成体系,它也不是什么精神指南,但它是20世纪90年代中国文化和文学理论危机中出现的宣言,是一种呼唤和期盼,是一种共同的心声,它应该贯穿于各种文学理论的建构活动中;也应该生长于主体创造美的具体活动中;当然还应该在人们共享文学艺术的交流对话中起作用。

---

① 马克思在《1844年经济学—哲学手稿》中指出:"动物只是按照它所属的那个种的尺度和需要来构造。而人却懂得按照任何一个种的尺度来进行生产,并且懂得处处都把固有的尺度运用于对象;因此,人也按照美的规律来构造。"参见《马克思恩格斯文集》第1卷,人民出版社2009年版,第162—163页。

② [德]黑格尔:《逻辑学》下卷,杨一之译,商务印书馆1976年版,第549页。

由此，我们就不难理解，因为"审美意涵"的内在要求，基于对最具体、最丰富、最多样的审美活动的追求和理解，可以将"新理性精神"文论的审美要义归纳如下。

其一，审美外延的人文精神观照。钱中文先生在阐明"新理性精神"的要义时，首先强调的是其人文精神品格，从"大视野的历史唯物主义出发，首先来审视人的生存意义"。"大视野"这个定语其意义丰富深远，很显然，钱先生深谙中国国情，只有立足于马克思主义理论的基础，所有的言说才具有合法性和合理性。他从研究马克思主义文论起家，在苏联留学多年，历经历史的沧桑，对那些用狭隘的马克思主义条条框框打棍子的手法深恶痛绝，他切身体会到，只有马克思主义理论的开放性体系，才能丰富马克思主义，马克思主义才能真正成为中国人文学的基础。在钱先生的思想体系中，马克思主义具有当代的实践性品格，它能融入当代各种思潮并成为有活力的有效的批判性思想资源。

另一方面，钱先生一直在研究"现代主义"，并且对存在主义用力颇深。虽然谨言慎行的钱先生在20世纪80年代未撰文直接讨论存在主义，但在他早期的著作《现实主义和现代主义》（1987）中，随处可见他对现代主义和存在主义的"批判性"思考。而在"新理性精神"文论的构建中，他首先着眼于人的生存意义。文学上的人文精神的当代延伸，不只是人道主义"人性论"，而是从"存在论"的意义上来思考人的存在状况。他看到20世纪社会动荡，人的信仰受到冲击；又因为物质的丰富，人的欲望被充分激发起来；科技的进步也挤压人的存在。所有这些，都使文学创作及其理论变得异常复杂矛盾，当然也更加丰富。也基于对20世纪人的存在状况的关切，钱先生的"新理性精神"文论期盼文学创作和理论批评具有宽广的文化视野，也就是说人的审美创造性活动应该具有深厚的人文情怀。他指出："新的人文精神的建立，看来必须发扬我国原有的人文精神的优秀转统，在此基础上，适度地汲取西方人文精神中的合理因素，融合成既有利于过去不被允许的个人自由进取，又使人际关系获得融洽发展的、两者相辅相成互为依存的新的精神。"① "新理性精神"的审美外延是一种"大人文精神",它具有宽广的文化涵容量,这是当代文学创作和理论批评都应该具有的文化品格。因为关注人的存在,才具有无限的包容与丰富。如果只是标榜某种独尊的、独断论的东西,显然是对人的真实存在状况的漠视,也让文学面对这个世界的复杂性和多样性受损。

其二,审美的丰富性的内化品质。通读钱先生文集五卷,可以鲜明地感受到,钱先生几乎处处都在讨论"审美"问题。关于文学是审美意识形态的问题,钱先生强调,"审美是文学艺术的根本特征,无审美特性则无以言文学,但文学作为审美意识形态,则是在其历史发展中得以显现出来的。"(第 202 页)先民在其自身的发展过程中如此,现代意义上的文学也是如此。文学作为审美意识形态,以感情为中心,但这是感性和思想的结合;它是一种自由想象的,但又具有特殊形态的真实性。其目的性和社会性也同样如此,必然是以文学艺术自身的形象方式体现出来。审美的这种丰富性品格来自它是主体的艺术创造性活动的体现,审美主体不断走向审美反映的新岸。因而,不存在没有表现的审美反映,自我在表现中找到归宿。钱先生说:"审美反映的无限多样,一是现实的无限性,二是主观性是一种不断更新的动力。凡是主观性不强的审美反映可能是失败的审美反映。创作个性是主观性的最高要求,是创造的极致。最丰富的是最主观的和最具体的,这一命题实际上已超越了审美反映。"(第 202 页)

但这并非说钱先生是审美至上主义者,或曰"唯美主义者",这正是钱先生所不能认同的。他认为审美(或文学创作)不能是某种单一的品性,所谓纯形式主义的"为艺术而艺术",或纯心理化的,只是心理外化的表现,这些观点只能表达文学某方面的特质,文学不能视为某种单一的本体构成。钱先生主张应该根据文学自身实际存在的各个方面来构架文学本体,这样才能全面地展现文学的丰富性特质。它应该是包含了语言形式、审美主体的创造力以及被主体心理化了

---

① 《钱中文文集》第 1 卷,第 12 页,后文的引文只在正文中写出页码。

的、审美化了的现实因素，同时还要顾及作品在流通过程中（亦即读者接受过程中）所形成的审美价值再创造与多种功能。总之，钱先生更愿意看到文学本身的丰富性、多样化的审美特征，这是他理解文学的出发点。钱先生所坚持的文学丰富性特质，甚至已经接近德里达所感叹的"文学，这奇怪的建制"——因为其丰富无限，文学甚至难以定义自身究竟是什么。当然，钱先生不是一个解构主义者，他只是倾向于在丰富性中来理解文学，这贯穿在建构"新理性精神"文论的整个过程中。

实际上，钱先生本人心仪文学创作，在他的一些回忆往事的文章中都有涉及，他从少年时就酷爱阅读文学，也有写作的愿望。他后来在诸多回忆性散文里，写到故交友人，写人记事，简洁素朴，却总是栩栩如生，让人难忘。例如，他写的《季羡林先生二三事》《风范与人格——记樊骏先生》《又见远山，又见远山——童庆炳散文集》等，情真意切，笔法精细，感人至深。这些文章又大都收入他的散文集《桐荫梦痕：体验与感悟》，读读这本书，才能体会到钱先生何以总是把理论问题时时与文学创作活动，与审美联系在一起。他的理论探求总是与文学存在本身相向而行，总是能设身处地，身临其境，让他的理论能立于具体的丰富的文学基础之上。

其三，审美共享的伦理品格。"新理性精神"强调在文化交流中力图贯彻对话精神，文化交流应在文化的对话中进行。这种文化交流的对话在很大程度上是文学交流对话，文学作为各民族文化交流的基础，也是影响最为广泛和深远的样式，来源于人类审美共享的需求，来自审美本质上的可共享性要求。钱先生强调文化交流对话，他的信心当然是建立在世界各民族已经进行了数百年的文学交流经验上，例如，中国对俄罗斯民族、对法兰西民族、对德意志民族的了解，在很大程度上是通过文学阅读和交流。"新理性精神"之"新"在于它拥有放眼世界的胸怀，努力促进各民族在文化上各美其美，共享其美，美美与共。这当然是一种理想，但这种理想正是世界各国真正有品格的文学家、艺术家都拥有的理念。很少有哪个大国强国的作家、艺术家看不起弱小民族或"落后"民族的艺术。当年歌德提出"世界文学"观念的时候，就十分看重彼时德国还十分陌生的中国的文学；鲁迅先生当年也为东欧那些"弱小"民族的文学在中国的传播不遗余力，汉学家普实克终其一生都推崇鲁迅，尊重、喜爱中国现代文学。

如果从理论渊源来看，钱先生强调文化交流中的对话精神，正是受到米哈伊尔·巴赫金的对话理论的影响，在某些程度上也受到哈贝马斯的"交往理性"的影响。但前者的影响更明显、更直接，钱先生多年沉浸于巴赫金的文学理论，他既是中国最早接触到巴赫金文学理论的研究者，又是始终不渝介绍研究巴赫金的学者，直到耄耋之年还在翻译校对《巴赫金全集》。巴赫金的文学理论揭示了小说叙事中人物相互对话，作者与人物对话的特性，打开了文学理论，尤其是叙事学的新天地。钱先生对巴赫金此说当是十分欣喜，而他最早探讨巴赫金的文学理论学术活动就是在1983年举行的"第一届中美双边比较文学研讨会"上所做的报告。这是先生十分成功的一次报告，得到钱锺书先生的高度赞许。这场报告的题目为"'复调小说'：理论与问题"，复调，即对话性，正是巴赫金理论的精要所在，钱先生一生的学术活动都贯穿着对话、交流的宽容态度。这正是基于他理解的文学的丰富性和多样性，文学创作的个性化，只有保持对话、交流的态度，才有不同风格的文学多样性存在的可能。

说到底，这种对话性可以理解为文学应有的一种伦理品格，或者说，美之所以为美，是因为不同文化、不同民族的人们都可共享一种美或不同的美，这就在于美本身具有多样性和丰富性，同时又有共享性，这种共享性就构成了审美活动的伦理性基础。基于审美活动的这种本质性的伦理要求，"新理性精神"倡导的文化交流对话成为一种可能，并且成为一种必需。因为审美的这种共享性，终将提升人类的精神境界，必将造福于人类，让人类共处和平、尊重、关爱的文化中，人类终将意识到自身乃是一个"命运共同体"。

关于审美反映论、关于审美意识形态、关于现实主义和现代主义、关于文学的丰富性和多样性、关于文学理论的"现代性"、关于"新理性精神"、关于理论的对话原则……总之，关于中国当代文艺理论的建设，专业领域的同行、学者都会认可，钱中文先生的贡献居功至伟。或许，也有更年轻一代的学者会认为，钱先生偏于谨慎，偏爱"旧瓶装新酒"，本来他的贡献和创造性会更大，等等，但是，我以为，在中国 20 世纪的文学理论的传统中，钱先生承认了历史给定的条件，他知道人们并不可能随心所欲地创造历史，在"新时期"以来的历史语境中，他做了最大的努力，他无疑是中国当代做得最好的少数理论家之一。他选择了当一座桥梁，与有良知的同代人一道，承前启后——这伟大的桥梁——在先生鲐背之年，最大限度地拓展了中国文学理论的当代道路。

（2022 年 7 月 3 日于北京万柳庄）

理性危机中的重建
——钱中文的"新理性精神文论"

北京外国语大学 李世涛

20世纪90年代以后,随着全球化的迅猛发展及中国社会的全面转型,全球化与本土化、经济与文化的矛盾迅速彰显。一方面,社会以前所未有的速度迅速发展;另一方面,随之而来的问题也不断涌现,商品拜物教的肆虐、道德滑坡、人文精神失落都令人触目惊心,它们影响了人的精神的全面的、正常发展,也不可避免地对文艺的发展带来了挑战。为了实现文艺理论与社会之间的良性互动,现实关怀显得尤为重要和迫切,特别是价值多元的情况下,亟待文艺理论家承担社会批判的功能,以发挥其价值引导的作用。正是在这样的具体语境中,钱中文展开了其"新理性"的建构,落实到文学艺术上就是"新理性精神文论"。实际上,20世纪90年代中期以后是钱中文文艺理论研究的全面收获时期,也是其影响向纵深处发展的时期,其主要标志和最重要的成果之一就是"新理性精神文论"。

一 "新理性精神文论"的背景

钱中文提出"新理性精神文论"这一理论有着中外的理论、现实背景,这样的境遇产生了独特的问题,他是以强烈的问题意识介入文艺的困境的。

（一）反理性的深刻危机——科学、人文理性的危机，社会生活、科学、哲学、文学艺术的理性反常

在西方思想史上，理性思想占据着举足轻重的地位，对社会、文化和人的精神世界产生了巨大的影响。其中，古希腊的理性思想奠定了西方整个理性思想大厦的基础。柏拉图把人区分为肉体与灵魂，理智与意志和情欲由高到低形成了灵魂的三个等级，人只有克服低级的情欲、情绪和情感，才能够获得精神的发展并达到永恒的境界，这样也才能培养适合于其"理想国"理性的人。在这一点上，亚里士多德继承了柏拉图的遗产，也强调了抑制和克服情感、培养理性的重要性。实际上，古希腊的理性思想极为丰富，它包括了理论理性和实践理性。

近代以来，笛卡儿、黑格尔和启蒙运动的思想家分别从各个方面发挥了理性思想，强调了其重大作用。而且，随着宗教的衰微，西方社会还出现了"理性化"的转变，"理性化"同时也是对宗教的"除魅"过程。马克斯·韦伯把社会行动划分为传统行动、情感行动、价值合理的行动和目的合理的行动四种类型，其中后两种类型的社会行动在西方社会发挥的作用更大。价值合理的行动类型的行动本身就体现了对终极意义和价值的追求，与行动者追求世界和人生意义的目的直接相关。目的合理的行动只是达到一个目的的工具、手段和中介，行动本身并不与终极关怀挂钩。价值合理的行动和目的合理的行动之间的冲突始终存在，但近代以来，二者之间的分裂、冲突和矛盾加剧，结果后者占据了主导地位。目的合理性也可以被称为工具合理性、工具理性，受"客观因果法则"的制约，具有客观标准；价值合理性是一种与主观密切相关的理性，缺乏客观的标准。这样，人们为了达到某一目的，就会想尽一切办法而不择手段，通过算计而实现其目的，并不必顾及信仰、价值、伦理、义务、责任、终极关怀、真实的情感等这些更为根本性的因素。工具理性与科技、管理结合起来，对西方社会产生了重要的影响。而且，工具理性、形式理性无节制地发展膨胀，结果成为一种压迫性的力量，导致了对价值理性和实质理性的挤压和排斥，并引发了西方现代社会的紧张，最终形成了韦伯所

说的"理性的铁笼子"。此外,理性的极端发展还导致了对理性之外的其他东西的漠视、排斥或打压,这样,感性、偶然性、特殊性、情感都统统被放逐了。

但是,当理性极端发展、神圣化受到顶礼膜拜的时候,它终将面临危机四伏的困境。自 19 世纪中叶以来,意志哲学、生命哲学等各种非理性主义与反理性主义思潮风起云涌,它们从各个方面质疑、反思、批判、否定理性主义及其种种存在方式,颠覆了理性主义的基础和权威性,揭示了其意识形态性、压迫性、独断性和片面性。这些思潮挖掘了被理性主义压抑的人的一面,揭示了人的另一方面的本质特征,极大地拓展和深化了人类对自身的认识。但是,它们抛弃理性后却纷纷乞灵于生命、本能、无意识、感性、意志、非理性、反理性,提倡并追求人的孤寂、迷茫、焦虑、绝望、死亡,结果,在否定理性的时候,人类的价值、主体的能动性与人的尊严,又面临了新的危机。20 世纪初,卢卡契提出的"理性的毁灭",形象地预示了理性的危机和非理性主义、反理性主义的泛滥。在 20 世纪,实证主义、分析哲学、语言哲学等科学主义哲学迅速发展,但人文精神却日益淡化,或被排除于其视野之外。解构主义、后现代主义的出现,一方面解放了人们的思想和思维方式,另一方面又试图消解价值与精神。作者之死、主体性之死、知识分子之死、人之死的呼声不绝于耳,人类自身的粗俗、卑琐、空虚、无聊、无奈被无限夸大,并得到了淋漓尽致的描绘。有赤裸裸的反理性主义,制造着社会灾祸,也有以理性为号召的反理性主义,同样制造了社会的灾祸与动乱。

20 世纪的科技、信息技术同样获得了日新月异的发展,它展示了人类的认识力量和创造力,但是,它所表现的非人性的消极面也不容忽视。人对自然环境的破坏,科技与政治结合所导致的战争和贫富悬殊的加剧,工具理性、算计的泛滥,都令人触目惊心。

除了这些危机外,钱中文还发现,当今理性的反常化还向其他领域蔓延。崇尚财富、时尚,诱发了人对物的欲望和享受的狂热追求,导致了物对人的普遍挤压,使人的关系日渐淡漠,甚至使不少人丧失人性,人的精神日趋单一、空虚、平庸和丑陋。而且,随着形形色色的"钱、性、权"交易的横行肆虐,理想、价值和人文精神不仅严重缺失,而且还沦为嘲弄、讽刺和解构的对象,甚至这些行为还成为一种时髦被追逐。

这样,在失去了精神的观照和引导的情况下,人们仅仅依靠自然本能行事,疯狂地追求感性享受和个人利益,在失去了任何禁忌之后,人的伦理、道德、精神在多元化的追求中走向低俗、平庸。人文理性的缺失还导致了作家的道义担当和社会责任感的缺失,为了追求销量,他们热衷于以平庸、粗俗、恶俗、腐朽的东西招徕读者,放弃了审美和提升读者精神境界的追求,结果导致了文学质量的急剧下滑。事实上,理性的危机只是一个表征,背后隐含着深刻的社会危机、道德危机、信仰危机和人文精神的危机,并亟待价值的重建。

(二)价值的全面失衡与人文精神的指向

反理性的危机非西方所独有。实际上,无论中西,文学艺术意义、价值的下滑,人文精神的淡化与贬抑,都相当普遍而严重。从某种程度上讲,人文精神在中国当代的危机甚至更为严重。自20世纪80年代后期以来,中国逐渐走上了市场经济之路,也由于受到国外的哲学、文化、文艺思潮的影响,中国的大众文化迅速崛起,它片面地满足人们的文化消费欲望和感官享受,一些作品热衷于性的描写,从一个侧面反映了文学艺术的贬值、堕落。之后,这些现象又影响到一些精英文学艺术家的创作。神圣的价值、信仰、理想被嘲讽;生存的平庸、无奈和粗俗得到了充分的展示;极端地追求语言、叙事等形式方面的技巧;大肆地写作、渲染性主体。随着社会的转型,这些问题非但没有解决,反而愈演愈烈。这些社会问题及其引发的精神危机、道德危机首先引起了人文知识分子的关注,其爆发点便是"人文精神大讨论"。针对文学艺术中出现热衷于表现物欲、性欲、隐私、精神空虚,有意迎合读者低级趣味等倾向,以及由此导致的追求粗俗、平庸和平面化的审美意识,上海的学者王晓明、陈思和等首先发起了人文精神的讨论。其中,王晓明分析了20世纪90年代文艺的媚俗、自娱、宣泄、艺术想象力的丧失等表征,以及由此反映出的理想主义的缺失、价值虚无主义等深层危机，他尖锐地指出："今天的文学危机是一个触目的标志，不但标志了公众文化素养的普遍下降，更标志着整整几代人精神素质的持续恶化。文学的危机实际上暴露了当代中国人人文精神的危机，整个社会对文学的冷淡，正从一个侧面证实了，我们已经对发展自己的精神生活丧失了兴趣。"① 90年代的人文精神讨论持续了若干年，由于种种原因，讨论并没有获得预期的效果，但多数讨论者都承认，当时的人文精神的确实失落是一个不争的事实，而且也亟待进行人文精神的重建。

正是在这种情况下，人们需要寻找一个新的理解与阐释人的生存与文学艺术意义、价值的立足点。在钱中文看来，这个新的立足点就是新的人文精神，就是新理性精神。钱中文并没有介入当时的那场讨论，但他于1995年发表了长文《文学艺术价值、精神的重建：新理性精神》，从文学理论的层面回应了自己对人文精神讨论的思考。

在我们的印象中，钱中文之前的文章中很少有这样的文字，也很少有这样的激情和对现实的直接介入，这篇文章预示了他的一种新的论述问题的方式——理论直接贴近现实，与其20世纪80年代主要通过概念、命题和理论体系间接地回答现实问题的论述方式拉开了距离。钱中文把讨论的重点由作为人文精神主要载体的文学艺术引向了文艺理论，试图从文艺理论的层面解决文艺中人文精神的缺失，并把新理性精神作为克服精神涣散的良药，来克服表层化的、低级、粗俗的感官化的泛滥。实际上，新理性精神具有其特定的所指和一系列规定性。在钱中文看来，它首先从大视野的历史唯物主义出发来审视人的生存意义，特别要正视人所面临的困境。这包括有形的人的生存的困境和无形的、深层的精神生存的挫折感；物对人的挤压、精神的平庸化；道德的沦丧、公德的缺失；科技功利对人的精神与价值的排挤；理想的匮乏与信仰的失落而导致精神的扁平化；人的异化和人性的泯灭。新理性精神的提出立意高远："新理性精神意在探讨人的生存与文化艺术的意义，在物的挤压中，在反文化、反艺术的氛围中，

---

① 王晓明：《旷野上的废墟——文学和人文精神的危机》，《上海文学》1993年第6期。

重建文化艺术的价值与精神，寻找人的精神家园。"① 为了达到其目的，新理性精神坚信人要生存与发展，既要提高物质生活条件，又要建设、提高精神生活，与社会和谐发展，并对人文精神提出了相应的要求："所谓人文精神，就是在人与社会、人与自然、人与人之间、人与科技之间的相互关系中，一种对人的生存、命运的叩问与关怀，就是使人何以成为人，要成为什么样的人，确立哪种生存方式更符合人的需求的那种理想、关系和准则的探求，就是对民族，对人的生存意义、价值、精神的追求与确认，人文精神是人的精神家园的支撑，最终追求人的全面自由与人的解放。"② 这样的人文精神首先具有人的共同的普遍性，它包括了同情、怜悯、血性、良知、诚实、公正、正义感等在内的使人何以成为人的精神需求，是现代人应该共同遵守的契约式的准则，这也是人文精神的最基本内容；其次，人文精神是一种社会的、历史性现象，不同历史时期的内涵和强调的重点也不尽相同；最后，人文精神具有强烈的理想性，但是实现它需要立足于现实的基础。正因为此，新理性精神需要广泛地吸取众多的理论资源。

实际上，钱中文提出新理性精神的初衷，只是出于直接介入缺乏人文精神的现实的考虑，主要针对文学艺术而言，并没有作为一个完整、严密的理论命题来对待，有不自觉的因素。但是，当它产生以后，并以理论品格来衡量的时候，新理性精神就要回应一系列的挑战，如现代性、社会生活与学术研究中的对话性、感性、非理性、反理性和传统的关系，等等。可以说，社会现实生活的变迁、人文科学学风的反思，直接催生了这个命题。正是在这种力量的驱动下，钱中文开始了自觉地寻找、确立"立足点意识"的过程。理论的自觉又进一步丰富了新理性精神的现实性。2000年，钱中文在其新著《新理性精神文学论》中，首次把新理性精神观照下的文学主张命名为"新理性精神"文学论。在2001年召开的"新理性精神与文学研究方法论全国学术研讨会"之后，他吸取多方面的意见，使新理性精神的内

---

① 钱中文：《文学艺术价值、精神的重建：新理性精神》，《文学评论》1995年第5期。
② 《钱中文文集》（一卷本），上海辞书出版社2005年版，第332—333页。

涵更为明确:"新理性精神是一种以现代性为指导,以新人文精神为内涵与核心,以交往对话精神确立人与人的相互关系,建立新的思维方式,包容了感性的理性精神。这是以我为主导的,一种对人类一切有价值的东西实行兼容并包的、开放的实践理性,是一种文化、文学艺术的价值观。"① 他经过深入研究后最终形成了新理性文学思想,具有了新的理论生长点的意义,同时也是其文艺思想的哲学提升。

二 "新理性精神文学论"的构成

钱中文的"新理性精神"包括"现代性""新人文精神""交往对话精神"以及感性与文化的关系等问题,它们共同构成了"新理性精神"的内涵,而且,它们之间相互关联,既各有侧重,又相互补充。其原因在于,几百年来,在社会现代化的过程中,它们总是作为理论的旗帜,行动的号召,人与人之间的思维方式,"均衡重量,确定价值"的准则而出现的。"新理性精神"正是对这种状况的总结:"综合了特别是20世纪以来在哲学思潮、社会实践、唯科学主义、科技霸权、人文科学、文学艺术中反复出现、不断重复、具有导向性、互有联系的几种规律性现象,给以综合阐释的一种理论观念。"② 钱中文把由此得来的"新理性精神"具体落实到文学艺术上,就有了"新理性精神文学论"。

(一) 文学理论现代性问题,分歧、定位及其内涵

钱中文的"新理性精神文论"把"现代性"作为建设文论的指导,把促进现代社会、文化、文学艺术发展的现代意识精神作为其组成部分。它强调了与其他现代性有别的新理性精神的现代性,即"所谓现代性,就是促进社会进入现代发展阶段,使社会不断走向科学、进步的一种理性精神、启蒙精神,就是高度发展的科学精神与人文精

---

① 《钱中文文集》(一卷本),上海辞书出版社2005年版,第335页。
② 钱中文:《三十年间》,《文学评论》2009年第4期。

神，就是一种现代意识精神，表现为科学、人道、理性、民主、自由、平等、权利、法制的普遍原则"①。新理性精神的现代性具有特定的规定性。

首先，钱中文认为现代性既是一种现代意识精神，又是追求科学的、发展的、建设的思想："现代性是一种建设的思想，对于我国文化、文学艺术的建设来说，我以为必须以现代性思想为指导原则。"②同时，现代性也是不断面向现代的、正在进行中的现代性，是个未完成的事业，而非后现代性，虽然我们不能忽视后现代性的影响。其次，新理性精神把现代性本身看作一个矛盾的复合体，同时重视它的两面性，反对两种极端——或以唯理性主义排斥感性需求，或以非理性主义和反理性主义来阐释世界，特别要反对忽视人文需求的实用理论理性的横行。为此，应该正视、批判现代性自身的消极面。现代性的消极面，常常作为现代理性的正面形象，总是以为自己是绝对真理的化身，不可动摇，永恒不变，结果给社会带来巨大的灾祸，并贯穿于20世纪的不同阶段。因此，新理性精神应该"把现代性的功能视为一种反思，一种文化批判，一种现代文化的批判力，也即一种思想前进的推力。需要坚持现代性的这一功能，使其自身处于清醒的现实主义状态，使其自身具有不断清理自身矛盾的能力"③。而且，新理性精神既要反对隐瞒事实、随意打扮历史与现实的实用主义的话语霸权，又要反对否定历史与现实的虚无主义与怀疑主义。再次，新理性精神重视传统及其与现代性的联系，现代性视野中的传统既有过去的优秀遗产，又有更新和创造。中国的现代性建设应该立足于中国现代文化传统的基础，并广泛地吸收中国古代和外国文化的传统，从而建立起适合于中国国情的新的文化形态。这一问题在我国争论了一百多年，在社会实践中，始终未获真正解决。最后，从历史的角度看，现代性是一种包含了历史具体性的现代意识精神、一种具有历史性指向

---

① 钱中文：《文学理论：走向交往对话的时代》，北京大学出版社1999年版，第279页。
② 钱中文：《文化、文学中的现代性与后现代性问题》，《社会科学辑刊》2002年第1期。
③ 金元浦主编：《多元对话时代的文艺学建设——新理性精神与钱中文文艺理论研究》，军事谊文出版社2002年版，第6页。

性的现代性。各个历史时期的现代性的内涵既存在着相同、一致的地方，又有差异、不同，中国的现代性与外国的现代性的关系也是如此，不能以外国的现代性来要求，来规范、替代中国的现代性。

文学理论现代性是现代性的有机组成部分，但又有其特殊性。研究文学理论的现代性问题，不能把它与现代性所要求的科学、人道、自由、民主、平等观念及其历史精神与指向等量齐观，但又不能脱离现代性而孤立地探讨文论的现代性。因此，研究文论的现代性，要根据现代性的普遍精神，结合中国文学、文论的实际与发展趋势，来确定中国文论现代性的内涵。在钱中文看来，就中国的现代性而言，在20世纪的中国，"全盘西化"式的现代性、彻底革命式的现代性都遭受了挫折，我们只有吸取历史的经验、教训，立足于本土，整合各种资源为我所用，才能走出中国自己的现代性之路。西方尚有"未完成的现代性"之说，在中国，体现了现代意识精神的现代性就更不会过时。而且，中国的现代性不但需要承担批判旧价值的功能，还需要承担起维护人的生存所需要的普遍价值原则与普遍精神的任务，以及重建遭受破坏的价值与精神的重任。同时，中国文学、文论面临的情况更为复杂。20世纪70年代末、80年代初，错误的文艺政策得到调整后，文艺、文艺理论与批评走上了正常的轨道，开始了学理性的探讨。与此相伴的是审美意识所发生的求新、求变、更新思维方式等方面的变革；创作的政治群体意识削弱并向个体的、个性化的审美意识倾斜；注重感官、欲望的大众审美意识的勃兴，既体现了审美意识的自由与民主性，但也暴露出粗俗性与庸俗化的消极性。同时，文学本质的论述纷纷涌现，促成了文学观念多样化，文论的哲学基础也出现了认识论、反映论、价值论、本体论、人类学本体论、生命本体论的多元格局，文论的自主性明显加强，而体现了现代性的张力。最终，钱中文将文学理论的现代性概括为："当今文学理论的现代性的要求，主要表现在文学理论自身的科学化，使文学理论走向自身，走向自律，获得自主性；表现在文学理论走向开放、多元与对话；表现在促进文学人文精神化，使文学理论适度地走向文化理论批评，获得新的改造。"①

（二）新人文精神，文艺与人的精神家园

钱中文指出，20世纪的哲学、社会思潮、文学艺术都强烈地表现着一个主题，它们都因现实中的人的物质和文化精神危机而叩问着人的生存与命运，现代性实际上表现了它们的取向与途径。文学艺术是人的精神的重要载体，其话语的表述具有强烈的人文因素，即文艺对人的价值、命运的关注，及其为生民立命的使命。因此，钱中文所谓的"新理性精神"把新的人文精神的建立，视为自己的内涵与核心。哲学、心理学对人的非理性领域的探索与深入，影响了文艺，但是理性遭受了泼水弃婴的命运，文艺中也掀起了一股非理性主义、反理性主义思潮。一些作品一方面拓展了人类对自身心理、思维的认识，促进了文艺的创造，更新文艺思维和文艺观念；但是另一方面，它们又极端地排斥一切，着力渲染人的困境、绝望、焦虑、虚无、荒诞，并否定希望、进取、进步，使人文精神陷入困境。这样，人就沦为扁平化的、毫无意志和随波逐流的人，悲观成了世界的基本色调。为了激发人的生存勇气、自豪感和自信心，需要纠正非理性主义，反理性主义的偏颇，使文艺更好地营造人的精神家园。从这个角度来说，新理性精神把非理性与非理性主义、反理性主义予以区别，并实事求是地看待其各自的作用。新理性精神重视偶然性在历史、精神和文艺创造中的独特作用，但又反对把非理性绝对化所导致的非理性主义、反理性主义，用以解释人、人的生存和世界。同时，新理性精神也反对由理性主义而演化成的唯理性主义，甚至反理性主义，它们在绝对真理的幌子下，异化而为实用主义的理论的工具理性、"绝对观念"、"绝对意志"，为此曾经导致了无数的社会的混乱、动荡、灾难，使人类多次陷入现实和精神的多重困境。有的文学创作与营造人的精神家园的目标越来越远，不仅缺失文学应有的基本的道德荣辱感、羞耻感，甚至失去了作为人的良知与同情心的底线，充斥于作品的是欲望、享

---

① 钱中文：《文学理论：走向交往对话的时代》，北京大学出版社1999年版，第288页。

乐、利己和猥琐，这种情况在当代中西文艺中大量存在。钱中文寄希望于新人文精神来对抗人的精神堕落与平庸，并发出了振聋发聩的呐喊："新理性精神要在大视野的历史唯物主义、人道主义的观照下，弘扬人文精神，以新的人文精神充实人的精神，以批判的精神对抗人的生存的平庸与精神的堕落。"[1] "当今的文学艺术，要高扬人文精神。要使人所以为人的羞耻感，同情与怜悯，血性与良知，诚实与公正，不仅成为伦理学探讨的课题，同时也应成为文学艺术严重关注的方面。以审美的方式关心人的生存状态、人的发展，使人成为人，完善人的灵魂，这也许是那些有着宽阔胸怀的作家艺术家忧虑的焦点和立足点。人文精神在当今社会还有别的要求。但是如果不能唤起使人所以为人的羞耻感，不能激起他的血性与良知，诚实与公正，在精神上使人成为人，其他要求再高、再好，也是枉然。"[2] 那么"新的人文精神"新在何处呢？在他看来，"必须发扬我国原有的人文精神的优秀传统，在此基础上，适度地汲取西方人文精神的合理因素，协调人与人、人与社会、人与自然、人与科技之间的相互关系，融合成既有利于过去不被允许的个人自由进取，又使人际关系获得融洽发展的、两者相辅相成互为依存的新的精神"[3]。他把这些要求视为人文精神的最基本的形态，实现这些要求，并向更高形态的人文精神发展。就文艺而言，新的人文精神影响着人的精神与价值的指向，并从一定程度上调整现实生活的畸形与失衡。

一些文艺受到语言哲学、语言转向和形式主义的影响，一味地遁入语言游戏、叙事策略和形式的"陌生化"，结果表现形式是多样了，但审美被削弱了，而且也不断放逐了作品的意义与价值，主动放弃了对人的精神的崇尚与坚守。同时20世纪的科技和其他形式的霸权主义造就了无数渺小的、平庸的人。钱中文指出："面对人的扁型化、空虚感，人的大范围的丑陋化、平庸化，与自我感觉的渺小化，文学

---

[1] 《钱中文文集》（一卷本），上海辞书出版社2005年版，第332页。
[2] 钱中文：《文学艺术价值、精神的重建：新理性精神》，《文学评论》1995年第5期。
[3] 钱中文：《文学艺术价值、精神的重建：新理性精神》，《文学评论》1995年第5期。

艺术应该揭起人文精神的这面旗帜，制止文学艺术自身意义、价值、精神的下滑。"① 现代主义文艺揭示了社会剧变中人的焦虑、压抑、异化的悲剧命运，显示着深厚的人性的关怀，但是，它的人物基本上是无能为力的，只能被不可知的力量所摆布、碾碎。"新小说"等后现代主义作品则强调以客观、零度感情去描绘世界、事物和人，此时人已沦为物。实际上，这些弊端也正是作家主体性自身的无奈与无力的表现，因此，需要强化人文精神的批判精神。钱中文强调，人文精神的委顿，忧患意识的缺失，对于人的生存处境的淡漠，难以使得创作深入时代海洋的深层，走向博大与精深。需要在强化人文精神的批判中，培植人的自信和崇高的感情。在文学艺术中，主体、作家并未死亡，他们不过是在换着方式说话，需要的是作家主体性的强化与弘扬。新理性精神正是把以人为中心的对人的命运的叩问与终极关怀，视为自己的理论的核心。

（三）交往对话精神与总体上亦此亦彼的思维方式

新理性精神奉行"交往对话精神"。钱中文综合吸收了巴赫金的对话理论与哈贝马斯的社会交往理性的成果，强调人的意识的独立性、有价值性，把对话提升为人的生存的本质属性和人与人之间的基本关系，并把它作为新理性精神的有机组成部分。其目的在于改变近百年来习以为常的非此即彼的思维方式，促进理论形态的多元化，扩大学术研究的自由度和独立性。

长期以来，由于受到政治和其他非学术因素的干扰，我国学术讨论中存在着一个根本性的问题，即思维方式的非此即彼的二元对立，由此引发了诸多问题，在近年百年来有关人的思想理论、现代性的探索和讨论中尤其如此。这些问题有各种表现形式，如以政治前提决定对错，以政治身份来代替学术判断，谁代表革命阶级，就代表了正确、代表了革命导师、代表了真理，而政治身份上的对手则必然是敌人，其学术研究也必然是错误的。在思想方法上受形而上学影响，问

---

① 钱中文：《文学艺术价值、精神的重建：新理性精神》，《文学评论》1995 年第 5 期。

题事先就有了结论，不研究事物的实际情况和前因后果，而且对错分明，不容分辨，没有任何的中间地带和回旋的余地。从学风上说，以真理自居，一副霸道相，用情绪化的语言给他人任意做出结论，否定别人，表现了价值判断的随意性，缺乏科学性与客观性；讨论问题一定要拼出个你死我活、高低贵贱。这些问题使学术存在于政治和话语霸权的阴影下，又导致了学界的内耗，久而久之形成了一种思维定式，并且至今犹存，积重难返。

在反思了这些症结之后，钱中文寄希望于交往对话主义来克服这一流弊。所以他提出要在人与人之间、个人的思想与思想之间，确立起一种新型的平等的交往对话关系。"交往对话精神主张，要改变对于人是一种对立体的旧观点。首先，要确立一种人与人是相互独立、互为依存和互为交往的关系，我与他者是一种相互依附而又各自独立、平等的对话关系；人的生存是交往对话的生存，我的存在不可能没有他者的你——你的存在。你否定他者的存在，自以为压倒了他者，其实你只是孤立了自己，你被自己孤立于他者即人群之外。其次，至于人的思想，则是一种独立的、自有价值的思想意识，并非只有你的思想才有价值，才值得重视。人的思想的价值有大有小，品位有高有低，特别是学术思想，但是都是有价值的思想。"[1] 一个时期里，学术研究为政治所替代，或受到政策和各种教条的束缚，必然缺乏独立、个性和创新而走向贫困。人文科学是讲究个性和创新的学科，这样，在特定的时期里它也就难有成就。为了把对人的生存的叩问和关怀与现代性的阐释提到更高的层次上，我们需要在思维方式上反对那种极端的绝对好或绝对坏的非此即彼的二分法。钱中文认为，这就是"要在历史现实、文化遗产的评价中，提倡一种可以去蔽的、历史的整体性观念，一种走向宽容、对话、综合、创新的包含了必要的非此即彼、一定的价值判断、总体上亦此亦彼的思维，这种思维对

---

[1] 金元浦主编：《多元对话时代的文艺学建设——新理性精神与钱中文文艺理论研究》，军事谊文出版社2002年版，第6页。

于振兴我国学术思想，是会有积极意义的"①。

文艺理论需要走向交往与对话，容许误差，给以激活而融化，也即在发问、诘难、应答与比较中走向新的境界。

同样，文化的发展也是如此，要在传统与现代、本土文化与外来文化的对话中取长补短，进行创新和发展。

（四）感性与文化

正是在社会转型期中，针对文学中的感性日益受到鼓吹以至走向泛滥、低俗，钱中文的"新理性精神"论提出了"感性与文化"的问题，企图起到调节的作用。新理性精神批判旧理性、唯理性主义和极端的工具理性，反对压制人的感性、个性、人性、创造性。新理性精神认为社会生活就是以感性的形态表现出来的，所以需要关注人的感性需求、生理需求和更高层次的文化需求；新理性精神承认非理性乃至反理性的普遍存在及其合法性，特别是其思想、现实中的特殊的创造力对文艺的重要意义。这样，在文艺创作中，通过感性与理性的整合，重新建立起新的理性精神。

可以说，感性和理性的发展都呈现出了曲折的道路。感性的起源和存在远远早于理性，它在人类早期的生活中发挥了重要的作用。后来，理性才逐渐产生和发展起来。理性在认识与改造自然、促进社会发展、提高人的认识和精神方面发挥了巨大作用。但是，在其发展过程中，理性被绝对化、神化了，它的作用被极端地夸大。一方面发展出了理性主义、唯理性主义的意识形态，并与科学一起，被认为是万能的东西；另一方面它又忽视、排斥、压制人的感性需求，借助于盲目的政治迷信或宗教信仰，扼杀人性、人的个性和人的创造力。可以说，凡是存在迷信的地方，必然存在着对感性的压制与理性的教条化。理性的过度张扬导致了非理性主义、反理性主义思潮的出现，它们不遗余力地攻击理性，并以感性中的无序现象来对抗理性。钱中文认为，作为人的心理、精神和生命的有机组成部分，非理性、反理性

---

① 《钱中文文集》（一卷本），上海辞书出版社2005年版，第334页。

是客观而普遍的存在，它们有助于全面地认识人、把握人的心理和精神世界，它们在促进思想和现实的发展中发挥着不可替代的创造性作用，对文艺发生着巨大的影响。而且，非理性主义、反理性主义对理性、理性主义、唯理性主义的抨击也正是这些被抨击的方面需要反思之处。但是，不可否认的是，非理性主义、反理性主义以绝对的、极端的方式反对理性，排斥理性，甚至否认理性存在的合法性。同时，它们经常与悲观主义、虚无主义联系在一起。现代主义、后现代主义文艺吸收并发挥了非理性主义、反理性主义的许多观点，有的作品描写得极为感人，它们审美地反映了生活、人际关系中的非理性之深，有的则表现得支离破碎，不堪卒读，制造了大量的视觉垃圾。

钱中文认为，新理性精神正视感性、理性的发展中所经历的曲折，需要客观、科学地看待它们及其各种变体的积极作用与消极影响。如前所说，生活本身就是以感性的形式表现出来的，就人的存在的方式而言，人具有感性的生理需求、生物性需求，这是人的最为基本的需求，它们应该得到充分的满足。但是感性的需求是多层次的。人的生物性的需求与动物的生物性需求又是不同的，否则人就与动物无异了。人的感性生活的需求，具有强烈的文化性，它必然要受到作为社会存在的人的生活底线的制约，而体现出一定的社会性。作为更高形态的人的生活的感性需求，应该与人的文化需求相一致。我们在承认、尊重这些感性需求的同时，还更应重视那些融合了以文化精神为主的人的感性生活的需求。这里会发生两种情况，一种情况是人的最基本的感性需求，会受到理性的压制而引起反抗；另一种情况是文学使感性变成性感，形成性欲、性描写的泛滥，而冲击理性的规范。人的感性生活的审美反映，其中包含了人的理性的认知、认识。自然应当重视感性的积极作用，但也需要有意识地引导文艺表现健康的感性，纠正极端的感情宣泄与满足感官享乐的肆意写作。

新理性精神承认非理性、反理性在人的感性生活中的普遍存在与存在的合法性，并吸纳它们的合理之处和积极方面来丰富自己。但是，如前所说，新理性精神反对以反理性主义和反理性的方式解释历史与社会现实生活，也反对文艺以反理性主义的方式描写历史与社会现实，盲目地渲染非理性主义。这些现象，在今天的文艺创作中极为常见。反理性、反理性主义与无序的感性相结合，经常冲破社会规范和伦理道德底线，极端地张扬人的感性、欲望、情绪等心理因素，特别是性情绪之类的、及时行乐的生理享乐的本能，导致生物性描写的泛滥。它们压制了正常的理性，丧失了叩问人的命运的精神追求的能力，放逐了对人的终极关怀和更高形态的人文需求，并在放纵性欲的狂欢描绘中消解、糟蹋了感性本身的合法性。现在，许多大众文艺和某些所谓的"精英文艺"为了实现其市场价值，与媒体共谋，把性、暴力、欲望、隐私作为写作主题，把感官享乐绝对化，堕入了与人文精神背道而驰的歧路。当然，这些现象可以回归现实生活，那些光华四射的社会角落，其实正是丧失诚信，充斥着无耻、堕落、委靡、谎言的现实。为此，钱中文强调，新理性精神倡导生活与文艺应该理顺感性与理性的关系，重新整合它们的力量，以达到重振人文精神和营造适合于人生存的精神家园的目的。

三 "新理性精神文论"与人文科学方法论

钱中文非常关注人文科学的方法论问题，他在对巴赫金的研究中曾经深入探讨过巴氏研究的方法论意义，在新理性文学论中，他又把新理性精神与人文科学的方法论联系起来，进一步探讨了人文科学的方法论问题。新理性精神所涵盖的几个方面，特别是现代性、新人文精神与交往对话精神，不仅是现代各个时期文学理论中反复出现的方面，而且也是人文科学中不断重复的问题；它们不仅是理论自身，而且也具有方法论意义。钱中文认为，一百多年来，我国人文科学在各个时期的现代性的推动下，提出了有关人的栖居的各种社会理想，相应的各种理论阐释，使用了多种不同的方法。马克思主义理论的输入，根本性地改造了我国的人文社会科学的发展方向，20世纪50年代后，已成为我国人文社会科学的主导，获得了极大的发展，但是庸俗化的阐释也随之而生。

那么，发展到了今天，人文科学的主要问题在哪里呢？就在于人文科学不断地被自然科学的机制、体制所改造。钱中文说："当人文社会科学不具真理品格，一时难以提供社会行为、规划生活准则，或是不能均衡重量、确定价值，以形成社会行为结构，而丧失人文评估系统，自然就会陷入不被信任的境地。正是在这种万般无奈的情况下，科学理性自上而下被激活了起来，而且驾轻就熟，与权力结合了起来，这是那时必然的选择，也可能是别无选择的唯一选择，因为生活不能停滞不前。于是从 20 世纪 80 年代开始，科学理性一路凯歌行进。"[①] 以自然科学的体制与机能作为社会的理想与指导，造成科学理性对于人文理性的统治，其根本原因在于，自然科学是讲究实际的科学，它的理论准确与否，可以通过实验而获得实证。至于一些应用科学，与生活实践紧密结合，运用起来立竿见影，立见成效，可以变废为宝，赓续国计民生。它们是看得到、摸得着的东西。自然科学长期形成的量化统计手段，是一种最为简单、最为雄辩的实证方式。因此不仅普及于自然科学自身，而且 80 年代后，进入了国家社会组织体系，渗入了人文社会科学领域。擅长量化统计的自然科学方法，一旦进入人文科学，就促使人们定期去完成规定的任务，追求选题数量，而忽视质量与思维创造，并且急速地促使人文科学成为成绩统计、评定成就、确定价值、显示公平的基本手段，一种以自然科学的价值评估准则，来替代人文科学的价值、精神的衡量，最终使人文科学逐渐失去自己的创造性特性而走向平面化、平庸化。

20 世纪与 21 世纪，不时有人欢呼人文社会科学与自然科学的合流，这当然可以在特定的范围里进行试验。但是钱中文认为，就目前来说，这两种科学的合流虽然可能已出现于一些领域，但是全面的合流还难有可能。人文科学与自然科学之间在对象上的深刻差异依然存在，同时两者的思维方式虽有同一，但又迥然有别。所以，使用自然科学的准则来套用人文科学的成果，只能使人文科学趋向量的追求，而逐渐地失去质的创新。人文科学不同于自然科学，甚至社会科学。自然科学必须客观地研究自己的对象即事物与自然，其文本是解释性

---

① 钱中文：《人文科学方法论问题刍议》，《南京大学学报》2009 年第 3 期。

的，解释者只是一个主体、一个意识，实际上是一种独白。而且，自然科学的判断主要建立在实验与归纳的基础上，其结论是客观的，准确与谬误易于辨明。社会科学也存在着客观性，其中体现着主体性的意图，其正确与谬误的区别准则也较为明显。但是，人文科学的对象是主客体的结合，其思维方式主要是结合着解释的理解，其文本是主体的表述，主体的表述指向他人的思想、意识和意义，这里是两个意识的对话与交锋，其中包含着主体对客观对象的认知和主体的意识色彩，必然表现了个人性、独特性、意向性、对话性、应答性。判断人文科学的价值，难以用自然科学实证的方法去检验其有用、准确与否，或以量化的方法去评定其价值。人文科学是积累性的，具有极强的继承性，是积累的科学。评价人文科学有其自身的"准确性"，那就是在与前人、他人对话与比较的基础上，它提出了哪些新的东西与哪些创新之点，并在实践与时间中接受检验。这里用得上哈贝马斯所说的对话人使用的话语，应当具有交往性规则资质，即话语的真实性、正确性与真诚性。[①] 否则只会导致简单化的批判与否定。从这种意义上讲，新理性精神的介入有助于促进人文科学方法论的建设。

钱中文强调，新理性精神以不断发展着的现代性为指导，但是，它又反对把亦此亦彼的思维方式绝对化，因为这种思维方式可能导致绝对的相对主义和排斥价值的判断，进而排斥真正的对话，最终取消正谬对错，甚至以草率的判决代替了科学研究。这样，总体上的亦此亦彼应该包含一定的非此即彼，在对话中进行有效的价值判断。这种思维方式和对话行为也正是新理性精神的体现。

综上所述，钱中文新理性精神文论具有丰富的含义和价值。它提出新人文精神问题，这是新理性精神的主旨，它涉及人的生存、如何生存以及人的自身完善。它主张应以现代意识精神为指导，反对把一种观念、理论视为绝对权威、终极真理，这是一种具有不断自我反思与自我批判功能的现代性，一种要求具有继承性的现代性。新理性精神针对我国文艺发展的实际，希望通过感性与文化的相互平衡与制约

[①] 《钱中文文集》（一卷本），上海辞书出版社2005年版，第502页。

等策略，促进文艺的良性发展。同时，为了达到上述目的，钱中文还希望建立一种健康的思维方式，提醒人们警惕工具理性主义的扩张，要在人与人之间、学术探讨之中确立一种交往对话主义的关系，反对我们头脑中根深蒂固的非此即彼的截然对立的思维方式，以促进人与人之间的平等，并建立起各种理论范式、各种话语之间的交往关系。新理性精神不但适合文艺研究，也可以理解为人文知识分子对待文化遗产和外国文化思想的立足点，一种学术立场，一种新的文化价值观。新理性精神融合了钱中文对人生、社会、历史、文化、学术和文艺等问题的体验、思考与感悟。

结　　语

"新理性精神"一经提出，就在学界产生了很大的影响。据笔者所知，1999 年在钱中文的《文学理论：走向交往对话的时代》出版座谈会上，学界曾集中讨论过"新理性精神"。2001 年 10 月，中国中外文艺理论学会与厦门大学联合举办了"新理性精神与文学研究方法论全国学术研讨会"，就这个问题进行了专题研讨。2003 年，在《文汇读书周报》与《学术月刊》联合评选的"2003 年度中国十大学术热点"中，"新理性精神和现代审美性问题的讨论"名列第九，这也是该年度唯一的文学议题。[①]

钱中文的"新理性精神文学论"自提出到完善、成熟，已逾十年，它引发了广泛的讨论，也经受了检验，并得到了广泛的认同和高度的评价。王元骧高度肯定了其现实意义："在这种情况下重新认识和估计人文的、道德、实践的理性在整个理性结构中的地位，并使其按照今天的时代要求来与知识理性、理论理性实现新的综合，从而使之对人们在物欲横流、道德滑坡、文化失范、信仰泯灭的社会大潮中保持自己的人格尊严和独立；对在日趋商品化、浅俗化、粗鄙化的创作倾向中，维护文学艺术的理想性和超越性的品格，起着一种理论规

[①] 《文汇报》2004 年 1 月 5 日。

范导向的作用，无疑是很有意义的。"① 许明揭示了它之于中国思想界的意义："我们所说的新理性有两个基本立场。第一，在文化思想中，继承 80 年代以来的以'人的解放'为主体的人文意识。第二，新理性的建设是对 19 世纪与 20 世纪思想成果的合理内核的综合汲取。这个立场对中国思想界来讲，特别重要，特别迫切。"② 徐岱指出了其理论价值："但如果说它（新理性精神）能够逐渐显山露水引人注目，在于其思想内涵基本覆盖、整合了新时期以来中国文论界主流学者们殊途同归的思想立场与理论走向，那么它所具有的突出的理论意义，则主要还在于这一思想范式在客观上契入了全球化语境里对于理性思想的批判与重建。"③ 张艺声则阐释了其创新意义："这是对以前历史唯物主义的大拓展、对各类理性意识的大包容与对当下物欲横流的大反思。"④ 而且，"新理性精神"还促进了钱中文理论、思想的转型："经历过这次理论总结和概括，钱中文的理论思想又面临再度开启，20 世纪 90 年代中期以后，钱中文的思想显示出前所未有的开放，它几乎是站在当代思想的前沿，回应当代最尖锐、最前沿、最时尚的理论难题。"⑤

如今，理性的危机更为严重，感性的泛滥非但没有被遏制，反而有愈演愈烈之势。在此语境中，"新理性精神文论"仍然不会过时，理应有更大的启发性和建设意义。

（原载《艺术百家》2011 年第 4 期）

---

① 金元浦主编：《多元对话时代的文艺学建设——新理性精神与钱中文文艺理论研究》，军事谊文出版社 2002 年版，第 31—32 页。
② 金元浦主编：《多元对话时代的文艺学建设——新理性精神与钱中文文艺理论研究》，军事谊文出版社 2002 年版，第 69 页。
③ 金元浦主编：《多元对话时代的文艺学建设——新理性精神与钱中文文艺理论研究》，军事谊文出版社 2002 年版，第 54 页。
④ 张艺声：《比较学理论：中西文论阐释大视野》，中国社会科学出版社 2006 年版，第 116 页。
⑤ 陈晓明：《始终在历史中开创理论之路》，《文艺争鸣》2008 年第 1 期。

钱中文的俄苏文学和文论批评

上海交通大学　王宁

在当今的中国文学理论界和比较文学界，钱中文的地位和影响是不容忽视的，而在中国当代的外国文学批评界，钱中文也应该占有重要的一席，因为他早先在国外留学所学的专业就是俄罗斯语言文学和文学理论，后来逐步从俄苏文论研究过渡到对文学理论本体的探讨，成名后他又回过头来从理论的视角跻身当代文学和文化批评前沿，不断发出自己的声音。这条批评道路并不是所有专事外国文学批评和研究的学者都能做到的。坦率地说，中国的绝大多数从事外国文学批评和研究的学者往往只能做到在国内有一定的影响和众多的读者，而极少有中国学者，特别是从事外国文学研究和批评的学者，能够以自己富于理论洞见的著述得到国际学界的认可和尊重。而在中国当代为数极少的有着国际影响的文学理论批评家中，钱中文应该算是他那一辈人中的佼佼者。

钱中文所涉猎的外国文学批评领域很广，从俄苏文学到文论，从文学的基本原理的探讨到文学理论前沿课题的研究，从当代人文精神的失落到文化研究对文学研究的挑战，所有这些问题都进入了他的理论思考和批评视野。他在下面三个领域中有着独特的成就和贡献。一是作为一位文学理论家，他同时从中国的文学创作实践出发，及时吸纳西方和俄苏的先进成果，对文学本体作了独立思考，并对文学的性质作了实事求是的界定；二是作为一位直面当下的文学和文化批评家，他不盲目地跟随时尚，而是从当代实践出发，以一种冷静的理性态度对人文精神失落和文学坠入低谷及时做出回应；三是作为一位在巴赫金研究领域内发出中国学者独特声音的文学和文化批评家，他的巴赫金研究得到了西方乃至国际学界的承认。此外，他还创造性地将巴赫金的对话理论和哈贝马斯的交往理论糅为一体，并结合当代文学理论批评实践，提出了有着自己独特理论建构的新理性精神。再者，作为一位有着广阔国际视野的理论家，他受到自己的研究对象巴赫金的启发，从不满足独白和自说自话式的封闭研究，而是积极地参与国际性的理论争鸣，力图发出中国文学理论家的声音。本文主要将钱中文当作一位外国文学批评家来讨论，主要涉及他的上述贡献的前两个方面。

一 巴赫金在中国的重要推手和首席批评家

毫无疑问，巴赫金作为俄罗斯—苏联的一位最有影响的文化哲学家、文艺理论家和思想家，在长达半个多世纪的思考和著述中，为20世纪人类的精神思想宝库留下了丰富的文化遗产。在这方面，由于苏联二三十年代的特殊情形，巴赫金的理论建树基本上被埋没了，甚至他本人的身心也受到严重的摧残。在这方面，倒是西方学者在"发现"巴赫金方面先行了一步。结构主义者托多洛夫和克里斯蒂娃早在20世纪70年代就率先将巴赫金的著述介绍到法语世界，随后美国的比较文学学者麦克尔·霍奎斯特等人将其译介到英语世界，经过美国这一世界"学术中心"的中介，巴赫金的理论思想不断地处于一种"旅行"的状态中，从边缘（俄苏）旅行到（法国和美国）中心，然后再向全世界广为辐射。然而，一个具有讽刺意味的事实却是，巴赫金的理论价值和学术贡献虽然首先是被西方学者"发现"的，然后"巴学"经历了一个从"中心"向"边缘"的旅行过程，最后却在中国的语境下达到了高潮。对于这一点，西方的巴赫金研究者也不得不望洋兴叹。当美国耶鲁大学比较文学系前系主任、国际巴赫金研究的主要学者霍奎斯特听说钱中文主编的六卷本《巴赫金全集》出版时，不由得感到赞叹。但同时他又说，"这对我们来说是一个羞耻"（It's a shame to us.）。实际上，2009年钱中文又主编出版了七卷本《巴赫金全集》，他目前正对《巴赫金全集》做新的修订。对于这一点，英年早逝的霍奎斯特却再也无法评论了。笔者的理解是，霍奎斯特在这里所要表达的意思是，虽然他本人率先将巴赫金的著述介绍到英语世界，并在美国乃至国际学界都产生了影响，但中国学者却默默无声地辛勤耕耘，一下子便先后推出了六卷本和七卷本《巴赫金全集》中文版，这不能不说是学术史上的一个奇观。在这方面，以钱中文为代表的中国的巴赫金研究者持之以恒地致力于巴赫金研究，他们所做出的独特贡献是不可忽视的。我们今天至少可以感到欣慰的是，中国学者在国际巴赫金研究领域里虽然起步较晚，但却后来者居上，并迅速步入国际巴赫金研究前沿。在中国的巴赫金研究和批评中，钱中文所起的领军作用是十分重要的。

　　钱中文于20世纪80年代就开始涉猎巴赫金研究和批评，而且他从一开始就处于一个高起点——从巴赫金的对话理论中接受灵感并将巴赫金研究置于一个国际对话的场景中。他在提交给1983年在北京举行的第一届中美双边比较文学研讨会的论文就是《"复调小说"及其理论问题——巴赫金的叙述理论之一》，回应了美国学者霍奎斯特的巴赫金研究论文。这个问题当时在西方学界也属于前沿理论课题，而钱中文的巴赫金研究和批评从俄文原文的阅读开始，与那些同样从俄文阅读巴赫金著作的西方学者的研究形成一种三角形的对话关系。尽管巴赫金的理论庞杂，涉及不同的学科，但他的切入点首先是文学，更为具体地说是俄罗斯作家陀思妥耶夫斯基及其作品和诗学。钱中文首先指出，"巴赫金的'复调'小说理论主要是通过陀思妥耶夫斯基的小说分析而形成的。在关于陀思妥耶夫斯基的论著中，苏联老一辈的研究家如什克洛夫斯基、格罗斯曼、吉尔波金等人，已经提出了'复调''多声部'现象，并有所阐发。巴赫金可以说总其大成，并形成了相当完整的'复调小说'理论"[①]。他在这里试图向人们说

---

① 钱中文：《"复调小说"及其理论问题——巴赫金的叙述理论之一》，载《钱中文文集》（一卷本），上海辞书出版社2005年版，第73页。以下引文除注明出处外均出自该书，不再另注，只在正文中注明页码。

明，巴赫金现象并非从天而降，而是植根于俄罗斯的民族文学和文化土壤里的，但是巴赫金对陀思妥耶夫斯基的研究却把仅仅局限于文学形式批评的狭窄范围扩展到了广义的多学科的对话理论框架。

钱中文及时地抓住问题的要害，认为巴赫金"复调"小说理论的提出是基于他的范围更广的"对话"理论，"对于巴赫金所说的'对话'，我们不能从一般意义上去理解，'对话'实际上是巴赫金对社会生活的一种理解，它强调人的独立性，人与人的平等，人与人之间的关系就像对话的关系，虽然在存在等级、阶级的社会里不可能做到这点，但作为社会理想，这一理论自有其独特之处"（第73页）。那么人们也许会问，巴赫金的"复调"理论的独到之处究竟体现在何处呢？按照钱中文的看法，就"在于通过它来分析陀思妥耶夫斯基的作品，确实能够引导人们深入到这位俄国作家的艺术世界中去，发现与了解他的别具一格的艺术特征"（第74页）。由此这种艺术特征被总结上升为诗学问题，反过来又可以指导文学批评和理论建构。

钱中文的那篇英文论文后来经过反复修改，以"Problems of Bakhtin's Theory about 'Polyphony'"为题，多年后发表于国际顶级文学理论刊物《新文学史》（*New Literary History*）杂志第28卷第4期（1997）上，这可以说是迄今为止中国学者在国际顶级刊物上发表的唯一一篇研究巴赫金理论的论文，不仅受到时任主编拉尔夫·科恩以及美国的巴赫金主要研究者霍奎斯特等西方学者的高度评价，而且引起了国际学术界的瞩目。这一点在国内却鲜为人知。令我们深有感触的是，虽然国内的巴赫金研究者并不在少数，但真正达到国际水平者实在是凤毛麟角。我们的文学研究，以及整个人文科学研究，在今天的全球化语境下，确实应该结束这种"自说自话"式的单向度研究了，作为外国文学和文学理论研究者，我们更应该让国际同行听到我们的声音，以便就我们所研究的对象展开平等的对话。在这方面，钱中文对巴赫金对话理论的弘扬和批评性阐发无疑迈出了扎实的一步。

自20世纪90年代初开始，钱中文开始了《巴赫金全集》的编译工作，这是一项巨大的工程，但也是他研究巴赫金的里程碑式的成就。在完成这项工程时，他满怀深情地写下了一篇数万字的导读式的

"序言",取名为"交往对话的文学理论———论巴赫金的意义",在这篇长篇序言中,他从各个方面评介了巴赫金的复杂丰富的文化理论。我们仔细阅读这篇长文,不禁发现,这与其说是他对巴赫金理论的全方位介绍,倒不如说是他本人也在与巴赫金进行一种"对话式"的讨论。他首先指出,巴赫金的一生经历了三次"发现",每一次发现都使得他的理论被人们认识得更加全面和深刻。巴赫金虽然被冠以多种"家"的头衔,但在本质上说来,他应该是一位深受新康德主义影响和启迪的哲学家,"他的哲学思想的各个方面,在前苏联不断得到展示,并得到了广泛的承认。对于巴赫金来说,他写文学理论著作似乎是不得已而为之,他写它们,为的是表达自己的哲学思想,因为环境不容许他将自己的思想,通过通常的哲学形式加以表达"(第427页)。这实际上在另一方面却成就了一个博大精深、内容庞杂的巴赫金思想体系,而钱中文则尽量从文学理论和批评的角度来研究和评价巴赫金。

由此,钱中文指出,"巴赫金是不断地被'发现'的,这与他的曲折的生活道路有关。先是文学理论家、语言学家、符号学家、美学家,继而是思想家、伦理学家、哲学家、历史文化学家、人类学家等。这些头衔加之于巴赫金身上,大致是不错的"(第432页)。但是人们也许会问,为什么巴赫金能在如此之多的领域内有这样不凡的建树呢?在钱中文看来,这自然与特定的历史时代的条件是分不开的。

> 当历史、社会发生大变动的时期,思维发生多元化趋向的时期,人们可以从不同方面把握社会的动脉,可以在不同的文化积淀的基础上展示人类思维的多种不同层面及其自身的价值,而有所发现。巴赫金处在这种大变动中,他的积极的思索成果,可能一时不能见容于环境与习惯的势力,而不得不在真正的意义上把自己的著作"束之高阁"。但是现实的风尚尚未时过境迁,这种思索的价值的光亮就已渐渐闪现,而后随之发扬光大了。(第433页)

可以说，巴赫金就是这一大变动的历史的产儿。具有讽刺意味的是，巴赫金也和他的祖师爷康德一样，一生只活动在一个有限的范围内，很少有机会与外界接触和对话，但他毕生的学术事业却正是建立在这样一种对话的关系之上的。虽然巴赫金自诩为一位哲学家，他写出那些文学理论著作是不得已而为之的，但是之于文学研究和理论批评，我们则不难发现，"巴赫金的理论，在文学理论中阐释了一种新的主体性的思想，不过它有别于以前的和后来的这种观点。他的主体性思想无疑大大加强了主人公主体的地位，能够使得主人公与作者平起平坐，自由独立，表述自己的意见，但是他总是与作者或者与他人处在对位"（第459页）的地位。只有这种"对位"才能起到对话的效果。

确实，在历时二十多年的巴赫金研究中，钱中文在细读文本、翻译和阐释的过程中全面总结了巴赫金在整个20世纪世界人文科学领域内的贡献，颇有见地地指出，"巴赫金的学术思想博大精深，他未立体系，却自成体系。这是关于人的生存、存在、思想、意识的交往、对话、开放的体系，是灌注了平等、平民意识的交往、对话、开放的体系。巴赫金确立了一种对话主义，如今这一思想风靡于各个人文科学领域。巴赫金的交往理论、对话主义，使他发现了自成一说的人和社会自身应有的存在形态。这种思想应用于文学艺术研究，促成他建立了复调小说理论、一种新型的历史文化学思想，为文学、文化研究开辟了新的领域"（第474页）。可以说，这是钱中文在经过潜心研究和深入思考后得出的颇有启发意义的批评性结论。

虽然巴赫金的理论价值率先由西方学界"发现"，但不容忽视的一个事实却是，六卷本《巴赫金全集》以及后来的七卷本《巴赫金全集》中文版的出版大大早于多年来一直在缓慢地翻译和编辑之中的英文版《巴赫金选集》。这无疑与钱中文的敏锐眼光和理论前瞻性相关。当然西方学界除了赞叹之外，应该更为重视中国的巴赫金研究以及整个文学和文化理论的研究。在国际学术界忽视一个用一种越来越显得重要的语言写作的著述显然是不足取的，但另一方面也说明，经过改革开放40年的洗礼，中国的文学理论家更为成熟了，我们不仅要继续引进西方的各种先进理论，而且更要致力于推出我们自己的学术观点和理论建构。但是这种"推出"不一定非得是"宏大的叙事"，也不一定非得是一个庞大的理论体系，而倒应该从个案研究的实绩来达到理论建构的目的。可以说，在国际巴赫金研究领域，钱中文的贡献不仅在于对巴赫金的复调小说理论所做的新的阐释，更为重要的是，他创造性地将巴赫金的对话主义与哈贝马斯的交往理论糅合在一起，发展出了一种具有中国特色的"交往对话式的""新理性精神"文学理论建构。这正是他在超越了现代/后现代和东方/西方的二元对立思维模式之后在国际学术界发出的中国学者的理论建构的独特声音。在这方面，笔者认为，随着时间的推移和中国文学理论研究成果的日益为世人所知，钱中文的理论建构将逐步被国际学术界发现，进而成为国际巴赫金研究以及文学阐释理论中的一种独特的中国声音。

二 新理性精神的理论建构和批评

前面提到，钱中文作为一位以探讨文学本体为主的理论批评家，对国际文学理论前沿有着一种出自直觉的感悟，例如，早在20世纪80年代初，英国文论家伊格尔顿尚未在其后出版的专著《美学意识形态》中正式提出"审美意识形态"这一观点，[①] 钱中文便在出版于80年代末的《文学原理——发展论》[②] 中系统地阐述了"审美反映论"和审美意识形态，并认为，文学就是一种审美意识形态，毫无疑问，这对传统意义上的反映论是一种反拨。这说明，他对文学理论的前沿课题具有相当的敏感性，并能及时地提出来供大家讨论。[③] 实际上，我们沿着这条线索仔细追踪就会发现，伊格尔顿的专著《美学意识形态》（又译《审美意识形态》）英文版出版于1990年，1998年译

---

① Terry Eagleton, *The Ideology of the Aesthetic*, Oxford: Wiley-Blackwell, 1990.
② 钱中文：《文学原理——发展论》，社会科学文献出版社1989年版。
③ 关于钱中文的"审美反映论"的较为详细的讨论，参见李世涛《钱中文与新时期文学理论建设》，《文学理论前沿》2008年第5辑。

介到中国；而钱中文首次提出"审美意识形态论"是在1982年的《论人性共同形态描写及其评价问题》一文，1984年《文学艺术中的"意识形态论"》一文则运用马克思主义的社会结构学说予以论述，1987年《文学是审美意识形态》正式确认文学的本质特性是审美意识形态，1988年《论文学形式的发生》从文学发展论视角论述审美意识形态论，他于1989年出版的《文学原理——发展论》一书则是对上述思想观点的整合或系统化。虽然这两位中西文论家没有任何直接的接触和交往，但却能基于各自的文学和批评实践在几乎相近的时间提出相近的理论概念和观点，这不能不说他们在建构一种具有普遍意义的世界文论的共同愿望。但是对这样一个复杂的问题需要另文专论。此外，也就是如前所述，钱中文对巴赫金现象也异常敏感，他认为，巴赫金的崛起与他所处于的特定的历史大变动情势是分不开的，我们若从他的这一评判来描述他自己在国际文学批评理论界的崛起也照样适用。我们都知道，钱中文从研究俄罗斯文学入手，逐步进入俄苏文学理论的研究，然后由于他宽阔的国际视野和自觉的比较意识，他很快就进入中国当代文学理论批评的前沿，发出了与众不同的声音。

20世纪80年代，全球化的大潮日益渗入人们的生活，经济全球化、政治全球化以及文化全球化无不波及中国，国内不少人文学者面对文化全球化的现象是担忧的，认为西方文化和理论的大举入侵会使得中国学者和批评家失语。但是钱中文以及少数具有国际视野的理论家则不以为然，他们一方面承认中国当代文学理论批评面临的挑战，但另一方面却认为全球化进入中国并不一定会使中国的文学理论批评陷入全盘西化的窘境，也许从另一个方面着眼倒有可能为中国的文学理论和人文学术走向世界提供难得的契机。在这方面，钱中文又先行了一步，作为一位早年留学苏联多年并打下了扎实的俄文基础的学者型批评家，他及时地发现了俄语在国际交流中的局限，便花了许多时间学习英语，并在国际学术会议上用英文宣读论文，让自己的声音为更多的国际同行听到。他的这些努力得到了国际同行的认可。这显然在从事俄苏文学研究和理论批评的中国学者中并不多见，而真正像钱中文这样有着自己理论建构意识并能直接与国际学界对话的批评家则更是鲜见。

面对20世纪90年代初中国步入市场经济后国内文化界出现的一系列令人匪夷所思的现象，钱中文一针见血地指出，这不仅是中国的现象，而且也是西方乃至整个世界出现的一个现象，面对这种物欲横流、人文精神下滑的现象，一切有着社会良知的中国人文知识分子理应对之做出回应。确实，正如钱中文所注意到的，中国实行改革开放以来，西方的理论和价值观蜂拥进入了中国，这对于中国人走出自我封闭的圈子了解外部世界无疑是有益的，但是一部分中国文化根底浅薄且一味追逐西方新潮的中国学者的极端做法则是他无法认同的。他也不像那些恪守传统价值观的保守人士那样，一味地反对新生事物的出现，而是试图透过纷纭繁复的现象究其本质特征，他自己从不走极端，但却善于从那些极端的理论思潮中寻觅出合理的因素并加以肯定。他再次从巴赫金的对话理论中获得启示，及时地调整自己的批评策略，使之直面当下的社会文化现实，提出独具中国特色的新理性精神建构，并在这方面发表了一系列文章加以阐述。

在《文学艺术价值、精神的重建：新理性精神》一文中，钱中文针对整个世界出现的物欲横流、人文精神下滑的现象，发出了这样的警醒："文学艺术意义、价值的下滑，人文精神的淡化与贬抑，是一种相当普遍性的现象"，今天，在不少西方学者看来，这也"死了"，那也"死了"，甚至传统的人文主义价值观也消解了，我们人文知识分子还有什么作用？我们如何面对这一现象？他认为，"一些人文知识分子正在寻找一个新的立足点，重新理解与阐释人的生存与文学艺术意义、价值的立足点，新的人文精神的立足点，这就是新理性精神"。那么这种新理性精神的特征究竟体现在何处呢？在他看来，新理性精神"将从大视野的历史唯物主义出发，首先来审视人的生存意义"（第303页）。面对商品经济大潮的冲击，虽然新理性精神"难以力挽狂澜于既倒，但它绝不会去推波助澜。它要在大视野的历史唯物主义的观照下，弘扬人文精神，以新的人文精神充实人的精神"。他所说的这种新理性精神具体体现在这样几个方面。首先，新理性精神"坚信人要生存与发展,人理解自己的存在。人的生命活动不仅是为了维系其自身的生命";其次,"人文精神是一种历史性现象。例如爱国主义精神,历来都是指对自己的国家、文化遗产的爱,不同时期指向相同,但其内涵是不断变化的,特别是在多民族国家里";再次,"人文精神具有强烈的理想风格,在不同国家、民族的人文精神共同性的基础上,又各具自己的传统的理想色彩"(第308—309页)。有鉴于此,新理性精神实际上就是一种新的人文精神,而"新的人文精神的建立,看来必须发扬我国原有的人文精神的优秀传统,在此基础上,适度地汲取西方人文精神中的合理因素,融合成既有利于过去不被允许的个人自由进取,又使人际关系获得融洽发展的、两者相辅相成互为依存的新的精神";此外,"新理性精神主张以新的人文精神来对抗人的精神堕落与平庸";再者,"新理性精神将站在审美的、历史社会的观点上,着重借助与运用语言科学,融合其他理论与方法,重新探讨审美的内涵,阐释文学艺术的意义、价值"(第315页)。当然,他并不赞成后现代主义的那些促使"语言能指的无节制膨胀"以及"本文的自恋和语言的自我运动"等极端做法,他认为,"新理性精神重视'语言论转折'的重大成就",因为将语言论引入文学理论,可以促使"文学理论流派不断发生更迭,不断出新",但另一方面,对传统的东西也不应全然抛弃,所以他提出的新理性精神依然要"重视传统,因为传统是文化艺术之链,是精神之续",抛弃这个民族传统,文学艺术将一无所成。他又从巴赫金的对话主义中获得启示,认为"新理性精神在文化交流中力图贯穿对话精神,文化交流应在文化的对话中进行",因此,"新理性精神就其文化精神来说,将是一种更高形态的综合"(第316—321页)。通过具体的阐发,他进一步总结道,"总之,新理性精神意在探讨人的生存与文化艺术的意义,在物的挤压中,在反文化、反艺术的氛围中,重建文化艺术的价值与精神,寻找人的精神家园"(第322页)。应该承认,在当时的那种人人侈谈"后现代主义"的年代,钱中文依然保持冷静的头脑和批评的主体性,绝不人云亦云。他一方面恪守传统的人文精神,另一方面又从新的社会文化现象中不断地抽取其合理部分,包括非理性主义的一些合理因素，加以改造和扬弃，从而建立自己独具特色的"新理性精神"，这确实要具有一种理论探索的胆识和批评的前瞻意识。

关于新理性精神与现代性的关系，钱中文也做了详细阐发，他认为，"新理性精神需要在对它们进行现代文化批判的基础上，汲取它们的合理因素，从几个方面，确立自身的理论关系，这就是'现代性''新人文精神''交往对话精神'、感性与文化问题"（第327页）。关于新理性精神与传统的关系，钱中文也作了辩证的阐释，他认为，"继承传统，并非就是面对往昔、迷恋过去，继承的目的在于吸收它的优秀成分。在传统文化中，实际上不仅有着过时的东西、惰性的东西、妨碍进步的东西、需要不断给以剔除的东西，同时在传统文化中，还存在着属于未来的东西、全人类的东西，这正是传统文化的真正价值所在"（第329页）。这些东西也许在未来能够发挥其价值和作用。显而易见，他建构新的理性精神，并非是要全然排除传统的东西，而是要兼收并蓄，以便推陈出新。这应该是我们今天对待传统和外来文化的辩证态度。在这方面，正如有评论所指出的，"从某种意义上讲，钱中文的文学理论研究是最具典型性的个案，既浓缩了中国当代文学理论的艰难探索、成就和困境，又向世界展示了一个具有悠久传统的文学大国对文学的一种理解"[①]。

如前所述，巴赫金的学术和批评生涯充满了对话精神，这一点深深渗透在钱中文的批评生涯中，同时也体现在他对自己提出的新理性精神的理论建构的不断完善中。在2001年撰写后来又修改发表于2002年的《新理性精神与文学理论研究》一文中，钱中文又进一步阐明了新理性精神的"对话交往性"："新理性精神努力奉行'交往对话精神'。需要确立人的生存是一种对话的生存，人的意识是一种独立的、自有价值的意识的思想，人与人是一种相互交往对话的关系"，从而"确立起一种新型的平等的交往对话关系，以促成学术界的一种普遍的追求真理之风，提倡学术自由的思想、独立的精神"（第333页）。关于新理性精神与感性、非理性甚至反理性的关系，钱

[①] 李世涛：《钱中文与新时期文学理论建设》，《文学理论前沿》2008年第5辑。

中文也做了辩证的分析和论证,"新理性精神承认非理性乃至反理性的存在的合法性,它们具有思想的、现实的特殊的创造力,这在文学艺术中尤其如此,所以需要吸取它们的合理性方面,成为自身的组成部分。但是,新理性精神反对以反理性的态度与反理性主义来解释生活现实与历史。极端的非理性、反理性主义,蔑视对人的终极关怀、对人的命运的叩问与人文需求,无度张扬人的感性和特别是人的生理享乐的本能、解体了人的感性"(第335页)。总之,在钱中文看来,新理性精神并非是排他的,而是一种兼容并蓄的综合体。

现代性问题虽然在后现代主义讨论如火如荼时被当作一个"过时的"话题,但在关于后现代主义的讨论趋于终结时,一批西方理论家重新回过头来反思现代性,并对所谓"单一的"现代性提出了质疑,[①] 同时也呼唤一种"多元现代性"的出现。[②] 钱中文作为一位中国学者和理论家,虽然没有直接介入国际性的后现代主义和现代性问题的讨论,但是他从中国的具体实践出发,敏锐地察觉到这个话题的重要意义和前沿性,从文学理论建构的角度切入,指出建构一种文学理论的现代性是可行的。他不像那些就现代性问题泛泛而谈的西方理论家那样远离文学本体,而是将现代性紧扣当前的文学理论问题,因此他认为,当今"文学理论要求的现代性,只能根据现代性的普遍精神,与文学理论自身呈现的现实状态,从合乎发展趋势的要求出发,给以确定。我以为当今文学理论的现代性的要求,主要表现在文学理论自身的科学化,使文学理论走向自身,走向自律,获得自主性;表现在文学理论走向开放、多元与对话;表现在促进文学人文精神化,使文学理论适度地走向文化理论批评,获得新的改造"(第359页)。这应该是钱中文从中国当代文学和文化的现状出发对全球现代性理论做出的独特的贡献。

毫无疑问,全球化时代的到来,使得一度在西方处于边缘地带的

[①] 这方面可参见 Fredric Jameson, *A Singular Modernity: Essay on the Ontology of the Present*, London and New York: Verso, 2002.

[②] 这方面可参见 Mark Wollaeger and Matt Eatough, eds., *The Oxford Handbook of Global Modernisms*, Oxford and New York: Oxford University Press, 2012.

文化研究长驱直入中国,并在中国酿起一股文化研究的热潮。钱中文虽然对文化研究"侵入"文学理论和文学研究的领地持有保留意见,但他依然认为文化研究的引进在一定程度上丰富了中国文学理论研究的多样性,打破了过去那种一种理论思潮独霸天下的"独白"情势,为一种多元"对话"的情势铺平了道路(第512—525页)。在他看来,即使"文化全球化、一体化是具有现实性的,因为已经存在这类现象,而且可能还会扩大着范围。但是深层意义上的文化全球化与一体化,又具有难以实现的不可能性。只能各国文化相互接近,取长补短,互为丰富与交融,实行更新与创造,这大概是不同的、多元的文化互为依存的和发展的方式"(第547页)。这实际上正是全球化的一个悖论。同样,世界文学现象的出现也是如此,全球化时代的来临,使得沉寂已久的"世界文学"问题又进入了当代比较文学和文学理论学者的视野,钱中文也敏锐地洞察到这一现象的潜在研究和批评价值,及时地提出了自己的见解。但他同样认为,世界文学与民族性并不矛盾,基于对歌德的"世界文学"概念和詹姆逊对之的阐释的准确把握,钱中文提出了言简意赅的看法:"看来,文学的巨大生命力,存在于民族性与世界性之间,而不在于越是民族的就越好,或是越是世界的就越高,而是民族性的与世界性的完美的结合。这样,上面两个争论的口号,就需要做些修正。文学既是开放的民族的,又是世界的;既是世界的,又是开放的民族的表述,可能更合乎其自身发展的情况"(第567—568页)。虽然他的这篇文章《文化"一体化"、民族文学与世界文学问题》写于2002年、发表于2003年《中国文化研究》第1期,但却与在此前后发表的美国学者戴维·戴姆拉什(David Damrosch)的著作《什么是世界文学?》(*What Is World Literature?* 2003)中的核心思想大致吻合,完全可以作为中国学者关于世界文学的看法对国际性的世界文学辩论作出贡献。虽然两位学者没有任何沟通和交流,切入的视角和表述的语言也不同,但在把握前沿理论方面却几乎是同步的。可见,正如歌德所言,不仅不同民族的文心相通,来自不同民族文化的理论也应该是相通和可以交流的。

综上所述,钱中文的批评范围并不局限于对巴赫金的研究和评

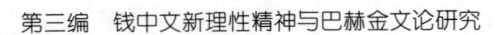

论，他早期也曾对果戈理的讽刺艺术做过深入的研究，并发表过讨论果戈理的"怪诞现实主义"的文章。[①] 此外，他在考察巴赫金的理论建树时再次阅读了陀思妥耶夫斯基的作品，发现了一些国内批评家不曾发现的新的东西，[②] 这些都为他后来直接进入批评争鸣和理论建构的层面奠定了基础，同时也为国内同行的这方面研究提供了具有理论意义的见解。纵观钱中文的批评生涯，我们不难发现一条主线，即他不喜欢在一种理论思潮被人炒作得如火如荼时紧跟而上，但在经过冷静的思考之后他则当仁不让地介入其中，并发出自己深思熟虑同时又不走极端的持中的看法。这应该是我们从事外国文学理论批评研究应采取的立场和态度。可以说，在中国当代的外国文学批评界，我们恰恰需要钱中文这样既有深刻的理论思考又不乏批评洞见的批评大家。

(原载《中国文学批评》2019年第3期)

---

① 参见钱中文《文学理论：走向交往对话的时代》，北京大学出版社1999年版，第360—401页。

② 参见钱中文《文学理论：走向交往对话的时代》，北京大学出版社1999年版，第402—431页。

钱中文对巴赫金的接受

北京大学　姜鹰、凌建侯

在中国接受巴赫金的四十年历程中，钱中文做出了重大贡献。1983年以来他撰写了超过15篇专论巴赫金的各类文著；1988年白春仁、顾亚铃翻译的《陀思妥耶夫斯基诗学问题》被收入他所主编的"现代外国文艺理论译丛"由上海三联书店出版；1998年他主编的《巴赫金全集》由河北教育出版社出版。据考证，截至2007年，《陀思妥耶夫斯基诗学问题》在"外国文学论文引用较多的国外学术著作与作品"排行榜中名列第六，《巴赫金全集》在"外国文学论文引用较多的国外学术著作与作品"排行榜中名列第一，[①] 在"中国文学论文引用较多的国外学术著作"排行榜中名列第四，[②] 可见国内学术界对这位苏联学者的强烈认同，2009年《巴赫金全集》修订增补为7卷再版也与此有关。钱中文研究包括巴赫金在内的诸多外国名家，主要是为我国的文论建设服务，他首创新理性精神文学论，试图把现代性、对话理论等西方优秀思想资源与中国传统文化相融合，促进了中国当代文论的发展。

[①] 苏新宁：《中国人文社会科学图书学术影响力报告》，中国社会科学出版社2011年版，第317页。

[②] 苏新宁：《中国人文社会科学图书学术影响力报告》，中国社会科学出版社2011年版，第289页。

一　巴赫金研究：从诗学入哲学再至"诗学与哲学之间"

自20世纪80年代初首次接触巴赫金的诗学，四十年来钱中文从未停止对这位苏联思想家的关注。由诗学入哲学再至"诗学与哲学之间"，他在中国巴赫金学的形成与发展中"立下了开拓者与领路人的功勋"[①]。

据钱先生回忆，1983年北京举办第一届中美双边比较文学讨论会，钱锺书先生邀请他参会，并鼓励他专门写一篇巴赫金研究论文，以便与美方学者"有个对应"[②]，于是国内第一篇专题研究巴赫金的论文诞生了。此文就是《"复调小说"及其理论问题——巴赫金的叙述理论之一》，同年发表于《文艺理论研究》第4期上；十四年后，其英文版 Problems of Bakhtin's Theory about "Polyphony" 经邀约刊登在美国权威杂志 New Literary History 第4期上，这充分显示出国际学术界对中国巴赫金研究的兴趣。在此文的引领下，谷雨、汪耀进、刘虎、彭克巽、何茂正等相继撰文，或隐或显地赓继着学界对复调小说理论的探讨。[③] 1987年《外国文学评论》创刊号刊载了有关巴赫金研究的一篇译文与钱中文的《复调小说：主人公与作者——巴赫金的叙述理论》、宋大图的《巴赫金的复调理论和陀思妥耶夫斯基的作者立场》。据曾军考证，钱中文与宋大图的这两篇论文与1989年黄梅、张杰的《也说巴赫金》《复调小说的作者意识与对话关系》形成了一场

[①] 周启超：《开采·吸纳·创造——谈钱中文先生的巴赫金研究》，参见金元浦编《多元对话时代的文艺学建设——新理性精神与钱中文文艺理论研究》，军事谊文出版社2002年版，第392页。

[②] 钱中文：《文学的乡愁——钱中文自述》，河南文艺出版社2017年版，第161页。

[③] 这几篇论文分别是谷雨的《文学研究与系统分析方法》（《文艺评论》1985年第2期）；汪耀进的《复调与莎士比亚》（《外国文学研究》1985年第3期）；刘虎的《陀思妥耶夫斯基小说中人物性格的意识分裂性》（《文史哲》1985年第4期）；彭克巽的《国外苏联小说研究趋向》（《苏联文学》1985年第5期）；何茂正的《"复调小说"理论与陀氏小说的鉴赏》（《东北师大学报》1986年第6期）。

"规模不大、影响不小"的争鸣,其焦点是"作者与主人公的关系"问题。① 具体来讲,宋大图、黄梅、张杰都认为主人公与作者的地位难以平等。其实钱中文也持相似立场,但相对中立,更重视以现实主义进行阐释。我们分析发现,钱中文是中国最早对"作者与主人公关系"提出质疑的学者,"不能把主人公的独立性夸大到与作者对峙、不受作者限制、约束的地步"②,同时又认为,"从总体把握上看,主人公的自由完全是相对的;从艺术逻辑看,主人公的确是自由的、独立于作家个性的"③。可以说,这样的阐释基本符合实情。1989年钱中文再发一文,用"误解要避免,'误差'却是必要的"回应争论,总结接受外国文学理论的方法问题。④ 这场争鸣引发了连锁反应,更多国内学者被引入巴赫金研究领域,20世纪90年代初学界已出现两部专论巴赫金的博士论文。⑤ 20世纪80年代,钱中文作为国内最早的巴赫金研究者之一,很好地回应了国际学术界对中国巴赫金研究的期待,同时也为中国文论界打开了一扇重要的理论之窗。

钱中文早期关注诗学问题,研究复调小说理论,进入20世纪90年代,他开始拓展研究领域。1996年他撰写报纸文章《难以定位的巴赫金》,讨论这位苏联思想家身上的"形式主义""结构主义""马克思主义""女权主义"等"错误"标签,认为其理论很复杂,"存在被夸大了的,庸俗的地方"⑥。该文于钱中文而言实际是一份有关巴赫金研究的思考纲要,之后他确实按照这份纲要澄清巴赫金的学术身份,梳理其理论成果,钻研其哲学—美学。1998年1月,《文艺研

---

① 更多信息可参见曾军《接受的复调:中国巴赫金接受史研究》,广西师范大学出版社2004年版。
② 钱中文:《"复调小说"及其理论问题——巴赫金的叙述理论之一》,《文艺理论研究》1983年第4期。
③ 钱中文:《复调小说:主人公与作者——巴赫金的叙述理论》,《外国文学评论》1987年第1期。
④ 钱中文:《误解要避免,"误差"却是必要的》,《外国文学评论》1989年第4期。
⑤ 两篇博士学位论文的具体信息如下。张杰《巴赫金的复调小说理论研究》,博士学位论文,中国社会科学院研究生院,1992年;董小英:《叙事文本的对话性研究——巴赫金与现代小说艺术》,博士学位论文,中国社会科学院研究生院,1993年。
⑥ 钱中文:《难以定位的巴赫金》,《文艺报》1996年2月2日。

究》《哲学研究》分别刊登《论巴赫金的交往美学及其人文科学方法论》《巴赫金：交往、对话的哲学》两文。前者将巴赫金早期语言创作美学、社会学文艺学概括为一种交往美学，将其与后期诗学联系起来，认为巴赫金的诗学不仅贯彻了早期哲学—美学精神，还发展出一种具体的对话理论，进而将巴赫金整个学术思想的主导精神总结为"交往与对话"，指出这些思想中不仅孕育了人文科学发展的方法论，还包含了未来美学与诗学建构的方向与路径。该文在很大程度上与当时哲学界的相关讨论呼应，回应了整个人文科学所面临的危机。[①]后者突出超语言学的重要意义，深化了关于交往对话的论述，认为巴赫金的对话哲学实际上也表现为超语言学，是其"交往哲学的进一步实现"[②]。对超语言学在巴赫金学术遗产中独特价值的揭示，刺激了国内巴赫金语言哲学与符号学理论的研究。[③] 1998 年 2 月，钱中文在报纸上发表专文《巴赫金的三次被发现》[④]，梳理国际巴赫金研究热潮的来龙去脉。1998 年 5 月，他将这"三次被发现"与巴赫金的生平经历、学术生涯结合起来，扩充为论文《巴赫金——一个命运独特的思想家》[⑤]，使中国接受者更加立体地认识了巴赫金；同年 6 月，中文版《巴赫金全集》主编序《理论是可以长青的——论巴赫金的意义》随书出版，这篇长文综合同年发表的三篇期刊论文[⑥]，增补"一些论著的著作权问题"一节，该节以鲍恰罗夫、柯日诺夫记录下来的谈话材料及沃洛希诺夫遗孀、卡纳耶夫写下的声明等为依据，初步论证了《现代活力论》《弗洛伊德主义：批评纲要》《马克思主义与语言哲

[①] 张掌然：《人文科学方法论问题研讨综述》，《武汉大学学报》（哲学社会科学版）1996 年第 3 期；朱红文：《人文精神与人文科学方法论导论》，中共中央党校出版社 1994 年版。这两份文献都能体现当时学界对人文科学方法论的探讨。

[②] 钱中文：《巴赫金：交往、对话的哲学》，《哲学研究》1998 年第 1 期。

[③] 凌建侯：《试析巴赫金的对话主义及其核心概念"话语"（слово）》，《中国俄语教学》1999 年第 1 期；杨喜昌：《巴赫金语言哲学思想分析》，《解放军外国语学院学报》1999 年第 2 期。这两篇论文在其正文或参考文献都谈及钱中文对巴赫金符号学、语言哲学的解读。

[④] 钱中文：《巴赫金的三次被发现》，《中华读书报》1998 年 2 月 18 日。

[⑤] 钱中文：《巴赫金——一个命运独特的思想家》，载《河北学刊》1998 年第 3 期。

[⑥] 三篇期刊论文即《论巴赫金的交往美学及其人文科学方法论》《巴赫金：交往、对话的哲学》《巴赫金——一个命运独特的思想家》。

学》《文艺学中的形式主义方法》等著作出自巴赫金之手。钱中文这一时期的研究拓展越广、钻研愈深，超语言学、人文科学方法论等众多新论题开始出现，以"交往、对话哲学"整体性重构巴赫金学术思想也得以完成，发表于报纸等大众媒介的文章更进一步推动巴赫金的影响力溢出学术圈。我们认为，20世纪90年代是钱中文巴赫金接受的关键时期，他形成了自己"求实创新"的接受风格，并在21世纪将其发扬光大。

21世纪以来，钱中文先后发表两篇报纸文章，四篇学术论文。报纸文章《各具特色的对话：交往哲学与诗学——谈巴赫金与哈贝马斯》明确指出他首创的"新理性精神"吸收了巴赫金与哈贝马斯的理论精华，①《理论是可以常青的》精要地介绍了巴赫金其人其学。②这一阶段，钱中文对人文科学方法论及早期哲学美学表现出浓厚兴趣，正式开启了跨领域、跨学科的深度探索。在《理解的欣悦——论巴赫金的诠释学思想》一文中，他把理解视为巴赫金理论体系的归宿，梳理出一条从交往到对话最后抵达理解的人文学术路线。具体来讲，"通过伦理学的探讨，确立了人的存在，同时通过他的'超语言学'建立了人赖以生存的交往对话方式，而达于理解"③。《理解的理解——论巴赫金的人文科学方法论思想》一文标志着钱中文以巴赫金理论为基础构建的人文科学新体系渐渐成形，该文将巴赫金的人文科学方法论诠释为一种以理解为核心的主体间对话，并用哈贝马斯的"真实性、真诚性、正确性、适当性"来规范这种交往对话，呼吁学界立足中国现实确立一种促进人文科学发展的思维方式："一种走向宽容、对话、综合、创新，同时包含了必要的多样非此即彼，即具有价值判断的亦此亦彼的思维。"④ 其后《人文学科方法论问题刍议》一文将人文科学的思维总结为"积累、对话、理解、扬弃、相互丰

---

① 《文艺报》2001年8月28日。
② 《中国社会科学报》2010年3月23日。
③ 《钱中文文集》（一卷本），上海辞书出版社2005年版，第492页。
④ 钱中文：《理解的理解——论巴赫金的人文科学方法论思想》，《文艺争鸣》2008年第1期。

富、创新"①，并主张在中国本土语境下对新观点和新创意应保持宽容而内行的态度，不能轻率否决。这已经不是单纯的外国文论研究，而是在源理论基础上发展出符合中国现实的人文科学新思维，充分体现了钱中文学术研究的建构性及其求新求实的接受风格。2021年，钱先生发表长文《行为构建、人的构形及其存在形式——在巴赫金的诗学与哲学之间》，试图完整构建巴赫金"行为即事件"的第一哲学体系。他首先将第一哲学落实为人有价值与责任的行为构建，接着描述人相互依存、交往的存在形式，进而在诗学分析中概括出一种具体的对话理论。借助对话，人就能在相互交往中更新自我、更新他人，并承担起相应的行为责任，完成自己的行为建构，从而将生活世界融入文化世界，弥合二者之间的割裂。钱中文揭示巴赫金哲学运思的这条线索，学理上步步紧扣，相当严谨，极有可能为中国人文研究开拓出新方向，其采用的跨学科研究方法也为后继者探讨"诗学与哲学之间"的理论提供了新范式。

钱中文对巴赫金的研究从诗学到哲学，再到"诗学与哲学之间"，其自身角色也逐渐从外国文论研究者转向中国文论建设者。正如《钱中文评传》提到的，"钱中文在对作为他者的巴赫金的发现中同时发现了自己"②。他学术思想中开放的"建构性"，很大程度上得益于其立足于中国问题形成的外国文论研究与中国文论建设相互促进的联动机制，而这二者能取得突破性成就，离不开他数次主编《巴赫金全集》。

二 主编翻译中文版《巴赫金全集》

明末，徐光启说"欲求超胜，必须会通；会通之前，先须翻译"③，类似的观念深刻影响了近代以来中国的思想面貌。钱中文主编

---

① 钱中文：《人文学科方法论问题刍议》，《南京大学学报》（哲学·人文科学·社会科学）2009年第3期。
② 刘方喜、李世涛：《钱中文评传》，黄山书社2016年版，第114页。
③ 徐光启：《徐光启集》（下卷），王重明辑校，中华书局1963年版，第374页。

的译著《巴赫金全集》不但风靡全国，在普通读者群中备受推崇，还得到了众多国内外学者的好评。莫斯科大学教授克林格来华参加学术会议时见到这套书，赞叹道："中国学者翻译巴赫金非常出色，走在了同行前列。"①

1988年，钱中文赴苏联访学，正式结识了巴赫金学术遗产的两位继承人鲍恰罗夫和柯日诺夫。钱先生与他们不仅是莫斯科大学的"前后同学"，还有着相似的学术志趣。1996年，他接下中文版《巴赫金全集》的主编工作，便去信讨论版权问题。鲍恰罗夫回复道："我以我的名义和瓦季姆·瓦莱里昂诺维奇·柯日诺夫的名义（我俩是作者著作权的合法继承人），例外地、不带任何附带条件，同意出版中文版六卷本《M. 巴赫金文集》。"筹备工作由此正式展开。组建翻译团队，大规模搜集相关文著、信函、讲座记录、课堂报告、档案材料、访谈……初步设计基本内容及体例。最终以创作时间为序形成1998年第一版《巴赫金全集》。在其出版前，国内已有部分译文，它们多为单行本、单篇译文、部分片段，《弗洛伊德主义：批判纲要》《文艺学中的形式方法》等作品甚至不只一个译本。据钱先生回忆，全集"四分之一的篇幅"借自这些译本，② 余下四分之三都是新译，如《长篇小说的话语》《小说的时间形式和时空体形式》《拉伯雷的创作与中世纪和文艺复兴时期的民间文化》《言语体裁问题》等。2009年，《巴赫金全集》修订增补为7卷再版。第二版与首版最大的区别是增补了大量的讲座笔记等，如《俄国文学史讲座笔记》《俄国文学史讲座笔记（补遗）》《外国文学史讲座笔记》，并对术语做了进一步统一。目前，钱先生已主编完成内容更丰富、编排更合理的第二次修订版，有望于近期出版。

我们概括出中文版《巴赫金全集》的三个特点。

其一，采取不同于俄文版《巴赫金全集》而更符合中国语境的编排策略。中文版以全集形式出版，首版就囊括了巴赫金的主要论著，

---

① 凌建侯、邹赞：《回望巴别塔：巴赫金的诗学与文化理论》，《社会科学家》2012年第7期。
② 参见钱中文《文学的乡愁——钱中文自述》，河南文艺出版社2017年版，第166—168页。

后续只需进行修订增补；俄文版（六卷七册）以册为单位分开发行，最早的第六册（第五卷）出版于1996年，最迟的第三册（第三卷）出版于2012年，前后相差17年之久，但其特色鲜明，不仅挖掘和整理出不少新材料，还撰写了内容相当丰富的注释，每册体量都很大。如"第一册（第一卷）：1920年代的哲学美学著作"共957页，仅注释就多达536页，其他几册的篇幅也都在700—1200页，注释都超过300页。俄罗斯作为巴赫金论著资源的来源国，在收集、整理、考订新资源及思想的来龙去脉上天然占据优势；中国作为接受国偏向于解释、阐发、比较、吸收，尤为注重寻求思想碰撞。因此中国学界更希望对巴赫金著作"一窥全貌"，钱先生的选编策略很符合中国的实际需求，也能最大限度地释放中国巴赫金研究潜力。1998年后国内巴赫金研究热度快速上升，2009年后再迎高点，两次热潮出现的内在原因当然是巴赫金论著能提供借鉴和启迪的思想资源十分丰富，但最重要的外在原因是中文版《巴赫金全集》的及时出版。

其二，中文版《巴赫金全集》由高水平团队通力合作，翻译质量很高。首先，国内两次出版《巴赫金全集》，钱中文先生都担任主编，这能确保内在逻辑的连续性，也能保障翻译质量得到更有针对性、更具效率的改进。其次，以钱中文为核心的翻译团队至少吸纳了28名成员，他们横跨老中青三代，几乎全部来自国内高校及科研机构。大多数学者长期从事俄罗斯研究，其中既包括有巴赫金著作翻译经验的译者，也挖掘了一批新译者。对于专业性特别强的文著，主编还会专门邀请该领域的专家，如哲学—美学论著由长期从事俄罗斯哲学研究的贾泽林翻译，外国文学史讲座笔记的特定部分由古希腊、罗马文学专家王焕生翻译。还有不少译者本身就是巴赫金研究专家，如钱中文、白春仁、晓河（卢小合）、夏忠宪等。最后，主编与副主编多次校订，用力甚勤。第一版出版前，不仅从头到尾对照原文反复审校，甚至还重译部分文稿。钱中文在自述中说："其中四分之三的篇幅是新译文，如哲学美学论文《论行为哲学》与《审美活动中的作者与主人公》等，原文文本就十分艰涩，译文也是如此，改动甚多，有的译稿按初译本根本无法使用。新的译文由我与白春仁教授校改，其中白春仁教授出力甚多";校订第二版全集时也耗费了大量心血,钱中文提到,"2005年,启动《巴赫金全集》前6卷的修订工作,同时进行第7卷的翻译组织工作。其中译文校对,统一7卷术语,最后统校,花了我与晓河的大量时间"①。正是译者与编者的一丝不苟的翻译校订,保证了《巴赫金全集》中译本的质量。

其三,努力"原汁原味"地传达巴赫金特有术语的内涵。据我们初步查询和统计,截至2019年7月,巴赫金学术思想已至少传播到33种语言文字区,其翻译语种多达29种,研究文献总数突破4万,范围广及欧洲、北美、南美、亚洲与澳洲。一般而言,不同语种的翻译会采取不同的策略,出现不同的翻译结果,体现出不同的文化倾向性,尤其在面对外来重要理论思想时,译介是如何接受的先决条件。中国的巴赫金理论思想最初有三大语种来源,即法语、英语和俄语。接受的语种不一致,翻译的重心就会有差异,这导致某些关键概念具有几种译名。中文版《巴赫金全集》相对完善的术语体系可以帮助中国读者有效理解来自不同外语背景的巴赫金研究论著及其所使用的术语。

据王宁考证,中文版《巴赫金全集》的出版还早于多年来一直在缓慢翻译和编辑的英文版《巴赫金全集》,"这无疑与钱中文的敏锐眼光和理论前瞻性相关"②。现今巴赫金研究在中国已成为一门显学,它在20世纪90年代培养的一批年轻学者,有的成为巴赫金研究专家,有的通过研究巴赫金成为文学理论家,他们的影响力已渗透整个当代文艺界,而它还在源源不断地为学术界输送新的血液。从这个意义来说,《巴赫金全集》"对中国文艺学乃至整个哲学社会科学的未来都会产生持久的重要影响"③。而对钱中文来说,数次的翻译主编不仅深化了他对巴赫金哲学及其理论建构模式的认识,也从侧面推动了其"新理性精神文学论"的发展,优化了他关于外国文论研究与中国

---

① 参见钱中文《文学的乡愁——钱中文自述》,河南文艺出版社2017年版,第168—169页。
② 王宁:《钱中文的俄苏文学和文论批评》,《中国文学批评》2019年第3期。
③ 刘方喜:《批判·对话·整合:钱中文文艺思想及其学术贡献概论》,《新疆大学学报》(哲学·人文社会科学版)2011年第3期。

文论建设的协作模式。

三 在巴赫金的影响下首创"新理性精神文学论"

新理性精神文学论是新时代中国文艺理论话语体系的重要代表，也是外国文论影响下中国文论发展的新阶段。作为独特的话语体系，它以"新理性精神"为核心，"文学论"为外部架构，逐渐形成了"由一人一论走向学界共建"的发展模式，在这一过程中巴赫金思想始终是其强有力的理论支撑。

1995—2002年，钱中文接连发表四篇重要论文确立了"新理性精神"的内涵。1995年的论文《文学艺术价值、精神的重建：新理性精神》，审视了人类百年来所遭遇的生存困境与精神危机，指出人的价值在低落贬值，精神生产在自虐性堕落。钱中文认为，工具理性、非理性、反理性的肆虐是产生上述现象的重要内因。他将自己的理论探索命名为"新理性精神"，期冀以此为立足点找回人类失落的精神家园，为此他提出一套方案。首先，倡导以新人文精神来对抗人的精神堕落与平庸，这种新人文精神需要具备三个特点，即普遍的人类意义、具体的历史性特征、强烈的理想风格。他强调文学的批判精神，希望文学脱离文字游戏、话语膨胀，承载起它自身应该包含的意义与人文性。其次，通过借助与运用语言科学，融合其他理论与方法，以重新探索"审美"以及文学艺术的意义价值。最后，强调在继承"优秀传统"的基础上与外来文化"对话"，"在综合与融合中获得新质"[①]。钱中文此处对"人"的强调，对文学与生活关系的关注及其强烈的对话意识与其在巴赫金研究中关注的交往对话哲学、哲学人类学思想是相互应和、不可分割的两极。1999年，他有关"现代性"问题的长文《文学理论现代性问题》被分为上下两篇发表在《文学评论》《文学研究》上。这篇文章受对话理论的影响，开始有

---

① 钱中文：《文学艺术价值、精神的重建——新理性精神》，《文学评论》1995年第1期。

针对性地探讨如何建设具有现代性意识的中国文学理论。它首先区分了现代性与现代主义，认为"现代性是一种被赋予历史具体性的现代意识精神。一种历史性的指向"①，接着分析了中国文学由政治群体意识走向个体审美现代意识，走向大众化意识的过程。他强调现代性在促使文学理论走向文学观念与哲学基础的多元化时，需要在平等、对话的人文基础上，以现代文论为主导充分融合古代文论与西方文论，以建设我们自己的文论。2001年的论文《文学理论：走向交往与对话》指出20世纪中西文学理论发展存在着两次错位，但是自20世纪90年代以来，二者逐渐"出现了理论探讨对象、问题的共同性，逐渐走向了真正的对话"②，这就为建立新时期中国自己的文学理论奠定了基础。第四篇《新理性精神与文学理论研究》发表于2002年，此文正式界定了完整的"新理性精神"概念。

> 新理性精神是一种以现代性为指导，以新人文精神为内涵与核心，以交往对话精神确立人与人的相互关系，建立新的思维方式，包容了感性的理性精神。这是以我为主导的、一种对人类一切有价值的东西实行兼容并包的、开放的实践理性，是一种文化、文学艺术的价值观。③

上述四篇论文能大致反映"新理性精神"从初创到发展的历程，它最终发展为一种包含"新人文精神""现代性""交往对话精神"的开放理性，部分地体现为一种价值观。首先，"新理性精神文学论"必须符合这种价值观，与"新人文精神""现代性""交往对话精神"等理念相契合；其次，作为一种"文学论"，它还讨论和阐发文学课题，建构起具有本土意识的文学理论。

2000年，钱中文出版论文集《新理性精神文学论》，在"新理性

---

① 钱中文：《文学理论现代性问题》，《文学评论》1999年第2期。
② 钱中文：《文学理论：走向交往与对话》，《中国社会科学》2001年第1期。
③ 钱中文：《新理性精神与文学理论研究》，参见金元浦编《多元对话时代的文艺学建设——新理性精神与钱中文文艺理论研究》，军事谊文出版社2002年版，第13页。

精神""现代性""对话精神"的烛照下初步勾勒出"新理性精神文学论"的轮廓。两年后明确定义"新理性精神观照下提出的文学主张"为"新理性精神文学论"①。这一阶段，除了新人文精神、现代性、对话，钱先生主要思考的是审美意识形态、文学接受、文学体裁、艺术直觉等问题。2004年，《文学新理性精神》在中国台北出版，该书不仅收录上述四篇核心论文，还新增两篇与交往对话有关的论文，对具体问题的研讨则转向"全球化语境与文学理论的前景""文化'一体化'""民族文学与世界文学"等。2008年，《钱中文文集·第三卷"新理性精神文学论"》由黑龙江教育出版社出版，进一步补充论述有关"现代性""交往对话精神"，探讨了"人类的精神家园""文学的乡愁""文学批评中的价值趋向"等具体论题。出版于2016年的《审美与人文——钱中文自选集》，其第二辑"新理性精神文学论"没有再新增内容，这意味着钱中文关于新理性精神文学论的思考已暂时定型。整个"新理性精神文学论"便形成了一个以"新理性精神"为核心辐射式发展的理论体系。此后，他以新理性精神文学论为轴心沿着两条路线推动中国当代文论的建设。其一，以2019年出版的《新理性精神与当代文论建设》为代表，探讨中国文论发展的历史、前景、方法与热点；其二，以2021年出版的《现代性与当代文学理论》为代表，试图独立地发展包括文学本体论、文学形式、文学体裁、文学民族性等论题在内的中国当代文论。

"新理性精神文学论"及其相关概念自提出后，产生了深远影响。迄今为止，国内已召开两次学术会议，②组织两次学术专栏，③《转型期的中国美学》《中国当代文艺理论的经验、困局与出路》等十余部

---

① 钱中文：《新理性精神与文学理论》，《东南学术》2002年第2期。
② 2001年10月于厦门召开了"新理性精神与文学研究方法论全国学术研讨会"；2002年12月于北京召开了"多元对话时代的文艺理论建设——新理性精神与钱中文文艺理论研究"学术讨论会。
③ 2002年《东南学术》第2期设专栏"文学研究与新理性精神"；2003年《学术月刊》第4期设专栏"钱中文的文学理论"。

新时期文论专著也开辟了专章或专节进行介绍[①]。截至 2022 年 3 月 30 日，在中国知网上以"钱中文"和"新理性精神"为条件进行主题检索，最终得到 63 条完全符合条件的结果，强相关论文超过 50 篇。在这种讨论热潮里，尤其是在两次全国性学术会议的研讨过程中，童庆炳、曾繁仁、朱立元、王元骧、许明、王宁、徐岱、杨春时等学者丰富和发展了这一理论本身，完善了"新理性精神文学论"的内部架构，使其由"一人一论"走向了"学界共建"。王元骧梳理了"理性"的发展历程，主张"从当今现实需要出发，通过'实践的理性'在'理性'中的地位被重新发现，以及通过对实践理性整合，吸取其所包含的许多有价值的内容，应该是实现对'旧理性'进行改造，使之向现代理性、新理性精神转化的一条重要的途径"[②]。徐岱认为，理性主义的问题并不是说理性过于强大，而是理性不够到位，"新理性"是一种历史必然，当前有许多可资借鉴的思想资源，如马尔库塞的"新感性"、波普尔的"批判理性"、哈贝马斯的"交往理性"、罗蒂的"新实用理性"等，我们可以"走向后形而上学的文学批评理论，在开放的新理性精神中重建诗性文化的审美逻辑"[③]。

"新理性精神文学论"主要有四大思想来源。其一，钱中文长期的学术反思；其二，以巴赫金、哈贝马斯为代表的西方理论资源；其三，中国文化传统；其四，学界共鸣。其中巴赫金思想影响最深，它启迪了三大重要方面。一是理论体系的开放式架构；二是"新人文精神"；三是"交往对话精神"。1993 年钱中文发表《对话的文学理论——误差、激活、融化与创新》一文，指出"可以根据巴赫金的对

[①] 这些论著包括以下这些。朱立元主编《新时期以来文学理论和批评发展概况的调查报告》，曾繁仁《转型期的中国美学》，王宁主编《文学理论前沿》，丁帆、徐兴无《中国高校哲学社会科学发展报告：文学》，朱立元《马克思主义文艺理论中国化研究》，高建平主编《当代中国文艺理论研究》，童庆炳主编《20 世纪中国马克思主义文艺理论研究》，刘方斌主编《中国新时期文艺理论家研究》，王文革、李明军、熊元义主编《当代文艺理论家如是说》，童庆炳《中国当代文艺理论的经验、困局与出路》等。

[②] 王元骧：《"新理性精神"之我见》，《东南学术》2002 年第 2 期。

[③] 徐岱：《从唯理性主义到新理性精神——走向后形而上学批评理论》，参见金元浦编《多元对话时代的文艺学建设·新理性精神与钱中文文艺理论研究》，军事谊文出版社 2002 年版，第 61 页。

话理论,使东西方文学理论的交流,变为东西方文学理论的对话,逐渐形成对话的文学理论批评"①。1999 年,《文学理论:走向交往对话的时代》由北京大学出版社出版,书中回顾了中国文学理论与外国文学思潮纵横交错的发展史,将巴赫金理论作为新时期文论蜕变的典范,提倡立足于新理性精神推动文学理论走向交往对话。在 2003 年的论文《新理性精神和交往对话主义》中,他希望通过交往对话主义"来改变有害学术建设的学风与思想方法,化解已经习以为常的非此即彼的思维定式"②。可以发现,钱中文不仅将巴赫金的外位—对话理论、人文科学方法论等思想作为他学术研究的对象,还将其作为一类重要的启发性资源用于改造中国当代文论,并最终创建了他自己的新理性精神文学论。这可以从两个方面来探讨。在理论层面上,巴赫金的"外位—超视"理论是新理性精神文学论的核心。"我所看到的、了解到的、掌握到的,总有一部分是超过任何他人的,这是由我在世界上唯一而不可替代的位置所决定的"③,那么每一个占据不可替代位置的"我"便具有超越任何他者的价值,对话双方于是成为享有同等"超视"的平等主体。所以交往对话精神一方面否定唯一价值、高等价值,主张"人的思想,是一种独立的、自有价值的思想意识,并非只有你的思想才有价值,才值得重视"④;另一方面极力反对"你错我对,你输我赢、非此即彼的思维方式"⑤,主张"具有价值判断的亦此亦彼的思维"⑥。同时,巴赫金将人文科学视为一种主体间的对话,并不追求自然科学所要求的"精确",而主张在"理解"中不断发展,钱中文正是以此为依据,大大提升了新理性精神文学论的包容度。在实践层面上,钱中文认为"文化交流应在文化的对话中进行……利用他民族文化中有用的异质性成分,以补续、充实自己;或

---

① 钱中文:《对话的文学理论——误差、激活、融化与创新》,《中国社会科学院研究生院学报》1993 年第 5 期。
② 钱中文:《新理性精神和交往对话主义》,《学术月刊》2003 年第 4 期。
③ 钱中文主编:《巴赫金全集》第 1 卷,河北教育出版社 1998 年版,第 119—120 页。
④ 钱中文:《新理性精神和交往对话主义》,《学术月刊》2003 年第 4 期。
⑤ 钱中文:《再谈文学理论现代性问题》,《文艺研究》1999 年第 3 期。
⑥ 钱中文:《再谈文学理论现代性问题》,《文艺研究》1999 年第 3 期。

是用以激活本民族文化，使之产生新的转机、更新与重建"①。所以"新理性精神文学论"具有"内—外"两层特质，向内改造学术思维、改善文化环境，向外通过对话更新自身，进而服务于"中国文论建设"大命题。由"外位—超视"，走向"交往—对话"，人的主体性不断被强调，理论建构的开放格局不断被延展，巴赫金思想也就在中国本土语境中发展为"新人文精神"与"交往对话精神"，成为不断吸纳人类精神文明成果的开放体系。钱中文的新理性精神文学论以"中国当代文论建设"为目标，回答了"新时期我们要构建什么样的文学以及怎样建构"的问题，分析了文学发展可能面临的种种挑战。它鼓励原创性理论，强调文学的人文精神与现代性价值，提倡以对话更新思维方式，进行文化交流，显示出长远的学术眼光。

钱中文先生已入鲐背之年，在他身上体现出中国传统知识分子以文入世的风骨与当代知识分子文化复兴的使命感和责任感；中国的巴赫金接受亦进入"不惑之年"。作为最引人注目的接受者之一，钱先生从研究、翻译、主编巴赫金学术遗产再至创建自己的学说，探索出一条"从'跟着说''对着说'到'自己说'，然后引导大家'一起说'"②的学术发展之路，他立足于中国问题形成的外国文论研究与中国文论建设相互促进的联动机制，"由一人一论走向学界共建"的理论发展新模式的确符合中国新时代繁荣哲学社会科学的现实需求。

---

① 钱中文：《新理性精神与当代文论建设》，黄山书社 2019 年版，第 21 页。
② 出自吉林大学文学院教授张福贵在 2018 年中国文艺理论学会理事会暨"中国文论的价值重估、原创推动与阐释深化"国际学术研讨会上的书面发言。转引自王国平《从"跟着说""对着说"到"自己说""一起说"——专家谈中国文学理论建设的具体路径》，《中国艺术报》2018 年 5 月 18 日。

巴赫金接受与中国当代
文论话语转型：以钱中文为个案

上海大学　曾军

引言：钱中文与中国巴赫金接受前史

研究巴赫金接受史有一个重要的现象不能不提及，即 20 世纪 50 年代巴赫金被第一次发现到六七十年代的第二次被发现时，巴赫金在中国却还不为人知。直到 80 年代初世界第三次发现巴赫金时，中国才开始正式接受，在 50 年代到 70 年代末 80 年代初这段时间里，完全是一种接受的空白还是会有一些潜在的接受？为什么会出现这种情况？我们将这段时间的接受情况称之为中国的巴赫金接受前史。

首先，可以肯定的是，在这段时间内中国并非与巴赫金接受完全无缘。据钱中文回忆："'文革'前文学所图书馆订购并收藏了巴赫金的《陀思妥耶夫斯基诗学问题》，我和当时苏联文学研究组的同行大概都知道此事。"（钱中文 2001 年 6 月 4 日致笔者的信）当 80 年代初钱中文正式研究和介绍巴赫金时，"我国图书馆里仅有两种，一为《陀思妥耶夫斯基诗学问题》，一为《文学美学问题》（论文集），英文材料当时不易找到。和其他前苏联文学理论是大相径庭的，有关评论巴赫金的俄文资料当时也相当难找"[①]。

其次，在这段时间里，可能有人已经阅读过巴赫金，对巴赫金的

[①] 钱中文：《"我们这些人实际上生活在两种现实里面"——忆钟书先生》，《中华读书报》2000 年 11 月 1 日。

思想及其世界学术史的地位有所了解。钱中文认为,"80—90年代,我国兴起的巴赫金的研究,实际上是和钟书先生的推动分不开的"。那么,钱锺书对巴赫金到底了解多少呢?是通过什么渠道了解到的?钱中文认为,"至于钱钟书先生关于巴赫金,可能他浏览过巴氏著作,有所了解,但了解多少,我未问过。但对于巴赫金在欧美文论界的风行情况,先生是了解的"。(致笔者信)

不仅如此,第三,在80年代初期,随着国门的开放,学者与外国学术界的交往,知道巴赫金的开始增多起来。钱中文在介绍第一届中美国际比较文学研讨会情况时,曾说道:"我听到参加这次会议的王佐良教授说,80年代初,在国外与西方学者进行学术交流,总是听到巴赫金、巴赫金的,不清楚巴赫金是什么人,这次中美学者共同讨论这一问题,大体使人了解了巴赫金其人及其学术地位,很有帮助。"凌继尧也说:"前几年(指80年代初期)我国去苏联进修的人,对巴赫金和洛特曼不甚了了,而去西方进修的人,回国后却常常提起他们的大名。"① 这些人虽然没有留下可供分析的接受史材料,但是能肯定的是,正是这些潜在的接受者开始了中国的巴赫金接受史进程。

那么,为什么中国的巴赫金接受如此的滞后?在20世纪五六十年代,中国与苏联有着相似的意识形态背景,有着趋同性的文化价值选择,有着与西方国家相比更为畅通的交流渠道,为什么巴赫金却在西方率先开花结果,而在中国却长期被束之高阁?准确而具体的原因可能无法找到,但是至少有这两点原因是可以成立的。第一,六七十年代中国意识形态的偏见使中国接受者忽视了巴赫金的存在。正如钱中文所说的,"自60年代我国开始所谓'反修'以来,外国文艺思想被极左思想搞到极度混乱的境地;同时几十年不订外国杂志,也使我们到了双目失明的地步。外文方面的文学理论书籍已中断了几十年,图书馆里虽有巴赫金的零星著作,但我并未看过"②。因此,虽然巴赫

---

① 凌继尧:《美学与文化学——记苏联著名的16位美学家》,上海人民出版社1990年版,第327页。

② 钱中文:《"我们这些人实际上生活在两种现实里面"——忆钟书先生》,《中华读书报》2000年11月1日。

金的著作被引进了中国,"但当时我国的环境与思想氛围,不会对巴赫金提出的诗学问题感兴趣。当时文学的弦,紧绷在阶级斗争的纲上,怎会去考虑文学自身的问题?苏联的文学理论早在50年代末、60年代初,就改弦更张了,我们则接受了它50年代中期前的文学理论思想,并与中国的'实际'相结合,大大地向'左'发展,成了中国式的极'左'的独创。而今一些评论者还在笼统地大嚷苏联文论对我们的影响如何如何,缺少了对历史的了解"。(致笔者信)另一原因在于当时中国虽然对苏联文化有着相当广泛的译介,但是往往带有"很大的主观性、随意性、盲目性和偶然性"。凌继尧特意举了两个例子。其一是"我国曾经翻译出版了奥夫相尼科夫主编的《简明美学辞典》,当我把这个情况告诉苏联美学家时,他们深感惊讶,异口同声地说:'这部辞典质量极差,简直糟糕透了,你们怎么连这些东西也翻译了?'""另一个例子是费季的《美的启迪》一书……有些苏联美学研究生听说这件事感到不可思议,因为这是一个默默无闻的作者的一本默默无闻的著作"。[①]

一 对话的先声:钱中文和关于"作者与主人公关系"的争论

(一)接受的自觉:对巴赫金理论的正面"介绍—研究"

王圣思在分析陀氏与中国社会学批评的关系时发现了这样一种现象:"对于《地下室手记》的评论很少,只有一篇从小说复调结构的角度来分析《地下室手记》,打开了人们的鉴赏视野,可惜这部作品还未引起人们更多的注意。相反,对巴赫金评价的复调小说理论却争论得比较热烈。"[②] 这篇评论就是指夏仲翼的《陀思妥耶夫斯基的〈地下室手记〉和小说复调结构问题》。王圣思的分析应该说是公正

[①] 凌继尧:《美学与文化学——记苏联著名的16位美学家》,上海人民出版社1990年版,第2—3页。

[②] 王圣思:《陀思妥耶夫斯基与中国的社会学批评及其突破》,《外国文学评论》1989年第3期。

的。虽然《世界文学》所有的译介动机都在于指向《地下室手记》，希望通过对这部作品的重视将陀氏研究推向一个新的高峰，但结果却是在随后的 10 年间居然没有第二篇专门评论《地下室手记》的文章，[①] 而人们对其附带介绍的巴赫金复调小说理论却产生了浓厚的兴趣。

1983 年，在北京召开了由中国社科院与美国美中交流学术委员会联合举办的"中美双边比较文学讨论会"。会上钱中文宣读了《"复调小说"及其理论问题——巴赫金的叙述理论之一》的论文（该文同年发表于《文艺理论研究》第 4 期上）。正是在这一会议上，巴赫金引起了中国学者的注意。除了钱中文的文章之外，美国学者唐纳德·范格尔也提交了关于巴赫金复调小说的论文（该文以《巴赫金论"复调小说"》为题，发表在《文艺理论研究》1984 年第 2 期上）。"在讨论会上，中美双方恰巧都有一篇关于巴赫金'复调'理论的论文，与会者对这一理论的讨论形成了会议的一个小小的高潮。巴赫金在研究陀思妥耶夫斯基的小说时认为作者的一个重要手段就是多声部的'大型对白'。代表们开玩笑说，这次会议也是一种'多声部大型对白'。"会后，徐海昕即以《多声部大型对白》为题对会议进行了报道。[②] 可见，这次会议以及钱中文的这篇论文标志着中国对巴赫金正式和自觉的接受。

钱中文的《"我们这些人实际上生活在两种现实里面"——忆钟书先生》一文专门对这次会议的前因后果情况进行了介绍，具有很重要的史料价值。一方面，从钱中文的回忆来看，在这场"多声部大型对白"的幕后，钱锺书先生发挥了重要的作用，正是他促成了钱中文对巴赫金的接受。其一，钱中文接受巴赫金之始为钱锺书建议，说明

---

① 除了夏仲翼的评论之外，关于陀氏《地下室手记》的评论还有王圣思的《〈地下室手记〉和存在主义小说》(《外国文学评论》1993 年第 2 期)、李尚信的《〈地下室手记〉初论》(《吉林大学社会科学学报》1994 年第 4 期)、李伟的《一幕人格异化的惨剧：简评〈地下室手记〉》(《外国文学研究》1997 年第 2 期)。不过，它们都是 20 世纪 90 年代以后的事情了。

② 徐海昕：《多声部大型对白——中美双边比较文学讨论会散记》，《外国文学》1983 年第 10 期。

此前钱锺书对巴赫金及巴赫金理论的独特性已有所了解。其二，钱锺书作为此次会议的主持者有意促成了中美首次关于巴赫金研究的对话与交流，表现出钱锺书参与世界巴赫金接受进程的愿望。第三，此时，钱锺书已对托多罗夫的《批评的批评》有所了解，并对巴赫金理论对托多罗夫的影响也有了一定的认识。虽然钱锺书没有一文专论巴赫金，但其推进促进中国的巴赫金接受无疑起到了重要作用。正因为如此，钱中文才说："钟书先生是促成我国研究巴赫金的开先河者。"另一方面，回忆录透露出钱中文接受巴赫金之初的一些值得注意的情况。其一，在钱锺书建议钱中文写关于巴赫金的文章之前，钱中文虽然知道有巴赫金其人其书，但并未在意，也没有阅读，也就是说，钱中文对巴赫金的接受正是从写《"复调小说"及其理论问题——巴赫金的叙述理论之一》这篇文章开始的。其二，他对当时中国所拥有的巴赫金的材料作了基本介绍。在他写这篇文章之前，中国接受者只有《陀思妥耶夫斯基诗学问题》和《文学美学问题》两本原著及夏仲翼的译文，材料相当有限。经过这次会议，美国学者范格尔给中国带来了欧美对巴赫金接受的情况，特别是他给钱中文所提供的西方研究巴赫金的文献目录，使中国接受者第一次真正了解到世界的巴赫金接受现状。这份目录令钱中文一直念念不忘，直到1998年，他为《巴赫金全集》作序时，还提及"据1983年美国学者提供的材料，六十年代下半期至1982年，各国学者就巴赫金思想撰写的著述约有120种之多。如今又过了十五年，有关巴赫金的专著、论文恐怕已难以统计了"[①]。其三，通过此次会议，中国的巴赫金接受从一开始即与西方的巴赫金接受展开了对话。在此，中国的巴赫金接受已经在"人际间接受"的基础上开始尝试进行"文化际接受"了，欧美的巴赫金研究者开始了向中国的"理论旅行"（既包括研究者本人亲自到中国访问，又包括其理论文章著作译成中文）——钱文所提及的美国的霍奎斯特、法国的托多罗夫便是其中的代表。

---

① 钱中文：《理论是可以常青的——论巴赫金的意义》，载《巴赫金全集·哲学美学》，河北教育出版社1998年版，"中译本序"第2页。

巴赫金接受与中国当代文论话语转型：以钱中文为个案

从接受情况来说，钱文中研究和介绍的巴赫金具有了与夏文译介时不同的形象特征。虽然同样是介绍巴赫金及其复调小说理论，但在钱文里，对于复调小说的理论旨趣和论述重心都发生了变化。从"作为陀思妥耶夫斯基研究家的巴赫金"到"作为文艺美学家的巴赫金"，两者的区别非常明显。对前者来说，陀氏、复调、巴赫金的重要性依此顺序排列："陀氏—复调—巴赫金"；对后者而言则是"巴赫金—复调—陀氏"。也就是说，在钱文中，陀氏仅仅成了例子。不仅如此，复调小说在钱中文那里还进行了"巴赫金的叙述理论之一"的理论定位，也就是说，钱中文在使复调小说摆脱作为陀思妥耶夫斯基小说阐释工具的地位的基础上，进而意识到了巴赫金思想的复杂性，意识到复调小说理论仅仅是巴赫金文论思想中的重要方面之一。钱中文后来特别强调这个"之一"的重要性，认为"'之一'的意思十分明显，说此文只谈了巴赫金的叙述理论的一个方面"[1]。同时，当复调小说成为巴赫金的"叙述理论之一"时，也就意味着揭开了全面了解巴赫金文论思想的序幕。

从接受者来讲，作为严格意义上"接受者"的钱中文与作为"媒介者"的夏仲翼之间的区别显示出来。如前所述，巴赫金正式"登陆"中国尽管从夏仲翼开始，但是当时中国对巴赫金的认识还比较模糊，虽然夏仲翼是中国最早的巴赫金译介者，但其重点在于"翻译介绍"，译介巴赫金的目的也还主要是为了研究陀思妥耶夫斯基。而钱中文不同，他是正面介绍巴赫金理论的中国第一人。这里特别强调他的"正面介绍"和"巴赫金理论"两个方面。套用巴赫金的话来说，夏着重于"他人的话语"，而钱着重于"自我的他人话语"，而且其自我意识还比较强烈、相当自觉。

这里将"媒介者"与"接受者"如此严格地区分出来其实还暗含了一种意思，即在中国的巴赫金接受史中，存在着广义的接受者的分裂状态。"媒介者"往往掌握着丰富的原始材料，但其功夫着重下在了"译"上，停留于对象本身，特别是局限于狭窄的本专业领域，

---

[1] 钱中文：《误解要避免，"误差"却是必要的》，《外国文学评论》1989年第4期。

缺乏应对中国问题的能力；而"接受者"中虽然有着较强的中国问题意识，有着将巴赫金"运用"于中国的雄心壮志，但是许多却疏于对原始材料的细读，往往以"误读"的方式曲解巴赫金，将之硬套在中国问题上。"接受者/媒介者"之间的这种隔阂也成为制约中国的巴赫金接受广度和深度的瓶颈。从这个意义上讲，像钱中文那样既掌握有巴赫金丰富的原始材料，又有着强烈的中国问题意识的学者，在中国的巴赫金接受者中还是不多的。

80 年代，钱中文集中系统介绍巴赫金的复调小说理论的共有 3 篇文章。它们分别是《"复调小说"及其理论问题——巴赫金的叙述理论之一》（1983）、《复调小说：主人公与作者——巴赫金的叙述理论》（1987）和《陀思妥耶夫斯基诗学问题》"中译本前言"（1987）。其中，《"复调小说"及其理论问题——巴赫金的叙述理论之一》后收入钱中文《现实主义和现代主义》一书中（题为《"复调小说"及其理论问题——在 1983 年 8 月中美双边比较文学讨论会上的报告》，并略加修改）。从接受史的角度来说，钱中文的这几篇文章中出现了几处颇有意思的现象。

先看钱中文的《"复调小说"及其理论问题——巴赫金的叙述理论之一》以及其《现实主义与现代主义》中的修改本。从共性上说，首先，钱中文有两个资料来源。其一是巴赫金著作的俄文版，其二是夏仲翼的中译文，钱在前文中的选择是以译文为准，在俄文引文的翻译上向译文靠拢。其次，从引文来看，钱的引文主要集中在巴赫金《诗学》的第一章和第五章，少量的是第二章，第三、四章根本没有。第三章"陀思妥耶夫斯基作品中的思想"和第四章"陀思妥耶夫斯基作品的体裁特点和情节布局特点"的缺失，意味着钱中文当时还没有充分意识到巴赫金所提出的陀氏描写的对象是主人公的意识而非性格以及复调小说的历史发展这两个问题对于全面理解巴赫金复调小说理论的重要性。在随后围绕"作者与主人公"问题的争论中，前一个问题才得到重视，随着后现代文化诗学对巴赫金狂欢化理论的放大，后一个问题才真正获得独立的地位。第三，钱文对复调小说的介绍采用了重新逻辑化的方式，用现实主义诗学创作论的思路重写了巴赫金的复调小说理论。文中首先强调"对话"("对白")之于复调的重要性，然后将小说的复调区分为关于"大型对话"("大型对白")和"微型对话"("微型对白")，在谈"大型对话"时进一步区分为小说结构和人物关系结构的复调，在谈"微型对话"时进一步区分为"独白性的对话"("独白性的对白")、"对话中的对语"("对白中的对白")。这是典型的创作论思路。从差异上讲，在1987年的修改本中，钱中文除个别字句的删节、两节标题的增加之外，重要的是对几处译名的修改。一处是对《诗学》书名的修改。将《陀思妥耶夫斯基创作诸问题》《陀思妥耶夫斯基诗学诸问题》中的"诸"删掉。另一处是将夏译中的"对白"通通改成了"对话"、某些"对白"，"对答"改为了"对语"（修改本中仅有一处保留了"对白理论"的说法，可能是改漏了）。译名的修改意味着此时的钱中文不仅已经从接受史早期的"译名混乱"现象中摆脱出来，更重要的是反映了钱中文此时"对话"意识的强化。

  再来看看钱中文的另外两篇文章。《复调小说：主人公与作者——巴赫金的叙述理论》发表于《外国文学评论》1987年第1期；为《诗学》所写的"中译本前言"写毕于1987年4月，其中的先后关系是可见的。其中"中译本前言"基本上以前文做模子，只是在少数地方作了增删修改。在这些修改中我们可以发现钱中文与自己的某种"对话性关系"。增补的内容主要有巴赫金的生平和《诗学》的版本介绍、对《诗学》全文的介绍，添补了关于"微型对话"的分析；删节的地方有对西方接受情况的具体介绍及轶事叙述、巴赫金所说的陀氏"三大发现"。修改的内容主要有将"他在文学发展与民间文化相互关系的探索中，卓有贡献"改为"在长篇小说理论方面独树一帜，在欧洲小说发展渊源与民间文化的相互关系的探索方面，卓有贡献"。特别声明"巴赫金强调的是主人公的自我意识的独立性、对话性，主人公与主人公、主人公与作者的平等、对话关系，这是理解复调小说的关键之点"，以及结尾增加的一句"巴赫金从诗学的角度对陀思妥耶夫斯基所作的研究，并未揭示出这位俄国作家创作的全部意义，诗学方法自有它的局限方面。但是，成功的诗学研究，毕竟能够细致入微地揭示出作家创作的艺术特征和底蕴"。将这两篇文章与1983年的文章相比较，钱中文认识到巴赫金理论的"一反传统性"乃至"和一般传统的小说理论甚至文艺学中的一些观念却大相径庭"①从而对巴赫金复调小说理论理解明显地向前推进了。

1993年，钱中文出版《文学理论流派与民族文化精神》（吉林教育出版社）一书，将80年代发表的几篇文章进行了重新归纳，分别以《"复调小说"：理论与问题》《"复调小说"：主人公与作者》《"复调小说"：误解与"误差"》为题进行编排，显示了钱中文有意识地对这一段时间的巴赫金接受进行自我总结的性质。

（二）赞成和反对：关于"作者与主人公关系"问题的对话

1986年2月，在上海召开了我国有史以来第一次全国陀氏学术讨论会，正是在这次会上，与巴赫金的复调小说理论相关的两种对立观点直接交锋。1987年，《外国文学评论》创刊。在其创刊号上，发表了钱中文的《复调小说：主人公与作者——巴赫金的叙述理论》、宋大图的《巴赫金的复调理论和陀思妥耶夫斯基的作者立场》以及重译了卢那察尔斯基的《论陀思妥耶夫斯基的"多声部性"——从巴赫金的〈陀思妥耶夫斯基创作诸问题〉一书说起》三篇文章，表现了对巴赫金理论的特别关注，其中，钱文被认为是对这次会议意见分歧的某种综合。② 两年以后，《外国文学评论》1989年第1期发表黄梅的文章《也说巴赫金》对钱文提出批评性意见。同年，《外国文学评论》第4期上发表钱中文的反驳文章《误解要避免，"误差"却是必要的》以及张杰对钱中文的质疑《复调小说作者意识与对话关系——也谈巴赫金的复调理论》。这就是中国巴赫金接受史上有名的一场

---

① 钱中文：《复调小说：主人公与作者——巴赫金的叙述理论》，《外国文学评论》1987年第1期。

② 参见王圣思《陀思妥耶夫斯基与中国的社会学批评及其突破》，《外国文学评论》1989年第3期。不过钱中文本人并未承认这一点，他在2001年6月4日致笔者的信中写道："1986年我发表关于巴赫金的论文，与同年关于陀氏的会议并无关系。这篇文章应《外国文学评论》创刊主编张羽先生之约写的，题目也是自拟的。"

争论。

　　争论的问题很多,比如说关于复调与独白的界限问题、陀思妥耶夫斯基与托尔斯泰的异同问题、巴赫金早期和晚期的思想变化问题,等等,但其中的焦点是"作者与主人公的关系"问题。有意思的是,夏仲翼译介巴赫金复调小说理论的最初动机恰恰在于通过区分主人公的意识与作者的意识,从而达到为陀思妥耶夫斯基思想进行辩护的目的,但他当时也许并没有想到,因为这种区别导致了一场文学基本观念的争论和变革。"在作者和主人公的关系中,主人公的独立性到底能达到什么程度?"① "如果主人公是一个独立的和作家处于平等地位的个性,那末作家在创作中处于什么地位?"② 这是中国的接受者对巴赫金提出的疑问。在此,我们无意充当判官的角色,断定谁是谁非,我们所关心的是在这一现象中所反映出来的巴赫金接受史问题以及其所显示的意义。

　　首先,为什么"作者和主人公的关系"问题会引起这么大的争论?这不能不说与中国接受者的知识背景有关。20世纪80年代中后期,尽管现代主义、后现代主义思潮已经开始影响中国,但是在主要以俄苏文学和现实主义诗学为背景的巴赫金接受者中,这种影响还不太明显。因此,这一问题的背后实际上包含着巴赫金的思想对中国当时占主流地位的"现实主义诗学创作论"提出的挑战。现实主义诗学创作论的前提在于维护作者的中心地位,它的逻辑起点在于作者像镜子一样反映外界事物,通过主体意识的构思创造出笔下的人物,这一人物即使有可能会与作家最初的构思相违背,但也是作家在尊重生活逻辑和艺术逻辑的前提下对主观构思的调整。也就是说,在作者与主人公的关系上,作者天然的占据着优先权,强调主人公的独立性无疑就是向作者权威挑战。正因为如此,钱中文才在文中使用了"一反传统"一词,宋大图不无夸张地说,"这不仅关系到陀思妥耶夫斯基是

---

① 钱中文:《"复调小说"及其理论问题:巴赫金的叙述理论之一》,《文艺理论研究》1983年第4期。
② 钱中文:《误解要避免,"误差"却是必要的》,《外国文学评论》1989年第4期。

不是一位纯客观的速记员或者录音机,而且是一个涉及文艺学基本理论的重大问题"①。

其次,尽管宋、张的笔锋都指向了钱中文,但是如果细读钱文,我们会发现,钱中文在"作者和主人公的关系"问题上与宋大图、张杰并无原则上的分歧,他们实际上都对巴赫金的这一观点提出了商榷和质疑,只不过钱中文的态度相对温和一些,而宋大图、张杰的态度则相当激烈。比如说,他们都不同意巴赫金将作者与主人公的关系绝对化的表述,都将"主人公与作者的对话"确定为现实主义"艺术假定性"原则的运用。如钱中文认为,"艺术视觉的变化固然属于常态类型的艺术假定性的运用,它的出现丰富了艺术表现手段,但未改变艺术创造的本质"。强调"这种对话关系仍然处在非对话的把握之中,主人公的自我意识仍然处在创作主体的制约之中,而作为主人公即使可以获得主体性的特征,但他注定摆脱不了客体性的困扰。因为归根结底,主人公总是作者这一主体的创造物,总是受制于作者本人的意图的"②。张杰也说,"至于艺术视觉的转变,固然不失为一种艺术上的革新,但总的说来不过是艺术表现手段上的更新和艺术假定性手法的运用。在复调小说中,无论主人公的主观意识得到了多大的强化,但它都摆脱不了作者主观意识的制约。主人公总还是作者主观意识的产物,受到作者本人创作意识的限制"③。所不同的是,钱中文没有将巴赫金所说的"对话性关系"泛化,只将讨论的重点放在"作者与主人公的关系"上,而宋、张则借题发挥,不满意巴赫金将对话仅限于文本内部的分析,而主张作者与读者、与时代的对话。如宋大图认为,"复调理论的错误和巴赫金在方法论上的一系列错误分不开……他在指出作家反映了'时代的对话'的同时,却把研究孤立在

---

① 宋大图:《巴赫金的复调理论和陀思妥耶夫斯基的作者立场》,《外国文学评论》1987年第1期。
② 钱中文:《复调小说:主人公与作者——巴赫金的叙述理论》,《外国文学评论》1987年第1期。
③ 张杰:《复调小说作者意识与对话关系——也谈巴赫金的复调理论》,《外国文学评论》1989年第4期。

作品文本内部，忽略了这些小说全都处在作家与时代和读者进行对话这个更大的上下文中"①。张杰更是借用接受美学的观点，认为"复调小说是最容易与读者对话的一种创作形式"②。

最令人感兴趣的是第三，在这一场争论中的"赞成和反对"现象，也就是本文所提出的"异质话语的纠缠"中的一种具体表现。"赞成和反对"这一说法源于陀思妥耶夫斯基。在他的《卡拉马佐夫兄弟》中即有一章以此作为标题，后来，什克洛夫斯基接过陀氏的用语，以《赞成和反对·陀思妥耶夫斯基研究札记》为题撰写了陀氏研究专论。巴赫金对"赞成和反对"也非常重视，将之发展成对话理论的一部分，认为对话性就是"同意或反对关系，肯定和补充关系，问和答的关系"③。"赞成和反对"的实质是一种异质性话语间的对话关系，是一种表现得比较激烈、极端的"异质话语的纠缠"。从表面上看，这种"异质话语的纠缠"是在"他人的话语"与"自我的话语"间展开，在这里也就是作为放送者的巴赫金与接受者的中国学者之间展开，但是由于接受者各自在接受时并非白板一块，而有着各自的知识背景，在接受者意识之中即包含了多种异质性话语的存在，因此，当巴赫金的思想进入接受者的意识屏幕的时候，各种异质性话语便在接受者的头脑中展开争论。仔细辨别，不难发现至少有以下三种声音在进行思想的交锋，即中国本土现实主义诗学——俄苏马克思主义现实主义——西方现代后现代文化思想。在钱、宋、黄、张等人的争论之中，钱中文属于"本色派"（严格来讲，这一争论并无派系性质，在此将他们分门别"派"仅仅是作为一种区别性标志，下同），本土化了的现实主义诗学创作论对钱中文思想影响较大，这使得他在努力客观地阐释巴赫金的复调

---

① 宋大图：《巴赫金的复调理论和陀思妥耶夫斯基的作者立场》，《外国文学评论》1987年第1期。
② 张杰：《复调小说作者意识与对话关系——也谈巴赫金的复调理论》，《外国文学评论》1989年第4期。
③ 转引自董小英《再登巴比伦塔——巴赫金与对话理论》，生活·读书·新知三联书店1994年版，第3页。

小说理论的时候，虽然力求客观地介绍巴赫金复调小说理论的"原意"，但仍然摆脱不了用现实主义诗学中的艺术逻辑和生活逻辑去理解，比如说他这样阐释巴赫金的"作者和主人公关系"理论："巴赫金讲的主人公的独立性问题，他的主体性，并不是'复调小说'艺术的专有品，而是一种普遍的规律性现象……只有那些傀儡人物，那些在艺术上站不起来的人物，那些成为作家传声筒式的人物，那些失去了自身艺术逻辑的人物，才是真正的僵死的客体。而那些光彩照人的艺术性格，从来既是客体，又是主体……他是主体，说的是一旦人物成了真正的艺术形象，他自身就有了生命，成了主体。他脱离了创造者，创造者这时不能不尊重他，在这一意义上，他和作者是平等的。"① 宋大图、张杰属于"正统派"，他们身上更多的是来自苏联的知识背景。在观点和态度上他们都比较接近卢那察尔斯基甚至更早的高尔基，比如说卢那察尔斯基将主人公与主人公的对话、主人公与作者的对话理解成为作者激烈的思想矛盾的外化，理解成对陀氏创作思想矛盾的观点，高尔基关于陀氏作品中反面声音强大的观点等。因此，他们向复调小说提出质疑，是不愿意看到因为"独白/复调"的区别而将托尔斯泰、巴尔扎克、莎士比亚等人打入另册，更不愿看到在陀氏与托氏间发生断裂；他们向巴赫金的"作者与主人公关系"论提出挑战，是因为它触动了现实主义倾向性这一敏感神经；同时，巴赫金复调小说理论与陀思妥耶夫斯基作品之间的"裂隙"也开始为他们所注意到，于是借陀氏思想反对巴赫金理论成为他们批评巴赫金复调小说理论的重要策略。钱与宋、张间"本土派/正统派"在很多方面其实都是共通的，所不同的是，钱的"本土派"更注重复调小说创作方法，而宋、张的"正统派"更强调思想意识的倾向性。相较而言，黄梅则属于"西方派"，一方面她接受巴赫金的途径来自夏仲翼的中译本《诗学》第一章和霍奎斯特的巴赫金论文集英译本《对白式想象》（后通译为《对话式想

---

① 钱中文：《复调小说：主人公与作者——巴赫金的叙述理论》，《外国文学评论》1987年第1期。

象》);另一方面在观点表述上她明显受到了解构主义思想的影响,她的以英美为主的知识背景使得她的思想中带有明显的"解构主义"痕迹。在对钱中文的批评中黄梅以巴赫金20世纪30年代的"小说理论"来参照"复调理论",认为"陀氏小说中人物与作者的耐人寻味的关系是巴赫金思考的起点之一,却并非他的结论。""在《史诗与小说》一文中他抛开了'独白小说'与'复调小说'的提法,而将小说作为一个整体与史诗加以对比。""在1934—1935年成文的《小说的言语》中,巴赫金几乎没有运用'主人公''主体意识'一类的词汇"。正如钱中文通过《诗学》的版本变化和对巴赫金思想历程的分析所得出的结论一样,黄梅在此的确是对巴赫金进行了明显"错误"的理解,但是,她的这种误读却有着极为重要的积极作用——开拓了接受巴赫金理论的视野。一方面,她使人们认识到巴赫金除了复调小说理论之外,还有更为丰富的内容(在中国对巴赫金30年代的"小说理论"的介绍正是从黄梅开始的),从而刺激了国内对巴赫金理论的全方位接受,钱中文也正是在对黄梅的反驳中加强了对巴赫金从早期的"审美活动中的作者与主人公"问题到30年代"小说理论"问题的介绍的。另一方面,黄文中鲜明的解构主义色彩为人们展现了另一番接受巴赫金的视野,在黄梅那里,巴赫金第一次获得了解构色彩非常明显的"强调变化、怀疑结论的理论家"形象,巴赫金的理论也第一次与解构主义挂上了钩,"巴赫金的理论强调能动地把握文学中揭示自身结构和运行机制的——如果套用一个意思相近的术语,即'自我解构的' (self-deconstructive) ——种种因素"[①]。围绕着"作者与主人公的关系"问题的"赞成和反对"是中国巴赫金接受史上最为激烈的一次,在这一过程中,巴赫金的思想对接受者既有的理论观念进行了强有力的冲击,在这种异质话语的纠缠中,接受者开始拓宽接受的范围、接受的视角以及接受的策略,从而大大强化了接受者接受的自觉。从这个意义上讲,这场争论中的"赞成和反对"功不可没。

[①] 黄梅:《也说巴赫金》,《外国文学评论》1989年第1期。

（三）对话的先声：争论中的接受自觉

"作者与主人公"问题争论的意义不仅在于对放送者的自觉，而且还在于对接受行为本身的自觉。在钱中文与黄梅的争论中，这种接受行为本身（包括接受的视角、方法、途径、态度等）的自觉表现得尤为明显。

首先是所谓"复调语境"问题。黄梅在对钱中文的批评中提出，"尚未见到有人试图用复调的研究方法来对待巴赫金的理论本身。也难怪我们把巴赫金的著作当作某种理论独白加以阐述或论证"[①]。"复调语境"的提出是黄梅将巴赫金作为一个善变多疑的解构式的理论家进行接受所必然导致的对接受行为本身提出的新的要求，它也为比较文学接受史研究提供了一个很重要的理论命题。比如说，在放送者方面，"复调语境"要求将之视为动态的可变化的对象，不要急于盖棺定论；在接受方式上，"复调语境"要求注意接受的途径、视角的不同所造成的接受的差异；在接受者方面，"复调语境"承认了变质变种的合理性，等等。正因为这一提法具有可进一步深化的可能，"复调语境"说马上引起了钱中文的强烈共鸣，他认为这是"一种值得探讨的'误差'"，"如果真有复调方法，那就是对话方法，就是认为人与人的本质关系是一种对话关系，平等而相互依存的关系，意识到生活的对话性本质。这种对话关系可以平行，但必定是相互交流的。它是平行的，是指各自有价值的个人思想，是一种独立的存在；它必定是交流的，是指它们相互交往、比较，以至发生冲突，通过这种对话交流，各自显示并确立自己价值的品格，去掉谬误，寻找并融合更为合理、更有价值的成分。如果取消价值取向和判断，那末实际上也就取消了对话……"[②] 在此，钱中文将"复调语境"问题提升为"对话关系"，同时接受了托多罗夫关于"对话批评"的观点，强调这种对话关系中"公开性的价值取向"的重要性。

[①] 黄梅：《也说巴赫金》，《外国文学评论》1989 年第 1 期。
[②] 钱中文：《误解要避免，"误差"却是必要的》，《外国文学评论》1989 年第 4 期。

沿着"复调语境"所进行的理论发挥，钱中文又提出了"对话立场"问题。正是因为复调的本质就是对话问题，所谓复调方法就是对话方法，所以钱中文认为"对话思想是个独特的思想，所以在有条件的情况下肯定这种思想，在赞成的地方和不同意的地方，力图说出一些道理来，一般不作印象式的、独白式的评点。努力理解对方，但也不怕说出自己的价值判断，甚至是错误的判断。我想这就是对话立场。对话需要说出自己的意见，并准备听取对方的反应。并不是对所有事物能够立时给以判断，但也不是所有事物不能给以判断，否则我们就处于绝对的相对主义中了"①。这无疑就是钱中文对自己的接受观念的自白。"对话立场"的重要性在于在接受巴赫金思想的过程中，中国的接受者超越了对具体理论问题的争论，而转向对接受行为本身的自我意识和自觉反思。"对话立场"的提出意味着巴赫金的对话理论开始进入比较文学理论的研究，成为中西比较文论中"对话的先声"。

在接受的自觉中，还有一个"大对话"问题被提了出来。所谓"大对话"是相对于"小对话"而言的，也就是本文所提出的"文化际接受"和"人际间接受"的另一通俗表述。在黄文中，中国的巴赫金接受者第一次表现出了走向"文化际接受"的真诚愿望："希望我们这些从事外国文学研究的人（自然包括我自己）能对我们的'语境'有较深切的关心和较明晰的认识，从而较好地进入当前有关中国文化前途的大对话中去。"② 同时，如果我们把这一争论置于整个世界巴赫金接受史中进行考察的话，另一有趣的接受现象就被发现了。如果说在此之前，中国作为"二级接受者"主要是通过巴赫金（放送者）和苏联的介绍（相对于中国来说是"一级接受者"）来接受巴赫金的话，那么，从黄梅借英译本假解构之意对巴赫金思想的误读中我们不难发现，中国接受巴赫金又增添了新的渠道——西方（相对于苏联来说，它可能应该算"二级接受者"，但对于中国来说，它

---

① 钱中文：《误解要避免，"误差"却是必要的》，《外国文学评论》1989年第4期。
② 黄梅：《也说巴赫金》，《外国文学评论》1989年第1期。

则是"一级接受者")。而且，在此之后，特别是在 90 年代，中国对巴赫金的接受更多地来自于西方的渠道、西方的视角和西方的刺激。尽管俄苏仍然是获取巴赫金资料的主渠道，但是在视角和观点上，俄苏在对中国的巴赫金接受中逐渐失去了主流地位。这一变化只有放在"大对话"之中，放到"文化际接受"中才可能被发现。

二 必要的误差：复调与中国现实主义诗学重建

（一）必要的误差：修复"复调/独白"断裂带的努力

黄梅在争论中已经意识到，"每种理论一经'引进'，无可避免都在变质变种……当前巴赫金的理论在西方颇有影响，它自身自然也就'西方化''后结构主义化'了。其原因之一是巴氏理论注重语言分析和形式分析，与某些很有声势的后结构主义思潮有相当大的兼容度。原因之二是它汲取融合了某些历史唯物主义的基本观点，于是也可以发展为对与社会、历史因素脱钩的西方形式主义文论的批评。因而它很容易地进入了当代西方文学批评的论坛"[①]。西方如此，中国亦然。从中国接受巴赫金的第一个声部来看，20 世纪 80 年代中国对巴赫金的接受无疑被"现实主义诗学化"了。新时期之初，中国的文艺现实是对新中国成立后特别是"文革"中被否定和被扭曲的现实主义诗学的拨乱反正，80 年代中后期，现实主义诗学又面临着西方现代主义诗学的挑战。"恢复现实主义精神"，重建现实主义诗学成为当时文学研究的宏大主题。巴赫金的接受同样要面对这一迫切的"中国问题"，这是"时代的需要"。正因为如此，无论是 80 年代初期的对巴赫金作为陀思妥耶夫斯基研究专家的介绍还是 80 年代中后期围绕着作为文艺美学家的巴赫金复调小说理论的争论，中国现实主义诗学的重建就成为它们共有的思想背景。

在接受的"需要/可能"之间，"需要"设定了接受的前提，而"可能"则成为对这一前提的应答。因此，在 80 年代的文学思想氛围

[①] 黄梅：《也说巴赫金》，《外国文学评论》1989 年第 1 期。

中，巴赫金要想在中国站稳自己的脚根，就必须能面对这一"时代的需要"作出回答。在陀氏身上，在巴赫金对陀氏的论述中，接受者都发现了这一"可能"。这也正是在介绍巴赫金关于陀氏复调小说艺术的时候，接受者往往对巴赫金论陀氏现实主义特色的部分不吝篇幅的重要原因。不过，问题并不这样简单。接受史上，"需要/可能"往往不是单向度的，也就是说，接受的实际情况往往并不是"我有需要，你有可能"便一拍即合，这里面还有一个"实现"的过程。在"可能/实现"之间，往往还存在着差距，这就需要接受者通过"异质话语的纠缠"缩短彼此间的差距、克服两者间的障碍。这也就是在复调小说理论争论中，"作者和主人公的关系"问题成为论争的焦点的重要原因。因此，对80年代巴赫金接受中的第一个声部的分析还需要进一步的深化，即巴赫金的复调小说理论是如何"现实主义诗学化"的，以及它对中国现实主义诗学重建起到了什么样的作用。

综观这一个巴赫金接受的声部，巴赫金的复调小说理论与中国的现实主义诗学之间的这种"现实主义诗学化"实际上出现了三种情况。一是"顺应"，即巴赫金的理论观点中有些是符合现实主义诗学的基本精神，有助于现实主义精神的强化的，因此，这一部分往往受到接受者特别的关注。除了前面已经提到的巴赫金关于陀氏的现实主义问题的论述之外，巴赫金关于"体裁问题"的观点是其中非常重要的部分。一方面，体裁样式是巴赫金偏爱的问题之一，正如托多罗夫所说："青年巴赫金对这个概念的偏爱是不难解释的：因为它完全符合他当初的两种方法论选择，即形式与内容的不可分裂，以及社会性高于个体性。"[①] 巴赫金关于复调小说的看法中，体裁论也是一个重要的维度。他认为，"陀思妥耶夫斯基是复调小说的首创者。他创造出一种全新的小说体裁"[②]。另一方面，体裁论也是现实主义诗学所讨论的重要问题之一，更加上有了钱中文这一中介，使巴赫金的体裁论获

[①] ［法］托多罗夫：《巴赫金、对话理论及其他》，蒋子华、张萍译，百花文艺出版社2001年版，第284页。

[②] 《巴赫金全集·诗学与访谈》，第5页。

得了被整合进中国的现实主义诗学中的可能性。在上一节中，我们曾分析过，当钱中文最初介绍研究巴赫金的复调小说理论时，并没有注意到体裁问题，因此，在他的引文中缺少了对《陀思妥耶夫斯基诗学问题》第四章的引用和介绍。但是到了80年代中后期，随着介绍研究巴赫金理论的深入，钱中文对之的理解和接受也更加全面。其中，巴赫金关于复调体裁的历史渊源问题以及在这一过程中关于体裁样式理论本身的思考开始受到钱中文的注意。在钱中文的《文学原理——发展论》第二编"文学体裁的审美特性、规范与反规范"第二节"体裁的审美特性"中，巴赫金的"体裁记忆"说和"有意味的体裁"说成为现实主义诗学体裁论的重要理论资源。钱中文基本上接过了巴赫金的看法，认为"体裁是一种'艺术的记忆'，'就其本性来说，体裁反映了文学发展、最稳固的，经久不衰'的倾向"①。关于"'有意味的体裁'，二十年代巴赫金就提出过。'审美客体是从艺术的外形的内容（或有内容的艺术形式）中形成的。'到了六十年代，苏联文艺理论便接受了这个概念"②。更有意思的是，钱中文在该书中还吸取了巴赫金的关于"史诗与长篇小说"问题的看法和"时空型"理论，直接放到了对"现实主义诗学"问题的论述之中，认为，"长篇小说的体裁主干，至今还未定型下来，我们当难预测它的塑潜力。""时空观念在现实主义文学中同样发生了变化""时空体是形式兼内容的一个范畴"，在钱中文那里，"时空体"还与人物形象的塑造联系起来，它决定着（在颇大的程度上）文学中人的形象，使得这个人的形象总是在很大程度上时空化了的。③ 二是"质疑"，即对明显与现实主义诗学基本精神发生冲突的地方提出自己的质疑。围绕着"作者与主人公关系"问题的争论即是。三是"修复"，即一方面承认巴赫金观点的有效性，同时又对它的绝对化倾向不满，进而提出修正性意见，力图将巴赫金的观点纳入到现实主义诗学范畴之中加以理解。

---

① 钱中文：《文学原理——发展论》，社会科学文献出版社1989年版，第156页。
② 钱中文：《文学原理——发展论》，社会科学文献出版社1989年版，第157页。
③ 钱中文：《文学原理——发展论》，社会科学文献出版社1989年版，第255、257页。

如关于"作者与主人公关系"问题,夏仲翼等就将之与现实主义作家的倾向性问题相联系。再如,巴赫金关于陀氏与托氏区别的观点是复调小说理论中最让中国接受者难以接受的问题,修复由于"复调/独白"所造成的断裂带成为中国学者的一致努力。钱中文着重从两个方面对之进行了"修复"。从用"倾向性"问题改造过的对"作者与主人公关系"问题的理解出发,将托氏和陀氏都作为"最高的现实主义"的代表看待,"托尔斯泰的丰富的生动的人物群体的魅力,正是作者强大的积极性的魅力的表现。在这一点上,他与陀思妥耶夫斯基在创作中表现出来的积极性何分轩轾?托尔斯泰关于自己主人公们的心理描绘的不少段落,优美绝伦,脍炙人口。他同陀思妥耶夫斯基都在人身上发现人,都达到了'最高意义上的现实主义'"[1]。在《文学原理——发展论》中,钱中文还有意识地将托尔斯泰与陀思妥耶夫斯基相提并论,来论述现实主义"深化人性"的特点。[2] 在这一努力背后,是接受者重建现实主义诗学的执着。[3]

不过,巴赫金复调小说理论的异质性还是非常明显的,因此,几乎所有的接受者都没有直接将巴赫金贴上"现实主义诗学"的标签,相反在钱中文的几篇文章中,还把巴赫金的复调小说理论称之为巴赫金的"叙述理论"。这是否意味着自钱中文始,中国开始了对巴赫金的叙述学角度的接受?其实,钱中文此时还只是一种朦胧的理论感觉,在他的头脑中还没有一个非常清楚的西方"形式美学"或"叙事美学"的知识背景,这使得他在整个的理论概括中,仍拘于"现实主义诗学创作论"。因此,仅以其名号而将之纳入"形式美学"或"叙事美学"中,将很难发现其真义。不过,也正是这种朦胧的意识,正好对传统的"现实主义诗学"构成了重大的冲击。反过来说,钱中文用"现实主义诗学创作论"的思路来阐述巴赫金独特的"叙述理

---

[1] 钱中文:《陀思妥耶夫斯基诗学问题》,生活·读书·新知三联书店1988年版,"中译本前言",第21页。
[2] 钱中文:《文学原理——发展论》,社会科学文献出版社1989年版,第253页。
[3] 第一节中所谈到的陀氏研究中对陀氏复调小说与此前文学的修复亦属此类,在此毋庸赘言。

论"固然有其理论准备的某些不足,但这一策略在当时却是明智的,有建设性的。正如他在《现实主义和现代主义》中所说的,"我把这种理论当作艺术形式的特征理论来研究的,这一研究的继续深入,可能有助于加深对现实主义和现代主义的理解"①。可见,巴赫金在此是作为一个既非传统的现实主义者,又非正宗的现代主义者被接受进来的,他的意义也正在于此,即通过与中国传统现实主义诗学间的对话,迫使中国"现实主义诗学"现代化。当然,这一"现代化",是在巴赫金的复调小说理论被"现实主义诗学化"之后发生的,也是必然会发生的。

正如巴赫金一到西方就不可避免被"西方化""后结构主义化"一样,"现实主义诗学化"是巴赫金进入80年代的中国所必然会出现的接受变形。所以,钱中文接过黄梅的话头,将之发挥成"必要的误差"的观点:"设法使各种有不同价值的理论紧密地参与我国的文学进程,在评论中出现的'误差'却是必要的。当然,首先要对这种理论有比较深入、正确的了解与把握,因此,这里所说的'误差'就不能了解为一种误解。"而且,正是这种"必要的误差",成为理论创新的途径之一。"一种文学理论如果要有所发展,一是要不断提出新问题……二是要不断采纳有价值的东西,充实自己,在自己既定方向的前提下,作出必要的偏离与'误差',形成创新。"② 钱在此一方面肯定了"误差"的必要,而且认为这种"误差"即是理论的"创新"。几年之后,他进一步将这种"必要的误差"观念理论化,认为,"我在这里所说的'误差',则是对话中的相互探讨真理的结果,是尊重对方理论异质性部分的价值的表现,是在对话中受到异质性观念的提示、启迪而形成的新观点;或是对同一现象所作出的不同反应、不同见解;或是在对话中通过比较而了解到自己和对方的长处与短外,由此而形成的见解、理论上差异。误差是理解的结果,是在比较研究之后形成的一种独立见解,独立的理论价值与理论判断……误

---

① 钱中文:《现实主义和现代主义》,人民文学出版社1987年版,"前言",第3页。
② 钱中文:《误解要避免,"误差"却是必要的》,《外国文学评论》1989年第4期。

差通过顺应与融化建立新理论"①。到了那时，钱中文已由最初对接受巴赫金过程中出现的现象的反思而发展成为对巴赫金对话主义的自觉运用，已经由"对话的先声"过渡到了对"对话的文学理论"的倡导了。

（二）走出"别车杜"：巴赫金之于中国现实主义文论话语的潜在性影响

由于巴赫金的复调小说理论开宗明义提出了自己的论述角度——"陀思妥耶夫斯基的诗学问题"，因此，整个复调小说理论更多的是从艺术思维革命（"复调型"）和艺术形式创新（"复调小说"）方面来谈的。当他的复调小说理论引入中国之后，直接作用于"现实主义诗学"问题是自然而然的。但是，现实主义问题不仅仅是一个"诗学问题"，而且还是一个思想内容的问题、一种批评方法论的问题。特别是中国的现实主义观念长期以来都沿用的是苏联的模式，从"别车杜"（别林斯基、车尔尼雪夫斯基、杜勃罗留波夫）到列宁、斯大林，从高尔基到卢那察尔斯基，重思想内容轻艺术形式几乎成为现实主义文论的传统。正因为如此，巴赫金的复调小说理论长期以来（从20年代的俄苏到80年代的中国）所受到的质疑往往最后都落脚到他的基本出发点上——诗学问题。其实，也许当时的接受者没有想到，正是巴赫金这种有意的忽略和绝对化的表述，对中国当代文论话语的转型产生了影响。

中国接受巴赫金复调小说理论所面临的思想障碍其实是以别车杜的社会学批评为代表的现实主义文论话语方式。这一点，即使是当事人可能也没注意到，他们也往往把注意力更多地集中到了被庸俗社会学批评所篡改了的"伪现实主义"话语上面，甚至在许多观点上为了反对"伪现实主义"而重提别车杜，力图借此恢复现实主义的本色。因此，通过对陀氏的评论，巴赫金与别车杜形成一种对话性关系，在

---

① 钱中文：《对话的文学理论——误差、激活、融化与创新》，《中国社会科学院研究生学报》1993年第5期。

各自阐述对陀氏研究的有效性的过程中,两者的意见分歧显露出来。首先,从巴赫金复调小说的研究对象来说,陀氏作为别车杜的同时代人,就与他们在思想观念和艺术追求上发生过面对面的交锋。当陀氏最初创作出了《穷人》时,别林斯基曾给予高度的赞扬,而当他写出《两重人格》后,别林斯基则对之进行了严厉的批评;在陀氏的《地下室手记》中,"地下人"则对车尔尼雪夫斯基的"水晶宫"大发不敬之辞。不管陀氏自己的立场到底如何,至少给后来的批评者以鲜明的印象,即陀氏与别车杜是有着原则上的分歧的。陀氏近半个世纪的毁誉正由此而来。其次,从巴赫金的复调小说理论的方法论来说,当巴赫金在《诗学》中不无激愤地说:"人们常常几乎根本忘记了:陀思妥耶夫斯基首先是个艺术家(固然属于一种特殊的类型),而不是哲学家,也不是政论家"①的时候,当他在第一章介绍陀氏研究情况时,根本无视对陀氏进行的思想研究和社会学批评,只用一句"材料的选择是从我们的论点出发的,因之带有主观性"敷衍过去的时候,我们不难发现,巴赫金的复调小说理论所针对的是整个社会学批评传统。社会学批评对陀氏的艺术研究往往终止于别林斯基对他的这一论断上。陀氏的"根本缺点,这就是它的幻想色调。幻想这东西,在我们今天,只能在疯人院中,而不是在文学中占有地位,应该过问的是医生,而不是诗人"②。这种幻想色调究竟所指为何?苏联另一位评论家叶尔米洛夫认为:"别林斯基的一个意见很重要,那意思是这样,即讲故事的人和主人公不该混合在一起,以致很难理解:以艺术家为代表的那个现实到哪里结束,梦呓和病态的空想从哪里开始。"③这实际上表明了别林斯基所批判的正是陀氏对"作者和主人公关系"问题的处理。在后来的陀氏研究中,即使又有了高尔基的"有毒的天才"说、卢那察尔斯基的"人格分裂"说,亦是别车杜思想的发展,以别车杜为代表的社会学批评构成了对陀氏的基本判断。恰恰在别车杜思

---

① 《巴赫金全集·诗学与访谈》,第2页。
② 《别林斯基选集》第1卷,时代出版社1953年版,第96页。
③ [苏联] 叶尔米洛夫:《陀思妥耶夫斯基论》,满涛译,上海译文出版社1985年版,第52页。

想停止之处，正是巴赫金复调诗学开始的地方。因此，巴赫金的潜在对手其实就是别车杜。更不用说第三，长期以来，中国的陀氏研究就是苏联模式的翻版，在苏联占主流地位的从别林斯基到卢那察尔斯基关于陀氏的看法一直也是中国认识陀氏的指南……进入80年代以后，陀氏研究顺应了中国文学批评克服庸俗社会学的总趋势，也迈出了事实上的"走出别车杜"的第一步。首先，一个突出的表征就是为陀氏的"反动小说"正名。如前所述，夏仲翼对巴赫金的"复调小说理论"的译介与陀思妥耶夫斯基的小说《地下室手记》相配套，也就是说，从《世界文学》这一期的组稿意图来看，之所以要介绍巴赫金的"复调小说"正是为了引导读者阅读陀思妥耶夫斯基的《地下室手记》。那么，为什么会采取如此慎重的方式呢？原因就在于《地下室手记》在陀氏诸小说中历来就被作为一种"反动小说"来看待。以往的评论界往往把主人公"地下人"的思想与作家本人的思想倾向画等号，因此，小说也就成为体现陀思妥耶夫斯基思想倾向的反动性的作品。"地下室"与"水晶宫"的对立，既是陀思妥耶夫斯基与车尔尼雪夫斯基的对立，当然也与革命的进步思想的对立。因此，引进巴赫金关于复调小说的理论，其目的正在于通过区分"主人公的意识"与"作者的意识"，从而达到为陀思妥耶夫斯基及其小说进行辩护的目的。其次，正是巴赫金复调小说理论的译介，使中国的陀氏研究者改变了将主人公的意识与作者的意识相等同的观点。虽说后来又出现了"作者与主人公关系"问题的争论，但是情况已有了很大的不同。不管是钱中文还是宋大图、张杰，他们都不再将主人公的意识与作者的意识相等同，而将论述的重心转向了作者立场存不存在，主人公的独立对作者立场到底产生了什么样的影响问题。以前大家所关心的陀氏的思想倾向问题、《地下室手记》《群魔》的思想倾向问题在这里已基本不存在了。80年代以来陀氏研究中一个重大的变化就是"涉足于那些50年代以来一向被冷落或被批判为反动的作品，如对

《二重人格》《群魔》《地下室手记》的重新评价"①。这不能不说为"走出别车杜"迈出了关键的一步。

不过，巴赫金复调小说理论之于中国现实主义文论话语的意义也不能因此而过分夸大，它所造成的还只是一种潜在性的影响。一方面，从巴赫金复调小说理论自身来看，虽然巴赫金在《诗学》中把一些话说得很绝对，但是他并没有对别车杜的观点展开直接正面的批驳。这种"存而不论"的态度如果联系巴赫金的对话理论来看，其实正是他深刻的多元论思想的体现。也就是说，巴赫金的策略不是否定"别车杜"的思想本身，而是否定它的唯我独尊性，消解它的话语霸权。在巴赫金看来，"别车杜"只代表了问题的一个方面，只是众多声音中的一种声音。正因为如此，巴赫金和复调小说理论的意义不在于要从"别车杜"走向"反别车杜"，而是要讲出一种"非别车杜"的声音。可惜，这种真正的多元论思想在当时并没有引起接受者的重视。另一方面，由于"作者与主人公关系"问题并没有得到最后解决，中国的接受者大多都还对巴赫金所说的主人公意识的独立性表示怀疑（只是怀疑的程度有别），因而，在观念上更倾向于接受卢那察尔斯基对巴赫金的批评性意见以及他所提出的"人格分裂"说。而卢的"人格分裂"说，一方面是别林斯基"病态幻想"说的某种延续，另一方面又是在庸俗社会学的"主人公的意识等于作家的意识"观点和巴赫金的"主人公的意识不等于作家的意识"观点之间做出的某种妥协。

（三）暗中的论辩：巴赫金的对话思想与中国的文学主体性问题

在钱、黄之争中，钱中文透露出了这样的心迹："说实在的，正是国内文学理论界提出的问题，使我对巴赫金产生了兴趣的。《作者与主人公》一文及另一些文章，正是前几年关于文学主体性的讨论使我写成的。我采用了避免直接卷入的形式，但巴赫金提出的'暗中论

---

① 王圣思：《陀思妥耶夫斯基与中国的社会学批评及其突破》，《外国文学评论》1989年第3期。

辩体'的运用却是不少的。我这样做，为的是好让自己少招来一些麻烦。"① 与钱中文行文一贯的简洁明快相比，这段话却有一种欲说还休之感。表面上看，钱中文想说明的是与西方接受巴赫金的"各取所需，照自己兴趣办事"一样，对"中国问题"的关心也是自己接受巴赫金的一个重要的原因。那么，这一问题所指为何呢？从后文中来看，正是"文学主体性"问题，至少，《作者与主人公》一文直接与之有关。那么，巴赫金的复调理论、对话思想在多大程度上与中国的文学主体性问题相关？钱中文在多大程度上"介入"了主体性问题的论争？同时，为什么钱中文会采取巴赫金提出的"暗中辩论体"，而"避免直接卷入的形式"？为什么怕给自己招来一些麻烦？

....

在文学的主体性问题讨论中，钱中文采取了"暗中的辩论"方式。一方面，"暗中的辩论"方式直接来自巴赫金的复调小说理论。"暗辩体"是巴赫金在分析陀思妥耶夫斯基的语言时提出来的。在《陀思妥耶夫斯基诗学问题》第四章中，巴赫金将语言分为三种类型（直接陈述自己对象的语言、客体的语言和包容他人话语的语境，即双声语），"暗辩体"即"双声语"的第三种类型（即与单一指向的双声语和不同指向的双声语相并列的折射出来的他人语言，即积极型）中的一个细类。在巴赫金看来，"暗辩体"是一种隐蔽的辩论，是作者"在表述关于对象物的每一论点的同时，这种语言除了自己指物述事的意义之外，还要旁敲侧击他人就此题目的论说，他人对这一对象的论点"，"暗辩体语言，是一种向敌对的他人语言察言观色的语言"。② 钱中文在参与文学主体性讨论中所采取的这一姿态同时表现出了将巴赫金的"暗辩体"运用于实践的努力。从这个意义上说，钱中文所采取的"暗中的论辩"方式成为巴赫金理论参与中国问题解决的一种方式。另一方面，钱中文所采取的这一姿态还有着其具体的原因和特点。首先，当时钱中文与刘再复同在中国社会科学院文学所，钱

---

① 钱中文：《误解要避免，"误差"却是必要的》，《外国文学评论》1989 年第 4 期。
② 《巴赫金全集·诗学与访谈》，第 259、260 页。

中文所说的"避免直接卷入的形式"和"让自己少招来一些麻烦"的意愿可能更多地是出于个人的原因而与整个论题的争论无关。因此，在此存而不论。其次，钱中文在《复调小说：主人公与作者——巴赫金的叙述理论》中对巴赫金的作者与主人公平等说的质疑正与刘再复对文学主体性的"无度张扬"相对应。钱中文说："在《误解》一文中，我提到'暗中的论辩'一事，是指与我国当时流行的'文学主体性'的无度张扬，进行暗中的论辩。'文学主体性'的提出十分重要，但论者浪漫主义式的论证把问题说的豁了边了。"① 在钱中文看来，巴赫金所讲的主人公的独立性、主体性问题不是复调小说的专利品，而是一种普遍的规律性现象。只有那些傀儡人物、作为作家传声筒式的人物才只是僵死的客体，而在任何小说光彩照人的艺术性格中，主人公既是客体，又是主体，是主客体统一的。钱中文所强调的"主客体"双重性一方面是他对巴赫金复调小说的一种阐释性理解，这种理解多少受到"现实主义诗学"限制，前文已经提及；另一方面也是他对刘再复"泛主体性"的纠偏。第三，将巴赫金接受史中围绕"作者与主人公关系"问题的论争放到整个关于文学主体性问题的讨论中来审视，不难发现，接受者对刘再复对主体性浪漫主义式的理解的警惕同时也影响到了他们对巴赫金复调小说理论对作者和主人公自我意识的独立性的强调的接受上。很显然，当他们在阐释巴赫金的复调小说时，在努力使自己避开陷入刘再复"泛主体性"的陷阱，但是这一有意的规避在另一方面则减弱了巴赫金在阐述其复调艺术思维所具有的"小型的哥白尼式革命"的意义。

最后，数年之后，巴赫金理论中的主体性问题在刘康那里得到了部分的回应。一方面，他将巴赫金的复调小说理论中的作家与主人公的主体性问题放到对其整个早期哲学美学思想之中进行了理解，在他看来，巴赫金超越传统二元对立的思维模式成为"反思人类主体性的

---

① 钱中文 2001 年 6 月 4 日致笔者的信。

新思路——我们对主体性的一切争论，都是对自我的反思"[①]。另一方面，他明确意识到巴赫金的主体性理论与80年代中国的文学主体性问题的讨论和90年代文学主体性转型之间的密切关系，认识到主体性讨论中所存在的问题……如果说在钱中文那里，巴赫金复调小说理论中的主体性思想只是与中国的文学主体性讨论采取了"暗中的论辩"的方式的话，那么，在刘康那里，巴赫金的主体性理论则已成为一种理论反思的武器，成为主体性问题研究的重要理论资源。从这一角度来看，也体现了巴赫金理论参与中国问题的深化。

三 走向交往对话：巴赫金与中国当代文论话语重建

（一）接受的接受：中国—托多罗夫—巴赫金

在巴赫金接受史中，运用的另一个组成部分是巴赫金理论话语在中国文艺理论研究中的运用。与巴赫金理论话语之用于中国的文学史研究一样，处在这一运用层面上的接受情况也是较为复杂的。董小英从叙事角度对对话理论的创新、夏忠宪等对巴赫金文学研究方法论的反思都应该被纳入进来，这里主要指的是借用巴赫金理论思想以解决与本专业相关问题的运用情况。如果说在中国的文学史研究中，巴赫金的"复调""狂欢化"受到特别青睐的话，那么，在中国的文艺理论研究中，大家不约而同地相中了巴赫金的"对话"。文学批评上"对话批评"的构想、文学理论上"对话的文学理论"的倡导正是其突出的表现。

在具体进入这一运用环节之前，还有一个现象值得特别的注意，即"接受的接受"现象。将巴赫金的"对话"观念用之于文艺理论研究的始作俑者是法国的托多罗夫，正是他率先提出了"对话批评"的设想。中国的文艺理论研究者在很大程度上正是受了托多罗夫的启

[①] 刘康：《对话的喧声——巴赫金的文化转型理论》，中国人民大学出版社1995年版，第10页。

发才致力于这项理论建构的,而托多罗夫的"对话批评"正是"文化际接受"中重要的一个环节。也就是说,从世界的巴赫金接受史来看,并不存在一个"巴赫金—中国"的封闭的单向式信息传递和理论接受,相反,接受的实情是"巴赫金—俄苏—中国"与"巴赫金—欧美—中国"间复杂的"接受者主体间的对话性关系"。如果说此前的"接受视野的西方化"和"接受的同轨"现象中,"一级接受者"(俄苏和欧美)对"二级接受者"(中国)的影响还只是接受渠道、接受视角等局部性、外围性的影响的话,那么,托多罗夫的"对话批评"自身也成为中国接受者接受的重要对象。这就是所谓的"接受的接受"。从接受史意义上讲,"接受的接受"现象其实是非常普遍的现象。当接受者分别出现在不同的接受层面上(地域的、时间的或深度的)时,总会有"第二级接受者""第三级接受者"对前一级接受者接受的情况进行接受。在中国的文学史研究中通过转引的方式对巴赫金理论话语的间接运用就属于这种情况;俄苏与欧美也是互为"接受的接受"的;中国的巴赫金接受也都处在这种"接受的接受"之中。不过,中国接受者对托多罗夫"对话批评"的接受意义非同寻常,托多罗在巴赫金对话理论基础之上的理论创新已经使得"对话批评"不再局限于巴赫金理论本身了,它已经被贴上了托多罗夫的标签。毫无疑问,托多罗夫的"对话批评"正是巴赫金接受中理论创新的典范,也是中国的巴赫金接受者学习的榜样。正因为如此,中国对托多罗夫"对话批评"的接受在整个巴赫金接受史中占有了非常特殊的地位。

中国对托多罗夫的巴赫金接受是从1986年开始的。这一年,何百华在《外国文学报道》第1期上发表了《托多罗夫谈巴赫金》一文,对托多罗夫评克拉克和霍奎斯特的《巴赫金传》的评论进行了介绍,这也是中国接受者了解西方的巴赫金接受情况的开始。同年,郭宏安在《读书》第2期上发表了《批评是一种对话:读托多罗夫的〈批评之批评〉》,三次提到了巴赫金,也专门讲到了托多罗夫对"对话批评"的构想。不过,他并没有将"巴赫金"与"对话批评"联系起来。也就是说,此时对托多罗夫"对话批评"的接受还没有建立起巴赫金接受史的接受语境,还不能成为巴赫金接受史的有机组成部分。1988年,《批评的批评》正式由中国社会科学出版社出中译本,更多的人开始接触托多罗夫的"对话批评"。

正式将"托多罗夫—对话批评—巴赫金"联系起来的是钱中文。在钱中文、黄梅之争中,钱中文写道:"批评不仅包含着对人类审美感受、方式的探索,同时也包含通过多种审美方式对各种意义、真理的探索。托多罗夫指出,在批评方面,'巴赫金预示了(不是说实践)一种新形式。这种新形式可以称之为对话批评'。"并认为托多罗夫在最后一章所提出的"对话批评"正是对此的进一步发挥,从而将托多罗夫放到整个巴赫金接受史中进行考察了。在该文中,钱中文不仅介绍了托多罗夫"对话批评"的构想,而且积极将之与中国的文学研究实际、与当时"作者与主人公关系"问题的论争联系起来,这正是"运用"的开始。一方面,他已经认识到巴赫金的对话主义对托多罗夫的文艺观念所产生的重大影响。在他看来,"作为结构主义理论家,托多罗夫无疑在《批评的批评》中发生了变化。他似乎破坏了原来的结构主义原则,终于从隐蔽的价值判断原则,走向了公开性的价值取向。这比我们的好些时髦评论家要真诚得多"[1]。另一方面,他从巴赫金的对话思想和托多罗夫的对话批评观念出发提出了"对话立场"的观念,从而成为中国文艺理论界提倡对话主义的先声。

1997年,段映红在《外国文学评论》第4期上发表了《作为文学批评家的托多罗夫——从结构主义到对话批评》,将"对话批评"作为托多罗夫自身学术历程的重要发展阶段来看待,并认为在这一转变过程中,巴赫金思想对之的启发起了非常重要的作用,认为托多罗夫"在对巴赫金的研究中找到了通向新的文学观和批评观的道路"。托多罗夫是西方研究巴赫金的专家,也是积极向西方世界介绍巴赫金的学者。除了"对话批评"这一创新性的理论构想之外,他对巴赫金理论所提出的许多观点也成为中国接受巴赫金重要的参照系。比如说,他与巴赫金在"作者与主人公关系"问题上的分歧受到中国接受者的重视。如钱中文在其《误解要避免,"误差"却是必要的》一文

---

[1] 钱中文:《误解要避免,"误差"却是必要的》,《外国文学评论》1989年第4期。

中不同意托多罗夫在这一问题上对巴赫金的质疑，认为如果否定了主人公与作者的相对独立性，那么，托多罗夫所提倡的对话批评也会存在问题。在他看来，"如果他离开了自己的文章的标题'人与人际关系'，不能承认主人公对作者还存在着相对的独立性，对话批评本身就可能成为一种失重的理论了"①。再比如说，托多罗夫关于巴赫金比"形式主义还形式主义"的观点也得到一些中国接受者的认同。如蒋原伦提出"巴赫金的精湛的研究实质上就是地道的形式研究"的观点，而这一观点正是基于对托多罗夫观点的发挥。他认为，"巴赫金不把自己算在形式主义派别内，但是他的形式研究比之他的形式主义同辈路数更广……故巴赫金把研究点放在艺术作品的结构、思想形象的构造、人物关系和体裁的承先启后上。由此，托多罗夫甚至认为巴赫金比'形式主义更加形式主义'，即精神创造的一切都可在巴赫金形构的层面上找出依据"②。赵志军也引述这一观点来论证形式主义在巴赫金思想中所留下的深刻印痕。

1998 年，《巴赫金全集》出版，《文论报》于 1998 年 6 月 4 日即发表了托多罗夫的《巴赫金思想的三大主题》以示对此事的重视；2001 年，托多罗夫研究巴赫金的专著《米哈伊尔·巴赫金与对话理论》由百花文艺出版社出中译本，进一步体现了托多罗夫的巴赫金研究对于中国接受者的魅力。

（二）对话批评：是否可能与如何可能

不过，托多罗夫的巴赫金研究对中国最有影响的还是他提出的"对话批评"。公开探讨对话批评的问题是从 90 年代开始的。1991 年在《上海文论》第 4 期上，郭春林发表了《对话批评：一种理想的批评模式》，③明确提出建立一种对话批评的主张。在这篇文章中，郭春林一开始就将"对话批评"与"对话体批评"区分开来，认为"从

---

① 钱中文：《误解要避免，"误差"却是必要的》，《外国文学评论》1989 年第 4 期。
② 蒋原伦：《一种新的批评话语——读巴赫金〈陀思妥耶夫斯基诗学问题〉》，《文艺评论》1992 年第 5 期。
③ 同时还有殷双喜的《对话批评：一种艺术批评意识》（《美术史论》1991 年第 3 期）。

柏拉图的对话体文艺理论到现在我们通常所见的对话体批评样式（包括书信体、神聊的录音整理，或者是一个人的假想式对谈，等等），虽然它们可能成为对话批评，但就这些批评的实在情况而言，与我所确立的对话批评的原则和意旨是不一样的，包括批评的态度及由此而引发的批评的目的和效果"。他强调的是对话在"哲学意义上的容涵性"，是"深及肌理的内在观念的改变"。该文虽然没有直接引述托多罗夫关于对话批评的论述，但是从其观念来说肯定受到了他的影响①……将对话批评作为一种现实性的文学批评文体进行研究是蒋原伦和潘凯雄在《历史描述与逻辑演绎——文学批评文体论》一书中的目标之一。在该书中，他们"将批评文体界定为体现在批评文本中的批评家的话语方式"②，而对话批评即是一系列话语方式中的一种。
…………

（三）文论重建：钱中文等人及其对"对话的文学理论"的倡导

20世纪90年代以来，围绕着"文论失语症"、中国文论话语的重建等问题，大家不约而同地达成了"走向交往对话"的共识。虽然从中可见到巴赫金思想的影子，但就其所采用了"对话"的含义来说，大多是基于对日常生活式的"对话"的理解而进行的理论性的表述而非对巴赫金对话主义的理论自觉，因此还很难称得上是对巴赫金对话主义的运用。如曹顺庆在其所讨论的《中西诗学对话：现实与前景》一文中虽然提出了"对话的前提"是对中国古代诗学、古代文论的理论价值的确认，"对话的基础"是达成彼此的"共识"，"对话的目标"是实现中西文论的"互补"等非常具有对话精神、对话性的思想，但其论述的展开仍然是中西诗学求同辨异式的传统比较法。③童庆炳也有意将对话提到"重建文化形态的战略"高度来看待。在他

---

① 在该文中他也提到托多罗夫及其观点，但采用间接引语的方式："托多罗夫说，批评不是谈论作品而是对作品和作家及读者谈话。"尽管如此，托多罗夫对他的影响还是显而易见的。

② 蒋原伦、潘凯雄：《历史描述与逻辑演绎——文学批评文体论》，云南人民出版社1994年版，第6页。

③ 曹顺庆：《中西诗学对话：现实与前景》，《当代文坛》1990年第6期。

看来,"对话之路"是不同于"全盘西化"和"固守传统"的第三条道路,"中国传统文化作为一个主体,西方文化也作为一个主体,两个主体之间进行平等的对话。通过对话,彼此沟通,互相借鉴,取长补短,共同'富裕'"①。不过,综观童庆炳的论述,这种对话还是传统的"取长补短"、互通有无的翻版。这些观点还不是巴赫金所说的,"一切都是手段,对话才是目的。单一的声音,什么也结束不了,什么也解决不了。两个声音才是生命的最低条件,生存的最低条件"②,也还没体现出托多罗夫所说的"共同探索真理的原则"。③ 孙绍振采用"对话/独白"的说法将中国文学理论发展的脉络概括为从西方文论独白到中西文论对话,④ 也有着巴赫金的影子,但理论的自觉性不是很明显。

真正运用巴赫金的对话理论明确对"对话的文学理论"进行倡导的是钱中文。他曾明确表示:"在我自己的著作中,则借鉴巴赫金的对话理论,给以阐发,努力使之成为我的文学观念的组成部分。"⑤ 从80年代末"对话立场"的提出到90年代对"对话的文学理论"的倡导,钱中文在运用方面经历了一个从不自觉到自觉的过程。

在钱、黄之争中,钱中文虽然提出了"对话立场"一说,并做了较符合巴赫金对话主义的阐述,⑥ 但此时还只是他对自己接受巴赫金理论所做的方法论和反思,其有限性是显而易见的。因此,当他从宏观上把握文艺理论建设的现状与前景时,这种对话意识还不很强。我们从他发表在 1987 年《文艺理论研究》第 1 期上的《挑战与机会:谈当前文艺理论研究态势》以及 1993 年《文学评论》第 3 期上的

---

① 童庆炳:《对话——重建新文化形态的战略》,《北京师范大学学报》1994 年第 4 期。
② 《巴赫金全集·诗学与访谈》,第 340 页。
③ [法] 托多罗夫:《批评的批评》,王东亮、王晨阳译,中国社会科学出版社 1988 年版,第 176 页。
④ 孙绍振:《从西方文论的独白到中西文论的对话》,《文学评论》2001 年第 1 期。
⑤ 钱中文:《"我们这些人实际上生活在两种现实里面"——忆钟书先生》,《中华读书报》2000 年 11 月 1 日。
⑥ 如钱中文所说的,这种"对话立场"就是"努力理解对方,但也不怕说出自己的价值判断,甚至是错误的判断"。参见钱中文《误解要避免,"误差"却是必要的》,《外国文学评论》1989 年第 4 期。

《世纪之争及其更新之途：二十世纪中外文化交流中我国文艺观念之流变》中都可以看出这一点。在这段时期内，钱中文思考文艺理论建设的宏观问题时仍然沿用的是传统的"冲突式""论争式""分歧式"的思路，是一种"对抗"而非"对话"的思路。真正在观念上发生变化的是他1993年发表在《中国社会科学院研究生学报》的《对话的文学理论——误差、激活、融化与创新》一文。从所讨论的对象来说，该文与《世纪之争》基本相同，都是对20世纪中国各种文学理论进行的反思，但角度有所变化。前者侧重于文艺观念流变的特点，后者侧重于获得发展的途径，后者很明显是基于前者的深化。文中，他第一次明确提出了"对话的文学理论"一说："如何协调本土文学理论与外来文学理论之间的相互关系？文学理论接受的境界是什么？……我想我们可以根据巴赫金的对话理论，使东西方文学理论的交流，变为东西方文学理论的对话，逐渐形成对话的文学理论批评。"不过此时，钱中文将巴赫金的对话理论用之于对对话的文学理论的倡导多少还只是一种理论感觉，无论是在对"何为对话的文学理论"的认识还是在对"如何才能达到对话的文学理论"的看法上都表现出"亦新亦旧"的特点。一方面，巴赫金的某些对话主义思想在该文中得到了一定程度的应用。如对"误差"的合理性的看法，他认为"误差"是"对话中的相互探讨真理的结果，是尊重对方理论异质性部分的价值的表现，是在对话中受到异质性观念的提示、启迪而形成的新观点；或是对同一现象所作出的不同反应、不同见解；或是在对话中通过比较而了解到自己和对方的长处与短处，由此而形成的见解、理论上差异。误差是理解的结果，是在比较研究之后形成的一种独立见解，独立的理论价值和理论判断"。再比如对"理论创新"问题的提出，在他看来，"东西文化交流的目的在于互通有无，形成文化互补，而其深层意义，在于通过外国文化对本土文化的激活，进入创新""东西文学理论交流中的互通有无，还只是一种移入，并不能代替创造，所以还得使交流推动传统的创新"。这些观点较之其他中西诗学对话的倡导者应是一个不小的进步。但另一方面，巴赫金的对话主义表现得还不是很充分。这主要表现在构成该文的骨架是对"误

· 299 ·

差、激活、融化与创新"这些对话方式、途径的一般性阐述。巴赫金的对话主义还只是作为一种有力的理论观点进行引用的,从中虽然可以看出巴赫金对钱中文的启发,但只是巴赫金对话主义中个别观点的借鉴。而且"对话的文学理论"很容易造成一种歧义,似乎它就是一种新型的文学理论形态了。其实,当托多罗夫提出"对话批评"时也对这是否是一种新的批评形态表示了怀疑。他的最后一章以"对话批评?"为题结束也正是这个意思。不过,中国的接受者往往忽略了这个问号的意义。

此后,对20世纪中西文学理论进行历史性回眸,总结各自的特点,发现共同的规律,特别是将中西文学理论的比较分别从共时与历史两个方面展开,将中西文学理论的交流与对话放到中国文学理论的现代性追求的背景下进行考察,成为钱中文90年代学术研究的重要主题之一。与此同时,随着《巴赫金全集》的翻译,他对巴赫金晚年关于人文科学方法论问题的思考做了较为全面的了解,深化了他对巴赫金对话主义的认识,特别是此时,他已直接将巴赫金理论称为"对话交往美学"了。[1] 这反过来也促进了他对巴赫金对话主义思想的运用。在《文学理论:走向交往与对话》一文中,钱中文已经非常自觉地运用巴赫金对话主义思想为"文学理论走向交往与对话"摇旗呐喊了。在构成该文核心部分的"交往、对话的主体性以及理论批评话语的共同性"一节中,巴赫金的思想随处可见,并成为论述的主要观点。如对"在中外文学理论批评的交往探索中,把文学理论批评视为人文科学的思想,是十分重要的"这一观点的论述,直接来自巴赫金关于人文科学方法论的观点;对"不同国家之间的文学主体、理论批评主体之间进行交往与对话,以达到双方的各自理解"的论述中,巴赫金关于"理解"的看法就是其论述的理论背景;对"不同国家之间的文学理论批评进行交往与对话,利用交往、对话中的'外位性',使自己融入他者的文化,进而使用他者的目光来反观自身,可以观照自身的不足;可以从他者获取新的知识,吸收新的有用的成分,从而

---

[1] 钱中文:《论巴赫金的交往美学及其人文科学方法论》,《文艺研究》1998年第1期。

在一些问题上，修正失误，达到共同的理解"的论述中，巴赫金的"外位性"思想也受到钱中文的重视。从这些表现来看，钱中文此时已经非常自觉地运用巴赫金理论话语，并使之成为自己的理论观念中的一部分了。

除了钱中文以外，程正民也表现出将巴赫金的对话思想运用于对文论现代性问题的探讨上，在他看来，"巴赫金的对话思想是20世纪最具有原创性的和最具有现代性的思想""对我们思考文学理论的现代性有深刻的启示意义"。从而，他提出了"根据巴赫金提出的通过对话建立开放的文艺学的构想"。在这一构想中，贯穿了巴赫金对话精神的多元性、互动性和开放性。程正民的这一构想可以作为钱中文提出的"对话的文学理论"的重要补充和响应。此外，金元浦对90年代我国文学理论中"对话主义的历史性出场"的观点也获益于巴赫金的对话主义，[①] 这里就不再详细分析了。

与钱中文从中国文论重建角度对巴赫金对话主义的运用异曲同工的是曹卫东、王钦峰、蒋述卓、李凤亮等人从巴赫金那里获取的对于比较文学、比较诗学的启示。前两人侧重于宏观视野、观念更新，后两人侧重于可操作性的方法论的改进，两者可形成互补性关系。在《走向一种对话理论——由"交往理性"看比较文学》[②] 中，曹卫东的理论资源更多的是来自哈贝马斯，巴赫金的对话理论则是他经过克莉斯蒂娃的"互文性"概念而得到逆向发现的，这反映了曹卫东个人的西方知识背景对之的影响。在该文中，巴赫金的对话理论被赋予了"在意识形态批判的基础上进行互文性研究"的比较文学方法论意义。在《巴赫金与比较文学的方法》[③] 中，王钦峰首先将巴赫金的思想定位为对主体关系进行研究的主体理论，将他的"对话""狂欢"都视为巴赫金为人或人类主体确立的生存姿态，特别强调巴赫金的对话主义非专制主义式的对话，认为"巴赫金所提示的本真的对话不包含权

---

① 金元浦：《对话主义的历史性出场》，《文艺报》1999年2月4日。
② 曹卫东：《走向一种对话理论——由"交往理性"看比较文学》，《社会科学探索》1994年第5期。
③ 王钦峰：《巴赫金与比较文学的方法》，《中国比较文学》1998年第3期。

力私欲的杂念，而只寻求'平等''对等''共存'，从而保留整体的杂多和众声喧嚣，它不以征服和消灭他者为目的"。为此，他从巴赫金对话理论中获得启示，"提出学科研究的两种理想，这两种理想，应当说它们契合巴赫金对话理论的精神：理想之一，放弃结论；理想之二，整体性的遭逢或面对"。此外，他还从巴赫金"互换位置"的观点出发提出用"互换角度"方法克服比较文学中单一视角之不足的意见。在蒋述卓、李凤亮的《对话：理论精神与操作原则——巴赫金对比较诗学研究的启示》[①] 中巴赫金关于他性与差异的观点得到具体运用。他们认为，"当今人文学者所面对的最大的'异质话题'，无疑分别源自东西方两个区别较大的文化谱系。比较诗学研究所提出的种种对话设想，事实上首先基于对这种差异的认同"。因此，巴赫金的对话主义，无论是其具体的话语资源、研究方法，还是较为宏观和深在的观照立场，都对当前的比较诗学研究有重要的启发与取鉴的意义。他们将这种启示概括为两个方面："一是对话主义自身的方法论内容，二是巴赫金建构对话主义时所运用的方法……启示之一是'多元化'观念……另一种方法论启示，即'整体性'观念。"

从文学批评上"对话批评"的构想到文学理论上"对话的文学理论"的倡导，巴赫金的对话思想日益开始显示出它潜藏的巨大活力。这也使得对话主义成为中国当代文论面对西方学术强大影响力时最有价值的理论立场的选择。

（原载《河北学刊》2004年第1期，编入本书有删节）

---

① 将述卓、李凤亮：《对话：理论精神与操作原则——巴赫金对比较诗学研究的启示》，《文学评论》2000年第1期。

第四编
书评与回忆

评《文学原理——发展论》

朱立元　叶易

很久以来，大家都期望我国的文学理论研究能有所突破，达到一个新的水平。现在读了钱中文同志的《文学原理——发展论》（以下简称《发展论》），我们感到兴奋和喜悦。

此著体系严谨，资料扎实，论述精辟，既是作者对"文化大革命"前十七年间，特别是对新时期文学理论研究成果的科学总结与提高，也是对各种不同乃至有争论的观点、方法的理性观照与辩证综合，因而在一系列理论问题上有所突破与创新。

理论上的辩证总结与综合，不是机械地相加与拼凑，而是对事物的一种高层次的理性思维的把握。就其实质而言，辩证综合是思维行程中从抽象上升到具体的最高阶段，也是科学地叙述研究成果、构成理论体系的根本原则。马克思说："具体之所以具体，因为它是许多规定的综合，因而是多样性的统一。"[①] 只有辩证的综合才能全面把握和科学揭示对象的本质关系及其全部丰富性。这需要马克思主义的理论胆识和对辩证法的娴熟运用。《发展论》的作者就具有这种辩证综合的深厚功力。

构成《发展论》全书的灵魂并驾驭整个理论阐述的中心观念是："文学是审美意识形态"。这个中心观念就是对国内外几十年有关文学本质问题长期论争的一个辩证综合。撇开国外的各种主张不论，单就国内来看，新中国成立以来，前三十多年间，对文学本质的认识基本

---

① 《马克思恩格斯选集》，人民出版社1995年版，第103页。

上只有一种观点，即以认识论为出发点把文学界定为上层建筑的社会意识形态。这自然是正确的，是唯物史观在文学理论中的应用与体现，相对于仅仅把文学理解为个人的自我表现或非功利的纯形式而言，是巨大的历史进步。然而，如《发展论》所说，"它只是阐明了文学本质特性的一个方面。如果要以这点来代替文学本质特性的全面、总体的把握，就显得不够了"。20 世纪 80 年代之后，国内又出现了一种很有影响的文学观念，即把文学本质仅仅归结为"审美"，并竭力否定认识论、反映论、意识形态论，认为意识形态论只反映文学的"外部规律"，以此解释文学本质会导致文学理论的简单化。这种观点的合理之处在于以下两点：第一，看到并强调了文学的审美特质；第二，对"文化大革命"时期某些在"意识形态论"名义下的简单化、庸俗化的理解与观点进行了必要的否定。但是，这种主张的片面性也显而易见。《发展论》深刻地指出："从一方面来说，认识论、反映论这类观念，在过去几十年里确实有被滥用的现象。这是在对文学的急功近利的思想指导下进行简单化的解释的结果。但另一方面任意否定、绝对排斥认识论、反映论、意识形态等观念在文学理论中的使用，正是一种极端偏颇的表现。不能认为上述观念与文学格格不入，以为只要把它们排斥掉，文学理论就会科学化了；不能因为可以多角度，用多种方法研究文学，原有的方法观念就得彻底废除。"在"审美"为唯一本质的旗号下，"近几年来，也有把文学本质归结为自我表现、感情的说法，或从心理学观点来规范文学本质，或……认为文学的本质特征就是主体性、超越性，等等"。片面的、走极端的理解和解释，都不能达到对文学本质的全面、辩证的把握。在 80 年代后半期，我国一些有识见的文艺理论家已经看到对"审美本质论""意识形态论"两种观点进行综合的必要性，并作出了相应的努力，着重论述文学是一种审美意识形态。这表明，辩证综合已是一种自觉的趋向。

《发展论》在这一问题上的辩证综合，主要不在于它提出了"文学是审美意识形态"的命题（其他同志也提出了），而是在于以下三点。第一，它把文学视为一个复杂的系统，把"审美意识形态"仅作为文学第一层次的审美特性，并不排除第二、第三层次及其他方面的文学特质。就是说，它仅把这一命题看作对文学最基础层次的本质的概括，并不奢望用一个简单命题概括文学的全部丰富特质。第二，它对"文学是审美意识形态"这一命题从人对世界的掌握方式的高度进行了独特的阐释。作者认为，艺术对世界采用的是马克思说的"实践—精神的掌握"方式，[①]"是一种具有实践特征的精神把握"。由此出发，作者从"对文学把握现实特有现象、创作主体特征和特有的把握方式的认识"入手来阐明文学的审美意识形态特性。此外，作者还从文学的审美实践的特性应是虚构性（审美）与真实性（反映）的统一，严格区分了同属于"实践—精神的掌握"方式的艺术与宗教。这些看法十分精辟并有深度。第三，《发展论》把审美的和哲学的方法结合起来探讨文学的常态特征，即审美性与意识形态性的有机统一，揭示出："文学作为审美的意识形态，以感情为中心，但它是感情和思想认识的结合，它是一种虚构，但又具有特殊形态的特殊性；它是有目的的，但又具有不以实利为目的的无目的性；它具有阶级性，但又是一种具有广泛的社会性以及全人类性的审美意识的形态。"

在达到对文学本质问题的辩证综合后，《发展论》对其他一系列重大问题的认识也就能作出相应的总结和辩证的综合。例如关于再现与表现的关系问题。长期以来，一直有再现论与表现论之争，近几年来，把两论人为对立起来的倾向比较突出。一些主张现代主义的论者否定现实主义，但对现实主义作了曲解，将之说成是"僵死的反映""刻板的摹写"等等，并在理论上将现实主义归结为单纯的、直观或机械的反映论，甚至把过去文学创作中的某些简单化、不景气现象全部归罪于反映论，这当然是不公正的。相反，另有一些同志在谈现实主义与反映论的关系时也确有简单化的缺陷，特别是对文学的审美特质比较忽视，对文学的表现性否定过多。这两种观点都是片面的。针对前一种倾向，作者强调，"反映论并不是那么容易被突破的。只要我们承认文学是一种审美意识的表现，不管是忠实再现了现实也好，

---

① 《马克思恩格斯选集》，人民出版社1995年版，第104页。

自我表现也好，创造也好，不管描绘得如生活本身那样也好，变形也好，现实精神的折射也好，幻想也好，在本质上它仍是一种独特的现实的反映，或是一种极其曲折的反映"。针对后一种倾向，作者指出，如果仅满足于"用人的这种哲学的普遍思维方式，来解释文学创作"，就"容易引起对文艺创作简单化、庸俗化的理解"，而不能体现"文学本身属性，即审美属性"；作者强调"反映论用于文学活动，必须通过审美中介，转化为审美反映，而这中介对于文学来说，却又是本身属性"。在对文学的审美反映的再现与表现两个方面的具体内涵做了深入的探讨后，作者加以辩证综合，认为文学创作"既是对现实的审美反映，反映成了创作的具体方式，又是表现，表现作家自我。反映与表现，相互依存，互为表里。由此，反映非但不排斥表现……而且必须与自我表现结合起来……审美反映，自然是包含主体的创造性的表现成分在内的"。这样，审美反映论就在一个更高层次上把再现与表现辩证地统一了起来。

又如关于文学与政治的关系问题。这也是一个长期争论不休的敏感问题。过去相当长一段时期，存在着把文艺与政治的关系简单地看成从属与服务关系的极端观点，认为文学仅仅是阶级斗争的工具，从而忽视了文学的审美特质和相对独立性。此外，前几年又出现了另一极端的观点，即完全切断了文学与政治的关系，把文学的审美特质与相对独立性强调到绝对的地步。《发展论》克服了二者的片面性，对文学与政治的多层次关系做了实事求是的具体分析，揭示了政治作为政权机构、作为社会斗争、作为社会理想和思潮等，在不同层次上对文学发生了重要、深刻的影响，批评了那种企图完全摆脱政治制约的"唯美主义浅俗见解"；同时，也分析了一定条件下文学同政治在某些层次上会出现的若干矛盾，指出在创作中有关政治等非审美因素的进入，应当化为审美的因素或者说应经过审美的转化。这同样是在更高层次上对过去两种对立观点的偏颇的扬弃，是对它们各自合理因素的辩证综合。

《发展论》的另一特点是勇于创新。作者不愿意沿袭他人的研究思路，更不愿意躺在前人与同辈的现成结论上拼拼凑凑，甚至也不满足于对自己过去研究成果的简单重复，而是站在当代改革、开放意识的新高度上，对他人与自己已有的理论成果重新进行逐一的审视，力图有所推进、有所突破，使全书充满新意。

《发展论》的创新不是个别、局部的，而是系列、全局的。譬如第一编谈文学起源，就突破了一般文学概论先介绍几种文艺起源说，然后以劳动说为主导加以解释的习惯模式，而是直接从发生学角度切入，提出应"从生理学的观点，从思维语言学的观点，从审美的观点，从心理学的观点，从历史社会学的观点，也即从多种角度给以观察，在综合中作出相应的结论"的主张；并对单一的"劳动说"既过于宽泛又过于狭隘的双重局限性进行了实事求是、令人信服的分析；进而对原始思维、神话意识、神话思维的特征进行了细致深入的研究，提出了从神话→文学的前形式→"有意味的形式"的独创的文学形式发生论。这比较清晰地显示了一个"过程"，和形成这个过程的动因，这比文学起源于劳动这种简单结论的演绎要丰富得多，深刻得多，全面得多，所以可以说在文学发生学方面取得了重要突破。又如在第二编在谈文学创作原则时，作者并不回避长期以来中外理论界在"创作方法"（或称艺术方法）与思潮问题上的纷纭驳杂的观点与论争，而是知难而进，做了一系列富有创造性的研究。首先，作者弃用了意义含混、易于引起误解的"创作方法"一词，代之以"创作方式"的新概念，并对其几个层次的内涵做了明确界定；其次，作者从中外文学史与创作思潮的流变的比较研究中，提出了"创作方式的原型"和"范式"的新概念，认为可以把原始神话思维阶段"抒情、夸饰、神奇虚幻、象征、讲述这些非自觉的审美把握世界的方式，看作后世各种创作方式的原型"，并把中国古代的赋、比、兴三种作诗方法上升为"艺术地把握世界的思维原型"，从对《诗经》《楚辞》《庄子》中赋、比、兴的运用与变迁的具体分析中分辨出三种创作方式的原型，即现实主义、浪漫主义与象征主义；再次，在论述创作方式（原则）的类型系统时，作者又打破了传统的现实主义、浪漫主义两分法，补充了过去被忽视或有意加以排斥的象征主义类型，并以中外文学史、文学思潮变迁的大量事实为论据，对象征主义创作方式的独有审美特质做了精辟、准确的分析。类似的创新在《发展论》各编、各章节中比比皆是,所以《发展论》是整体性、系列性的创新,且其中不少论点、思想带有填补空白的性质。

《发展论》的创新意识来自于作者对古今中外文学理论研究成果的广采博取、善于吸收。《发展论》"拿来"的范围是极广的。现当代西方文论的新成果,是作者关注的重点之一。譬如在论述文学发生时代的神话思维、神话原型、文学形式等问题时,显然分别吸收了荣格的"原型"理论、弗莱的原型批评理论、卡西尔与列维-斯特劳斯的神话理论、布留尔的原始思维理论、贝尔的"有意味的形式"理论中的若干合理成分,并予以科学的改造和有机的融合。又譬如论述文学体裁发展中的规范与反规范问题时,基本上运用了当代接受美学的思路,使人耳目一新。确立象征主义类型时,更是大量直接引用了从波德莱尔、马拉美、瓦莱里等象征派诗人到韦姆塞特、布鲁克斯等新批评理论家的言论、主张。作者对近年被文论界"冷落"了的苏联文学理论也有批判地加以借鉴,如论述文学第一层次本质时对苏联文学理论界意识形态说与审美说的评介;谈艺术风格问题时对多位苏联文论家观点的评论分析;讨论文学史问题时也注意了苏联理论界的看法;关于激情、艺术假定性与创作原则的选择问题,作者明显受到苏联某些文学理论著作的直接启发。不仅外国,作者对中国古代文论的吸收、融化也是可观的。一个典型的例子是,提出了中国古代现实主义创作原则是在"实录"思想指导下形成与发展起来的观点,这是纠补现代意识与眼光下吸收中国古代文论之偏,所作出的重要理论阐发。应当指出,《发展论》的广采博取,由于一坚持了以"我"为主,二注意了批判吸收,取其精华、去其糟粕,借鉴其思路、精神,进行恰当的运用,所以,将大部分文学理论都融化、结合得较好,变成了全书的有机组成部分。

《发展论》更重视对当代中外文论多种多样的研究方法的借鉴与吸收。在"文学观念"一章,作者首先讨论的是方法论问题,力主"主导、多样、综合"的原则,即"在马克思主义的原则、精神的指导下,从其他理论中吸取合理的因素,形成既有主导原则,同时又不是单一地、而是多方面地理解文学现象的方法","力图在多样的基础上,形成一种综合的观念",但又不是"大杂烩",而是"一种有主导的多样和综合"。《发展论》全书的确鲜明体现了这种"主导、多样、综合"的方法论特征,这有助于作者广泛吸收当代中外文论的思维成果,拓宽理论视野,为该书的理论登攀奠定了坚实的基础。

《发展论》的理论创造,不仅表现在对原有文学观念的多方面突破和对中外文学研究方法的广泛吸收、融化上,而且表现在它将思路、理论、观点、方法、范畴等多方面的大量创新成果梳理、汇总、建构成较完整的理论体系。

首先,《发展论》在构架上对我国文学理论历史中的发展论部分有了总结性的突破。20世纪60年代以来,我国一些影响较大的文学原理著作,包括近几年新出版的一些较优秀的文学概论教材,有关"发展论"部分,主要论及艺术起源、文学发展与社会发展、文学思潮与创作方法、文学发展中的继承与借鉴等几个方面的问题。《发展论》却不同凡响,它在"发展"上做足文章,凡与文学发展有关的,都囊括进来,却又不显得零散破碎,原因在于《发展论》的总体结构宏大而不空泛,严谨而不封闭。

结构的完整,并不能代替严密的范畴推演和精细的逻辑分析。《发展论》体系之严谨,一个重要原因,是作者极为重视逻辑演绎中中介环节的发现和阐述,特别是他善于在"审美意识形态"总观念的观照下发现各种审美中介环节,并给以独特的阐发,所以具有强大的逻辑力量。譬如在讨论文学发生论时,作者经精心研究,找到了中国前文学向文学过渡的"审美中介"——赋、比、兴。他把赋、比、兴不仅看成"表现方法",更看成"人的审美能力的质的飞跃"和"文学审美特征的最终的形成",并在对从上古神话到诗经、屈骚等作品的历史比较中,将赋、比、兴确立为"文学对自身的发现"。又如作者认为反映论用于文学活动,须通过审美中介过渡到审美反映,他对审美反映结构从心理层面、感性认识层面、语言符号层面、实践功能层面等多层面的实现过程加以动态的把握与描述,超越了仅停留在哲学认识论层次上对文学独特反映方式的肤浅认识。再如在论创作个性问题中世界观的作用时，作者又找到了一般抽象的世界观过渡到创作个性之间的审美中介——"具体感受的世界观"，即"审美的世界观"，"可它是指具体的感性的感觉和感受。指富有个性特色的感受，它们形成创作个性的主导条件"，这就使世界观对创作个性的支配作用得到了有力的论证。我们认为，一个理论体系是否严密，不但取决于总体构想（框架）的完整、谨严，而且取决于理论推演时中介环节的发现、确立和展开。在某种意义上，每个理论体系都是无数大大小小的中介环节环环相扣、一环生一环的逻辑运作过程。《发展论》在寻找各个论题的中介环节，特别是审美中介环节并予以创造性的推演、展开和阐释上，思路开阔、功力深厚。这正是该书具有逻辑说理力量的奥秘所在。

尤为可贵的是，《发展论》刻意追求其体系的逻辑与历史的统一。逻辑与历史的统一，是经典作家对黑格尔哲学的崇高评价，也是马克思、恩格斯在理论研究中始终遵循的原则。文学理论作为一门"历史科学"，自然也应当努力遵循这一原则。但是，多年来，我国文学理论界在这方面的成就并不乐观，多数同志对此尚处在半自觉乃至不自觉的状态。在这种情况下，《发展论》在逻辑与历史统一上的自觉追求就弥足珍贵了。

当然，我们并不认为《发展论》就完满无缺、无懈可击了。《发展论》是一次高水平的理论创造，但既然是创造，就少有参照，就不可能没有缺陷。下面提几点不一定正确的意见。

第一，全书总体水平是均衡的，但在具体问题的论述中就偶有参差不齐的情况。如谈文学观念与方法的发展，从实证主义到形式主义的转化写得较深透，相比之下从形式主义到结构主义的发展就略显简略与单薄。在论述创作方式（原则）时，对19世纪典型的现实主义原则的重要前驱古典主义原则重视不够，一笔带过；而论及20世纪现实主义与现代主义的分化时，对自然主义这一重要的过渡中介未加注意，未予深入研究。

第二，论文学本体的发展一编，有些内容过于简略乃至缺漏。作者把文学本体看成是审美的语言结构、主体创造和价值功能三系统的综合；而在论本体发展时，既未专门把文学语言的发展单辟一章，也未相应就文学阅读与文学发展的关系（价值、功能实现）做系统论述，这是一个缺憾。

第三，各国、各民族间的文学交流是文学发展的重要原因之一，但该书只在谈文学体裁发展时简单提及，又在谈当代意识时略为展开，这看来是不够的，建议列专章论述。

第四，过去许多文学原理著作的发展论，都重点论述文学的继承、革新关系，也论及文学发展与物质生产发展的不平衡关系，这是完全正确的。本书在冲破原有发展论的理论框架后，把其中一些必要的内容也冲淡或削弱了。如文学的继承、革新关系，现在只在体裁发展的规范与反规范中略有涉及，这是很不够的；同样，当代文学对遗产应持批判继承的态度似要应系统论述，这也可辟专章。另外，文学发展与物质生产发展总体平衡、具体不平衡的关系，建议也给予一定篇幅论述，希望也能找到物质生产制约作为精神生产方式之一的艺术生产的若干过渡的中介环节。

（原载《文学评论》1991年第5期）

必要的张力
——读《文学理论：走向交往对话的时代》

周宪

"必要的张力"取自哲学家库恩一本书的标题。在此我想强调多元化条件下一种不可或缺的理论胸襟和立场。面对过去的一元独语和后现代的"怎么都行"的二难困境，坚持理论的"必要的张力"，不仅是一种见识，同时也是一种态度。

最近碰巧前后读了两部书，一部是钱中文先生的新著《文学理论：走向交往对话的时代》[1]（以下简称《文学》）；另一部是美国社会学家古德纳二十年前的旧作《知识分子的未来和新阶级的兴起》（以下简称《知识分子》，[2] 读罢却产生了一个奇妙的缠结和联想。照理说，两部书风马牛不相及，一是文学理论专著，一是社会学论著。然则，两部书却都有一个相似的立场，一种企盼"对话交往"的共识，一种对理想学术语境和讨论规则的共同诉求。

古德纳关心的是社会发展所催生的知识分子新阶级。在他看来，知识分子不同于其他阶层的特质在于他们是"批判话语文化"的生产者。这种批判话语"比较说来，带有更多的反思性，更带有自我批判性，并能作更具形而上的交往，亦即更能够论说有关论说的事情"；更重要的是，这种话语"反对依赖于言者的个人、权威或社会中的地

---

[1] 北京大学出版社1999年版。
[2] Alvin W. Gouldner, *Intellectuals and the Rise of the New Class*, New York: Oxford University Press, 1979。

位来证明其论点"①。概而言之，批判话语是人文知识分子共同的意识形态，它与其说是关心说什么和思考什么，还不如说是关心如何说和如何思想②。它不断地对种种论争的前提提出挑战："批判性的话语总是走向自我批判，以及那自我批判的批判。"③ 在古德纳的理论中，深蕴着一个对理想的话语情境的有力诉求，企盼着一种平等的、自足的、开放的和批判的交流和对话。在他看来，这既是知识分子话语劳作的本性所致，也是一切理论和思想诞生的必要前提。

假如我们把古德纳的诉求视为西方人文知识分子的一种觉悟的话，那么，在钱中文先生的《文学》中，我们鲜明地感受到同样的诉求，而且这种诉求更具有中国人文知识分子的特殊关怀和理论激情与胸怀，它所提出的问题当然也更具启发性。

《文学》一书各篇什的时间跨度从改革开放到今天，作为这段特定历史的见证和心路历程，作为一个敏于思索的人文知识分子反思，《文学》有力地吁求着多元差异的对话语境。在对中西文学理论做了深入历史分析和比较后，揭橥了某些令人深思的东西，中国文学理论的当代发展在经历了许多弯路和曲折之后，必将"走向交往对话的时代"。

"交往"与"对话"也许就是古德纳所诉求的"批判性的话语文化"。它的核心乃是平等对话，所涉及的不仅是一套理论话语的运作规范，更是一种对人文知识分子公共角色的规定。《文学》的作者素来对巴赫金有深入的研究，以我浅见，作者对巴赫金情有独钟绝非偶然。除了巴氏丰富渊博的学识外，其"对话主义"和"复调理论"也许是一个深层的原因。去年，法国批评家托多洛夫在《泰晤士报》上撰文，对巴赫金提出了别一种解释。他认为，把巴赫金视为文学批判家是不全面的，巴赫金实际上是一个真正的哲学家。他不过是在特

---

① Alvin W. Gouldner, *Intellectuals and the Rise of the New Class*, New York: Oxford University Press, 1979, p. 29.

② Alvin W. Gouldner, *Intellectuals and the Rise of the New Class*, New York: Oxford University Press, 1979, p. 58.

③ Alvin W. Gouldner, *Intellectuals and the Rise of the New Class*, New York: Oxford University Press, 1979, p. 60.

定的历史条件下借助尚可谈论的文学话语来表达自己的哲学而已。所以，观察巴赫金的对话主义就不仅仅是对陀思妥耶夫斯基的发现，更是对文化独白和专制主义的有力抗辩，又是对一种理想的对话语境的憧憬。从苏联的文化语境，到美国的文化语境，再到中国当代的文化语境，似乎有些共通的地方。那就是人文知识分子对对话和交往的诉求。回到《文学》一书，从"走向交往对话"这一看似平常的标题中，可以悟出作者的深邃含义和良苦用心，因为我们曾经饱受独白文化和独白思维之禁锢。作者一针见血地指出："单一的、统一的文学理论往往用自己一套观念排斥不同见解，以为自己说的都是真理。它不能容忍第二个声音，更不能容许别的声音的分辨。它只能让人听它一个声音，一种往往是嘲弄与压制的声音。它表现的是理论的独白，而不是真理的对话。"① 独白不就是古德纳忧心忡忡的外在因素对批判话语文化的凌越和暴力吗？不就是巴赫金借独白小说想表征的潜在威胁吗？不正是《文学》的作者对历史经验的深刻反思吗？把真理视为对话，这显然是《文学》的作者的一个核心观念。对话意味着差异和纷争，意味着不同见解和观点的合法化，意味着一种宽容的学术胸襟。因此，以下结论便是合乎逻辑的："学术上的分歧和冲突，在我看来应是一种常态。没有分歧和论争就意味着停滞。"② 在此基础上，对话的意义昭然若揭：站在平等的地位上，充分肯定对方的价值方面，择优而取；发现不足，予以扬弃，同时不忌讳自己的立场和观点③。这不禁使人想到伏尔泰的名言："我不同意你说的每一个字，但是我愿誓死捍卫你说话的权利。"

从学理上说，独白就是霸权和暴力对"他者"或"另类"的压制。古德纳对"批判性话语文化"的定义，强调说话者本身是平等的，外来因素不是话语论争和判断的标准。对话的方式是以自愿认同而非外力强制。而《文学》的作者则更进一步，把对这种对话语境的

---

① 钱中文：《文学理论：走向交往对话的时代》，第 221 页。
② 钱中文：《文学理论：走向交往对话的时代》，第 193 页。
③ 钱中文：《文学理论：走向交往对话的时代》，第 275 页。

必要的张力

诉求提升到现代性的高度来认识:"当今现代性所要求的,应是一种排斥绝对对立、否定绝对斗争的非此即彼的思维,更应是一种走向宽容、对话、综合、创新,同时包含了必要的非此即彼、具有价值判断的亦此亦彼的思维。"① 这里一方面透露出作者广阔的理论胸襟,另一方面又标举出作者鲜明的立场和价值论。这种思维方式和后现代的种种激进主义判然有别。对话并不是目的本身,对话最终是为了"激活、融化与创新"。于是,宽容而不失立场,多元并不丢弃信念,差异但并不消解价值判断,正是《文学》作者在书中孜孜以求的境界。显然,在本质主义和反本质主义之间,《文学》的作者坚持了一种对现代性的新解,进而保持了某种"必要的张力"。《文学》既凸显了作者对理论走向交往对话的吁请,又鲜明地体现他自己的理论立场和基本观念。这是我想说的另一种"必要的张力"。

回到两本不同的著作比较上来,两者虽都诉求于理论话语理想语境,但却有一些值得玩味的细微差异,而这些差异显现出中国特定的文化语境中敏于思索的人文知识分子的理论追求。比较说来,《知识分子》的作者似乎过于强调批判理论话语普遍主义,因而忽略了局部主义(值得注意的是,后现代式的思维则相反,是否定普遍而高扬"局部决定论")。但《文学》的作者在重新阐释现代性的基础上,更加关注两者之间的张力和平衡,特别是本土化和话语的具体语境的必要性。在讨论中西文学理论的对话时,《文学》特别强调中国本土问题意识和特定语境的要求。作者明确指出,我们应对西方现代性理论作批判性的理解,不能重陷现代迷信所建造的现代乌托邦之中,而是应构筑我们所需要的现代性。以下观念充分体现出作者对现代性问题的深刻认识:"现代性是一种被赋予历史具体性的现代意识,一种历史指向。"正是由于这个缘故,一些学术思想在彼时彼地看似违背现代性的要求,在此时此地却应和了现代性的要求(第284—285页)。作者在此基础上对中西文学理论当代走向的"移位"分析,尤有启发性。这就意味着,追求理论话语的普遍性时,不能忘却本土文化现代

---

① 钱中文:《文学理论:走向交往对话的时代》,第287页。

性的特殊要求，不应以普遍主义掩盖了特殊性。晚近西方学术界有一种观点认为所谓的客观性以及相应的实证主义，实际上隐藏着放弃知识分子社会批判立场和价值论说的危险。这方面，我以为《文学》提供了一种独创性的解答。作者一方面关注文学理论的真理性和科学性，并坚持通过对话和交往来实现。但另一方面，作者并不想逃遁于纯粹的客观中立倾向之中，而是旗帜鲜明地突出自己的理论立场和态度，进而保持一种理论的激情。既不是过去那种"唯××至上"式的盲从，亦不是放弃原则转向虚无主义的后现代策略。这是我在《文学》中解读出的又一种难能可贵的"必要的张力"。

我读《文学》深感于其中有一个文学理论话语升华的"三步曲"。从具体的文学理论入手，然后进入现代性的广袤领域，再统摄于一个现代性总体观念——新理性精神。由微观至宏观，再进入形而上的哲学层面。无疑，在世俗化、消费主义和某些非理性主义盛行的当代社会，鲜明地标举理性旗帜，是需要勇气和胆识的。《文学》的作者敏锐地感受到当代文学理论所面对的困厄和窘境，立场鲜明地指出："文学艺术意义、价值的下滑，人文精神的淡化与贬抑，是一种相当普遍的现象，虽然它并不代表文学艺术的全部精神。看来，二十世纪文学艺术意义的日益失落，与人的生存质量、处境密切相关。今天，一些人文知识分子正寻找一个新的立足点，重新理解和阐释人生存与文学艺术的意义、价值的立足点，新的人文精神的立足点，这是新理性精神。"[①] 作者对历史和现状的批判和反思，以及对西方后现代的分析，表明了文学理论在确立自己的对话交往语境的同时，不因多元化、差异和平等而丧失终极价值和关怀。本质主义确有其问题和局限，但后现代的非中心化、小叙事和局部决定论，问题和局限亦不可小觑。于是，既不是重归于过去一元化的独白式的本质主义窠臼，又避免后现代式的消解主义、虚无主义和无政府主义，便是每一个关心理论话语建设的人文知识分子不可推诿的责任。《文学》的作者鲜明地张扬了新理性的旗帜，以坚信人的生存发展、历史性和理想风格来

---

① 钱中文：《文学理论：走向交往对话的时代》，第339页。

加以界定,"新理性精神主张以新的人文精神来对抗人的精神堕落与平庸"①。作者坚信新理性精神是一种更高形态的综合。这不啻是又一种"必要的张力"。

(原载《文学评论》2000 年第 1 期)

---

① 钱中文:《文学理论:走向交往对话的时代》,第 349 页。

高山仰止 景行行止

——《文学的乡愁：钱中文自述》读后

金元浦

这是钱中文先生唯一一本自传体的散文集。先生非常重视并钟爱这本书，名之曰《文学的乡愁》。一则书名，包含了先生深厚的文学心结。在这本书中，先生讲述了他鲜为人知的成长史、风雨兼程的成功史和烛照人生的心灵史。

跌宕的人生际遇与人性的光辉

在 90 年的人生历程中，先生拥有极为丰富的生命体验。在跌宕起伏的人生际遇中，钱中文先生历经个人、家庭的贫穷，在《文学的乡愁》中，他记述了令人心悸的生活的痛苦；在历经精神的痛苦中，他记述了"文化大革命"中遭受的摧残与无妄之灾；在成为中国当代重要文艺理论家之后，又满怀着谦谦君子之德。《孟子·滕文公下》中有云："富贵不能淫，贫贱不能移，威武不能屈，此之谓大丈夫。"身体病弱的先生，其不啻乃真正的文中伟丈夫？

毕生在文学理论的家园中耕耘，先生最早的文学创作是从什么时候开始的？

初三暑假，我利用假期写了五个练习本的"作文"，有散文、随感、短片故事、通话、速写等；这位初中生第一次给报纸《人报》写文章投稿，用了第一个笔名"杰人"，结果登出来了。后来报社寄来了两斗米价的稿费领取单,那时通货膨胀,物价一天一个样子。所以报社给的稿酬都以当天米价为准。我拿了报社寄来的油印的绿颜色的稿酬领取单走到人报社门口,感到很是犹豫,因为我从来没有和报社这类机构打过交道,不知如何办事。向里望去,里面的职员都是西装革履,神气活现的。我才15岁,个儿不大,上身是汗衫背心,下身是短裤布鞋。正当我在探头探脑张望时,看门老头儿对我吼道,小赤佬,我看你在门口转了好一会儿了。不转好念头,赶快给我滚蛋,把我赶跑了。可是我心有不甘,就在报社门口扬着稿费通知单,意思是说,我是来领稿费的。结果看门老头不由分说,嘴里骂骂咧咧哇哇乱叫,"小瘪三,你还不走开,看我不打断你的脚骨头",然后抄起门后的一根木棍装着要打我的样子,把我赶走了……我就没有领到我的第一次稿费。

使我感慨不已的是,先生初三暑假写下的五个练习本,历经七十余年竟然有四本保留下来了,现在这些有趣的"文物"已经保留在中国社科院大学图书馆"钱中文读书室"。钱先生说:"机遇成就了我的兴趣与努力,我真要感谢生活。"

然而,命途多舛。"文化大革命"中,钱中文先生莫名其妙地被打成了"五一六分子",被发配到"五七干校"去劳动、改造。1970年年初,干校工宣队允许这群已被打入另册的人订阅《参考消息》。钱中文先生立刻订了一份。这个时候,同在干校改造的钱锺书先生已被照顾(不下地)为负责分发书信、报纸。

一天上午,天下着雨,我躺在床上(下雨天,不用下地出工),做着随时被叫走(被批斗)的准备,突然看到钱锺书先生手托一摞报纸,走进门来,我赶忙坐起,准备接报,只见锺书先生进了宿舍,抽出一张《参考消息》就对我说,"中文,《参考》来了喏",并且用的是无锡方言。我不禁心头一热,接过报纸,对他微微一笑,说声谢谢。但不敢大声的说,生怕革命群众认为我们之间过于亲切，成为干校阶级斗争的新动向，这于我于他都是不利的。在这种时候，锺书先生不避嫌疑，当着我同室的几个人的面，居然用亲昵的乡音称呼我，这怎么不使我感动呢？……

在那个时代，人性、人的尊严被践踏到何等地步！而一声乡音，竟使人感到心头一热，感念深深！所幸的是，改革开放以后，"五一六问题"一风吹了。

不断自我更新的学术选择

在改革开放以后的几十年中，钱先生对他的学术生涯进行了三次选择。

第一次选择，从"非人"走向人。1978年改革开放，摘掉了压抑十年的"五一六分子"的枷锁，钱中文的思想和精神获得了极大解放。钱先生力图忘记过去十多年的苦难，尽力去找回那失去了的十多年的宝贵时光。在何其芳先生的要求和指导下，他组织文学理论组成员承担了编选《马克思恩格斯论文学与艺术》和《列宁论文学与艺术》的任务。

这一段时间，钱先生极力地去争取做一个人："我曾从人变为非人，一个蜷伏在地洞中的甲壳虫，现在要变回我这个人。在这个世界上，我渺小卑微，但是我渴望曾为'非人'的我变为一个正常的人！这个人不是批判所谓人性论时所说的那个抽象的人，而是一个有血有肉的我。人的身体受到创伤，复原后会留下疤痕，你可以去抚摸它；可心灵的伤痕，它即使结了疤痕……很难平复，一旦触及这段往事它就会让我感到痛楚。"1982年第6期《文学评论》刊出了钱中文的论文《论人性共同形态描写及其评价问题》，包含着遭受过深刻的精神创伤的学人对人性问题进行的深入反思。

钱中文先生的第二次选择，是他学术生涯中更重要的一次选择。在长达五六年的思索中，他在对文学的一系列基本问题的探讨的基础上，慢慢形成了有关文学发展的个人系列观点。它们不同于过去文学概论或文学原理中关于文学发展的一般理解，这就是文学发生论（文学形式的发生）、探索与文学创作特征相符合的审美反映论、由审美意识的历史生成的审美意识形态论。不同于新批评的文学本体论，他提出，文学是语言结构的审美创造，是主体的审美创造与审美价值的创造系统，文学接受是审美价值的再创造系统，文学流变是文学本体自身的规律性发展，他还探讨一系列相关问题，即文学体裁的审美特征，规范与反规范，文学发展中的主体性与群体性，思潮、创作原则原型与类型的系统，创作原则发展的规律性等。他强调文学的更迭不是一种文学替代另一种文学，而是创作原则、思潮的更迭；他探讨了文化系统中的文学，文学与民族文化精神和国际文化、当代意识，文学和文学与审美文化与非审美文化以及处于审美与非审美中间的宗教文化，文学与政治的多层次关系，以及文学史类型及其架构等。这是一次更为深刻的选择与深化，他自己的文学基础理论得到了初步的系统性建构。钱先生在理论上找到了自我，从内心产生了真正的新生感。

在一个以文学和文学研究为生命的学者身上，生命的价值被定格在自己钟爱的文学——学术的独创性上，定位在独立的学术人格上。这是何等崇高而又纯粹的学术品格，作为学生，值得我终身敬仰并去努力实践。

第三次选择出现在20世纪90年代中期以后，钱中文先生把学术关注点转到了百年以来各时期的文学观念演变上，这一思考与写作一直延续到21世纪。钱先生主要从四个方面进行了文学理论的研究。一是结合文学的人文精神，提出了新理性精神文学论；二是探讨阐释文学理论与现代性问题；三是主编出版了中译《巴赫金全集》六卷本；四是提出了文学理论走向交往与对话和我国古代文论的现代转换。

这是一个成熟的文艺理论家成果爆发的时期，是一个在更宽阔的视野下，站位更高，也更关注当下文学发展现实的时期。其突出代表思想是新理性精神论。这是一种以现代性为指导，以新人文精神为内涵与价值核心，以交往对话精神确立人与人的相互对话关系建立的新思维方式，是包含了感性的理性精神。这是一种以"我"为主导的、对人类一切有价值的东西实行兼容并包的、开放的实践理性，是一种文化、文学艺术的新的价值观。

新理性精神论是一个新的学术高峰，一个恢宏大气的中国文艺理论向世界做出的贡献。童庆炳先生说："新理性精神和文艺学的现代性理论，同许多只是一味介绍西方或古典文论的书籍不同，同西方旧的理性主义和非理性主义不同，作者提出了属于中国的、属于我们这个时代的观点与理论，这是我们自己的声音。我们国家是一个具有悠久历史的，并正在神速前进着的国家，我们要有自己的理论建树和自己的文学精神。新理性精神和现代性理论是可以视为一种当代中国重要的理论建树和文学精神。"这是最恰当、最准确的评价，也是最高的具有历史意义的评价。

一代学人的思想史与精神史

《文学的乡愁》不仅展现了先生对学术研究的矢志不渝，对文学艺术和理论前沿的探索，更投射出其对现实和民族发展命运的关注。

在与先生交往的几十年中，给我印象最深的是他的谦谦君子之风。他曾对我说：

> 元浦：刚看到你整理了我的文学理论上的想法，想必花你不少时间，真是感谢。但在几篇文章中用了"大师"，满则盈，太过头了，反为不美。大师是学问精深，开一代之风气、给来者以规则的学者，现在谁可称大师？现在都在说是没有大师的时代！现在是平面化的时代，是谁也不服谁的时代，真个是多元化的时代，是木秀于林风必摧之时代。所以使用"大师"必然会引来不断的质疑与嘲弄……有关"大师"一词，务请修正一下。谢谢！

虽然钱先生一生都不富裕，但磊落坦荡。面对学术刊物收取版面费的乱象，严词拒绝。在相当长的一段时间里，先生主编的《文学评论》的经费十分短缺。院部拨给《文学评论》的经费不多，有领导提出《文学评论》可以拿出 1/10 的篇幅收取版面费，以减轻经济上的压力。并说，外国的学术刊物就是这样做的。钱中文先生坚持反对这种做法。他认为：

> 一、一个高质量的学术刊物收取版面费无疑是做买卖，这使学术失去了尊严；二、有了 1/10 的版面出卖，就会有 2/10、3/10 的出卖。于是，就为那些不够条件的论文打开方便之门，会使杂志的质量江河日下，这无疑鼓励了学术界粗制滥造的不正之风。三、更重要的是，这样下去，编辑就会失去主导权、主动权、编选权，就难以贯彻编辑部的意图，就会被版面费所捆绑。这不是文学所在办杂志，而是出钱的作者在办杂志了。

这又体现了先生谦谦君子之风中刚正不阿的一面。

在《文学的乡愁》中，先生记述了他与钱锺书、季羡林、蒋孔阳、何其芳、唐弢、徐中玉、陈涌、蔡仪等许多师友们相互交往、砥砺学术的故事；记述了他与布拉果依、鲍列夫、库兹涅佐夫、巴赫金、波斯彼洛夫、博恰洛夫、李福清等苏联与俄罗斯的学者师友以及希利斯·米勒、杜威·佛克马、拉尔夫·科恩等西方学者的真挚友谊和学术交往，当然还有与童庆炳、吴元迈、陆贵山、陈传才、杜书瀛、李衍柱、孙绍振、曾繁仁、朱立元等一代学人的深情厚谊。先生也记述了与博士生、博士后以及众多青年学者们之间亲情相与、教学相长的美好岁月。

《文学的乡愁》不仅是一部先生的"自述"，更是一部与先生一道努力构建中国特色的文艺学的一代同仁及其后学的思想发展史和他们跌宕起伏、不断探索的文学精神史。

追随先生跋涉、跋涉，我将永不止步。

高山仰止，景行行止……

钱中文先生与我 25 年文学所经历的点滴回忆

深圳大学、中国社会科学院 高建平

钱中文先生在学术上总是充满活力，听说他马上 90 岁了，还是有一点吃惊。时间过得真快。还记得我们一道参加钱先生 70 岁和 80 岁纪念会时的情景。2022 年是我从瑞典留学回国工作的第 25 年。回国后我就在中国社会科学院文学研究所工作，这 25 年，是在钱中文先生的指导和关心下度过的。我们陪钱先生变老，一晃发现我们自己也老了。

记得 1996 年，我从瑞典乌普萨拉大学毕业取得博士学位后，向中国社会科学院文学研究所递交了求职申请。当时刚刚出现了一位留美学者到文学所工作不久又离开的事件，在社科院引起了不小的轰动。国内的人事制度就是如此，经过复杂的申批手续，终于办成了。引进了一个人，还重用他，学界已人人皆知，说走一下子就走了。于是，在文学所普遍产生了从国外归来的人不可靠的感觉。这时，又来一个国外留学的人求职，该如何应对？很自然，当时所里的领导层产生了不同的意见。最后，文学所把决定权交给理论片的几位资深的老师，相信他们的判断。当时理论片的钱中文、杜书瀛、钱竞等老师商量决定，这个人我们还是要！此一事彼一事，不相干。院里要他们写推荐信。这本来也是规定的手续，必须要有人推荐。但在当时的那种情况下，也暗含了让推荐人承担责任的意思。钱先生和其他几位先生不怕担这个责任，为我写了推荐信，而且写得很好。最终，申请顺利获得批准，我来到了文学所。这么一干就是 20 年，从中级职称，到副研究员，到研究员，到文学理论研究室主任，再到副所长，直到退休，退休后还在为文学所做一点力所能及的工作。这么多年，我几次在不同场合说过，要在文学所好好工作，对得起这份当时未曾谋面就给予的信任，也要证明，他们当年的推荐是成功的。

不过，1997年夏天刚到文学所报到，我就给钱先生添了一个麻烦。我写了一篇文章，与一位著名学者商榷。文章很长，语辞还颇激烈，投稿给了《文学评论》，因为我所商榷的文章也是在《文学评论》上发表的。钱先生当时是《文学评论》的主编，与那位著名学者是好朋友。一位新来的年轻人就这样大胆冒失，写出这样的文章，发还是不发，这不免让他为难。钱先生还是对学术争论持学术的态度，在与当时的副主编许明商量后，决定发表我的文章。文章发表后，在学界产生了不小的反响。当然，这件事后来的结果，成就了一个学界佳话。我与这位学者观点不同，却不打不成交，成为好友。他说我的文章给他以启发，形成了他的一个主要学术观点。助人立说，当然是很好的事。这种通过相互批评共同提高的理想的学术环境，却是从钱先生的博大胸襟中生长出来的。

我与钱先生交往最多的机缘，当然还是中国中外文论学会的活动。1997年进入文学所工作以后，钱先生就着力培养我参与学会的工作。1998年，钱先生带领我去了成都，参加了四川大学办的学会年会。此后，一年又一年，学会的活动我基本上都参加了。通过学会，也结识了越来越多的文学理论界的同行。

2008年，我接任了中外文论学会的秘书长。至今还记得，在会后回北京的路上，钱先生与我聊了很久。所聊的事，大多是对学会工作的嘱咐，我也由此感受到我接过的这副担子的份量。此后，我常常就学会的事，向钱先生请教。2013年，我接任中外文论学会会长，主持学会的工作。大约从这时起，我们形成了一个惯例，每隔一段时间，我就约刘方喜和丁国旗到钱先生家看望，说说学会的情况，请钱先生给我们出主意、拿主意。

大约是2014年前后，国家民政部搞社团评估。为了迎接评估，我们在文学理论室布置了一个展室，展览中外文论学会的资料。当时，我们很着急，学会过去的许多材料都不齐。找到了一些学会的出版物，但是，历次会议的手册、论文集、照片，却找不全。在不同的人家里零星地凑到几本，根本不成规模，也远远不能反映学会的历史。这时，我突然想到，去问问钱先生吧！于是，我和刘方喜、丁国旗三个人约好一道去了钱先生家。听到我们的来意，钱先生就起身到书架上去翻找。使我们大吃一惊的是，这些资料他全套收藏，整齐地排列在他的书架上。我们找了一个大箱子，把材料运到文学所理论室，摆得整整齐齐，震撼了上面来的评审专家。靠着这批资料，在参与学会工作的丁国旗、刘方喜、杨子彦、吴子林等许多人的共同努力下，中国中外文论学会被国家民政部评为3A级学会。能把学会的资料保存得这么完整，可以看出这个学会在钱先生心目中的分量。

在中国文艺理论界，钱中文先生是一面旗帜。他以苏联的美学和文论为基础，结合中国社会和文论的发展，提出了一系列新的观点。特别是改革开放以后，他提出了新理性精神、审美意识形态等观点。这些观点深入人心，写入了教材，引导了当代文学理论的发展。2022年的中外文论学会年会宣读了给钱先生的致敬信，对钱先生为当代中国文论的发展所做出的贡献给予了高度评价。在过去近三十年，钱先生每次年会，都在开幕式上致辞。他的这些致辞，并非一般的客套，都有着丰富的学术内容，并且与时俱进，为这些年文学理论的发展留下了印迹。我在想，他的这些致辞，应该收集起来发表，这是中外文论学会发展的见证。这几年，钱先生由于身体和家里的原因，不再赴外地参会了。我们一开始还不习惯，觉得钱先生不来，这个会怎么开呢？我们也常常怀疑，没有老先生撑住场面，这个会能开好吗？过了好些年，才逐渐习惯。再过一些年，我们自己也成了老先生。学会要在一代又一代人的手中发展起来，学会要不断年轻化，培养扶植年轻人成长，但钱中文先生所奠定的传统，却是学会永久的财富。

钱先生早年留学苏联，俄语很好。记得有一次著名美学家斯特洛维奇来访，我陪钱先生会见他。在社科院旁边我们常去的餐厅里，听钱先生流利地用俄语与斯特洛维奇谈笑风生，说起学术、国际关系，以及苏联解体后斯特洛维奇的尴尬处境。当时在座的还有凌继尧和周启超这两位苏联美学和文论专家。在参加会见的五个人中，只有我不懂俄语。周启超照顾我，给我做翻译。后来我知道，钱先生留学苏联时，是跟随另一位大师波斯彼洛夫学习的美学和文论。波斯彼洛夫与斯特洛维奇的美学观点不同。这两人一个代表社会派，一个代表自然派，对中国当代美学的研究有很多启发。那天的交谈，倒是没有涉及这方面的议题，主要是钱先生怀念在苏联学习的岁月，而斯特洛维奇教授表达对苏联解体的遗憾。

当然，钱先生用力更多的还是苏联的另一位大师巴赫金。他主持翻译了《巴赫金全集》。我也做过翻译工作，深知这是一个苦力活。这个译本前后出版了三次。记得为了校改好第二版的译本，他大病了一场。前年去看望钱先生，他说在校改第三版。我听了大吃一惊，仔细询问有没有助手，会不会太累了，生怕他再次病倒。为巴赫金这位文论大师做一个完善的译本，会长久地造福于中国学界，这也是钱先生为中国文论发展所做的一个重要贡献。

我从2004年开始担任社科院文学所文艺理论研究室主任，直到2016年才退下来。我从开始当主任起，就立了一个惯例，每年春节前，请来研究室的老人，以及年轻人，包括本室老师指导的博士和硕士研究生，在一道开一个座谈会，会后吃一顿饭。每年的这个场合，老人们都特别愉快，克服各种困难参加。老中青几代人聚在一起，说说研究室和学科的传统，对青年人谈谈希望，这都是最有益而又最令人愉快的事。

我记得钱中文先生曾在座谈会上对年轻人说："学术要前沿，但不要时尚。永远站在学术的前沿，研究新问题，寻找新视角，做出新成果。但这不是时尚，不要满嘴新潮术语，炫人耳目，大言欺人。"这是钱先生对我们的谆谆教导，他说这段话时的神态、手势，他特有的无锡普通话的音调，至今还历历在目、言犹在耳。

我也记得会后去聚餐，许多老同志都特别高兴，每人献歌一曲。年纪最大的刘保端老师唱了一首她在新中国成立前参加北平地下党时学会的一首革命歌曲，钱先生则唱了一首俄文歌，毛崇杰先生则把钱先生用俄文唱的歌用中文再唱一遍。后来，我曾几次得意地问钱先生的学生们："你们这些钱门弟子听过钱老师唱歌吗？没有吧？我听过!"理论室几代人在一道,其乐融融,今天想来,令人珍惜,令人神往,也令人感慨。

钱先生把自己的一大半藏书赠给了中国社会科学院大学的图书馆。我一直想去看看这些书,但由于疫情,没能如愿。我是一个特别喜欢看旧书的人。记得前几年去俄罗斯,参观了列夫·托尔斯泰故居。我看了他的院子、房子,看得最仔细的,还是他排列得很整齐的英、法、德、俄文的藏书。目前在深圳大学,有一个"美学与文艺批评研究院",钱先生的同乡同龄好友胡经之先生把他关于美学与文艺学的藏书赠给了我们,我现在经常使用。胡经之先生说,他的绝大多数书都赠给了深圳市图书馆,这些专业书,深圳市图书馆没人看,还是给我们好。在钱先生的赠书中,肯定有很多珍贵的老书,那些书,一般人不一定看,但我们这些做这个专业的人会视若珍宝。钱老师说,他还留下一些书陪他。真心希望那些书多陪他几年,借助这些书,再生产出一些文艺学的新思想来。

祝钱中文先生健康长寿,学术之树常青。希望再过十年,我们一道庆祝钱先生百岁寿诞。

钱中文先生的为人、为师、为学风范

上海交通大学　祁志祥

认识钱中文先生时，我24岁，时为江苏省大丰县南洋中学初二语文教师；钱先生50岁，时任中国社会科学院文学研究所副研究员、文艺理论研究室副主任。今年是钱先生90岁诞辰，也是我与钱先生结识40年，该好好回顾一下。在此，我谨以1981—1987年钱先生写给我的25封信为据，[①]来好好地体认、描画一下钱先生为人、为师、为学的风范。

一　钱先生的虚怀若谷

若说钱先生给我留下的第一个突出印象，那就是虚怀若谷，特别谦虚。在这种谦虚中体现的是对他人，乃至对后学的特别尊重。

那是改革开放、激情燃烧的新时期之初。文艺从政治观念的传声筒中解脱出来，情感在文艺创作中重回失地。刚刚大学毕业的我从自己订阅的《文学评论》1981年第5期上读到一篇长文《论文艺作品中感情和思想的关系》，感受到文学理论为情感松绑和正名。当时我在从事文学创作之余关心文艺理论的基本问题，结合创作体会和阅读经验写过一篇八千多字的文章《浅谈情感在文学创作过程中的作用》，觉得有一得之见可与上文形成互补，便以初生牛犊不怕虎的勇气，将

[①]　钱中文、祁志祥：《钱中文祁志祥八十年代文艺美学通信》，上海教育出版社2018年版。以下引文均据此书，不再详注。

近 30 页的文稿寄给《文学评论》并附一信，请该刊转交上文的作者钱中文先生，向他讨教。信是 1981 年年底寄出的，然后是放寒假，过春节，返校开学。说实在的，给一个素昧平生的人写信，我并不能确定能否收到回信。不过在 1982 年的 2 月中旬，我喜出望外地收到了落款为"中国社会科学院文学研究所钱中文"的一个大信封。

打开信封，一份是用铅笔批改过的原稿，一份是钱先生在方格稿纸的背面写的两页长信。信的开头说：

祁志祥同志：

你好。我因不常去研究所，因此你寄我的信及你的大作，我在一月下旬才收到。匆忙读过之后，曾想在春节期间给你回信。谁知初三上午赶完任务，下午就病倒了。直到最近几天身体才恢复过来。拖到今天给你写信，抱歉之至。

其实，钱先生能够给一个素不相识的人回信，已经让我大喜过望。信是通过编辑部转的，这当中耽搁了一些时间，又逢过春节，赶任务，还生了一场病，这当中回信间隔的时间并不算长，但钱先生却像亏欠了我什么似的，在生病刚恢复之际就抓紧复信，还感到"抱歉之至"，令我备感先生的仁厚。

重要的是，他这句"抱歉之至"不是客套用语，而是深入骨髓、由内而外的谦恭所致。信的正文是身处中国最高专业研究机构的专家给一个冒昧求教的后生文章的批改意见，但每条意见都是用商量的口吻提出来的。先生在肯定之后提出商榷意见："你的大作的立论是很好的，材料也很丰富，有自己的体会和见解。只是我觉得第二部分即'文学创作不能感情用事'有些地方值得商榷。"提出的具体商榷意见，先生力戒绝对、武断，总是注意使用"似较""恐怕""不大""不够""似不够"这样的话语，表示他的意见并不绝对正确，只是供我参考。同时，针对我行文中与某些观点论辩时不慎露出的绝对化态度，他说："行文中宜多用商榷的文字，避免教训人的口吻的出现。"尽管已经够虚心、谨慎，最后还不免加一句："上面所说意见，

钱中文先生的为人、为师、为学风范

不尽妥当,失言之处请多原谅。"面对我向他求教、拜他为师的请求,他在信末表示:"至于我本人,就年龄而言,可能比你大些,但是在动乱年月,荒废甚多,至今仍处于学步阶段,实在惭愧。我与你的关系只能是相互学习、切磋学习的关系,请勿见怪。"最后的身份说明既照顾到我想了解作者的要求,又尽量注意不让我感到不自在:"我在中国社会科学院文学研究所文艺理论研究室工作",落款为"钱中文"。

钱先生的谦虚很柔软,却让我感到生命中不可承受之重。我想他可能是太高看我了。于是我在第二封回信中如实报告了自己的出生年龄和让人感到惭愧的专科学历,说明自己理论积累很不够。钱先生在4月9日的回信中说:"我原来以为您已三十开外了。像您这样年轻又读了不少书、知识比较丰富的青年教师在今天不算很多,这是十分难得的。通过不懈努力,自会取得成功。在时间方面,我的条件比您差了。我的年龄正好是您的一倍,历史耽误了人!真是徒叹奈何!"透过这,我得以了解钱先生的实际年龄,同时再次被他的谦恭感动得很惶愧。在第一封信中,他称我都是"你",在了解了我的年龄后,第二封信都称我为"您"。

后来通信六年,钱先生始终如此谦虚谨慎,让我感动到刻骨铭心。比如1981年4月9日的信在对我寄去的第二篇论文《论"对比"法则在文学创作中的运用》提出意见后,他叮嘱:"这些读后感和意见,未必正确,请批判对待。"再如1983年2月19日回信中对我寄去的《审美活动中对艺术的双重审美关系》一文所提的修改意见,通篇也充满了"是否""似乎""不大""恐怕""好像"等商量用语,信末还不忘嘱咐一句:"上述意见,不尽妥当,仅供参考。"

面对我再次提出的拜师请求,钱先生1982年5月3日来信说:"我才疏学浅,并未成家,况平日还有一些非业务的事务缠身,工作较忙,因此要认我作老师,实在不敢当,是否仍如上次说的那样为好?"确定考古代文论专业研究生,向他请教后,钱先生在1986年元月27日来信说:"我的学识浅陋,古代文论方面是个门外汉,因此对你带动不大,十分抱歉。你其实可同陈伯海同志多联系,估计他不会

· 333 ·

拒人于门外，这样可以得到真正的指点。"面对我在起初的通信中克制不住内心的感动倾诉的赞美，钱先生在 1982 年 7 月 8 日的回信中说："我有几个意见。以后来信，请你对我不要再用褒扬词，还是以实事求是、朴素为好。我的学识实在浅陋，为人为文是最笨拙不过的。如真有一点长处，不过是尚肯努力而已。因此我绝不像你想象的那样，你了解后是会失望的。" 1983 年元旦的来信说："还有一些热情的话，今后也不宜再写，旁人得知，是会讪笑于我们的，您说对吗？" 1984 年元月 17 日的来信中说："你对我的几篇破文章留心阅读了一下，我十分感谢。你大体上是说得对的。"

对于有的学者热衷于出席各种学术会议，钱先生在 1983 年 3 月 25 日的来信中说："也许我由于性格内向，一般是不大愿意出去开会的，当然主要是学识浅陋。"对于我鉴于钱先生付出的劳动提出的可否联名投稿的询问，钱先生在 1983 年 6 月 14 日的来信中说："您千万别以为我是什么名流，我只是文艺理论领域的一个探索者，如此而已！"钱先生给我惠寄的他的专著，题签时都是写的"志祥同志指教"或"志祥先生雅正"。我本来是他的启蒙弟子，但研究生毕业以后我投身到学术研究队伍中，每次通话联系，他都以"祁老师"相称，弄得我实在惶恐不安。钱先生的谦虚，不是客套，不是作秀，不是出于以退为进的"狡智"，而是缘于对个人认知能力有限性的内省，对于亦此亦彼、多元共存方法论的洞悉，对闻道有先后而人格须平等的师生相处之道的践行。钱先生的这种指教方式，在使我得到教益的同时，也放飞了我的思想，促使我的学术之思自由翱翔。这对于我后来的学术发现和学术创造起到了关键作用。钱先生的谦虚，我想学，但做不到，也做不好。但有一点我还是学到了，这就是无论是参加学生的论文答辩，还是与青年后学的交流，或是学术会议的发言，我在表达了自己意见之后，常常不忘说一句："未必正确，仅供参考。"

二 钱先生的实诚仁厚

通信六年，钱先生给我留下的第二个深刻的印象是相当实诚、仁厚。

　　钱先生不是闲人。与我通信的六年，是他最为繁忙的六年。当时适逢改革开放初期，中国文艺理论界同样百废待兴。身为中国社会科学院文学研究所研究人员、文艺理论研究室负责人之一，钱先生不仅自己承担着一个又一个科研任务，而且承担着带领研究室人员一起做项目、引领全国文艺理论研究潮流的重要使命，十分繁忙。对于我这个连面都没有见过的远方求教者，他完全可以在开始一次或几次认真回过信后就逐渐推托敷衍，最后不了了之，集中精力和时间做自己的事。然而他没有这样做。因为太忙，他几次推掉了所内招研究生的指标，但对于我始终不离不弃。钱先生带教我时，我的起点实际上很低，很有可能他付出的心血付诸东流，没有结果。但他深知他的回信对于在社会基层奋斗的青年人的作用和影响。而我也把与钱先生保持通信看作改变自己人生命运的全部希望，所以是钱先生刚指教了一文，我又寄上一文，六年中先后给钱先生寄去请教的论文有十多篇。而钱先生是那种十分认真、每篇必看、有稿必改、每改必细、有信必复，而且迟复为歉的仁厚长者。这当中他不仅忙中偷闲、见缝插针给我回信，而且有几次是抱着刚刚康复的病体复信，让我感动不已。

　　比如1982年4月9日的来信："三月中旬，您的稿子和信都收到了。稿子我当时就读了，后来由于工作比较紧张，月底月初又要出去开会，做些准备，因此就耽搁了给您回信。前日刚自广州回来，又翻阅了您的稿子，下面我想简单谈些意见。"1982年7月8日的来信："五月末、六月下旬两次来信和《试析平淡蕴含功力》一稿，均已收到，请勿挂念。这段时间，我十分繁忙，改稿、看校样，看'大百科'稿子，会议，加上室里的一部分工作，真是难得有喘息机会。因此六月初接你的信和《盐城师专》上的大作后，迟迟未能复信，十分抱歉。"1982年8月16日的来信："七月初接你《试析平淡蕴含功力》一稿后，我一直很忙，加之因一集体项目集中了一段时间，你的大作直到最近我才读了两遍。"值得说明的是，《试析平淡蕴含功力》一文很长，300字一页的稿纸有六十多页，钱先生看了两遍，不知花了多少精力！

1983年2月15日的来信说:"春节前一阵,工作甚忙,年终总结,接着是计划、讨论会,还有一些意外的工作来袭,等等,因此未能看你的《审美活动中对艺术的双重审美关系》一文,十分抱歉。"1983年3月25日的来信感叹:"今年要分配给我室3个名额,因我今年不愿招收,推掉了,因此只剩了2名。明年如何,只好到时再说。""像我这样的年纪,真是'所虑时光疾,常怀紧迫情'。好几个项目总是拖着,又不断追加临时任务,使我十分烦恼。最近又给我一个任务,不搞还不成,一搞就要花我两个月时间。现在紧张得掐着小时在过日子。"

1983年5月11日的来信说:"你给我的稿子和信都已收阅。因为我实在较忙,所以只能趁个空子给你写回信,耽误了时间,十分抱歉。""我室今年招了几个研究生,有古代文论的,有文艺理论的,明后年是否有名额,尚难预料,即使有,我起码要到后年方招。前两年指导一个研究生,相当花力气,结果影响了我的工作。这两年,我想集中一些力量,把自己的几个项目搞出来,因此我甚感时间的紧迫,不可能在别的方面分心。""五月下旬,我又得放下自己的工作,参加大百科文艺理论条目的定稿工作;六月准备发掉几部译稿(请人翻译的),然后又要转入一项集体工作《文学原理》。此事已说了几年,今年是箭在弦上,不得不发了。三个月闭门读书,三个月写出提纲(四人合作)。如今年能写出提纲,明年初将印寄各地,征求意见,再修改,明年下半年和后年,全部写完,最后定稿。《文学原理》增加一些新观点,完全是可以的,但问题在于体系,这是一个难题。"

四个月后的1983年9月30日来信说:"久未给信,实在比较忙,请原谅。我的日子是从一个忙进入另一个忙,真有些喘不过气来。7月前赶了一点东西,本该继续下去,了却一个心愿,但是总要插进一些意料不到的事,中断原来的工作。""8月有西北之行,最后以敦煌为终点,结束了难忘的旅行;月底参加了一个国际学术会,花了一些时间。9月又去上海半月余——大百科审稿,最近才回到北京,见到了你的信和稿子。最近又给我一个任务,大约要忙到11月底才告一段落。不仅生活紧张,心理也处在极为紧张的气氛中。《文学原理》

正在酝酿提纲。""你的《说"斜"：谈古诗中的线条美》一稿，《美学评林》不拟刊用了，已给了我。我看了他们的意见，有的系观点不同之故，有的也有一定道理。现将他们的意见附上，原稿不日将寄给你。新的稿子等我有空就看出来。"1983 年 11 月 9 日来信："读你来信，本想早复，怎奈任务吃紧，实难分心，今天刚告一段落，就想向你说说我的苦衷了……。"1984 年元月 17 日来信说："年底，我忙着一部稿子的结稿，随后病了几天，至今未痊愈，趁此空隙给你写信。"1984 年 12 月 13 日来信："……那次写信时，我还未最后确认招研究生，领导同我简单商量了一下，我的意见是我这一两年不拟招生，结果不久就断然决定要我明年招两名，报了上去，我也无法驳回了。"

1985 年 6 月 16 日来信说："你的稿子我早已收到。5 月下旬我读过两篇油印的稿子，像你与其他同志合写的《论"辞达而已"》一文，我读后觉得写得很好，有见地，思路也清晰；《"但见情性，不睹文字"说》一文，也不错，都说出了一定道理。我将此二文推荐给了《文学遗产》中的熟人，一文给《文学遗产》，一文给《光明日报》。最近又与《文学遗产》主编谈了一下，他说一定留意。不过目前尚无消息，待有佳音后我会很快告诉你们的。""另四篇稿子，我最近找时间才能看出来。由于最近正在搞评职务，其间琐琐屑屑之事你是可想而知的。我的研究生的稿子也拖了一段时间，今天才看出来。等我看完后，再作商量，如何？"1986 年 10 月 9 日来信："我今年不招研究生，明年可能有名额。""我仍在忙我的任务，争取明年出初稿。去年交给人民文学出版社的一部书稿，今年年底或明年年初可出来，给他们拖了一年的时间……"

现在回头重读这些文字，我为自己当年过多地打扰了钱先生宝贵的时间和精力深感惭愧和抱歉。不过当时，钱先生的这些信件，对我来说无异于沙漠中的甘泉，绝望中的希望，黑暗中的明灯。尤其令人感动的是，对于重要稿件的指教，钱先生都注明原稿的具体页码，逐条批改。比如 1983 年 2 月 19 日的来信对于《审美活动中对艺术的双重审美关系》一文的批改注明原稿页码，提出意见有 7 条之多。

钱先生对我的文稿倾注的心血如此之多，但当我提出是否可以在改订的文稿上署上他的名字时,则一再遭到他的拒绝:"您的《审美活动中对艺术的双重审美关系》一稿稿末提了我的名字,在文章发表时一定请您删去。首先是我即使提过意见,也不必提及。如果是专著一类书籍,就又当别论了。""此稿不知现在如何处理,《社会科学战线》有进一步的意见吗?不管哪里采用,请一定将我名字去掉是盼,另外这样做也有失谨慎。""您这次信上又提将来稿子完成后要署上我的名字,或提一笔。论实在,我们的工作是老实的劳动,不是沽名钓誉。您的劳作我怎么能署名呢,写上我的名字干什么呢?"同时还提醒我:"您在这方面似乎考虑得太多了,这样对自己建立正确的学风无大好处。"还批评说:"学界有的人读了别人的剧本、小说,读后犹署上自己名字的做法,实在要不得。"从此,我不再提及此事。

面对学界有些学者沽名钓誉的现象,钱先生在1983年3月25日的来信中说:"名声、资格,其实是很空的,重要的是'货色'!别看常到外面开会、讲话的人物,除少数外,大都是沽名钓誉。""对我们来说,成果比什么都重要,你说对吧?"钱先生更注重的是脚踏实地,孜孜以求,在学术上真正有所建树。正如他在1983年3月25日的来信中所说:"在研究现实主义的过程中,我逐渐形成了自己的文学观念,这在我去年年底完成的《现实主义理论问题》的书稿中已有所体现,准备在今年要写的《文学原理》中加以发挥。在理论研究中,能够形成自己的一些见解,并贯穿各个方面,这实在是一种莫大的愉快,也使我无限向往。我虽未达到这一境界,但经过艰苦的挣扎(确实是挣扎)和努力,是可以不断接近的。愿我们共同努力。"后来钱先生在文学理论基础领域提出"审美意识形态"说和"新理性精神文学论",就是他不懈追求的成果。

钱先生如此实诚、宽厚地不计回报地指导着一个在基层奋斗的年轻学子,骨子里源于一种慈悲为怀的大爱。那个时候大家收入都不高,考虑到先生经常给我挂号回信,信中有几十页的文稿,很破费,我曾在去信中内附一笔邮资,先生原样退回:"你寄来的钱,我附在信中,你收入不多,个中道理,我不多说了。"1983年年初,我托人带了二斤猪蹄筋给钱先生以表心意。钱先生又寄给我20元钱,并在

1983年2月15日回信说:"你托人带给我的东西收到了,十分感谢。此物市面上极难买到,难为你了。先寄付20元,不知够不够数?你收入少,破费你是不忍心的。"通信中我把自家的情况都向他汇报了,他便在1983年3月25日的信末告我:"我家庭条件尚好,小家庭三人——我、我妻子和女儿。妻子在外语学院工作,女儿去年已考入大学。我们比较开明,早就不重男轻女,而且只要一个孩子,一笑。"让人感到先生严谨不苟中亦不失温情。确定备考研究生,征求钱先生的意见,钱先生在1983年5月11日的回信中说:"我和你虽有接触,但说实在是缺乏了解的,这也是自然的,只是通过一些信件、稿子做媒介嘛!我觉得你兴趣广泛,于文艺理论研究有好处,但就你的写作情况来看,定的题目,涉及的范围太泛了。青年人什么都想搞,搞得过于杂,就会事倍功半。据我观察,你的古代文论有一定底子,何不把这作为主攻方向呢?你有志于中国美学史,(我室敏泽在搞),设想很好,但方向要早定。古代文论、美学、文艺、理论、批评等范围都很大,一个人想在这几方面都有所作为,并驾齐驱,那是相当困难的,何况是刚起步的时候呢?其实这个意思我早在去年就写过几纸,要选好方向、题目,抓住不放,自甘寂寞,而后方有所得,见到成果,才告罢休。到时自然水到渠成,乐在其中。而我,说实在,只能给你出出主意,像与朋友样,余则实在感到无能为力。"最后一句话,既说得实在,也说得暖心。1985年4月先生到扬州开会。因为通信几年,一直没见过面,先生来开会前写信就告诉我了。我们得以会后在先生无锡老家见了一面,过了一宿,一慰我心。

1985年我第一次考研虽然没录取,但各门都过线了。正当我卯足了劲准备第二年再次报考时,却被县教育局卡在了报名的门外。在我几近崩溃的时候,1985年12月26日,钱先生来信送来安慰:"读来信,知你报名落空,甚为惆怅。生活里有些事真是不可思议。明明有文可循,但到一些人手里就变了样,此路不通。我这里也碰到一例。一位安徽的教员,工作已两年,要求报考研究生,学校不给证明、政审。尽管有批评类似事件的例子,但有人就是给你拖延时日,延误期限。像你的情况,有什么办法呢,只好'蓄芳待来年'了。"

钱先生就是这样，以他的实诚和仁厚，善待着我，悲悯着我，温润着我，带教着我，也激励着我。"不能辜负钱先生的深情厚意"，成为推动我刻苦前行的内在动力。

三 钱先生的为师之道

我于1981年年底至1987年考上研究生之前与钱先生保持了六年的书信往返。家长里短是无法维系这么长时间的通信的。把我们的书信联系维系下来的根本原因是我不断投稿请教，钱先生不断回信指教。1983年我确定复习考研后，其实不允许分心写太多的文章，因为文章运思是干扰复习记忆的。尽管我尽量克制写文章的冲动，但在中外文论美学论著的阅读研习中，时常发现新问题，形成新想法，忍不住写下了一系列的文章。六年中我寄给钱先生讨教的文章先后有11篇，钱先生一一指教、回复，有些文稿还用铅笔做了眉批。在这些指教中，钱先生既有具体问题具体分析的意见，也就是授人以"鱼"，同时也有一般方法论的具有普遍指导意义的意见，也就是授人以"渔"。授人以"鱼"的具体意见，体现了钱先生对学生高度负责的态度和允许不同思考的宽容平等精神；授人以"渔"的具有一般方法论指导意义的意见，我做了如下总结。

第一，要"多读多写"，在实践中提高论文写作的能力。文章的论点是建立在大量材料的积累之上的，只有通过"多读"去获得。文章奥妙，虽在父兄，不能以移弟子，全靠在实践中自悟，所以"多写"对于学术成长至关重要。我不停地寄稿，先生不停给我改稿，尽管让他常常喘不过气来，但先生却乐此不疲。先生对我说，趁年轻时光，"不如多读书、多练笔更有意义""我很赞成你多读多写，这是你自己成长的最好办法"。"多写"的含义之一，是"多改"。先生现身说法："何其芳同志在世的时候，我从他那里得到了不少教益。其中之一，就是要不怕改稿……我刚工作的时候，写的文章有一些是被退稿处理的。退稿当然是不愉快的，但是我从中得到的教训是文章要多改。"怎么改呢？"要改到不惜把自己的长文章压短，不合逻辑的、妨害表达意思的，或者是意思不清楚的，或者是可去可留的地方一律删掉，让自己读起来也痛快。"这有一个过程，"大约花了我两年时间"。其后，"在写文章方面就开始成熟了""知道哪些该说，哪些不一定要说，哪些是多余的话，哪些地方论据不足，说的不够深刻，哪些地方有新意，有自己的见解，等等，就了如指掌了"。总之，"要深知自己的分析、论证的优点、弱点在哪里，特别是对自己的文章要有一种无情的态度，该砍就砍，该削就削。""那种天下文章自己好的偏爱，舍不得动手删削，是不成熟的表现。这样的同志是有的，因此他的文章总是绕来绕去，噜噜苏苏，没有重点，常常在发表上发生困难。""有的人的稿子当然是不让改的，即使满篇废话，也要人把它们当成字字珠玑，但是这样的文章，生命是不长的。"

第二，要"善于思考"，学会在阅读中"发现问题""抓住题目"。有人读了好多书，但就是发现不了问题，产生不了论题，最后充其量只能成为两脚书橱，成不了学术创造者。能否"发现问题""抓住题目"，是检验是否有学术创造潜质的试金石。读了我的《浅谈情感在文学创作过程中的作用》和《论对比法则在文学创作中的运用》二文后，钱先生敏锐地发现我有个好的特质，便加以肯定："稿子的题目我觉得抓得不错，看来您善于思考、抓问题。""我也跟一些年轻的同志交谈，说到……能抓住题目"，是"一个研究人员"必备的基本素质。学术的训练不仅要"多读""多写"，而且要"多思"。读书不能单向地被动接受，"我注六经"，而且要学会"六经注我"，带着问题去看书，从中发现新意和自己需要的材料。能否"发现问题""抓住题目"，实际上是自己是否"善于思考"的表现。

第三，学术论文的基本要求是有自己的"新意"和丰富的"材料"。论文作法可以说出好多，其实基本的做法说起来很简单，就是有"新意"，有"材料"。在收到我第一篇文稿后，钱先生就在回信中做了肯定和指正："你的大作的立论是很好的，材料也很丰富，有自己的体会和见解。"不过，"文中所引资料宜多用'名流'，这是没有办法的事。二、三流的作家的论述，影响权威性，当然偶尔用些也是可以的。""我认为你的大作是很有基础的"，稍加修改，是"可以发表"的。收到第二篇文章后，钱先生在回信中又一次从这两方面加以肯定："稿子的题目我觉得抓得不错，看来您善于思考、抓问题，收集的材料也很丰富。"收到第一篇论文的修改稿后，钱先生说："总的印象是稿子是有一定见解的，论证也清楚，文字也可以。"所以他将文章推荐给了《社会科学战线》。在收到我的《文学"情感"特征的系统研究》一文后，钱先生回信说："您的《情感》一文，自然可以作为一个研究题目，但在最后定下以前，再慎重考虑一下。在当前已有若干谈论这个题目的文章的情况下，你还有无新意，这很重要。如果自己觉得还有话要说，又是别人尚未说过的，而且又有新材料，那另当别论。文章在论点上一定要有新意，哪怕是一点点，否则一般杂志不易接受。"在 1984 年 11 月 1 日的来信中，钱先生又肯定说："来信收读。你勤于积累，勤于思考，这样很好，到时水到渠成，瓜熟自然蒂落，是会有结果的。"论文必须有"新意"或"己见"，"新意"必须有"新材料"支撑，这是一篇合格论文的"基础"，也是论文写作的最基本的"常识"。后来我们填报什么科研项目，总有一栏叫"研究方法的创新"，填报者必须煞有介事说得天花乱坠，其实这是忽悠人的。学术研究的基本方法没有那么复杂，万变不离其宗，必须遵守的就是"新意"和"材料"。这种方法论的指教意见，后来贯穿在我一生的研究中。

  第四，学术论文应当具有"理论深度"。这是论文写作的高级境界。我的文章有新意、有材料，可为什么钱先生转给有关刊物后未能发表呢？因为"在理论深度上还欠缺些""几篇稿子都有一定基础，只是理论深度不足"。其实这是年轻学者在学术成长中出现的普遍问题。因此，钱先生曾跟一些年轻学人交谈，指出一个研究人员抓住题目后，要能够对它"从各个角度进行理论分析"。什么是"理论深度"呢？钱先生指出："我所说的理论深度，是指文章在论述中，要注意与这一问题密切相关、对它产生影响的那些因素，否则容易造成就事论事的印象；其次，在论证中最好有一定的针对性，这既可促使探求的深入，又能增加文章内在的论辩力，引起人的兴趣。"这就是说，万丈高楼平地起，必须建立在广博厚实的地基上。论文所论虽然是一个"点",但这个"点"论述得是否好,却取决于不显山不露水的"面"的知识积累。"理论深度"要害在于正确处理好"点"与"面"的关系,在"点"中藏"面"、显"面"。所以,"研究文艺理论,在正常情况下,30—50岁是最佳年龄。因为这种工作不仅要比较精通一般理论,还要通文学史,一个国家的或某个国家的一段文学史,阅读大量作品,对一些作品不是泛知,最好有些深入的研究,而且如果不精通某种外语,至少也得精通古文,否则活动范围有限。所以三十岁前是打基础的时期"。除此而外,还要在专业领域"多读理论著作""加强理论修养""训练成独立思考、钻研问题、分析问题、从一定的理论高度概括问题的能力"。再一个方法就是抓住一点,持之以恒,精益求精。如何弥补理论深度不足这一弱点呢?钱先生说:"我的想法是,你是否可把其中某个问题,搞它半年一年,使之精益求精,这样一、二年之内即使出来一、二篇文章,也是可观的成绩了。""只要目标明确,不懈努力,持之以恒,一定是有成绩的。""对于自己想达到的目的,任何时候都要有信心,锲而不舍,功到自成,锤炼成踏实的学风。"正是在钱先生的指导下,我后来系统读了西方文论、美学和中国文论、美学方面的不少理论著作原本和选本,从一个文学创作爱好者转变为一个文学、美学研究者。

第五,学会收缩、聚焦和专攻,努力在"点"上寻求突破。我在转向对文艺理论的关注和研究后,所搜集的材料涉及古今中外,论述某个问题时也就全面铺开,导致理论分析蜻蜓点水,浅尝辄止。最典型的例子就是《试析平淡蕴含功力》,两万多字,面面俱到。钱先生来信指出问题说:"此稿题意甚好,是个值得研究的题目,也有一些个人见解,但恕我直言,就此稿目前的样子,是不能拿出去的。第一个印象是较杂,你在这一篇稿子里,几乎把所有的艺术部门都读过来了,中外文学、大小作家,甚至包括二、三流的尚未定型的文学青年,戏剧、音乐、小说、绘画、电影、书法、漫画学,还偶有几篇小评论的作者,等等,给人的读后感觉是斑驳零星,分寸感把握的不太正确。第二个印象是有求全感。稿子把'平淡'的各个方面以至达到'平淡'的手段、方法、注意点等,都谈了,不乏一些好的意思,但它们都淹没在'平淡'中了,结果给人一个平淡的印象。第三是由于求全,理论上就显得分散,不很深入,最后部分有些像讲稿。""这篇稿子的改法,我的意思是,能否从一个角度——古代文论的角度来谈,比如将题改为《论平淡》或《论平淡风格》。从稿子内容看,这样做很有基础,材料也尚丰富。这样做了会使问题集中、紧凑、论点突出,不改太宽泛、驳杂了。第二个办法是你如果对当代的几个作家感兴趣,干脆把他们抽出来单独论述,不要中外古今一起来论,这样到也可以单独成篇,也不失为一个好题目。因此此稿可分成两个题目来写,第一个题目可写成万把字左右的文章,第二个题目七八千字也就可以了。这样的篇幅,拿出去较能录用,两、三万字的东西,机会极少。"此文我后来按照钱先生的指点,集中从中国古代文论中探寻"平淡"美,论题为《"平淡"探奇——中国古代诗苑中的一种风格美》。文章打印后,我在寄给钱先生一份的同时,也投了一份给《文艺研究》编辑部。钱先生来信说:"你的《"平淡"探奇》一稿,我已读完,获益不少。问题提得好,逻辑性强,理论上也有见解,这是努力不懈的结果……这样的稿子拿出来,应该不大会有问题。我想投稿试试看。酒香不怕巷子深,总会有出路的。"事实验证了钱先生的判断,没等到钱先生的转荐有消息,《文艺研究》很快就给了我用稿通知,1986年第3期刊发。钱先生看到刊物广告后,来信道贺:"你的《平淡》一文出来后,我看到了广告,后收到了杂志,真是不容易,应该向你祝贺,虽然迟到了。"

在热衷发表文章、将文字变成铅字的同时,我也清醒地意识到,发表论文改变不了处境,要从事专职的学术研究,必须走考研一路。这条路对于我可以说是高不可攀的,不仅因为原来毫无专业积累,而且英语也只有初一的水平,同时又得教书、谈恋爱,生活中妨碍考研的闹心事很多。但除此华山一条道,别无出路。是钱先生的高看鼓舞了我,我试探着向他咨询。1983年2月15日,先生在来信中说:"你来信问及研究生招考的事,我在1978—1981年与蔡仪同志一起指导过一个研究生,今、明年内我不准备再招。这两年内我任务甚紧,要写些东西,有个人的,也有集体的项目,有时还要集中找个地方躲起来。现在招研究生，多半面向各省。你不妨多留心一下，有合适的机会就试一下。"根据外语底子不好的情况，我将报考专业定在古代文论上。1983年11月9日，先生来信说："你选定古代文论专业，报考研究生，很好。我也觉得古代文论适合你的专长。我室明年不招收古代文论研究生，但要我招两名马克思主义文艺理论专业的。我自己的想法是想要两名哲学专业、外文底子较好的年轻人，要求他们将来能够扩大文艺理论研究的领域。这当然是一个设想，能否实现，也要碰运气才行。"1984年12月13日考研报名之际，钱先生又来信鼓励："照我对你的肤浅的了解，你的古代文论专业的知识似有一定底子，似报古代文论专业为好。我招的是马克思主义文艺理论，也即基本理论的研究生。将来如在这方面做出些成绩，仍要依据古代文论或外国文艺理论，从中吸取营养，得到借鉴，扩大视野，不断研究一些新问题。希望你郑重考虑，一旦决定，则需全力以赴。考期不远，祝你胜利。"最后的结果是，初考合格未取，两年后再考，终于成为华东师范大学名师徐中玉先生的中国古代文论专业的硕士生。可以说，没有钱先生的栽培和鼓舞，我是不可能考上研究生的。

1986年元月27日，钱先生在与我通信了好多年后来信说："前两信我都有收到。你写到许多不如意的事，我想对你来说，无论生活中的忧和喜，都会化作动力，果然如此。其实年轻人除了奋斗不息，下苦功夫，才是真正的'别无选择'，才能找到自己的位置。我相信你功到自然成，会出现豁然开朗的境界，到时就会获得自由，美不胜收。当然，这是相对的，过了一个时期，又会不自由起来，然后再不断充实自己，再获得自由。"2018年，钱先生收到我寄赠的《中国美学全史》后，在给我的微信回信中说："如今你通过三十来年的不懈努力与积累，举一人之力，完成了这一宏愿，真使人感佩不已。全书有你的理论原创，丰赡的资料相互印证，写出了中国美学的多样与独创，走笔神采飞扬，独具个性，尽显中国文化特色。""再次祝贺你取得的独步神州的重大成就。"我想，这一切命运的改变和自由境界的获得，离开钱先生的带教，是不可想象的。钱先生是一位十分了不起的导师。

四　钱先生的为学主张

钱先生在中国当代文学理论上有两个重要贡献，一是"审美意识形态"说，二是"新理性精神文学论"。钱先生通信中提及的文艺思想涉及如下几个要点。

第一，关于形象思维问题。拙文《浅谈情感在文学创作过程中的作用》谈到"形象思维是以逻辑思维为指导的"，钱先生1982年2月8日来信指出："事实上，形象思维作为一种思维，它本身就是有逻辑性的，和形象思维相对的一般是抽象思维或理论思维，这样提似较贴切些，这些思维本身都是有逻辑性的。"

第二，艺术对象与哲学对象的异同问题。钱先生1983年2月19日来信指出："黑格尔与别林斯基的观点，在这一点上，他们两人的观点都是错误的。这里起码涉及两个问题。一是把理念视为艺术对象；二是把艺术对象与哲学对象混同。你在行文中似未予区别、辨正。"

第三，艺术创作的有目的与无目的、自觉与不自觉合一的问题。钱先生早年在莫斯科大学留学。苏俄文论是他研究的重点。加之别林斯基在当时中国的走红，我曾仔细研读过满涛翻译的三卷本《别林斯基文选》，在通信中请教研究价值的问题。钱先生1983年2月15日回信说："艺术创作的有目的、无目的，自觉与不自觉都是他早期的思想，是德国美学影响的结果。后期他就不这么说了，并做了否定。因此如果要谈别氏的思想，则要历史发展地看。""去年我在《学术月刊》第7期上有篇《论艺术直觉》的文章，就触及了创作的自觉与不自觉的问题，可惜第一部分中的理论性文字，给编者删去了，他们以为这是'套话'，真是见鬼！没有了它们，文章的理论性就大大减弱了，我似乎在那里就事论事了。"

第四，"化丑为美"以及"艺术美"与"现实美"的关系问题。在《审美活动中对艺术的双重审美关系》一文中，我提出，现实中的丑经过艺术的逼真模仿，产生了"丑中有美"的艺术形象。钱先生

1983年2月19日来信指出："你提出了'艺术美'与'现实美'的区别，这是对的。但'现实美'是种自然状态的东西，一旦进入作品，就成了'艺术美'了。如果要对'美'进行分解，那恐怕只能说'现实美'是'艺术美'的基础，或基本因素之一，艺术中含有现实美的因素，但很难再把它说成'现实美'了。"认为在现实主义艺术中，"艺术中的现实美，亦即自然中的现实美"，"这种提法是不大科学的"。那么，如何把现实题材的丑转化成艺术中的美呢？钱先生说："典型化在这里仍不失为一个规范。""不是任何丑的东西都能进入艺术，而进入艺术的、可以把丑的东西化为艺术美的，其选择性更大，更需要典型化。"

第五，关于"生活真实"的辩证区分。钱先生1983年2月19日来信指出："任何事物都是生活真实。有的生活真实不过是一种偶然出现的现象、一种事实，有的生活真实意义比较丰富、重大。而且即使是偶然现象，也会曲折、隐晦地表现出它的某些本质方面。""这样来区别生活真实，恐怕还应说得辩证些。"

第六，局部真实与整体真实的关系。钱先生1982年2月8日来信指出："局部和整体的问题十分复杂……作者理解的局部也是生活的整体，而且他只能去写局部中的整体，他不可能去写整个社会的整个整体。"

总体来说，时值承前启后之际的钱先生在探寻文学原理、思考"文学是审美意识形态"本体论时，主要致力研究的文学史现象是"现实主义"与"现代主义"。1985年12月26日，先生在信中告知："年初已定有三篇东西要出来，都是围绕现实主义的，并论现代主义。"1987年，他的《现实主义和现代主义》一书由人民文学出版社出版；同年，他的《文学原理——发展论》由社会科学文献出版社出版，这也是钱先生在与我通信时期的部分标志性理论成果。

钱中文老师的风骨与品格

中国社会科学院　杨子彦

中国社会科学院文学研究所有不少我敬佩的老先生，钱中文老师就是其中一位。2004年，中国中外文艺理论学会负责学会秘书处工作的孙连华老师即将退休，我作为理论室的年轻人，就接了她手里的一摊事情。学会的会长就是钱中文老师。他当时已经七十二岁，精神矍铄，气质儒雅清正，是一个温和而有强大内蕴的学者。我跟随钱老师工作的几年，印象最深刻且令我铭记和学习的，是钱中文老师的独立品格、人本思想、批判意识。

关于钱老师的独立品格，我在文学所建所六十周年对钱中文老师所做访谈中感受至深。为准备此次访谈，我系统阅读了钱老师的著作，访谈即是从疑惑开始——钱老师在20世纪50年代已开始在重要刊物发表论文，为何自称学术的开始是在20世纪80年代初，甚至具体到1984年的呢？对此提问，钱老师娓娓道来，他1955年毕业于中国人民大学俄语系，然后去莫斯科大学俄罗斯语言文学系攻读研究生，1959年回国进入文学所苏联东欧文学组工作，又转入文学理论研究室，直至退休。他进所不久就先后遇到"反右倾运动"、批判修正主义运动，在"文化大革命"时期还成为专政对象。这些经历促使他去反思自我、反思学术，是他思想发展的过程，也是走向独立的过程，直到80年代初才真正人格独立，形成学术自我。说到此处，钱老师反复强调跟风研究要不得，学者要有理性客观的态度，基于现实和学术需要形成自己的判断，这样做的学术才有价值。

至于人本思想，我个人认为这是钱中文老师学术的底色。他始终如一地将"人"置于首位，尊重人尤其是青年，关心人尤其是弱者，强调人的平等和发展，对专横和霸道的做派极为反感，并将此贯彻和体现于学术研究与为人处世的方方面面。就我的接触来说，我唯一一次见到钱老师的不满神情，是十几年前学会在某地开年会——报到那天承办方不负责午餐，现在可能是惯例，当时那种情况还比较少，至少此前我没有经历过。会议地点相对偏远，与会代表又极多，以致周边街上满是找地方吃饭的各地学者。我那天也是早晨五点出门赶飞机，从机场到宾馆放下行李出来找吃饭的地方，已经是下午一两点钟，真是饥肠辘辘。具体细节我不清楚，我知道的是钱老师在开大会时专门说了这件事，向与会代表表示歉意。这可能是微不足道的小事，但在我看来这是钱中文老师处处以人为本的一种体现。每次学会开年会，对于全国各地来的青年学者，他同样谦和诚恳，奖掖后学，从来没有因为自己是学术权威、国家一级学会的会长、重要期刊的主编而有丝毫的架子。有的学者赶场子开会，匆匆来匆匆去，不发言不来，发完言就走。钱老师从来不会这样，会前精心组织，会中从头至尾参与，注意倾听各方意见，体现了大学者的风范气度。

强烈的批判意识，则是每次听钱老师讲话、阅读钱老师文章时的一种感受。就我听到的几次发言来说，钱老师都提到了著名的反乌托邦三部曲。这些书对我影响很大，阅读多次，所以每次听钱老师提及，内心都极为认同。钱老师不讲套话假话，总是直奔主题，直指要害，对学术发展中取得的进步予以肯定，同时也指出存在的问题，对社会文化中出现的歪风邪气、不良现象，钱老师也有所批评。在钱老师那里，我看到传统士大夫的风骨，看到当代知识分子的良心。

关于钱老师的学术贡献和理论创新，学界已有不少研究。钱老师倡导审美意识形态、新理性精神，主张平等对话，推进了巴赫金研究，我想这些和他的独立品格、人本思想、批判意识是分不开的。现在学术研究的条件远胜过去，但是真正有所创新并走出国门，代中国学界发声的学者却并不是很多。对照钱老师，大概可以明白其中的问题所在。

在我不参与学会工作后，跟钱老师联系减少，只是参加过钱老师的生日会，曾和同事一起代表理论室去老师家中慰问。关于钱老师的一些信息，有些是从新闻中得知，比如钱老师将他的藏书捐献给了社科大；有的是从院部橱窗看到。在疫情最为严重的时期，院部贴出了一些捐款的老专家照片，其中之一便是钱中文老师。

  现在回想往事，印象最深刻的是参加钱中文老师八十岁生日会，钱老师一时兴起，用旧时私塾里"叹文章"的方式，背诵赤壁赋的一幕。壬戌之秋，七月既望，苏子与客泛舟游于赤壁之下……他的高低错落、急促舒缓的声调，使在场的人兴致勃勃。以我浅薄的认识，做学者的一大乐事是同时享受到人生的诗意和学术的理趣。钱中文老师不仅兼具二者，还在中国文学理论的学术史上留下了浓墨重彩的一笔。

钱中文先生的学术风范和人格魅力

浙江理工大学　金雅

钱中文先生是我的博士后导师。承钱先生不弃，2004年9月，我进入中国社会科学院文学所博士后流动站，师从先生进行博士后研究。我的博士论文题目是"梁启超美学思想述评"，在即将结束博士学习的2004年初春，我在浙江大学中文系组织的钱中文先生学术讲座上，有幸和此前未曾谋面交往过的钱先生有了一面之缘。这之前，我已有博士学业完成后继续博士后学习的想法，但意向中的博士后站是离杭州比较近的上海高校。那次讲座中，钱先生散发出的学养、睿识、认真、温雅、热诚，忽然间深深触动了我，我临时起意，在讲座结束后，挤入里外三层围着钱先生提问的同学们中间，简单表达了自己求学的意愿。其实，当时对于钱先生是否会接收我，并不抱多大的希望，或者说基本上没觉得自己有希望。因为像钱先生这样的学界大腕，想申请跟他求学的学子一定不少吧，况且此前我和钱先生没有任何的联系，钱先生对我应该可以说是毫无了解。令我意外和欣喜的是，钱先生听完我简短的自我介绍和学习意愿后，就让我第二天上午在他上飞机前的间隙，带博士论文和他商议。我如嘱赴约，钱先生认真翻看我的论文，就我的论文主题和相关学术问题，进行了非常坦诚愉快的交流。钱先生对问题的敏锐、把握的高度、视野的开阔、深刻的见地、温雅的风度，深深地折服了我。钱中文先生是我学术道路上最为重要的引路人之一，也是我人生道路上最为重要的榜样之一。

作为中国当代著名的文艺理论家，钱中文先生对我国当代文艺理论的开拓建设、学术队伍的凝聚培育、文艺思想的创新开掘等，贡献卓著，成就公认。他的学术风范和人格魅力，堪为后学楷模。先生问学，高屋建瓴、视野宏阔、体大虑深、辩证开放、沉闳厚湛、直抵要害，高度、宽度、力度并举，思想、情怀、信仰并重。先生为人，则谦谦君子、真诚温雅、自律质朴、谦和大气。

一

钱中文先生在文学审美意识形态论、新理性精神文学论、交往对话理论、自律与他律等文学观念观点上，都体现了高瞻远瞩、博大深闳、求是创新、辩证崇实、人文情怀浓挚的学术品格和理论精神。早在20世纪80年代前期，他就强调，在文学理论研究中，"建立正确的马克思主义的文学观念是把握与运用多种方法的根本性问题。当然，文学观念不是一成不变的。马克思主义的文学观念同样需要深化，需要丰富和发展，否则就会停止不前"。他强调，要"全面、深入了解文学现象，综合研究看来是必由之路"，要避免"使研究走向片面和谬误"，"使文学研究脱离文学创作实践，变成一种纯思辨的烦琐求证"。他指出，"在文学理论的探索、方法的更新中，难免会出现一些不足与失误，这是学术研究中的正常现象，它们可以通过讨论而明辨是非曲直"，但"探索也要实事求是，要避免哗众取宠，专搞耸人听闻的东西，因为那也是没有什么生命力的"。[1] 他以"走向宏放，走向纵深"的理论胸怀，以"文学理论正处在变化、发展的道路上"的理论敏感，以"有所发现，有所前进，才能使我们的文学理论获得强大的生命力"的自信和勇气，[2] 成为20世纪80年代改革开放以来，中国当代文艺学变革和前进的一面旗帜。

文学的审美意识形态论，是钱中文先生对新时期文艺理论建设的重要贡献之一。他反对以庸俗社会学的立场方法对待文学，也反对将文学反映论庸俗化，提倡在尊重文学与其他社会文化间的关联前提

---

[1] 钱中文：《文学理论：观念与方法》，《文学评论》1984年第6期。
[2] 钱中文：《走向宏放，走向纵深》，《文艺理论与批评》1987年第6期。

下，重点关注对文学自身特性的研究。他提出文学是一种审美意识形态，文学创作是一种审美反映，并对审美反映的创造性本质进行了深入的研讨阐释。这些观点和看法，在20世纪80年代整个中国社会改革开放的历史进程中，对于中国当代文学理论的创新开拓，有着极为重要的思想解放和观念引领的意义；对于文学审美意识形态性的研究，也超越了当时中国文学研究长期以来的政治学、社会学等外部研究立场，引入了对文学的审美属性这一内部规律和内在特点的考察。这一点放在20世纪80年代整个中国文艺观念的转型发展中，具有从理论上正本清源的重要意义。

钱中文先生在文学理论研究中，一直倡导通过学术争论使问题深入开掘下去。他担任中国中外文艺理论学会的会长和《文学评论》的主编时，对学术争鸣始终持开放开明的态度，有力促进了新时期文艺学的理论解放、思想解放和生气活力。童庆炳、王元骧、杜书瀛等众多知名文艺理论家都参与了关于文学的审美意识形态问题的论争，论争同时也吸引了大批中青年文学理论学者的参与。钱先生的成果拓宽、拓深了中国当代文论对于文学性质和特征的研究，形成了新时期中国当代文论中著名的审美反映论学派，也成为认识论美学在中国当代美学和文论中的新发展。钱中文先生关于文学审美意识形态性的研究和观点，受到了苏联文论家波斯彼洛夫等的文学"意识形态本性论"的影响，他以开放辩证的态度立场，吸收其为我所用之处，结合20世纪80年代中国社会、文化、文论的特定语境，予以具体建构和深入阐释。钱中文先生的文学审美意识形态论和他的审美反映理论，在20世纪中国新时期文论变革的历史进程上，破旧开新，功不可没。他对问题把握高远，思考深入辩证，而非简单化、庸俗化，也不是哗众取宠，而是精准深入文学创造的内部，予以细致考察，特别是结合生命的、心理的、接受的等视角来考察，不仅在当时，即使今天读来，仍予人感发。

自20世纪90年代始，钱中文先生提出"'新理性精神'文学论"，这是钱先生对新时期文艺理论建设的另一个重要贡献。钱先生一贯反对任何极端的思维方式和情绪化、非学理的理论批评，反对学术上的门户之见。他提出新理性主义，倡导在扬弃旧理性时，警惕新理性向着唯理性主义、理性万能和极端化的工具理性、实用理性的变异，主张贯通对人的生存、文化思潮、文学艺术现象的反思批判与人文坚守。可以说，钱中文先生始终站在时代的高处和文化的前沿来考察问题，把握问题。他在《钱中文文集》四卷本[1]后记中展望："中国学者逐渐实现着对学术个性的追求，它们理应超越东方/西方、现代/后现代的二元对立思维模式，在文化、文学理论建构中发出自己独特的声音，创建那种具有中国特色的理论财富，汇入当今世界文明的潮流。"他自豪又充满忧思地感叹："我国文化源远流长，在世界几千年的多种文明发展中，它是唯一延绵不断、流入今天的一种文化。因此，我国在传统文化方面，并非一无所有，而是丰富得很，它的精华部分，已为西方少数哲人所发现；我们倒是痛感几十年来，自己未曾大力整理这份遗产，使之发扬光大。在历史上的文化交流过程中，我国的文化一面不断保持了自己的特色，同时又不断吸收他人文化中的新因素，融合新机，创造而为新文化，这是一种资源。"同时，"我们又有近百年的现代文化传统，这是批判了旧有文化传统"。他主张学问无界，应兼容并包中西古今，从而"创造我国新文化的新时代"。他说，中国学界如没有平等的交往对话，就不可能形成普遍的追求真理之风，就不可能形成自由的思想、独立的精神和学术的个性。

二

钱中文先生是一个富有知识分子的人文情怀与理想信仰的人。他处事大气沉稳，待人温和内敛，讲原则却不失温度，富胸襟却不失细腻。与钱先生交往，相信常可体会到他认真、严谨、诚挚、博达、温厚的魅力，感受到他的高度、厚度、宽度、力度和温度。

钱先生的人格魅力，首先在于他对学问人生和学术人格的坚守。钱先生在《钱中文文集》四卷本的后记中说："学术上的真知灼见，

---

[1] 《钱中文文集》，黑龙江教育出版社2008年版。

常常可能会被视为异端邪说,这时作为有着学术个性的独立人格的学者,他能够坚持己见,忍受精神的歧视与寂寞,以至生活清贫,甚至生存也难以维持。但他们会克服一切困难与折磨,而超越它们,坚持把自己的思想说出来。著述不能出版,就把它们束之高阁,而安之若素"。他真诚鼓励学术原创,鼓励学者大胆发出自己的声音,"一个伟大的民族自然要拥有丰富的物质财富,但是最终昭示于世人、传之久远的,则是其充溢着民族文化精神的文化创造。生产这种精神财富,应该在文化、学术中,从发出自己的声音做起,进行原创性的创造"。

2008年,我所主持的学术机构在杭州发起召开梁启超美学文论方面的全国性学术会议,这是国内外学界第一次召开该领域的专题研讨,得到了钱中文先生和学界诸师友们的大力支持和帮助。我邀钱先生给会议写篇文章,心中深知钱先生很忙,稿约和各种要事很多,而且钱先生主要也不是从事梁启超研究,因此也不抱特别的期望,没想到钱先生早早就把会议论文发给我了,而且一点都不是应景之作。这篇论文长达万言,以《我国文学理论与美学现代性的发动——评梁启超的'新民''美术人'思想》为题,对梁启超"新民""美术人"这两个核心概念及其与梁氏文论、美学思想的关系,对中国现当代文论、美学发展的重要而独特的意义,给予了深湛宏博的解读,让人不得不感佩,确实是大家,出手不凡。梁启超的"新民"并不是一个令人陌生的概念,但它与美学、文论的关系是什么,在梁氏美学和文论中的地位和意义究竟是什么,虽有研究,却大多侧重与前期梁氏的"文学革命论"的联系,鲜少与梁氏后期"美术人"的概念相关联。可以说,在钱先生之前,还没有专门的长文来专题提炼探讨梁启超的"美术人"这个独特而重要的民族化概念和其特定而深刻的内涵、精神、意义。"美术人"事实上正是梁启超文论与美学思想的特色概念和核心命题之一,是贯通其美学与文论、美学与美育思想、前后期文论和美学思想枢纽,也是一个极具中华文化特点和中华美学、文论精神的理论概念。

钱中文先生在文中明确而精辟地指出:"梁启超早期文论中的一个中心思想是'新民'说,它与后期以'趣味'美学为基础的'美术人'说是相互贯通、互为目的的。'美术人'即受艺术趣味熏陶、懂得艺术享受的人,或者借用席勒说的'审美的人',是'新民'说的更高发展。'新民'说与'美术人'是梁启超文论美学思想的整体表现,它们显示了我国近代文论、美学的强烈的审美现代性特征。"他进而指出,"'美术人'是个了不起的'杜撰'","它传承了中外人生论哲学思想,把人生内化为人的生存趣味,进而把生存趣味内化为人的审美趣味,一种与生命的内在精神和理想契合的人,一种生命的高级本然意义上的自由的新民,在此基础上孕育而为'美术人',这是一种更新了的新民了。在这里,审美现代性的趋向发生了变化,并使其内涵变得复杂起来"。他敏锐而深刻地看到:"'新民'特别是'美术人'思想的提出,对于当时我国来说可能是超前的,但是就现代文论、美学的整体发展来说,却是适时的重大回应。我们如果把梁启超的美学思想与康德、黑格尔、席勒以及后来的柏格森等人的美学思想稍作比较,则会了解到他们之间的思想上的交叉点……无论'新民',无论'美术人',作为我国现代美学中的新观念,他们显示了我国文学理论与美学审美现代性的发动,和王国维一起,他的美学与文学理论是古典美学与文学理论的终结与现代美学与文学理论的开端。"[①] 后来,这次学术会议的论文选集征得钱中文先生同意,以他的论文的主标题为主题,书名定作《中国现代美学与文论的发动》,在天津人民出版社出版。钱先生对"发动"两字的掂出,实有四两拨千斤之功效。过去,大家把梁启超、王国维、蔡元培并称为中国现代美学的奠基人或叫开创者,意思大体相同,但似乎都没有"发动"之生动、之贴切。钱先生的研究重心虽不在中国现代美学和文论领域,但他坚持学术上的真知灼见,不违本心,真诚地把自己的思想观点说出来,在中国文论和美学研究的诸多重要问题上,屡有开掘。

做学问,干学术,是钱中文先生最为看重的事情,也是他一辈子不知疲倦地投入和倾注全部心血的事业,为此,他一路走来拒绝了不

[①] 钱中文:《我国文学理论与美学审美现代性的发动——评梁启超"新民""美术人"思想》,《社会科学战线》2008年第7期。

少的诱惑。在《文学的乡愁：钱中文自述》中，钱先生谈到自己读小学时，第一次在学校演讲的题目来自训导主任给同学们讲的孙中山先生遗训，"要立志做大事，不要立志做大官"。他说，做大事，就是为老百姓办好事、办大事。事实上，他的学术也就是他关怀现实、对现实发言的一种方式，他的学术不仅是理论的探索，也是思想的跋涉，是情怀的呈现。钱先生还谈到自己曾多次婉拒担任单位行政领导。其中，时任中国社会科学院副院长、著名美学家汝信先生就曾三次找钱先生到自己办公室恳谈，希望钱先生担任文学研究所所长一职。开始两次，钱先生以开过刀、身体原因为由婉谢。汝信先生也非常体谅，说那就等隔年正式换届时再说。钱先生说："1992—1993年我身体已经复原，早就开始全力工作，努力想把因术后康复而耽误的时间找回来……1993年社科院各所换届，汝信先生又找我谈话，仍是谈所长一职。"钱先生坦诚地说："其实我也思考过，如果我当了所长，那就是当上官了，比如房子扩大呀、医疗的红本呀，你不需开口，有关部门也会送到你手里的；而且我办事还算认真，一有担当，总会全力以赴，设法做好。"当年，陶渊明归去来兮，先求官后弃官，在亲身的实践和体验中，最终选择弃官归田。钱先生则通过自己前半生的人生实践和生命体验，对生命、对死亡、对为学、对当官，进行了深入而洞明的思考，毅然而坦然地选择"还是继续留在学术研究领域为好"，于是，他"再次婉言谢绝了领导的好意"。[①]

　　钱中文先生带学生，最看重的自然就是学术，这也是他遴选学生的唯一标准。我与钱先生见面，话题永远只有两个，或者学术，或者工作，而这个工作，一定也是与学术相关的。我与钱先生讨论得最多的学术话题，一个是我的博士后报告，一个是我近年来关注的中国现代美学文艺思想研究和人生论美学。刚进博士后站时，我想沿着博士论文的课题深入研究下去，因此，开始选定的题目是"梁启超趣味思想与中国现代美学精神"。这个题目钱先生很支持，使我信心倍增。开题时，钱先生邀请了所里几位极有造诣的老师共同进行了论证。我

[①] 参见钱中文《文学的乡愁：钱中文自述》，河南文艺出版社2017年版。

做了将近一年后，觉得这个问题可以进一步聚焦到中国现代的"人生艺术化"思想这个命题上，这样会更深入，也更有特点，于是就动了更改博士后报告题目的念头。我征询站里其他博士后的意见，他们觉得中途更改题目，一来时间是否来得及，二来钱先生恐怕会不高兴。我思来想去，还是想试一下。没想到等我陈述完，钱先生一点也没有生气，只是认真询问我相关思路与准备情况，给我提了很多中肯的意见，并给予了明确的鼓励肯定，使我坚定了自己的想法。我想，先生确实如他自己所言，追求学术真理、倡导学术自由、鼓励学术个性。我是幸运的，我遇到了一位好老师，在关键的时刻，为我所想，帮助我把握了方向，鼓励我坚定了信心。"人生艺术化"这个选题，后来获得了中国博士后科学基金和国家社科基金的支持，使我能够以较好的条件和更强的信心从事研究。我的博士后出站报告经过补充修订后，由商务印书馆出版，获得浙江省政府优秀哲学社科成果奖。

博士后出站后，我的研究重心主要集中在中国现代美学文艺思想领域和人生论美学研究上。钱先生的研究重点不在这一块，但我每有新的想法与项目，总要征询钱先生的意见。特别是遇到一些疑难问题，必向钱先生请教。每一次，钱先生都认真帮我斟酌，给我分析解惑，他的高度与深刻，每每使我豁然开朗。有时，我也与钱先生争辩，表达自己的不同见解，在我的印象里，钱先生从来没有生气或不高兴，总是宽容地听我表述，他的这种温和的鼓励，常常使我抑制不住把一些不成熟的想法也一吐为快，往往是在我滔滔不绝后，钱先生适时地给了我精辟稳实的点拨。钱先生教给了我对于学术的开放视野与自信，按照自己的兴趣去学习、去积累、去研究，去矢志不移地思考问题、解决问题。钱先生也濡染了我关注现实的人文情怀与学术责任，不能躲进小楼成一统，割裂文学理论、美学理论与现实生活的联系。我的学术研究能够渐渐地有一些自己的想法与坚持，得益于钱先生者良多。

钱中文先生的人格魅力，也在于他真诚面对自我，勇于解剖自我。梁启超先生曾说自己是一个"不惜以今日之我，难昔日之我"的人。事实上，人最难的就是面对自我、超越自我，这也是很多优秀的人之所以出色的共通之点，因为他不断地自我鞭策，不断地自我反思，不断地成长和前进。在中国社会科学院为院学术委员编选的个人文集自序中，钱先生写下了这样的坦诚之言："像我这样的人，从50年代开始，就不断受到庸俗社会学和极'左'思潮的影响，是一个失去了自我的跟跟派，思想并非白板一块，和没有思想负担的年轻人是不一样的。所以一旦获得自由，首先的行动就是要反思自己、清算自己，告别过去的自我。所幸在80年代中期前，这种内心的自我清算，算是逐渐完成了，一旦告别了过去，就觉得人身独立了、自由了。同时这个过程，也是在学术上找回自我的过程，这主要是说话做文章，不说假话和不写那些满足某种需要的套话，而只说属于自己的意见，努力写下不同于过去的有些新意的见解。一旦在人格上、学术上找回了自己，我真有一种解脱之感，一种新生的喜悦。"① 这种真诚的反思，透出了钱中文先生可贵闪光的人格深蕴，对我影响至深。

钱中文先生的人格魅力，还在于他知行合一的风范和海纳百川的胸怀。在先生看来，"我们自身的学术立场"，也是"人的当今应有的生存的方式"。他气质儒雅，做事认真，心系天下，常怀忧思。钱先生不是坐在书斋自成一统，他为中国当代文艺学的发展建设，为中国当代文化和艺术的正本清源，做了大量卓有成效的引领工作。他做事之大气和认真，相信只要和他共过事、有过接触，一定都会深有同感。钱中文先生历任中国中外文艺理论学会会长、国际文学理论协会副会长、《文学评论》主编等职，是当代中国文艺学领域令人敬服的学术领导和学术组织者之一，团结了一大批致力文学研究、批评和理论事业的学者，尤其为当代中国文学理论的发展做了大量的组织领导工作。我相信，只要论及当代中国文学理论的发展和历史，就不可能少了钱中文先生这一页。他领导的中国中外文艺理论学会组织了大量的学术活动，包括一年一次的学会年会。每次开会，常常白天议程安排得满满的，晚上还有各种小型的研讨会、演讲等。大家私下说，这大概算得上全国性学会的学术年会中学术氛围特浓、学术日程超紧的

---

① 参见钱中文《文学理论：求索与反思》，中国社会科学出版社2013年版。

会议了。每次开会，钱先生自己也总有一个特别认真的学术发言。即使偶因身体原因没有到会，他也会认真准备一个书面的发言，而且绝不是客套之话。每次开会，钱先生的重心只有学术与工作。常常是会议结束，钱先生也劳累得不行了。我们欢呼雀跃着接下来的考察或旅游，钱先生则悄悄地一个人回京了。

钱先生是一个以学术事业为生命的人。我给他打电话说去看他，他一定会先问我，有没有事情？若无事情，钱先生就会说，专门去看他就不必了，他很忙，手头有好些事情要处理。这样干脆利落拒人于门外的处事方式，初次接触，颇似无情。但这正是钱先生这样一个学者型领导的纯粹生存姿态，他的心中只有学问、只有工作、只有学术的事业。这也是一种无形的鞭策，让我们这些后学，不敢懈怠。因此，我也养成了这样一个习惯，有事找先生，没事不打扰，以致对我自己的学生，常常也会自觉不自觉地这般要求了。刚进博士后站时，曾有文学所的"小年轻"告诉我，钱先生不拘言笑，他们有些怵他。确实，钱先生颇有一点不严而威的风范，我想，这既与先生含蓄内敛的个性有关，大概也与先生时时刻刻都在思考问题、考虑工作有关。其实，钱先生对己对人都秉承一个原则，即崇尚做事，追求实效。只要你确实有工作求教或相商，钱先生总是认真倾听，细致分析，给予恳挚的意见，全没有高高在上、不可接近的隔膜。前几年，我所主持的研究机构组织承办了几次全国性学术会议与活动。一开始，我缺乏经验，不知从何做起，常常顾此失彼，难以定夺。请教钱先生，他往往寥寥数语，就帮我理清了思路，让我明白了事情的枢纽所在。而我也深深记得钱先生给我的最高褒奖语——这样好，做点事情！

作为学会会长，钱先生对中国中外文艺理论学会感情很深。从学会草创，到后来拥有数百名会员，钱先生成功领导组织了多次学术活动与学术年会，使学会成为当代中国文艺理论领域人数最众影响最大的学术团体之一。对学会的建设与发展，钱先生倾注了大量的心血与精力，克服了种种旁人很难想象的困难。从运作资金到组织机构，从内部协调到对外合作，无论多么复杂的问题，钱先生都能洞悉关键，抓住要害，具有很高的宏观把握、化繁为简的能力。钱先生气度恢宏、襟怀开阔,善博纳众家,他曾先后成功组织了多种大型文学理论丛书的编选出版。如钱先生与北京师范大学童庆炳先生合作主编,由华中师大出版社、陕西师大出版社、广西师大出版社、首都师大出版社等共同推出的《新时期文艺学建设丛书》,共6辑多达36种,集结了王向峰、王元骧、杜书瀛、曾繁仁、王先霈、朱立元、曹顺庆、蒋述卓、王一川、王岳川、王宁等当代中国文学理论领域的重要学者,总结和展示了20世纪80年代以来中国文学理论界所取得的重要成绩,有力地推进了中国特色文学理论的建设。钱先生特别擅长将各种个性、各类所长的文学理论学者团结在一起,在当前多元文化的冲击下,坚守文学理论自己的阵地与阵营。中国中外文艺理论学会的年会每次少则上百人,多则数百人,每每成为中国文学理论界的盛会,成为中外文学理论学者交流的好平台。

　　钱先生对学术的认真、执着和高度使命感,关注前沿、重大理论问题的学术取向,常常使他行走在风口浪尖上,时不时要迎接种种"商榷"和"批评"。面对自己理论的命运,钱先生是如此平和豁达:"我们的心态可以放松一些,探讨可以自由一些,话语可以个性化一些;或是遭到学术与非学术的挞伐而消失,也可以做到悄无声息,心情平和一些。"他也如此洞明,"学术一旦被注入外力,学理必然会被任意歪曲或遭到恶意剪裁;在当今文化氛围尚不健全、鄙视精神探索、你死我活非此即彼的思维方式仍然通行无阻的语境中,就必然会遭到风必摧之的命运"[①]。他又是如此坚定,因为他把自己的学术生命与我们的民族与整个人类的文明事业相联系。因此,钱先生虽经极"左"思潮、唯西方是瞻、利益至上及种种众声喧哗,但始终有着自己的厚实根基与鲜明立场。

　　知行合一,问学与做人相谐,正是中国传统文化推崇的人生境界。学为世人之范,学养涵养人格。为学最终是为了推进现实的变革、社会的美好。钱中文先生赞誉苏联著名哲学家、文学理论家巴赫金的学问精神,我相信这也是钱先生自己的学问人格。生活上的一切

---

① 参见《钱中文文集》(四卷本),"后记"。

磨难，精神上的一切痛苦，都不能改变学术上的真诚追求，都不能改变生命中的学术信仰。2010年7月30日，钱先生将个人珍藏的俄文图书和撰写的中文图书共35种67册，无偿捐赠国家图书馆。2011年8月18日，钱先生又再次把他所珍藏的12种29册俄文古书，无偿捐赠国家图书馆。据悉，其中很大部分，是国家图书馆缺藏。而像沙皇时代出版的《俄罗斯文学史》（1902）全四卷，即使在圣彼得堡俄罗斯国家图书馆也被作为珍本保存。前后两次捐赠，先生都非常低调，我也是偶在网上阅悉。以此询文学所的朋友，竟也不知此事。2021年4月23日，世界读书日，钱中文先生又把自己所藏数千册珍本，捐赠给中国社会科学院大学图书馆，中国社会科学院大学专门设立了"钱中文先生读书室"。钱先生在赠书仪式的讲话中勉励大家："在世界大局中做一个明白人，一个文化人""成为一个志怀高远、趣味高尚的人""做一个民族新文化的创新人，永葆我们伟大的民族矗立于世界民族之林，为万世开太平"。

钱中文先生确实如他自己所言，"学术"就是他的"生存的方式"。钱中文先生的生命方式是洞明的，而他的生命境界亦是深宏的。

先生之风，山高水长

西南大学　寇鹏程

第一次给钱中文先生写信，是想请求他做我的博士后合作导师。2006年春，我怀着惴惴不安的心情给先生写信，表达我的愿望。先生回信说可以，并留下了他家里的电话，说以后如果有什么事情可以联系。我现在感到后悔不安的是在进站之前，我真打了两次电话去麻烦钱先生。我接到文学所通知，说我的博士后申请批准了，我打听到所里的博士后没有宿舍。在复旦时交往的几个博士后，他们住宿有单独的两室，我特别羡慕，所以一心想变成住在北京的学生，我就给钱老师打电话，说咱们社科院研究生院那边有没有可能给博士后一个房间。钱先生说他去问一问，随后钱先生让我和党圣元老师联系，党老师给我解释了所里博士后的一些政策，欢迎我去做所里的工作，并且表示钱先生能够答应做我的指导老师是非常幸运的事情。2006年暑假我们这一批博士后入站见面时，我见到了钱先生，他还说起住宿的事情。让先生为我操持这样的生活琐事，让我一直感到不安。文学所非常重视那次进站见面会，导师组钱中文、杜书瀛、党圣元、高建平、彭亚非等老师都出席了，所里致欢迎辞后，导师们也发了言表示欢迎，博士后们各自做了自我介绍，然后导师和各自的弟子见面。钱先生和我谈了博士后研究计划、博士后开题报告撰写以及开题的安排等事项。我印象深刻的是中午我说请老师一起在社科院旁边的饭店吃饭，老师说不用破费，便打车回家，我上前预付100元打车费，老师坚持让司机把钱还给我。我目送着车开远，百感交集，我至今仍然清晰地记得当时我由衷地感叹钱先生真实太谦虚了，太和善了，完全没有一个大学者的架子，他和善到甚至让我觉得是不是自己做错了什么，当时心里只是一个劲在想我一定要以先生为榜样。

　　钱先生总是和善待人，为别人着想，生怕麻烦别人，他在对待自己的学生时也是这样。记得 2008 年师姐金雅要开出站报告会，她让我去给她做记录员，我高兴地答应了。到了北京便给钱先生打电话，钱先生很高兴，向我解释说让我来做记录是基于多种考虑。一是可以熟悉一下出站程序；二是借此机会好好向各位出站考核导师学习；三是我对这次话题比较熟悉等。我知道钱老师的意思，他是担心我专门从重庆跑一趟北京来做个记录会有什么想法。我当时特别感动，心想钱先生我明白你的苦心，即使没有任何理由，你让我来参加这个活动，我都是非常乐意的。钱先生就是这样一个总是为别人着想的人。2017 年我主办了一个全国文艺学美学博士生论坛，想邀请钱先生来做评点老师，实现我多年想要邀请他来讲学的愿望，但钱先生说他年纪大了，走到哪儿都会给别人添麻烦，说是不出北京了，他就是这样总是为别人着想。2021 年钱先生将他的藏书捐赠给社科大图书馆，有一个捐赠的仪式，我们都想回北京一起见证这个庄严的仪式，但钱先生说京外同志舟车劳顿，又有疫情影响，只在小范围内有几个人参加就可以了，我本来机票都订好了，只好取消了。钱先生就是这样低调，而且总是为别人着想。

　　钱先生每次见到我，都送我一本他新近出版的著作，这让我兴奋不已；而钱先生每一次的题赠都是那么的谦虚，这又让我颇感不安。钱先生 2006 年 10 月 24 日送我一本上海辞书出版社出版的《钱中文文集》，题写"寇鹏程先生指正"。2009 年 2 月 17 日送我一套黑龙江教育出版社四卷本《钱中文文集》，题写"寇鹏程教授存正"。2013 年 5 月 26 日送我一本《文学理论：求索与反思》，题写："寇鹏程教授惠正"。2016 年 7 月 16 日送我一本《理论的时空》，题写"鹏程先生指正"。2017 年 8 月 31 日送我一本《文学的乡愁：钱中文自述》，题写"鹏程老师惠存"。这些题赠的"教授""先生"让我感觉非常紧张，在先生面前我哪配得上什么"教授""先生"。每次看到钱先生送我的这些书，就想起我们见面时的情景，这些书就是钱先生和我交往的历史记录，就是我们交往的凭证，而每次看到钱先生在这些书上的题赠就让我再次感受到了先生高尚的人格。先生的虚怀若谷是有目共睹的，是他君子人格一以贯之的表现，对晚学，对后辈，他总是那么和善，总是以平等的姿态表示尊重。钱先生是中国当代文学理论建设的推动者，从审美反映、审美意识形态到对话交往、新理性精神，他的理论贡献是巨大的。他是一位大学者，但在我心中，他是一位谦谦君子，更是一位和善的老师。有一次他送给我书的时候，他说自己就那点东西，有些是炒自己的冷饭。这句话深深震撼了我，钱先生提出的话语是20世纪八九十年代中国学者自己提出来的最重要的文学理论话语，像他这样能够提出自己文论话语的学者还没有几个，他是对新时期中国文学理论建设贡献最大的学者之一，怎么能是炒冷饭呢？这只能再次说明钱先生太谦虚低调了。研究钱先生文学理论的工作还做得远远不够，学界还要加强研究，我想这也应该是我今后一段时间里的重要工作。

与钱师二三事

衡阳师范学院 任美衡

一

2004年9月,在准备博士论文《茅盾文学奖研究》的选题及其撰写时,我面临着诸多难以绕开的"困惑",即如在三十年的评选过程中,茅盾文学奖秉持什么样的理念及其总体精神?波澜壮阔地奔涌向前,并在此起彼伏的思想潮流中,始终起着不可替代之"引领"作用的,到底是人道主义?文明与愚昧的冲突?还是民族灵魂的发现与重铸?这些观点无疑都有着极为巨大的影响力;但在这些观点背后,是否有着更为本体的哲学精神?在对资料的不断寻找与冥思苦想中,钱中文先生的"新理性精神"迅速地吸引了我并令我豁然开朗。

1995年,钱中文先生就提出了"新理性精神"并撰写了相关长文。在后来的访谈中,钱先生对为何提出这个观点做了一个说明。他希望以新理性精神回应现实,以健康的人的理想来铸造现实。他以交往对话为基础,主张开放,密切关注人的现实生存状态,呼唤一种关怀人的价值与精神的新人文精神。这个"新理性精神"蕴含了现代意识与反思批判、物质与精神、人文精神理想与对话、感性与文化等多个维度,聚焦了人文学者对重建人类精神家园的渴望、追求与突围。在我酝酿时,距钱中文先生提出这个概念已过去十年,其内涵得到了越来越多的认同,许多学者都对其进行了深刻的意义阐发,认为新理性精神这个概念并非凭空而来,而是对新时期以来,文学理论在面对现实问题所表现出来的实践理性的生动总结。尽管相关争议见仁见智，其论述也各说自话，但给初入学坛的我的启发确实是震撼的，尤其是新理性精神的开放性，加深了我对文学实践的理解，其意义超出了钱先生对新理性精神的定义，当然也打开了我对茅盾文学奖进行总体化理解的困惑之"门"。后来，在写到茅盾文学奖新时期三十年的精神主潮时，新理性精神成为我写作的核心尺度。尽管我对新理性精神的理解也是主观、片段与非完整的，但每在写作的思路卡壳时，新理性精神论总能够从不同方面启迪我，促使我实施突围。

源于对新理性精神的崇拜与好奇，在博士毕业论文撰写过程中，我也有意识地查找了钱中文先生在不同时期发表的文章、出版的专著。2006年左右，由于常驻北京并借着国家图书馆藏书的丰富与借阅的便利，我有意识地阅读了钱中文先生的重要著述。深刻地感受着作为文艺理论家的钱先生的魅力、儒雅及独特性，将过去对钱先生的"知道"变成了对钱先生的"熟悉"，将自己视作钱中文先生的"私淑弟子"，内心也不自觉地亲近起来。当然这也激发了我对钱先生的"猜测"，他到底是怎样的一个学者？为什么著作甫一出来，就会引起学界中人的强烈关注与讨论，并带来持久的热度？当时内心就萌生了一种想法，如果有机会到他的身边学习该多好；面对面的请教，将会极大地提升我的学术研究水平，许多的困惑也都将迎刃而解。但我也不得不想到另外一个问题，在最高的学术殿堂，作为重要的文艺理论家，对于半途出家的我而言，他有什么理由收我做学生呢？因此，种种想法只是在刹那间闪过。我也不敢"为意"，觉得作为"私淑弟子"，从他的学术著作中吸取营养就很好了。以后在地方高校工作，安身立命即可，于是就很释然，也不再纠结于此。

二

2007年5月份，在博士毕业面临着何去何从之际，我仍然涌动着求学的欲望。于是就尝试着给钱中文先生写了一封信，表示了想去做他的博士后，并概略地描述了作为农家子弟的研究计划及"决心"，当然也提出了长期以来研究的无力与困惑，即我在研究茅盾文学奖的过程中发现，对于不同的获奖作品，不同的读者、编辑及评论家都有着不同的理解及价值判断，且有时候相差极大，这是为什么呢？对于这种争议的现象，我们该如何判断？同时，相对于获奖作品，也有若干优秀作品被"遗落"在茅盾文学奖之外，这些作品在文学史上的评价似乎更高。种种参差不平的现象，都极大地激起了我的"好奇心"，也促使我对文学评价制度产生了更为深刻的思考，以及与之而来的更为深刻的困惑。因此，我迫切地希望能够找到一个可以指引学术方向的导师，来破解我心中的愈来愈拥挤的难题。因此，我怀着极大的勇气，冒昧地给先生写了一封信。当时也没有想到会得到回复，更没有想到幸运真会降临。他不但同意了我的研究计划，而且提出了很多建议及需要解决的"命题"，当然也对研究的难度表示了切实的担心。

同年10月份左右，中国社会科学院文学研究所进行了博士后开题，我也首次见到了钱中文先生。虽然已有过几次书信往来和电话交流，但真正的见面却是让人非常感动的。在开题之前，他告诉我会准时到达开题现场，我既满怀期待，又忐忑不安地等待着他的到来。出乎意料的是，钱先生是自己打出租车来的。当时这让我感到"匪夷所思"。在我的想象中，他要么是自己开着私家车到场，要么是司机专车送过来。所以，当他从出租车上下来的那一刻，我都怔住了，一下子没反应过来，许久才急忙上前向钱先生问好，并握住他温暖的手，以平息自己激动的心情。钱先生温文尔雅，问了我开题的准备情况，就带着我向开题的会场走去。

那天参加开题的导师们还有高建平、金惠敏等先生，他们在会议室热烈地交流着。看到钱先生过来，都很热情地打招呼，然后就正式地开始了开题工作。那次开题的场景我已无法准确地还原，但钱先生的指导却让我铭刻于心。此后，在学术研究中，我不断地深化对新理性精神的理解，并将之作为自己研究的理论基础；而且还尝试从制度、实践与案例等方面，对文学评价学展开探讨；力图聚焦于文学评奖、地域文学，以及当前的文学热点，不断地进行开拓与掘进，先后出版了《茅盾文学奖研究》《衡岳作家群研究》《批评的在场主义》《文学评奖与新时期文学经典化》等学术著作。当然，对我而言，要建构起一个有特色的文学价值评估体系是非常艰难的,尤其是在地方高校工作,难度可想而知;但一步一个脚印地实践,于我,则是乐在其中的。同时,我的学术研究也有了明确的努力方向。在这个过程中,钱先生对我的指导,因为距离的间隔,虽非课堂的言传身教,却是灵魂的潜移默化。我自己比较驽钝,身处学术基层,在成绩方面几乎乏善可陈,但无怨无悔地献身于地方教育事业,为培养地方语文师资和传承地方文化,付出了极大的心力并得到一定认可,因此也获得了"享受国务院政府特殊津贴专家"等殊荣,以及被遴选为博士生导师,被破格提拔为文学院院长等。在此,唯有以坚守来感谢钱先生等诸位导师的费心指导。

我一直知道,我不是一个优秀的人,但我可以做一个坚持的人;我不敢轻言自己是钱先生的学生,但我可以在他的著作中,学习到有关学问、品格、道德、情怀、价值等更多有意义的知识。

三

2007年博士毕业之后,我回到了地方高校工作。此后与钱先生的联系,主要是通过电话、短信等方式。中国中外文艺理论学会的年度会议,我每年都争取参加,既享受学术的盛宴,同时也希望拜会钱先生,聆听他的教诲。同时,由于参加工作不久,经历了父亲病重去世,在工作单位安家以及其他数不胜数的人情往来等,使我不胜其累、不胜其烦,同时也深感从事学术研究的压力。与钱先生的联系相对减少,不过有三次,印象极为深刻,我再次近距离地感受着钱先生的人格魅力。

第一次是在2009年7月份,"新中国文论60年"国际学术研讨会暨中国中外文艺理论学会第六届年会在贵阳召开。会后,主办方安排了地方文化考察。其间,我跟着钱先生一行,到黄果树瀑布这一条线路进行参观。当时主办方安排的陪同人员、许多受教于钱先生的参会人员,以及仰慕他的年轻学子们,都团团地围住他。我挤不进去,只好站在外围,看着他们与钱先生热烈地交流学术问题,有人眉开眼笑，有人慷慨淋漓，有人冥思苦想。但钱先生如春风化雨，或及时点拨，或不吝指导，或平等商榷，以广阔天地为课堂，用心地讨论当时文论发展的若干热点问题。钱先生要言不烦，往往使倾听者茅塞顿开，我站在旁边仔细地聆听着。钱先生在讨论的间歇，注意到了旁边站着倾听的我，于是亲切地叫着我的名字，和我合了一张影。于是，睿智与亲切就奇妙地融会在照片上，反复在"交往对话"中，我也全方位地感受着钱先生久违的平凡、亲切及其无处不在的风采。

第二次大约在 2014 年，当时我正在上课，突然接到了一个快递电话，告诉我是北京寄来的一套文集，当时我一下子没反应过来，过后才突然想起钱先生前不久让我告知地址，拟给我快递一套他的文集。当时我准备从网上购买，也以为钱先生文集出版，索书的人肯定很多，出版社给他的套数是十分有限的。万万没想到，他还真给我快递了一套过来，当时就感动得不行。说句实话，钱先生的弟子们分布在当代中国的学术高地，在学术界声名显赫者众多。我僻居他乡，为"稻粱谋"，几乎已远离了学术场。但他在书源紧张之际，不但想到了我，而且还给我快递了一套，我有何德何能？我拿到文集之后，珍贵不已，拜读不止。仿佛还在钱先生身边，继续接受着他的教诲——这也是他对我别开生面的"传道"。我也得以重新学习了钱先生的学术立场、观点、方向，以及他对中外文论发展的战略思考。对此，我很想动笔写出我的感想，却又怕理解错误，贻笑大方。所以，在认知学习与踟躇写作之间，我始终怀着敬畏之心，无从下笔，内心也总是缠绕着期待与愧疚。学习是无止境的，当然，对我而言，也是极为享受的，不时地牵动着我的写作冲动。

第三次是在 2020 年年底，我到北京出差，时间相对宽裕，我就联系了钱先生，想去看看他。刚好钱先生新著出版，他在得知我来京之后很高兴，吩咐我去他家里。还给我提起了，他最近正在修改文稿，仔细校对四卷本文集出版以来的文章，认为随着现实情况的变化，对于旧文稿中的若干提法、观点，非常有必要修正；在交付出版社之前，他字斟句酌、极为认真地订正书稿，既显示了对学术的充分尊敬，又体现出对学问的精益求精。在我看来，他大力提倡的若干观点，仍然有着重要的现实意义，根本就无须订正。但钱先生却觉得，在迅速变化的文学实践面前，需要不断地自我更新，才能永葆学术的生命力。在进行简短的学术交流之后，他随之告诉我，次日有个晚宴，如果时间来得及，希望我可以参加。当问到有哪些人时，他说，就是他指导过的弟子们，但在我听来，那些名字，如雷贯耳。说句内心话，我是有些怯场的，尤其是以学生的名义。在巨大的成就面前，我对他们是极为膜拜的。但钱先生宽慰我，就是同门小聚会，不必拘束，不必客气。在惊喜与等待中，尽管惴惴不安，但我还是参加了这场钱门弟子的聚会。在聚会上，钱先生看出了我的不安，很是照顾，与弟子们交流着日常的生活与琐事，整场宴会并未专门涉及学术话题，但又无不与学术界相关。坐在其中，我感觉如沐春风。钱先生的儒雅之风，有着高度的定力，使在场者能够自我沉静下来，舒心无比，这是令我无比难忘的。

与钱先生交往的点点滴滴犹如画面般不断地闪过我的脑海。作为老师与长辈，他宽厚、和善而平易近人，只要想起，我的内心就充满了无限的崇敬之情。在钱先生九十寿辰到来之际，作为曾求教于他的学子，敬祝他老人家身体健康，继续以理论家的卓越风范，有力地引导着我们，不断地向学术高峰攀登。

人生得一知己足矣
——记钱中文先生与童庆炳先生的友情

北京师范大学　赵勇

2018年5月，钱中文先生惠赠大作两本，一是他的学术自传《文学的乡愁》，二是《钱中文祁志祥八十年代文艺美学通信》。读后者，我的好奇心得到了满足——原来祁志祥在他23岁那年（1981年）就喊着"敬爱的钱伯伯"给钱老师写信了，[①] 于是他得到了钱老师的回复和指教，并有了长达数年的通信，也有了志祥教授后来的成就与辉煌。我也是在20世纪80年代就知道钱老师大名的，但为什么我就不知道给他写信呢？

这就是差距！

不只是没有早早给钱老师写信，认识他也很晚。

应该是21世纪的头几年，我才在开会的场合见过钱老师，但那时他一般都坐在主席台上，是我仰视的对象。直到2004年5月16日，我与钱老师才有了一次近距离接触。那一天也是开会，却是我们自己——北京师范大学文艺学研究中心——举办的会议。那次会议规模不大，议题却不小——讨论的是"中国文学理论的边界"问题。局外人瞅见这一题目或许会"晕菜"，但我们都知道，它其实关联着上个月首都师范大学的那次会议。4月10日，首都师范大学文艺学重点学科联合《文学评论》编辑部，召开了一次"身体写作与消费时代

[①] 参见钱中文、祁志祥《钱中文祁志祥八十年代文艺美学通信》，上海教育出版社2018年版，第9页。

的文化症状"学术讨论会。正是在这次会议上，童老师突然"发飙"了。他对在场的金元浦、陶东风嬉笑怒骂一番，从此揭开了他批"日常生活审美化"的序幕。而一个多月之后的这次会议虽主旨很学理，但在私下，我们都把它称作"批斗会"，因为会场上不仅有钱老师，还有钱老师的学生金元浦、陈晓明；童老师这边，则有他的弟子陶东风。虽然我并不清楚钱、童两位老师事先是否有过沟通，但此会的用意却是清楚的——对文艺理论扩容者批而判之，对日常生活审美化鼓吹者追而打之。而由于钱老师与童老师观点接近，思路相当，是一条战壕里的战友，他们与金、陶等人的争论也就成了师生之间的"战争"。

那天的会议唇枪舌剑，你来我往，煞是好看。攻方是老师辈，他们高举高打，火力凶猛，横扫千军如卷席。但作为学生辈的守方却没有俯首帖耳，乖乖就范，而是不时地辩解、反驳，乃至反唇相讥。童老师批陶时追根溯源，顺便把希利斯·米勒的"文学终结论"拎出来清算，他说："有人说我跟米勒的对话不在一个层次上，怎么能不在一个层次上呢？明明是我们面对面对的话①，我听懂了他的话，他也听懂了我的话，怎么不在一个层次上呢？"大家伙儿顿时哄堂大笑。钱老师马上接话道："你要是顺着他说，就在一个层次上了。"

那是我第一次见钱、童两位老师并肩作战。虽然都是向自己的学生开火，但他们的战术风格却并不相同。童老师可谓情动于中而形于言，他时而大弦嘈嘈，时而小弦切切，既疾言厉色，也适度调侃，把气氛把控得、渲染得一波未平，一波又起；而钱老师则更理性，更节制，更儒雅，甚至更隐而不发，跃如也。童老师一旦情绪上来，就颇有一些和盘托出，不管不顾的架势；而钱老师却适当"搂着"，不放狠话，不用猛词，仿佛话到嘴边留半句。后来，我见钱老师专写童老师的文章，其中有"我和童庆炳教授交往多年，在文学理论的重要观

---

① 所谓"面对面"对话，是指在 2001 年 8 月 5—7 日的"全球化语境中的文化、文学与人"国际学术研讨会（北京师范大学文艺学研究中心主办）上，童老师与米勒先生曾就文学是否终结的问题当面对话。

念上，各自有话直说，又十分一致，进而相互承认、互为补充、互相补台……相互买账，求大同而存小异"① 之说，就觉得两位老师在性格上或许也是互补关系，否则，又如何解释他们"互相补台"时为什么总是相得益彰、恰到好处呢？

那天会后，我与钱老师坐在一起吃饭，听他讲起中国社会科学院钱锺书夫妇与林非夫妇打架的掌故，感慨不已。在讲述这个故事的过程中，钱老师是有立场有态度的；而因为这一讲述，也让我看到了他的另一面。在隆重的会议上，钱老师往往显得严肃、高冷、不苟言笑，但在私下，他却和蔼了许多。莫非是掌故八卦如同黏合剂，谁讲它谁就有了亲和力？

自从真正见过钱老师后，有关他的消息便如小河淌水，汩汩而来。因为童老师总把他这位老朋友挂在嘴边，他那里一有什么动静，我们就"春江水暖鸭先知"了。比如，有人曾化名闻泉，写文章批评钱老师的"新理性精神"，并且也"搂草打兔子"，捎带上了童老师。有一阵子，"闻泉事件"就成了童老师的一个话题。又如，有了所谓的"马工程"之后，童老师开始担任文艺理论教材编写组的首席专家，钱老师则是成员之一。但在2006年5月，童老师却给我讲了一件事情。童老师说前几日教材编写组开会，先是钱老师说某教授发了许多批判文学审美意识形态论的文章，接着又开大会批判，这不是在搞运动嘛？某教授便回应道，你这是以小人之心度君子之腹，要负法律责任！钱老师不高兴了，便拂袖而去，下午不来了。第二天总结发言时我说，学术讨论就是讨论，不要搞人身攻击。某教授立刻发难，说我是欺上瞒下。真是岂有此理，所以我就回敬他捏造。这时李衍柱老师站出来了，他说，你说童老师欺上瞒下，拿出证据来！结果就吵起来了。

童老师的口述自传出版后，我在里面看到了他对编写"马工程"教材的交待。据他言，当时他并不想揽这个事，便去找相关部门领

---

① 钱中文：《有容乃大——记童庆炳先生》，参见钱中文《桐荫梦痕：体验与感悟》，北京师范大学出版社2013年版，第52页。

导，想让领导放他一马。领导却做他的工作，说他教材编得多，有经验，为人也随和，善于与人交往。童老师说："是你说的这个情况，但你也只是说对一半。我跟多数人都是可以交往的，但是有那么一两个还是非常难交往的，经常为一点小事争论不休，他们缺少文学知识，所以经常跟他们谈不通。"[①] 如果与童老师口述自传的原始稿对照一下，就会发现他这里所谓的"一两个"是指过名道过姓的，其中就有向钱老师发难的某教授，但成书时这些人名却被删掉了。而在童老师的讲述中，我能够感觉到编写组并非"杨柳青青江水平"，而是"热风吹雨洒江天"，仿佛随时都有人会采取"特别军事行动"。于是，对于童老师来说，钱老师能在这个专家组可谓意义重大，因为他不仅需要学术盟友，更需要思想战友。身边有钱老师，他心里可能会踏实一些。

这就不得不说到两位老人的同声相应、同气相求了。早在2003年，童老师就对钱老师提出的"新理性精神"赞不绝口。而对此作过一番评析后，他又转向钱老师的"审美意识形态"，形成了如下定论："他提出的'文学审美意识形态'理论，成为学界多数人对于文学本质特征的问题的共识。'文学审美意识形态'理论的建立，应该说是百年来中国现代文论的一大收获，它不是西方的'审美无功利'论，也不是'文艺从属政治'论，也不是别林斯基的片面的形象特征论，它是当代中国文艺理论家寻找到的在诗意审美和社会功利之间、文学自律与他律之间取得某种平衡的现代文学理论。历史将证明，这一思想的确立是中国现代文论观念走向成熟的一个标志。"[②] 而后来我在钱老师的文章中则看到了如下说法。

> 1999年新年的一个晚上，童老师给我一个电话，一面表示迎岁祝贺，寒暄了几句，一面接着说，你提出的文学观念很有意

---

① 童庆炳口述、罗容海整理：《朴：童庆炳口述自传》，广西师范大学出版社2022年版，第330页。
② 童庆炳：《钱中文文艺思想的时代与学术特征》，《学术月刊》2003年第4期。

义。他说他梳理了各种流派的文学思想与观念，又经过了反复的比较，认为我提的观念说，最能从总体上说明文学的本质特征，同时又历史地梳理了这一观念在我国流行的来龙去脉，在他主编的《文学理论教程》修订版里使用了它。我听了很是震惊，我看到当时不少文章、著作都在使用这些名词，它们恐怕是不少人的共识，是共同完成的观念，不属于个人的了。于是一面向他表示感谢，一面建议他要谨慎，否则会引起"一些人"的烦恼的，木秀于林，风必摧之。他说不怕，只要我们说的有根有据，没有什么可以顾虑的。听他这么一说，我想我在学术上遇到了真正的知音了。在学术界，相互承认已经很不容易，何况是那种相互欣赏的"美美与共"的知音呢！但是我的顾虑不是没有道理，果不其然，几年之后，发生了一些不愉快的事。[①]

　　这里需要稍加解释。钱老师所谓的"我提的观念说"，实际上就是"文学是审美意识形态"。而"发生了一些不愉快的事"，便是指某教授发起的对"审美意识形态"的批判，其中自然也包括他在"马工程"教材编写会上的那次发难。不过，这里最触动我的还是钱老师所说的这句："在学术界，相互承认已经很不容易，何况是那种相互欣赏的'美美与共'的知音呢！"而后来我在访谈钱老师时，他又进一步强调："我跟童老师，可以说是知己、知音，鲁迅先生说，人生得一知己足矣。当然，我有不少好朋友，但没有像童老师这样在心灵上非常契合的。"文人相轻，自古而然。而就我在学界厮混这些年的体会，学人之间的相轻甚至相侵，一点也不比文人差。钱老师与童老师能够相互承认、相互欣赏、高山流水、互为知音，既成就了一段学界佳话，也是我们后生晚辈学习的榜样。

　　这里需要说明的是，钱老师的这段文字出自他写童老师的怀念文

[①] 钱中文：《又见远山，又见远山——童庆炳散文集》，载北京师范大学文艺研究中心、北京师范大学文学院《木铎千里 童心永在：童庆炳先生追思录》（上），北京师范大学出版社2016年版，第231页。

章。童老师突然辞世后，钱老师泪如泉涌，悲痛不已，随后便写出两篇怀念文章。而那个时候，我已在编辑《童庆炳先生追思录》一书，钱老师的文章自然是要放在首要位置的。但在2015年初冬之际，我还是收到了钱老师发来的一封电子邮件。他说："赵勇老师，祝贺你'新官上任'。有一事相扰。听程正民老师说，你们正在编辑一本关于童老师的回忆集。童老师去世后，我写了两篇悼文，一篇发表在《人民日报》7月4日第12版即《又见远山，又见远山——童庆炳散文集》，后我寄了几份报纸给了中心。7月17日《文汇报》第12版刊有我的另一篇悼念童老师的文章，原名为《理论是美丽的》，刊出时，孰料编辑给我的文章改了题目，成了《写小说要轻轻地说》，这自然出于实利目的，但这样一改，变成我去悼念莫言了！真是荒唐！如果你们收我一篇，就用前一篇，如果两篇都收，请将第二篇的标题改为原来的'理论是美丽的'，这也有利于你们的中心。"

《写小说要轻轻地说》是莫言为童老师《维纳斯的腰带——创作美学》作序时使用的标题，钱老师在怀念文章中提及此事，也就百十来个字，但编辑见此说法，却居然改了题目。媒体的势利由此可见一斑。

童老师去世后，我开始担任文艺学研究中心主任，这就是钱老师所说的"新官上任"。而"上任"之后，要举办学术会议，要迎接基地评估，还要筹划"十三五"课题，等等，诸事杂陈，常常忙得我焦头烂额。但想到钱老师与童老师的深厚友情，我一直惦记着去向钱老师请益，既请他为中心的发展出谋划策，也听他讲一讲与童老师交往的故事。2017年年底，我向钱老师提出请求，他说正忙于《巴赫金全集》七卷本与两本附录的修订，可缓一缓再说。后来我给钱老师寄送中心刊物，不久便收到他寄来的两本书（本文开头提及者）并一纸书信。钱老师写给祁志祥的信（部分图片印在书中），字是行书，清秀端庄，似有孤傲之气，让我想到了刘彦和的"结言端直，则文骨成焉；意气骏爽，则文风清焉"。那是他正当盛年的"作品"。而他在86岁写给我的信，字却有些歪歪斜斜了，那应该是握管不稳所致。于是我很感慨，信也就越发显得珍贵，值得照录如下：

· 377 ·

赵勇老师：

去年年底约谈一事未能进行，十分抱歉，这一年多来，我被巴赫金文集的审校一事缠住了身（准备出新版），对当前的文艺研究的了解几为空白，改革开放后的那些已不谈的问题，现在又翻了过来。我看《文化与诗学》，按原来的方针继续下去为好，多做一些具体问题的研究，古今中西结合。最近两辑的思路很好，每辑各有主题而兼及其它（23、24辑），这是个好办法。要每辑有个专题，是有难度的，但值得探索与践行；要利用编委与学术委员会，请他们多出主意，特别是后者。他们知识丰富，积学深厚。

我有一个具体建议。在我国现代美学研究方面，金雅教授是很有成绩的，她的论著，拓展了现代美学研究的新思路，而且是我国本土化的思路。照她的愿望，她还想把现代美学研究提高到理论化的程度。还有上海的祁志祥先生，是位美学界的后起之秀，有大量著作与把握全局的能力。你可以先了解他们的著作，然后与他们联系一下，请他们提供讨论专题。在中青年中间，能人极多，多同他们交往。可惜我已赶不上了，老朽不堪了，极为无奈。

匆匆
即颂
教安！

钱中文
2018.5.25

信中提及的二人中，祁志祥教授是我熟悉的，我与他也多有合作，但金雅教授我却联系不多。一年之后的6月14日，她忽然微信于我："今晨读到您发于朋友圈的纪念童庆炳先生逝世四周年的文章，感动于童门的师生深情，也重温了童先生的风采人格，触动了铭于心底的与童先生的一件往事。2007年10月19日上午，童先生应钱中文先生之邀，参加了我的博士后出站鉴定会，给予了我迄今难忘的勉励和指点，对于刚步上学术之路的我，帮助启益良多。童先生娓娓道来，温婉清晰，临走前把他写在北师大便笺上的意见留给了我，我至今珍藏着。言不尽意，简止于此。"紧接着，她发过来童老师写的评阅意见及出站照片，令我十分感动。直到那时，我才意识到她曾进站社科院，钱老师是其合作导师。于是我便想着，以后也要与金雅教授联手，请她为我们的刊物等出力添彩。但让我没想到是，我还没来得及向金雅老师发出邀请，就被"下课"了。

"下课"之后，我并没有淡忘拜访钱老师的念头，只是因为新冠肺炎疫情暴发，迟迟无法提上日程。而每每想到他与童老师的高情厚谊，就既让我好生羡慕，也让我心生困惑。比如，钱老师说过与童老师在一起有一种安全感，① 这种"安全感"该作何解释，又有何深意？他们既然能相互承认或相互买账，那么买账的前提是什么？为什么他们能打破学人相轻的陋习？有人记录钱老师说法，说当年他们与学生争论，他曾说过"子辈学者要'弑父'，要剥夺父辈学者话语权"②。"弑父"是不是他与童老师的共识？有人合并同类项，把王元骧老师拉过来，称他们三人创建了"中国审美学派"，③ 钱老师能否认同这一命名？……

2021年8月7日下午3时，我带着两位帮忙的学生，终于走进了钱老师家的客厅。在后来的两个多小时里，钱老师有问必答，侃侃而谈。他的嗓音略显嘶哑，却精神矍铄，并没显得如何老态。他反复说，是老天眷顾我、恩赐我，给了我这么长时间。我说，是仁者寿。

在钱老师的深情回忆中，他与童老师交往的细节渐渐丰满起来了。

(2022年6月8日
写在钱中文先生九十华诞之际)

---

① 参见钱中文《有容乃大——记童庆炳先生》，载钱中文《桐荫梦痕：体验与感悟》，北京师范大学出版社2013年版，第48页。
② 张婷婷：《文艺学"边界"论争之我见》，《社会科学战线》2005年第5期。
③ 参见吴子林《"中国审美学派"：理论与实践——以钱中文、童庆炳、王元骧为研究中心》，《马克思主义美学研究》2009年第2期。

附　录

一　钱中文主要著述、编著目录

（一）著作、合著

《果戈理及其讽刺艺术》，上海文艺出版社1980年版。
《现实主义与现代主义》，人民文学出版社1987年版。
《文学原理——发展论》，社会科学文献出版社1989年版，曾于1993年获中国社会科学院1978—1991年优秀科研成果奖。
《文学理论流派与民族文化精神》，吉林教育出版社1993年版。
《文学发展论》（增订本），经济科学出版社1998年版。
《文学理论：走向交往对话的时代》，北京大学出版社1999年版。
《新理性精神文学论》，华中师大出版社2000年版；其中《文学理论现代性问题》获2001年第二届（1997—2000）鲁迅文学奖。
《钱中文学术文化随笔》，中国青年出版社2000年版。
《文学新理性精神》，（台北）台湾洪叶文化事业有限公司2004年版。
《钱中文文集》一卷本，中国社会科学院学术委员文库，上海辞书出版社2005年版。
《自律与他律》（合著），北京大学出版社2005年版。
《文学发展论》第3版，高等教育出版社2005年版。
《钱中文文集》四卷本，韩国新星出版社（精装）、首尔出版社（平装）2005年版。
《文学原理——发展论》，社会科学文献出版社2007年版。
《钱中文文集》四卷本，黑龙江教育出版社2008年版。

《文学理论：求索与反思》，中国社会科学学部委员专题文集，中国社会科学出版社 2013 年版。
《桐荫梦痕：体验与感悟》，北京师范大学出版社 2013 年版。
《中国现当代文学争论中的理论问题》（合著、重版），（台北）台湾秀威科技咨询公司 2013 年版。
《审美与人文》，北京社科名家文库，首都师范大学出版社 2016 年版。
《理论的时空》，当代中国文艺学研究文库，上海复旦大学出版社 2016 年版。
《文学的乡愁：钱中文自述》，河南文艺出版社 2017 年版。
《钱中文、祁志祥八十年代文艺美学通信》，上海教育出版社 2018 年版。
《新理性精神与当代文论建设》，黄山书社 2019 年版。
《现代性与当代文学理论》，中国现代文艺学大家文库，山东文艺出版社 2021 年版。
《钱中文文集》五卷本，马克思主义文艺理论与批评建设工程名家学术文丛，中国社会科学出版社 2021 年版。

（二）主编中外文论丛书、作家文集

《文艺理论建设丛书》7 种，吉林教育出版社 1993 年版。
《巴赫金全集》（中译本六卷本），河北教育出版社 1998 年版。
《巴赫金全集》（中译本七卷本），河北教育出版社 2009 年版。
《读世界》6 种，《读意大利》《读法兰西》《读英格兰》《读美利坚》《读德意志》《读俄罗斯》，山东泰山出版社 2008 年版。
《陀思妥耶夫斯基精选集》，山东文艺出版社 1998 年版。

（三）合作主编丛书、文集

《新时期文艺学建设丛书》（36 种），华中师大出版社、首都师范大学等出版社 2000—2002 年版。
《现代外国文艺理论译丛》（14 种），生活·读书·新知三联书店 1984—1992 年版。
《文学理论方法论研究》，湖南文艺出版社 1987 年版。

附　录

《文学理论：回顾与展望》，河南大学出版社1993年版。
《文学理论：面向新世纪》，山东人民出版社1997年版。
《中国古代文论的现代转换》，陕西师范大学出版社1997年版。

（四）合作主编译丛

《现代外国文艺理论译丛》（14种），生活·读书·新知三联书店 1983—1989年版。
译作：(合译)［俄］谢德林《现代牧歌》，上海译文出版社1996年版。

二　有关钱中文的论著、纪念文集等

金元浦主编：《新理性精神与钱中文文艺理论研究》，军事谊文出版社 2002年版。
张首映、金元浦、刘方喜主编：《钱中文先生诞辰80周年文集——当代文艺学的变革与走向》，人民日报出版社2012年版。
"学术成就概要"，收入钱伟长总主编《20世纪中国知名科学家学术成就概览》哲学卷第三分册（汝信主编），科学出版社2014年版。
刘方喜、李世涛：《钱中文评传》，中国当代美学家文论家评传丛书，黄山书社2016年版。

三　钱中文知网评论集目录（截至2022年9月）

（知网共收录相关文章53篇，其中硕士学位论文5篇，期刊论文48篇）

作者	文章	期刊/学校	时间
牟方磊	《审美反映与艺术揭示——钱中文与叶秀山"文艺反映论"之比较》	湖南工业大学学报（社会科学版）	2021年第3期
王宁	《钱中文的俄苏文学和文论批评》	中国文学批评	2019年第3期
王亚丽	《钱中文文学理论的创新性探究》	文化创新比较研究	2019年第12期

· 382 ·

续表

作者	文章	期刊/学校	时间
武海涛	《钱中文的文学意识形态论——文学是审美意识形态》	青年文学家	2017年第12期
张楠	《钱中文文论中的"三重"变奏》	商业故事	2015年第17期
李映冰	《明确文学意识形态属性的现实意义——以董学文、钱中文的理论分歧为参照》	青海社会科学	2014年第6期
李映冰 范建刚	《从"审美反映"到"审美意识"——钱中文"文学审美意识形态"思想的内在逻辑理路》	甘肃高师学报	2014年第6期
吴子林	《从"审美反映"论到"审美意识形态"论——钱中文文艺思想解读之一》	中国政法大学学报	2012年第4期
李世涛	《理性危机中的重建——钱中文的"新理性精神文论"》	艺术百家	2011年第4期
刘方喜	《批判·对话·整合：钱中文文艺思想及其学术贡献概论》	新疆大学学报（哲学·人文社会科学版）	2011年第3期
张开焱	《从现实到文学：审美主体中介地位的强化——钱中文先生审美反映论思想述评》	东方丛刊	2010年第3期
李文斌 邱紫华	《钱中文文学理论的创新性》	武汉理工大学学报（社会科学版）	2010年第4期
李世涛	《钱中文的"审美反映论"论析》	北京科技大学学报（社会科学版）	2010年第2期
李世涛	《文学审美意识形态论的建构——以钱中文的文论探索为中心》	三峡论坛（三峡文学·理论版）	2010年第2期
李文斌 尹帅许	《论钱中文先生的"文学审美意识形态说"》	三峡论坛（三峡文学·理论版）	2010年第2期
吴子林	《"中国审美学派"：理论与实践——以钱中文、童庆炳、王元骧为研究中心》	马克思主义美学研究	2009年第12期
王宁	《理论反思后的重构——〈钱中文文集〉读后》	中国图书评论	2009年第7期
李世涛	《钱中文先生文学理论研究述评》	文学评论	2009年第2期

续表

作者	文章	期刊/学校	时间
姚文放	《文学的乡愁与心灵的还乡——读〈钱中文文集〉》	文艺争鸣	2009 年第 2 期
张素玫	《走向交往对话的文艺理论——评钱中文西学中用的示范作用》	新疆大学学报（哲学人文社会科学版）	2008 年第 6 期
丁国旗	《〈钱中文文集〉（1—4 卷）发行仪式述要》	文学评论	2008 年第 6 期
吴子林	《创建中国现代性文学理论——访著名文艺理论家钱中文》	南方文坛	2007 年第 5 期
钱中文 李世涛	《我的文学研究之路——钱中文先生访谈录》	文艺理论研究	2006 年第 6 期
欧阳灿灿	《读〈钱中文文集〉》	中国社会科学院研究生院学报	2006 年第 6 期
张金梅	《中国古代文论的现代转换及其融合中西文论的努力——以钱中文、童庆炳为例》	当代文坛	2005 年第 6 期
常月仙	《提升精神的求索——钱中文的"新理性精神文学论"评析》	创作评谭	2005 年第 6 期
曾军	《巴赫金接受与中国当代文论话语转型——以钱中文为个案》	河北学刊	2004 年第 1 期
——	《"钱中文文艺理论研究"笔谈》	文学前沿	2003 年
童庆炳	《回应与超越——钱中文文艺思想的时代与学术特征》	文学前沿	2003 年
金元浦	《会当凌绝顶——钱中文文学理论片论》	文学前沿	2003 年
刘烜	《文艺学中的民族精神与钱中文论民族精神》	文学前沿	2003 年
曾繁仁	《钱中文先生的学术贡献与学者风范》	文学前沿	2003 年
陆贵山	《钱中文先生的人品和文品》	文学前沿	2003 年

续表

作者	文章	期刊/学校	时间
朱立元	《钱中文"新理性精神"文论的内在结构》	河北学刊	2003年第3期
童庆炳	《钱中文文艺思想的时代与学术特征》	学术月刊	2003年第4期
何群	《多元对话时代的中国文艺学建设——钱中文文艺理论研究学术讨论会》	社会科学	2003年第4期
杜悦	《以"新理性精神"回应现实挑战》	中国教育报	2003年2月27日
钱中文 孙妮娜	《语文教学中的人文精神——钱中文教授访谈录》	语文教学与研究	2002年第1期
陈晓明	《怀着知识的记忆创新——钱中文的学术思想评述》	南方文坛	2001年第5期
陈定家	《审美意识形态与文学交往精神——钱中文文艺理论思想蠡测》	河海大学学报（哲学社会科学版）	2001年第2期
童庆炳	《精神·胸襟·素养——读钱中文〈文学理论：走向交往对话的时代〉》	中外文化与文论	2001年
姚文放	《现代性：文学理论重建的基石——钱中文〈文学理论：走向交往对话的时代〉读后》	中国社会科学院研究生院学报	2001年第1期
马元龙	《总结与重建——读钱中文〈新理性精神文学论〉》	华中师范大学学报（人文社会科学版）	2000年第3期
高建平	《对话与文艺学的发展——读钱中文〈文学理论：走向交往对话的时代〉》	文艺争鸣	2000年第1期
张剑桦	《九十年代钱中文文学观述评》	许昌师专学报	1997年第4期
张剑桦	《钱中文文学观述要》	许昌师专学报	1996年第4期
徐放鸣	《谈钱中文〈文学原理—发展论〉及其总体特征》	文艺理论研究	1990年第4期
子甲	《钱中文论人性共同形态描写及其评价问题》	外国文学研究	1983年第1期
陶伯华	《试论艺术直觉的非自觉性——兼与钱中文同志商榷》	学术月刊	1983年第2期

续表

作者	文章	期刊/学校	时间
刘玉琼	《钱中文交往对话理论研究》	扬州大学	2018 年硕士学位论文
王罗娟	《钱中文文学主体性思想研究》	西南大学	2018 年硕士学位论文
向远虎	《钱中文文论中的"三重"变奏——钱中文文学观研究》	西北民族大学	2013 年硕士学位论文
常月仙	《提升精神的求索——钱中文"新理性精神文学论"评析》	内蒙古师范大学	2006 年硕士学位论文
占晓娟	《人类精神家园的追求——解读钱中文的"新理性精神"》	苏州大学	2004 年硕士学位论文

后　　记

古训有云：师有事，弟子服其劳。此书经钱门弟子及其他师友商议编辑而成，金元浦兄负责总体策划，张来民、曹卫东兄鼎立支持，我主要负责文章的搜集、整理、组织、协调、编排工作。在文献来源上，大致包括已发表和新撰写的文章两类，诸位师友为此撰写了许多非常精彩的新文章。在编排、校订的过程中，我通读了全部文章，文章饱含着对钱中文先生的真挚的学术情谊，令我非常感动；对先生"时代三问""扛鼎精神""学术'三性'"等的概括，对先生在改革开放新时期近40年理论史上的学术贡献的揭示和把握，令我由衷钦佩。我对先生的人品与文品等有了更真切的感知，对先生之于中国当代人文学术发展所做的重大贡献，也有了更全面的认识。文章收录、编排思路，以"学理"讨论为主，兼顾"祝贺"之意。编排过程中为了控制总字数，对注释做了些调整，对正文做了些删节，不当之处还望各位师友海涵。作为编者，我希望此书具有一定"存史"之用，以略见钱中文先生学术思想整体风貌与中国当代文艺理论近40年发展史的一条重要思想脉络。

钱中文先生70寿辰时举办了相关研讨活动并编辑、出版了文集，那时我才师从先生做博士后研究工作；先生80寿辰时，我参与了相关研讨活动及文集的编排工作。20年弹指一挥间，先生今年已90高龄。先生一贯反对单纯的祝寿活动，唯以学术为要。遵师嘱，这3本文集主要收录的是研究先生学术思想的相关文章，将为研究先生思想留下重要的学术史文献。先生是中国当代文论近40年发展进程的亲历者、参与者、推动者、组织者，因此，3本文集也将是研究近40年

后记

文论史重要的学术文献。

先生用"跋涉"概括自己的命运,作为中国当代重要的文学理论家,文学始终是先生依恋的故土家园,理论建构乃先生孜孜之所求,先生的理论跋涉在中国当代文论和人文学术史上留下了深深的足迹。于我个人而言,至今犹记得第一次见面时先生略带方音的第一句话"我是钱中文";也依然记得当时先生向我介绍社科院的特点,即有些人在社科院呆了一辈子什么文章也不写,有些人却写出很多精彩的文章——此后一直在社科院工作的我,始终以这句话警醒自己。我师从王先霈先生做的博士论文以汉语古典诗学范畴"声情"为题,后经杜书瀛、党圣元先生引荐,先生接纳我做博士后研究工作,对"声情"理论做了进一步深入、系统的研究,终成《声情说——诗学思想之中国表述》一书,于我个人而言可谓十年磨一剑,而没有王、杜、党、钱等先生的发现、支持,这一剑恐怕也很难磨出来,一笑。后来明白,钱先生看重的是"声情"切中了汉语现代白话新诗及其理论的一个要害,后又随先生撰写了以"声情"为立足点讨论汉语白话新诗历次理论争论的文章,并成《汉语文化共享体与中国新诗论争》一书,自己觉得部分地落实了先生一直推动的"中国古代文论的现代转换"的学术理念。偶然间周启超先生告诉我,先生颇以我的"声情"说未得到学界足够重视为憾,尤令我非常感动。唠叨这些个人经历是想表明,先生对当代文论发展的重要贡献,绝不仅仅体现在他个人的研究和著述上。先生奖掖后进,组织翻译出版外国文论(尤其《巴赫金全集》等)和组织出版收录中国学者著述的丛书(尤其《新时期文艺理论建设丛书》等),组建中国中外文艺理论学会并主动设置与时代息息相关的理论议题而召开学术研讨会、推动中外思想对话交流,等等,表明先生对中国当代文论建设和发展所做的贡献是多方面的——收入本书的一些文章也能表明这一点。

先生给人的第一印象是儒雅,本书诸多回忆文章多有涉及,但总体来说先生是外柔内刚。先生对现代性、新理性精神的论述思辨性极强,论述中用了诸多概念,而我印象最深的是"血性"一词。钱先生退休以后,诸种原因,我们见面的机会多了,交谈的话题大多也离不

后 记

开学术，而谈及不好的学风、世风之时，先生愤激之情每每溢于言表——这种情形使我后来再读先生的新理性精神论相关文章时，有了更真切的感受、更深入的理解。对先生思想素有研究的李世涛兄，很好地抓住了先生新理性精神论的两大特点，即上升到哲学高度，而不再仅仅局限于文艺学；指向更广泛的社会生活——而且往往是现实生活的负面状况，而不再仅仅局限于文艺活动。先生持续地批判着非此即彼的独断论，但与此同时也反复强调要有一定程度的非此即彼——在我看来这关乎的是立场。曾经一段时间以来，外力强加给我们立场、强制我们选择并表达出自己的立场（选边站队的表态）——这固然不好，但是，现在似乎走向了另一个极端——或者彻底不讲立场，或者"立场"只成为一种"姿态"。先生多次跟我提到学界这样的现象，即一些学者曾经竭力鼓吹某种观点，后来又彻底批判这种观点，给人的印象是似乎以前他们自己根本没有鼓吹过这样的观点。在我看来，言不由衷，自己说的、写的自己都不相信，一切成为脱离"所指（其实是社会现实）"的"能指"或"话语"游戏，乃是当今人文学术及其研究者的致命伤。经过孜孜以求和艰难跋涉，先生构建了自成一体的理论体系，而在我看来，其重要的人文价值在于其中蕴含着先生一以贯之的坚定立场——这个立场不是外力强加的，而是先生经过自我反思、自主选择的，比如在先生那里，"本土化""民族精神"等就不是一种"话语"或"姿态"，而是一种发自内心、溢于言表的情怀——这体现的是一代人文知识分子的宝贵精神。道不远人，所谓人文精神、价值立场绝非什么宏大叙事。我在与先生闲聊中提及孩子的教育问题，先生就说了一句——做个好人——这给我留下了极其深刻的印象，我也经常给自己的孩子提起这句大白话，也以这句话要求自己。这些个人交往使我发现了先生或许常被忽视的一面，即言而由衷、言行一致——比如先生用微薄收入攒起来的积蓄做了许多公益善举而又反复不让人声张。先生所倡导的"新人文精神"，不仅仅是"写"出来的，而且是"做"出来、"活"出来的——而这对于人文学者实现并获得自身价值、人文精神真正的建设和发展至关重要，也是理解先生学术思想不可忽视的一个方面，兹不赘述。

后 记

中国社会科学出版社出版了五卷本《钱中文文集》，对于可与之配套的这本文集的出版，赵剑英社长、王茵副总编辑给予了鼎力支持，张潜博士为这两套书的出版付出了极大的辛劳，我的博士生张恰恰、杨宇等为文章的搜集、整理、校订亦付出巨大辛劳，在此一并表示由衷的感谢！最后，参与此次活动的我们每一个人的共同心愿是，祝钱中文先生健康长寿！

刘方喜
2022 年 7 月